국어시간에
설화읽기 ②

국어시간에
설화읽기

신동훈 엮음

2

Humanist

전래동화로 가공되지 않은
'진짜' 설화의 세계를 만나다

오래도록 입에서 입으로 이어져 온 구전 설화는 인류의 소중한 자산
이다. 그 속에는 옛사람들의 삶과 문화, 정서와 가치관 등이 원형적인
형태로 함축돼 있다. 구김 없는 상상의 세계를 즐겁게 여행하는 가운
데 인간과 세상에 대한 다양하고도 충만한 간접 체험을 할 수 있다.

구전 설화는 어문학 교육을 위한 최고의 자료라 할 만하다. 오랜 세
월의 검증을 거치며 살아남은 옛이야기들은 원형적 구조와 보편적 의
미 요소를 간직하고 있다. 깊은 재미와 감동, 교훈을 전해 주는 한편,
이야기(story)의 기본 원리와 특징을 깨우치도록 해 준다. 입말〔口語〕 표
현이 지니는 맛과 멋을 생생하게 체득할 수 있다는 것 또한 소중한 가
치다.

흔히 옛이야기가 어린이를 위한 것이라고 생각하는데 그렇지 않다.
설화는 남녀노소 만인 공통의 것이다. 어린이는 어린이대로 어른은
어른대로 보이는 만큼 보고 느끼는 만큼 즐길 수 있는 것이 바로 설화
의 세계다. 어릴 적 동화책에서 읽은 이야기를 어른이 되어서 다시 보
면서 또 다른 재미와 깨우침을 얻을 수 있다. 설화가 본래 개방적이고

다층적인 의미 요소를 지니기 때문이다.

설화는 청소년에게 각별한 의의를 지닌다. 청소년기는 자기 정체성에 대한 고민과 삶의 방식에 대한 성찰의 시기라 할 수 있는데, 이는 설화의 기본 화두이기도 하다. 설화는 복잡하고 어려운 삶의 문제들을 전형적이고 상징적인 서사로 압축하는 가운데 명쾌하고 계시적인 해법을 열어 준다. 서사(敍事)의 형태로 각인되는 설화적 깨우침은 마음속에 깊이 남아 성장을 위한 동력이 된다.

오늘날 청소년이 설화를 체험할 수 있는 기회가 양적으로나 질적으로 턱없이 부실하다. 학교 교과 과정에 설화가 일부 포함돼 있지만 형식적인 수준에 그치고 있다. 설화의 교육적 가치에 대한 인식과 교재로 활용할 만한 설화 자료가 부족하기 때문이다. 전래 동화로 가공된 설화는 청소년에게 더이상 어울리지 않는다. 윤색되지 않은 진짜 설화를 경험해야 하는데, 설화 원본은 거칠고 어려워 접근하기가 만만찮다. 어떤 자료를 어디서 어떻게 찾아서 봐야 할지 감을 잡기 어려운 형편이다.

이 책은 청소년과 일반인이 쉽게 보고 활용할 만한 구비 설화 모음집이다. 현지 조사를 통해 직접 수집한 원전 설화 자료 가운데 찬찬히 읽고 되새겨 볼 만한 가치가 있는 것들을 한데 묶었다. 양질의 자료를 엄선해서 주제별로 엮고, 이야기마다 필요한 주석과 함께 작품 해설을 제시함으로써 내용을 쉽게 이해하고 음미할 수 있도록 했다. 음원 자료를 함께 제공하여 구술 이야기의 참맛을 느낄 수 있도록 한 것도 이 책의 특징이다. 여러 이야기 가운데는 뛰어난 이야기꾼들이 구연한 문학성 높은 것들이 포함돼 있다. 충분하다고는 할 수 없겠지만, 한국 구전 설화의 본령을 다양하게 경험하는 데 그리 부족함이 없을 것이다.

설화는 교육 현장에서 다양한 형태로 활용할 수 있다. 눈으로 보기, 귀로 듣기, 소리 내어 읽기, 이야기로 구연하기 등으로 작품을 체험할 수 있다. 짧고 간단한 내용 속에 흥미로운 화두들이 응축되어 있어서 다양한 해석과 평가 작업을 수행하기에도 적합하다. 논술의 주제로 삼아 글을 작성하고 발표와 토론 활동을 하기 좋은 이야기도 많다. 이야기 내용을 창의적으로 재구성해서 말이나 글로 표현하는 일도 설화에 어울리는 유익한 활동이다. 이 책에서는 이야기마다 작품 해설과 함께 '생각거리'를 둠으로써 그와 같은 활동을 위한 작은 지침이 되도록 했다. 그 활동은 혼자서 수행할 수도 있고, 모둠이나 학급 차원에서 함께 진행할 수도 있을 것이다.

삶의 현장으로부터 길어 올린 이 설화 모음집이 자라나는 청소년들

에게 구비 설화의 재미와 가치를 제대로 경험할 수 있게 해 주기를 기
대한다. 청소년이 오랜 세월을 이어 온 '진짜 이야기'의 참맛을 체득하
고 그것을 자기 식으로 되살려 냄으로써 사람들의 마음을 움직일 수
있는 이야기를 맘껏 펼쳐 내는 이야기꾼으로 성장할 수 있다면 더 바
랄 게 없을 것이다. 젊은이들이 너나없이 훌륭한 이야기꾼이 될 수 있
다면 세상은 참으로 즐겁고 행복해질 것이다.

가자, 이야기꾼의 길로. 신명 나는 미래를 펼쳐 낼 스토리텔러의
길로. 오래 흘러 온 즐거운 이야기들과 함께.

엮은이 신동흔

1 이 책에 실린 설화 자료들은 전문가가 현지 조사를 통해 수집한 것
  들이다. 자료는 엮은이(신동흔)가 직접 듣고 녹음한 것들과 엮은이
  가 연구 책임을 맡아 진행한 현지 조사 사업(도심공원 이야기문화 조사
  연구)에서 수집된 것들로 구성되어 있다. 엮은이가 공동 연구원으로
  참여한 현지 조사 사업(양주 지역 구비 문학 조사연구)에서 수집된 설화
  도 몇 편 들어 있다. 자료는 민담을 위주로 하는 가운데 전설과 실
  화를 일부 포함시켰다.

2 구연자 정보와 함께 조사 일시와 장소, 조사자 등을 밝힘으로써 자
  료의 출처를 명확히 했다. 구연자는 출생연도와 나이를 표시하고
  화자로서 나타난 특징을 소개했다. 표시된 나이는 조사 당시의 한
  국식 나이(설날 기준)다.

3 모든 자료는 녹음된 내용을 충실히 옮기는 형태로 정리함으로써 현
  장 구술 자료의 특성을 살렸다. 사투리 표현과 구연자 특유의 언어
  습관도 살리는 것을 원칙으로 했다. 하지만 이야기 맥락과 상관없
  는 군더더기 표현은 일부 삭제하고, 어법에 안 맞거나 명확하지 않

은 발화 등은 원전을 훼손하지 않는 범위 내에서 조금씩 가다듬었음을 밝혀 둔다. 가공을 거치지 않은 원전은 음원 자료를 통해 확인할 수 있다.

4 이야기 본문 외에 청중과 조사자의 반응을 함께 제시함으로써 현장감을 높였다. 하지만 구연 현장에서 나온 반응과 소리를 다 담지는 않았다. 이야기 맥락을 따라가는 데 방해가 되는 요소는 부분적으로 생략했다.

5 방언이나 어법에 안 맞는 발화, 뜻이 모호한 표현 등은 괄호 속에 약식 주석을 제시하여 내용의 이해를 도왔다. 낯설고 어려운 단어나 구절은 따로 각주를 달아 보충 설명을 했다. 하지만 문맥상 이해가 가능하다고 생각되는 표현은 그대로 두었다.

6 단락 구분과 구두점 등은 원칙적으로 한글맞춤법 규정을 따랐다. 하지만 구어의 특성상 부분적으로 융통성을 발휘하기도 했다. 대사 부분에 자동적으로 따르는 '-고/구'에 대해 줄바꿈을 하지 않고 이어 쓴 것이 대표적인 사례다. [예] "알았다."고. / "왔느냐?"구.

이 책은 조사자들한테 흔쾌히 설화를 들려준 여러 구연자가 있었기에 세상에 나올 수 있었다. 그 가운데는 이미 고인이 되신 분들도 있다. 이 자리를 빌려 구연자들께 깊은 감사 인사를 드린다. 엮은이를 도와서 이야기 현지 조사 및 정리 작업에 참여했던 김종군, 김경섭, 심우장 동학과 김광욱, 박현숙, 김정은, 김예선, 김효실, 오정미, 정병환, 유효철, 나주연 등 여러 제자에게도 고마운 마음을 전한다.

제2부 이야기 속의 인생사 우여곡절

제3부 삶을 밝혀 주는 지혜의 빛

제5부 **어제도 오늘도 웃음은 죄가 없다**

하늘은 스스로
돕는 자를 돕는다

― 설화는 상상을 자유롭게 펼쳐 내는 이야기다. 그 상상은 현실과 상관없는 허튼 공상이 아니다. 설화 속의 인물과 사건은 실제 세상사의 단면을 인상적이면서도 전형적인 형태로 반영한다. '옛날, 먼 옛날'의 일이라고 하지만 이야기를 듣고 나서 되짚어 보면 그것이 이 세상 누군가의 일임을 문득 깨닫게 되는 경우가 많다.

제1부에서는 세상이 뭐라고 하든 소신을 지키면서 자기 식으로 살아가는 사람들에 관한 이야기들을 보기로 한다. "나는 내 복으로 산다."라고 말하는 당돌한 딸로부터, 귀한 황금을 내던진 가난한 형제와 암행어사를 굴복시키고 양반이 된 백정에 이르기까지 여러 매력적인 인물들을 만나게 될 것이다. 한마디로 말하여 '자기 삶'을 사는 사람들이라고 할 수 있다. 그들의 행보 속에는 놀라움과 함께 감동과 교훈이 깃들어 있다. 그 모습을 통해 우리는 당당한 주인공으로서 세상을 살아가는 일이 어떤 것인지를 흥미롭고도 생생하게 엿볼 수 있을 것이다.

이야기들 속에서 주인공들이 보이는 행동 양상이 조금 엉뚱하고 비현실적으로 느껴질 수도 있을 것이다. 과장과 비약은 옛이야기의 일반적 특징이 된다. '정말 이런 일이 있을 수 있나.' 하고 따지기보다 상상 속의 일로 편안히 받아들여 즐기는 것이 제격이다. 하지만 그렇게 지나치고 만다면 아쉬운 일일 것이다. 행간에 뜻밖의 깊은 이치가 깃들어 있는 것이 옛이야기의 묘미다. 이야기 내용을 되짚어 보면서 숨은 의미를 이리저리 되새길 수 있다면 더 즐겁고 뜻깊은 설화 읽기가 될 것이다. '만약 나였다면 저때 어떻게 했을까?' 하면서 작중 상황을 음미해 보는 것도 좋겠다.

내 복에 산다
1

신씨

옛날에 한 사람이 인저, 옛날에는 아들이 최곤데, 딸을 삼형제를 낳어요. 그러니께 큰딸, 첫딸 날 적에는 좋아하더니 둘째 딸 낳는데 또 조금 우뚜름(떨떠름)허죠.

딸만 낳나? 셋째를 낳아 노니께 아주 구박덩어리야. 청자/옛날엔 딸 낳으면 그랬어. 아주 구박스럽게 그렇게 딸을 그냥 구박을 해 천대(賤待)로 길러요. 끝내 그런 거야. 막내딸은 미워해요.

근데 인저 어머니 아버지가 물으면은, 아부지가 물으면, 언간히 (어지간히) 컸는데, 한 열 살 되면 큰딸은,

"너 누구 덕에 먹고 사냐?"

"어머니 아버지 덕에 먹고 살죠."

둘째 딸도,

"넌 누구 덕에 먹고 사냐?"

"저도 아버지 덕에 먹고 살죠."

막내딸은,

"넌 누구 덕에 먹고 사냐?"

"저는 제 덕에 먹고 살지 누구 덕에 먹고 살아요? 저는 제 덕에 먹고 살지, 어머니 아버지 덕에 안 먹고 살아요."

이래요.

그래서 인저 괘씸스럽잖아요, 부모가? 아, 쪼끄매서부텀 그렇잖아도 딸만 셋이 나와서 미워했는데 미운 소리만 자꾸 허니께. 어떡해야 옳으냐?

"너 길래˚ 끝내 그럴래?"

그러니께,

"예. 내 덕에 먹고 사니께 내 덕에 먹고 산다고 그러지. 어머니 아버지가 나 났을 뿐이지, 나는 내 덕에 내 복에 먹고 살아요."

끝내 그러거든요, 쪼끄만 게. 그러니께 그러다 저러다 열다섯, 열여섯 살을 먹었는데 밉살맞으니께 내쫓았어요. 시집보낼 때가 됐는데, 옛날에 일찍 여우살이˚를 일찍 시키잖아요? 근데 큰딸 둘은 시집을 보내구 작은딸은 내쫓아 버려요.

"네 덕에 먹고 살았으니께 실컷 너는 나가서 네 덕에 먹고 살아라. 나는 집에서 밥 안 멕여 줄란다."

나갔어. 내쫓으니께 쫓겨나 가지구 한없이 갔어요. 어디루 그

˚ 길래 오래도록 길게.
˚ 여우살이 결혼 생활을 뜻하는 옛말. '여위어서 사는 일'로, 특히 여자 쪽의 결혼 생활을 가리킨다.

냥. 옷을 몇 벌 싸서 엄마가 주면서 가지구 나가라 하니께 보따릴 들구 그냥 시름없이 그냥 걸어서 가는데…….

옛날엔 차가 있어요, 뭐해요? 그냥 워냥(마냥) 산중으로 그냥 한없이 산중으로 그냥 산중 길로 찾어서 들어가니께, 참 산중에 얼마나 들어가니께 오막살이 집이 하나 있는데 할머니가 하나 계세요. 거기 찾어 들어가,

"저 좀 여기서 쉬어 가두 되까요?"

허니께,

"그러라."구.

할머니가 반갑게 맞아들여요. 그래서 거기서 인제 쥔(주인)으로 삼구서는 거서 자구 거기서 밥을 먹구. 할머니가 밥을 해 먹으니께 부엌에 들어가서,

"제가 허께요."

그러구선 걷어붙이구 제가 인제 밥을 해서 인제 할머니랑 같이 먹구.

"할머니, 혼자 사세요?"

그러니께,

"아녀, 나 아들이 하나 있는데 우리 아들은 돈 벌러 갔지."

그래요.

"어디로 무슨 돈을 벌러 댕겨요?"

허니께,

"우리 아들은 내가 어려워서 공부도 못 가르치고 그래서 그냥

숯을 굽는 거야. 산에다가 숯구뎅이 묻어 놓고 숯을 굽는 거야. 그래서 그 숯 장사 해서 돈 버는 거야."

그렇게 할머니가 얘기를 해요.

"그러면은 그 숯 굽는 데가 어디예요?"

허니께,

"인자 저녁에 올 거야, 우리 아들이. 인저 밤에 이슥허니 허면 오면은 밥 먹구 자구 낼 새벽에 또 나가구 맨날 그래."

인저 밤중에 왔어요. 와 보니께 아가씨가 하나 있잖아요? 긍게 어머니보구 물어보니께,

"이래저래해서 손님이 오셨다. 지나가는 손님이니 날이 저무니께 인제 쉬어 간다구. 우리 집에서 자고 가야 허는데 대접을 잘 해야 된다, 손님헌테."

어머니가 그렇게 말을 허거든요. 해서 인제 말을 잘 그 아가씨가 다 들었어. 어머니가 얘기하는 거를 듣고는,

'참 할머니가 인품도 좋고, 또 말씀허시는 게 부덕(婦德) 있게 말씀마다 허시는데, 내가 여기가 주인을 삼고 있어야 되겠구나.'

하는 생각이 들어가요. 딱 인저 어머니루 삼구서 있으려고 밤에 어머니를, 어머니 있는 방에를 갔어요. 들어가 가지고서 다 얘기를 했어요.

"어머니, 저를 딸로 삼으세요. 저는 어머니를 모시구, 저는 어머니, 아버지도 옰이 이렇게 고아로 혼자 돌아댕기는 사람이니께 집두 없구 아무것두 없어요. 긍게 어머니로 삼고 싶어요."

그러니께,

"그러냐?"구.

"더 좋지, 나는. 우리 집은 아들 하난데 그럼 딸로 삼는 게 아니라 우리 메누리로 삼을 거야."

그래 가지구서 인자 아들허구 다 상의를 했어요.

"규수가 우리 집에 찾아들어 왔으니께 네가 인저 장개를 들어야겄다."

그러구서는, 얘기를 허구서는 그 이튿날 밥을 해서 멕여서 인자 아들을 숯구뎅이에, 숯일 허러 산에 일허러 보냈는데 이 어머니가 점심을 싸 줄려구 허거든요. 근데 그 처녀가 가만히 보고 있다가,

"어머니, 점심을 싸지 마세요. 제가 점심을 가지고 갈랍니다. 이따 따숩게 밥을 해서 어머니허구 하냥(함께) 가면은 알잖아요. 긍게 처음이니께 어머니 오늘만 일러 주세요. 길을 일러 주시면 매일매일 제가 밥을 해다가 점심밥을 따숩게 해다 주께요. 그러면 찬밥 먹는 거보다는 한결 낫잖아요."

"그러라."구.

"더욱 좋다."구.

그렇게 허기로 인제 했어요. 그러구 참 허구서는 인자 밥을 해서 멕여서 숯 일을 하러 보내구. 인저 반찬을 맨들어서 인저 점심을 해서 싸 가지고 다라에다 담아서 이구서는 인저 갔어요, 둘이. 어머니가 앞만 서서 길잡이를 허구 처녀가 밥을 해서 이구 인

저 따라가구. 셋이 먹을 밥을 다 담아 가지구 갔어요.

거기 가서, 아 얼마를 가니께 진짜 숯구뎅이를 산속에다가 다 놨는데 숯구뎅이서 김이 무럭무럭 나요. 인자 불을 넣어서 숯 이 피니께 인제 굴뚝에 연기가 막 나구. 아들은 인저 산에 가서 숯 낭구(나무)를 찍어요. 도끼루다 땅땅 인저 나무를 찍구 있구. 그래서 찍어선 내려 굴리구, 찍어선 내려 굴리구. 도막을 쳐서 내려 굴리구. 산에서 꼭대기에서 내려 굴리믄 떼굴떼굴떼굴 내려와서 는 숯구뎅이 옆에 가 인자 뚝 떨어지구, 뚝 떨어지구. 중간에 걸리는 것두 있구, 나무가. 그렇게 해서 숯 나무를 찍는데.

밥을 갖다 놓구 가만히 댕기면서 이 처녀가 댕기면서 구경을 했어요. 그게 언제 달이냐면은 그게 삼월달이에요. 봄에 음력으루 삼월 보름 전깬데, 나물두 많이 있어요. 뜯어 먹을 나물두. 그래서 다니면서 나물을 뜯구 그래선 나물을 참 한 구럭* 뜯어다 가선 옆에다가 놔두고 점심을 먹어.

남자가 내려오니께 같이 내놓고 밥을 먹구, 그러구 셋이 앉아서 밥을 먹구 다 그릇에서다 담아 놓구서는 어머니랑 둘이 댕기며 나물을 뜯었어요. 메누릿감이랑 인저 어머니랑 댕기며 나물을 뜯으니깐 많이 뜯었을 거 아니에요? 보(보자기)를 가져갔었는데 거기다 싸 놓구.

이 아가씨가 가만히 보니께 숯구뎅이를 닿아서 연기가 막 나가

---

* 구럭 새끼를 드물게 떠서 물건을 담을 수 있도록 만든 그릇.

는데 이 아궁지는 꽉 막았을 거 아녜요? 불을 못 나오게? 꽉 막아 놨는데, 이맛독(이맛돌)*을 보니께 이맛독이 그냥 이런 돌이 아니라 금이에요, 그 아가씨 눈에.

'아하, 저게 금인데, 금을 몰르구, 몰라보구 저렇게 숯구뎅이 이맛독을 했구나. 저거 언제고 숯을 떼내고 구뎅이가 인제 식으면, 빨랑 식으면 내가 인저 남자헌테, 어머니헌테 식구헌테 다 인자 말을 해야겠다.'

싶어 가지구서 인저 자기만 혼자 알구서 인저 아무 소리도 안 허구 내려가.

그게 인저 한 오 일, 인저 그 숯구뎅이 나무가 다 타서는 숯이 돼서는 불이 꺼지잖아요? 연기가 차차로 굴뚝에 덜 나오니께 굴뚝을 꽉 막아 버리면 불이 안에서 꺼지면서 숯이 되잖아요? 까만 숯이 되잖아? 그게 연기가 그냥 나게 굴뚝을 열어 놔두면 불이 다 숯이 사위어 가지구 숯이 없어져유. 그냥 재가 되고 말어. 그렇게 막아 가지구서는 인자 숯을 맨들어서 숯을 떼내구, 숯구뎅이 막은 지 오 일 만에 또 숯을 떼내구, 또 숯 나무를 갖다가 또 쟁여 놓구 그래요.

그런데 숯 나무를 쟁인 때 가서, 다 실었는데 그 아가씨가 얘기를 했어요. 그 어머니, 그 남편감 인저 듣는데.

"이리저리해서, 저 숯구뎅이 이맛독이 돌이 아니고 금입니다."

* 이맛돌 아궁이 위에 가로로 걸쳐 놓은 긴 돌.

이게 금이라 그러니께 깜짝 놀래요, 남자가.

"아니 이게 돌이지 무슨 금이냐?"구.

이게 금이면, 숯구뎅이 이맛독이 이만하잖아요? 아궁지(아궁
이)가 크니께. 근데 이렇게 크단 말여. 숯구뎅이 아궁지가 이만하
니께.

"이게 다 금이면은 이게 돈이 얼마라구?"

"금이라."구.

"인제 우리는 인제 때가 왔어. 이것만 해두 우리는 다 마련해
놓구, 집도 고대광실 높은 집에 우리가 다 인제 장만해 놓구 남
처럼 잘살 수가 있다."구.

"땅도 사서 참 다 인저 잘살 수가 있으니께 쉬어 가며 찬찬히
일해두 된다."구.

인자 그 신랑보구 그렇게 얘기를 했어요.

"어머니, 그런 줄 아세요."

"그래라."

아, 이 이맛독을 마련하러 인자 댕기는 거야, 산으루. 근데 그
이맛독이 쉽지를 안해요. 어드메 어드메 몇 날 메칠을 갱변(강변)
에두 가 보고 똘강창(도랑창)에두 가 보고 어디 산 옆에도 가 보고
찾으니께 찾았어. 그 이맛독을 하나 인저 마련할 걸 찾았어요.
그래서 셋이 맞들어서 인저 지게에다가 져다가 놓구 그러거든요.

이맛독을 뜯어냈어요. 뜯어내 보니께 뭐 진짜 훌륭한 금덩어리
예요. 셋이도 들 수가 없어요. 어떻게 무거운지. 그래서 뜯어내구

이맛돌을 거기다가 새로 줏은 돌을 맞춰서 숯구뎅이를 맨들어서 또 인제 숯을 굽구.

그러면서 금을 인자 그걸 그냥 혼자 팔 수는 없잖아요? 인자 나라에 인자 신고를 해야지. 나랏님헌테다가, 원님헌테다가 기별을 했어. 원님이 인저 역졸들을 보내서 인저 왔어요. 그 사람을 그냥, 그 아가씨 그냥 아주 상금을 내줘서 그냥 부자를 만들어 주네. 집도 그냥 기와집을 그냥 몇 채를 해 주구 그냥. 땅도 얼마나 많이 논도 몇 마지기를 주고 그냥. 밭도 그렇게 주고 그냥.

"이 사람, 참 이게 웬일이냐?"구.

금덩어리는 인저 자기네가 가져가구, 나라에서 가져가구. 그 금 몇 뭉챙이를(뭉을) 되게 돈을 내줘서 그냥 논도 사 주구 땅도 사 주구 집도 맨들어 주고 먹을 것도 그렇게 그냥, 예식도 잘 시켜 주구. 그냥 또 뭐야, 어머니를 잘 모시게 그냥 해 주고 그케(그렇게) 참 잘 살았어요. 잘 살다가 참 끝꺼지 그냥 아들 낳구 딸 낳구 잘 살다가 돌아가셨죠.

조사자 / 나중에 부모님은 다시 안 만났어요? 부모님은 인제 만났죠. 야중(나중)에 인자, 아 이 소문이 났잖아요? 그러니께 그 아부지가 찾아와서,

"어쩐 일이냐?"고.

"잘 사느냐?"고

"부자가 됐냐?"고.

다 얘기를 했어요. 일일이 다 하나에서 열까지 백까지 인저 다

인제 얘기를 허니께 듣구서는…….

그 딸이 복이 있는 딸인데 그걸 몰라서, 그게 제가 복이 있으니께 제 복에 먹구 산다구 했는데 내쫓으니께, 그 딸 내쫓구 친정은 그냥 폭삭 망했어요.

그렇게 해 가지고 잘 살았대요. 청중 박수

신씨(여, 1919년생, 89세)
2007. 7. 12. 대전시 서구 노인복지관
신동흔 심우장 김예선 외 조사

〈내 복에 산다〉는 민간에서 구전으로 널리 전해 온 이야기다. 제목 그
대로 사람은 자기 복에 사는 법이라는 이치를 담아내고 있다. 주인공인
막내딸이 자기는 부모 덕이 아니라 자기 복으로 먹고 산다고 당당하게
말하는 모습이 인상적이다. 부모한테 거역하는 불경한 모습처럼 보이지
만 자기 생각을 있는 그대로 떳떳이 밝히는 솔직한 모습이다.

자기 복으로 산다는 것은 세상의 이치기도 하다. 타인이 삶을 대신해
줄 수는 없는 터이기 때문이다. 주인공이 '내 복에 산다.'라고 말하는 것
은 '내 삶의 주인은 나'라는 뜻으로, 삶에 대한 주체성을 표현한 것이라
할 수 있다. 흔히 옛날이야기가 충(忠)이나 효(孝) 같은 순종의 윤리를 강
조한다고들 여기는데 실제 자료를 보면 이 이야기와 같이 자기 주체성
을 강조한 이야기들을 많이 볼 수 있다. 삶의 경험으로부터 나온 인생
철학이라 할 수 있다.

💬 생각거리

• 가진 것 없이 쫓겨난 막내딸이 성공할 수 있었던 이유는 무엇이었을
  까? 막내딸이 금덩어리를 발견한 것은 단순한 우연이었을까?
• 이 이야기에서 부모 덕에 산다고 말한 위의 두 딸은 뒤에 어떻게 되
  었을까? 상상을 통해 뒷이야기를 만들어 보자.

내 복에 산다
2

홍봉남

옛날에 어느 베슬아치(벼슬아치)가 참 부자로, 아주 부자로 살고 딸이 딱 서이(셋)야. 딸이 딱 서인데, 그 얼마나 베슬아치니깐 구엽게 길르겠어. 옷도 잘 해 입히고 참 아름답게 키우는데, 한번은 딸을 서이를 불러 가지고 큰딸부텀,

"너는 지금 누구 덕에 이렇게 호의호식을 하고 잘 먹고 잘 입고 그렇게 하고 행복하게 사니?"

그러니깐,

"아휴, 제가 뭐 아무것도 모르지만은 다 아버님 어머님 덕분에 이렇게 잘 먹고 잘 살고 있습니다."

인제 그래군(그러고는),

"그렇지."

인제 둘째 딸을 딱 불러 가지고,

"너는 지금 누구 복에 먹고 사냐?"

"아이, 다 부모 덕분에 이렇게 참 잘 먹고 살지요."

인제 그랬어. 그러니까,

"아, 그러냐."

인제 막내딸을 딱 불러 가지고 인자,

"야, 너는 지금 누구 덕에 이렇게 잘 먹고 호의호식을 하냐?"

"아이, 다 뭐 제 덕에 먹고 살지요, 뭐. 누구 복이랄 게 있어요? 저는 제 덕에 먹고 삽니다."

아, 그 소릴 들으니깐 너무 괘씸하거든. 딸 둘은 다 그래도 아버지 어머니 덕에 먹고 산다 해서 그게 얼마나 귀엽고 이쁜데, 아 요거는 발칙하게 그냥 제 덕에 먹구 산다고 하니까, 아 너무 괘씸해 가지고,

"그래? 그럼 네 덕에 먹고 사나 부모 덕에 먹고 사나 한번 우리 시험을 해 볼까?"

"아이, 해 보세요."

인제 그랬거덩. 그래서 인제 이렇게 참 인제 지금으로 이르면은 무슨 형사 하는 그런 사람이겠지.* 아무것도 없는 사람. 불러 가지고,

"너 우리 딸을 줄 테니깐 너 데리고 가서 자신 있게 살 자신 있느냐?"

---

* 형사 하는 그런 사람 화자 가족 가운데 형사가 있는데, 살림이 시원찮은 것을 본 터라 이렇게 말한 것이다.

그러니께,

"예, 있습니다."

그래 인저,

"아, 그 어떻게 살면 니가 자신 있게 살겠니?"

"아, 제 행복대로 살지요."

인저 그놈이 또 그렇게 인저 자신 있게 말을 해.

"그럼 아주 나는, 얘는 제 덕으로 먹고 산다니깐 내 재산이라는 거는 뭐 이불 한 채가 없이 나는 할 테니까 너 그대로 데리구 갈 수가 있냐?"

"아, 주신다고만 하면 그냥 데리구 갑니다."

그래구 인제, 그래니깐 줘 버렸어. 가 사나 어디 본다 하구선 줬는데…….

그래 인제 참 이 사람이 뭐 시골에 그냥 그 부모님, 부모들도 너무 기가 막히게 살지. 너무 없어 가지고. 아, 그런 데 데리구 갔어. 데리구 가니까,

"아, 어떤 아가씨를 데리구 오냐?"

부모가.

"아이, 저 서울에 참 베슬도 높고 그런 분네 막내딸인데 지금 이렇게 이렇게 해서 쫓겨난 상태라서 제가 이 참 공주하고 결혼해 가지고 살아야 됩니다."

그러니께 부모가 막 놀래 버리거든.

"아무리 그래도 그렇게 높은 집 딸을 데려다가 니가 어찌 그렇

게 감당을 할라고 그러느냐? 안 된다."

"아이, 저는……."

그러니께 이 여자가,

"저는 제 복으루 먹고 사니까 걱정 마세요. 제가 어떻게든지 다 하고 살겠습니다."

그러고 자신 있게 말을 했거넝.

그래 뭐 아무것도 없으니까는 뭐 해 먹을 것도 없지. 뭐 어떻게 할 것도 없지. 그런 데다가 참 뭐 이틀에 피죽 한 그릇 먹다시피 이렇게 하구 사는데. 이건 뭐 여자가 오니깐 그저 누가 뭣도 갖다 주구 또 뭣도 갖다 주구 뭣도 갖다 주구, 또 이 집에서 뭣도 갖다 주구 저 집에서 뭣도 갖다 주구. 그러니까는 그냥 자꾸 쌓이구 쌓이구 쌓이는 거여, 오히려.

'참 이상하다.'

그래 인제 얘가 있다가, 여자가 있다 그렇게 즈이 시부모를 보구서,

"그러니깐은 저는 제 복으루 먹구 사니까 염려 마세요. 아이, 저 어쨌든지 제 복으루 먹구 살겠습니다. 아, 부모한테 쫓겨났으니깐 제 복으루 먹구 살아야 하지 않습니까."

인제 이라구 있는데. 아, 웬걸. 이게 쪼끔 쪼끔 있다 보니깐 재산이, 뭐 가서 땅 좀 사고 또 가 땅 사고 그러다 보니깐, 이 산 어디를 땅을 사 가지고 거기를 파니깐 너무 엄청난 금덩어리가 나오는 거야. 왜 나오느냐니깐 인제 옛날에 그 선대에서루 자기네

선대에서 감당을 못해 가지고 거기다 금을 숨겨 놓은, 파묻은 거야. 그게 그냥 누런 금덩이가 이만한 게 나오니깐 참 이게 대부자가 되는 거 아니냐고.

그래 가지고 여기다가도 땅을 사고 저기다가도 땅을 사고, 그냥 집도 세상에 없는 집을 짓구 이럭하구 사니깐 소문이 나는 거 아니야. 아부지 어머이한테.

"아무개는 뭐 어디 거 가서 뭐 큰 부자가 돼 가지고 산다."고 그러니까 그 아부지가,

"사령구(사린교)*를 대절해라."

그때는 사령구라면 최고다. 사령구를 딱 타고 딸네 집에를 떡 가니깐, 야 세상에 자기네 집은 아무것도 아니여. 너무너무 기가 막히게 하고 사니깐 거기서 탄복을 한 거야, 아부지가.

"아따, 지가 제 복으로 먹고산다더니 그 말따라(말마따나) 참 맞구나. 맞다, 맞어! 역시나, 참 그래도 말에 씨가 있다더니만 말에 진짜 씨가 있구나."

그래 인저 딸을 보도 못하고 염치없어 가지고 고만,

"에이, 사령구 돌려라."

그래 왔어, 인저 서울로 왔거덩. 와 가지고 아버지가 곰곰히 생각하니깐 그 딸을 너무 괄세(괄시)해 보낸 것이 너무 마음에 걸리거덩. 그러니깐 인저 참, 그때는 뭐 전화도 없고 꼭 편지만 하니

* 사린교(四人轎) 앞뒤에 각각 두 사람씩 모두 네 사람이 메는 가마.

까 편지를 만리장성을 써 가지고서루 딸한테다 보냈어.

"야, 아무것이야. 넌 네 복으로 먹구산다고 하니깐 이 아부지는 너무 네가 괘씸해 가지고 너를 그렇게 거지 놈에게다 보내고 참 보니깐 진짜로 네 복에 먹고 살았구나. 그래, 그저 더 이상 바랄 거 없이 나도 기쁘다."

이제 그럭하구 살았대. 산대.

조사자/ 지금 어디 있어요? 지금 우리 동네서 살고 있어. 청중 웃음 우리 동네서.

조사자/ 그 이야기 어디서 들으셨어요? 그냥 어떻게 주워들은 거지 뭐. 조사자/ 내 복에 산다? 응, 내 복에 산다. 그러니까 여기 다 여러분들도 그냥 자신 있게 "내 복에 산다." 이래야 돼. 난 내 복에 살어. 청중/ 그려. 그렇지! 남의 덕에 살 거, 살 필요가 없지. 청중/ 맞어. 내 인생은 내가 살고, 나는 내 복에 살고, 내 명은 내 명대로 살다 가는 거야. 청중/ 그럼. 그런 거라구, 그게 다. 청중 박수

홍봉남(여, 1927년생, 80세)
2006. 6. 22. 서울시 종로구 노인복지센터
김경섭 김광욱 정병환 나주연 조사

앞의 〈내복에 산다 1〉과 큰 줄거리는 같으나 세부 내용에 차이가 있다. 주인공은 본래부터 미움을 받던 존재가 아니라 대갓집의 사랑받는 딸이었는데 함부로 말대답을 했다고 쫓겨난 것으로 돼 있다. 늘 자기는 잘될 수 있다고 하는 확신에 가득 차 있고 실제로 일이 그렇게 풀려 나가는 것이 인상적이다. 이야기 내용 가운데 주변에서 무언가를 이것저것 갖다 줬다고 하는 내용이 눈길을 끈다. 이는 주인공이 사람들의 도움을 이끌어 내는 크고 밝은 기운을 펼쳐 내고 있음을 말해 준다.

기세당당하던 부모가 딸을 완전히 인정할 수밖에 없었다는 결말이 아주 그럴싸하다. 구연 말미에 화자와 청중이 논평을 주고받으면서 이야기의 의미를 되새기는 모습도 무척 인상적이다.

구연자는 당당한 여장부 스타일의 인물이었는데, 그런 면모가 주인공 캐릭터와 작품의 주제에 투영돼 있는 것이 특징이다.

💬 생각거리

- 〈내 복에 산다 1〉과 이 이야기를 비교해 보자. 주인공의 성격, 주변 인물과의 관계, 작품에 담긴 인생철학 등이 어떻게 같고 다른가?
- 막내딸이 시집오고 나자 주변 사람들이 나서서 그 집을 돕고 또 땅에 묻혀 있던 금덩어리까지 발견된 상황에 대해 의미 맥락을 정리해 보자. 소설 형식으로 구체적 상황을 묘사해 보는 것도 좋을 것이다.
- 〈내 복에 산다〉와 통하는 이야기에 《삼국사기》의 〈온달 설화〉와 민간 신화 〈삼공본풀이〉 등이 있다. 자료를 찾아 특징을 비교해 보자.

앉은뱅이와
장님의 발복

홍봉남

그러니까는 장님하고 또 앉은뱅이하고…… 그래 인저 앉은뱅이는 걸음을 못 걷잖어? 근데 장님은 보들 못하잖어? 그러니께 인저 앉은뱅이가 장님더러 하는 말이,

"나를 좀 업구서루 신선한, 공기도 좋은 어느 산구뎅이 그런데 가서 물도 좀 먹구, 또 저런 들판에도 댕길 수 없느냐?"구.

그 인저 장님을 보고 그랬어. 그 앉은뱅이는 걸음만 못 걷지 볼 수가 있거든. 근데 인저 장님은 걸음은 걷는데 볼 수가 없거든. 앉은뱅이는 볼 수는 있어도.

그래니께 인저 장님이 그 앉은뱅이를 업었어. 업구선 들판에, 들판에 댕기다가 또 어느 산골에 가니까 이런 옹댕이(웅덩이)가 있더래, 샘이.

---

* 발복 운이 틔어서 복이 닥침. 또는 그 복.

게(그래) 샘을 이렇게 보니까 금덩어리가 이만한 게 하나 들어 앉았드랴. 그러니까,

"아이, 장님!"

"예."

"참 이 옹달샘에 저 금덩어리가 하나니 거기가 가져갈 수도 없고 내가 가져갈 수도 없잖아요?"

"아, 그렇지."

"아이 참, 아까운데."

"아까워도 할 수 없지."

그 두 개 같으면은 나눠 가져갈 텐데 하나니까 가져갈 수가 없어.

"아이, 그러면 헐 수 없이 우리가 두고 가는 수밖에 뭐."

그러니까 두고서루 가는 거야. 얼마쯤 가니까는 어느 객(客)이 하나 오더래. 그래 인저,

"으이구, 값을 하네. 또 장님이 앉은뱅일 업고 가는 게 있어, 또? 예이, 빌어먹을 것들!"

그러니까, 그 혼자 오면서 그러니까,

"아, 여보시오. 그러질 말고 저 산꼭대기 저기 옹달샘에를 가면 그 금덩어리가 하나 있으니까 그걸 가서 가지고 가면 천지 대부자가 될 거요. 가서 그걸 가져가시오."

인제 일러 줬어.

인저 막대기를 짚고서 거기를 막 올라가니까 샘이 있는데 금덩

어리마냥 큰 구랭이가 있거든. 그 인저 화가 날 거 아니여?

"예이, 이런 빌어먹을 놈 봐! 장님하고 앉은뱅이하고 나를 속였어? 아, 구랭이가 들어앉았는데 날더러 금덩어리라고? 아이, 이런 빌어먹을!"

막대기로 그냥 때리니까 그 허리에 뚝 떨어져 버렸어. 청자/뚝 끊어져 버렸구만. 응. 뚝 끊어져 버렸어. 그러니까 펄떡 펄떡 펄떡 뛰다가 팍 뒤집어지더래.

그래 화가 나 가지구서 확 뛰어서 그 사람네한테 갔어. 인자 뛰어서.

"야! 이놈으 새끼들아! 아, 이놈으 새끼들 나를, 나를 뭐가 원수가 져서 복수를 할라고 너 나를 가지고 금덩어리라고 가서 그랬니? 구렁이가 있는 거를 내가 그냥 작대기로 내려쳤더니 두 동강이 났다. 이 새끼들!"

이놈으 새끼들 때려죽여 버려야 한다고 막대기를 들이대고 뎀비는 거야.

"아야야야야야야야, 잘못했습니다! 잘못했습니다!"

그래, 이게 그럴 리가 없는데 하고 다시 와 보는겨. 다시 와 보니까 그 금덩어리를 잘라 놓은 거야. 반을 딱 잘라 놓은겨. 그러니까 인저 장님도 하나 가져가고 앉은뱅이도 하나 가져가고. 그걸 가지구 가서 팔으니까 온갖 천지 떼부자가 된 거야, 둘이서.

그래 가지고 빌딩도 몇 개 샀지, 그냥 뭐 땅도 얼마를 샀지, 벨거(별거) 벨거 다 샀지. 그래 가지고 너무 대부자가 돼 가지구 말이

여, 나도 도와준다는 걸 나 싫다고 그랬어. **청중 웃음** 나는 공짜 싫
다구 말이여.

그래 가지고 엄청 부자로 잘산다고. 청자/그도 같은 동네야? 응,
우리 동네서 살어. 나만 가면 막 이런다구. **청중 웃음과 환호**

홍봉남(여, 1927년생, 80세)
2006. 6. 22. 서울시 종로구 노인복지센터
신동흔 심우장 김광욱 김예선 외 조사

제1부 하늘은 스스로 돕는 자를 돕는다.

몸이 불편하고 가진 게 없어 세상의 핍박을 받던 두 사람이 힘을 합쳐서 움직인 끝에 큰 복을 얻은 사연이다. 장님과 앉은뱅이는 이 이야기에서 친구로 나오는데 다른 자료에서는 형제라고도 한다. '지성'과 '감천'이나 '거북이'와 '남생이' 같은 이름이 제시되기도 한다.

장애가 있어 어려움을 겪는 두 사람이 나그네한테 욕을 보는 모습이 안타까움을 자아낸다. 현실의 냉정함이 그렇게 표현된 것이라 할 수 있다. 그럼에도 나그네한테 금의 위치를 알려 주는 두 사람의 모습에서 어떻게든 세상과 소통하며 복을 나누고자 하는 태도를 볼 수 있다. 그들이 큰 복을 받은 것은 둘이 서로의 모자란 부분을 채우며 움직였다는 사실 외에 그러한 마음 씀씀이를 가졌기 때문이었다고 할 수 있다.

똑같은 대상이 누구한테는 황금으로 보이고 누구한테는 구렁이로 보였다는 부분이 인상적이다. 나그네한테 금이 구렁이로 보인 것은 그가 추한 욕심을 지닌 인물이었기 때문일 것이다. 욕심 없이 맑은 마음을 가진 사람한테만 대상의 가치가 제대로 빛을 낼 수 있었던 것이다.

💬 생각거리

- 두 주인공이 큰 부자가 될 수 있었던 이유는 무엇이었을까?
- 인터넷에서 〈숙영랑 앵연랑 신가〉 또는 〈거북이와 남생이〉 신화를 찾아보고 이 이야기와 어떤 차이가 있는지 정리해 보자.
- 어려운 처지에 있는 사람들이 서로의 모자람을 채워서 문제를 해결한 사례를 주변에서 찾아서 발표해 보자.

형제와
금덩이와 산신령

정달훈

옛날 실화여. 형제가 있는데, 그 굉장히 어려운 형제가 있는데…… 그 형제가 농촌에 뭐 특이할 거 없고, 논밭떼기* 없다 싶으니께, 뭐 노동 일만 해서 품 팔아 먹다 보니까 살기가 아주 가난했었다고. 그래서 이제 두 형제 얘기하기를,

"우리가 이렇게 고생하지 말고 저기 강원도 삼척에 저 탄광, 아니 금전판에 가서 노다지나 캐러 가자."고.

"노다지만 캐면은 여기 나와서 몇 섬지기 사면 큰 부자로 살 거 아니냐?"고.

두 형제가 약속을 하고 강원도 삼척을 걸어서 간겨. 그 옛날에는 뭐 차가 있어 뭐가 있어? 보행으로다 고개를 넘고 넘고 하다 들어갔는데…….

* 논밭떼기 얼마 안 되는 논과 밭.

두 형제가 인자 한 구뎅이에서 안 하고 동생은 이짝 구뎅이에 들어가고 형은 이짝 구뎅이에 들어가서 캐내는데, 줄기를 따라 캐내는데 삼 년간을 강목*을 친겨. 그러니 밥값하고 이렇게 밀리다 보니까 도저히 이거 집에 올래도 이거 무일푼하고 그냥 올 수도 없고, 밥값이 여관비하고 밀려 났지. 그래 하도 형이 낙심이 돼서 이제 항(갱)*에도 안 들어가고, 굴에도 안 들어가고 낮잠을 자는겨, 마루에서. 잠을 자다 보니까, 꿈에 아주 한 하얀 노인네가 수염도 하얗고 흰 소복을 입고서 나타나면서,

"야, 너희 식구네 집에 애들하고 굶어 죽게 생겼는데 너 낮잠만 자면 어떡할 거냐? 그라지 말고 너 항에 들어가는 그 구뎅이 앞에 가면, 그 구뎅이 앞에서 세 발자국 나가서 하면 거기 금이 하나 있을 거다. 그렇께 그거 갖고 가면 형제 먹고살 수 있게 갖고 가거라."

이렇게 깨 보니까 꿈이여. 하도 허망해서,

'다 하도 고생하고 이런 꿈을, 근심을 하니께 이런 꿈을 꾸는가 보다.'고 대수롭지 않게 여기고서 안 간겨.

그 이튿날도 이제 항에도 안 가고 거기서 또 고대로 낮잠을 자는겨. 낮잠을 자니께 그 노인네가 또 나타나는겨. 그 잠을 깨고서 가만 갈까 말까 하다가,

• 강목 아무런 소득 없이 허탕만 침을 비유적으로 이르는 말.
• 갱(坑) 광물을 파내기 위하여 땅속을 파 들어간 굴.

형째와 금덩이와 산신령

"에이, 허사지. 허사일 뿐이니께 안 간다."고.

그 삼 일째 되던 날 또 안 나가고 낮잠을 자는데, 자꾸 노인네가 나타나는겨.

"아하, 허사가 아니구나."

하고서 그 길로 홀태 망태기*를 그것만 지고서 자기 항에, 굴 앞에 가서 세 발자국 떼어서 벌어뜨리고(벌리고) 헤집는 거지.

한 반쯤 올라가는데 이만한, 토막대기(토막)만 한 황금이 칵 특이하니께(두드러지니까) 뒤로 벌렁 자빠지지, 놀래서.

"헉! 이게 내가 시방 꿈을 꾸고 있는 건가?"

하고 가만히 보니께, 아 황금이여.

그래 그걸 싸 갖고 와서 저 여관 주인한테 주니 환장을 하지.

"이거 어서 난 거냐?"고.

그니께 그게 옛날 버려진 거, 항에서 캐 갖고서 갖다 버린 거란 말이여. 딴 사람 눈에는 그게 버러지로 뵌 거지 그게, 순금인데.

그 동생은 인저 항에 갔다 오니께 여섯 시에 나오더랴.

"아이, 형님! 왜 만날 낮잠만 자면 어떡하냐?"고.

"아이, 낮잠이고 지랄이고 이리 좀 와 보라."고.

금덩일 보니까 환장하거든 동생이.

"야, 이제 우리는 이제 벌 거 됐으니까 이제 그만하고 집에 가

---

* 망태기 물건을 담아 들거나 어깨에 메고 다닐 수 있도록 만든 그릇. '홀태 망태기'는 홀태를 담을 수 있는 그릇이다. '홀태'는 밀, 조, 벼 등을 훑을 때 사용하는 농기구.

라는 뜻인데, 이제 고만 가자."

그래 자루에다 망태기 걸머지고, 걸머 매고서 밤이나 낮이나 걷는 거지 뭐, 보행으로 오니까. 하룻저녁에 가다 보니까 동생이 가만히 따라가며 생각해 보니 참 처량하단 말이여. 아, 집에 가서 둘이 똑같이 나누자고 약속을 했어도,

"이거 내가 줏은 거니께 내가 다 먹고."

(형님이) 그러면 저는 뭐여? 그 허사란 말이여.

'아, 이거 형님이 없었으면, 이거 형님을 해치고서 이걸 내가 어떻게 하고…… 형님은 광산이 무너져 갖고서 치여 죽었다고 인제 거짓말하고서……'

이런 맘이 자꾸 들어간단 말이야. 동생이 형을 해치고 싶어서 자꾸 이런 맘이 일어나는데, 가다가 동생이,

"형님, 무겁지 않아요?"

그러니께,

"무거워."

그러니께,

"아, 주세요. 이참에 내가 한번 메고 가 볼게요."

그럼서 동생이 메고서 형이 뒤따라오는데, 형이 가만히 따라가다 보니까, 아 저놈이 끝끝내 메고 가다 안 주면 어떡할겨? 그거 때려죽여, 어떡햐?

'아이, 동생을 해치고서 나 혼자 가져?'

이런 맘이 자꾸 형제지간에 이렇게 맘이 들어가거든요. 그렇게

의좋은 형젠데. 그래 형이 당장에 올라가서,

"잠깐 쉬어 가세."

금덩이를 이렇게 해 놓고서 담배 한 대를 이렇게 피우면서,

"동생, 솔직히 한번 얘기 좀 해 봐. 내가 이렇게 금덩이를 메고 동생이 뒤에 따라올 때에 무슨 마음이 들었는가 솔직하게 얘기를 하라."고.

그러니께 인제 솔직하게 얘기했어.

"형님을 자꾸 해치고 싶은 마음이 자꾸 들어가더라."

"우리 형제 그런 일이 있었느냐? 참 너도 그랬었냐? 네가 메고 갈 적에 나도 뒤에 따라갈 때 나도 그런 맘이 들어가더라. 이게 우리 보물이 아니여. 그러니께 이거 메고 뭐여, 용산 강경까지 가다 보면 우리 형제 죽일 테니까 내비자(내버리자)."고.

후딱 내비니께 떼굴떼굴 굴러서 저 밑에 소나무에 가 딱 꽂히거든.

그러니 허송세월로 그냥 내려오는 거지 뭐. 내려오다 보니께, 한 팔십대여섯 먹은 노인넨데, 모발이 하얀데 걸음을 잘 못 걸어. 지팡일 짚고서 엿장사 하고서 이렇게 올라오거든.

"야, 저 나이에 엿장사를 해서 먹고사니 얼마나 고생이 많겠나? 우리 저거 내삐리고 가는 보물이니까 저 노인네게(노인네에게) 가다 팔아 갖고서 잘살게 할 수밖에 없다."고.

노인네보고 얘기해.

"할아버지, 엿장사 하시지 말고 우리가 이런 보물을 금덩일 싸

오다가, 두 형제 딴마음이 들어가서 갖고 가다 우리 두 형제가 다 죽을 거 같아 내비리고 가니 그거 주워 가서 잘사시라."고.

아, 노인네가 고맙다고 뭐 절을 하더니 지팡이 짚고 그 밑에 그냥 내려가고…… 지팡일 짚고. 아, 내려가더니 그냥 막대, 지팡이 막대로다가 금 찾아 후리내갈기는겨. 후리내더니 아 쫓아오는겨, 얘들한테.

"요 망할 놈의 새끼들! 요놈! 노인네를 부려먹고."

노인네를 골린다고.

"황구리(황구렁이)를 잡아 놓고 요놈들이 그런다."고.

아, 그래 막 죽어라 그놈들 때릴라고 쫓아오는 거 같아서, 죽어라 둘이 이제 막 내빼다 보니까, 노인네가 뭐 쫓아오더니 온데간데가 없는겨. 보니께 엿 통, 판도 어디로 가고.

"야, 이거 우리가 도깨비에 홀린개비(홀렸나 보다). 이거 이상하다."고.

"틀림없이 이게 노인네가 엿도 없으니께, 엿판도 없어지니께 귀신이 곡할 노릇이니께 이게 산신인가 이상하다."고.

"우리가 틀림없이 금덩이를 갖고 왔는데, 이게 구렁이라니 이상하지 않느냐? 한 번 더 가 보자."

가서 인제 그 금 내버린 데를 착착착착 내려가서 인제 소나무에 가 보니까 그게 금이 반이 탁 쪼개졌더라네. 그 산신령이 너희 둘이 가다 보면 다 죽을 테니까 나눠 갖고 가라고 이걸 탁 해서 나눠 주는겨.

거 있어. 여 대전 강경 사람인데 그때 뭔 논 두 단지씩 뭔지 샀다고 하더라고. 시방꺼정 살고 있다고. 이거 실화예요, 실화. 다 했어요. **청중 웃으며 박수**

정달훈(남, 1932년생, 76세)
2007. 3. 12. 청주시 상당구 중앙공원
신동흔 김종군 심우장 외 조사

힘들게 얻은 귀한 금덩어리를 내던진 우애로운 형제에 관한 이야기다. 금덩어리를 얻을 때는 좋았지만 그 때문에 서로를 죽이고 싶은 마음이 들자 금을 요물로 생각해서 과감히 내버렸다는 내용이 감탄과 함께 고개를 끄덕이게 한다. 우애로운 형제가 금을 강물에 던졌다는 〈형제 투금〉 설화와 통하는 내용이다.

흥미로운 것은 그다음 대목이다. 어떤 할아버지가 나타나 금을 쪼갠 덕분에 형제가 금을 나눠 가질 수 있었다고 한다. 화자는 그 할아버지가 산신령이라고 말하고 있다. 우애에 감동한 하늘이 그들한테 복을 내린 상황이다. 형제는 욕심을 떨쳐 낸 밝은 마음으로 그 금을 되가졌을 터이니 아주 멋진 결말이라 할 수 있다.

화자는 이 이야기가 실화임을 거듭 강조함으로써 듣는 이의 관심을 더욱 집중시키고 있다.

💬 생각거리

• 두 형제가 금을 찾아 나섰다가 금을 내버리고 다시 찾는 과정에 얽힌 심리의 변화를 정리해서 기술해 보자.
• 이 이야기 속에서 엿판을 지고 나타났던 할아버지가 담당하는 구실은 무엇인가? 그가 형제한테 호통을 치는 일은 어떻게 이해해야 할까?
• 이 이야기를 〈앉은뱅이와 장남의 발복〉과 비교하여 두 설화 속에서 금덩어리가 나뉘는 상황이 어떻게 같고 다른지 말해 보자.

상주는 노래하고
여승은 춤추고

이학규

우리나라에 역대 숙종 대왕 그러면은 우리나라 대왕으로서 효(孝)는 엄지손가락을 치켜들며 요거란 말이에요, 역사적으로 볼 적에. 거까지는 아실 거고.

근디 숙종 대왕이 하루는 궁을 벗어나서 밖에를 삥 한번 돌았다 그 말이야. 돌다 보니까 남대문 근처에까지 왔는데, 평복을 허고 왔어.

평복을 입고 와서 지나는데…… 가만히 보니까 상을 하나 차려 놓고 어느 할머니는 울고 있고, 제광굴복(굴건제복)*이라 그럽니까, 저 상주*는 장단을 치면서 노래를 허고 있고, 어느 여승은어느 여승은 춤을 추고 있더라 그 말이야.

• 굴건제복(屈巾祭服) 초상이나 제사 때 갖춰 입는 옷차림.
• 상주(喪主) 부모나 조부모의 상중에 있는 자제 가운데 주가 되는 사람. 대개 맏아들이 상주가 된다.

그러니까 가만히 임금이 보니까 해괴망측하다 그 말이여. 이게 뭐 도대체 어떻게 해서 할머니는 울고, 상주는 상복을 입고 노래를 부르면서 장단을 치고, 여승은 거기서 춤을 추고 있다 그 말이야. 하, 그래 가지고 하도 기가 맥혀서, 이상하다 싶어 가지고서는 들어왔어요. 다시 궁으로 들어와서 그 당시 박문수 박 어사가 엄지손가락을 치켜들며 요거였거든. 박문수 박 어사보고 뭐라 그러고 허니,

"내가 오다가 이만저만 이만저만헌데, 무슨 곡절이 있을 테니까 한번 가서 알아보고 오너라."

그랬다 그 말이야. 그랬는데…… 가서 가만히 알아보니까, 이리저리 허다 보니까, 아 내용을 옆에서 얘기해 주는데, 이 아버지가 이 년 전에…… 삼 년 전에 돌아가셨어. 근데 삼 년이 아직 덜 됐던가 아직 탈복을 못 했다 그 말이야. 옷을 상복을 안 벗었어.

그러면 왜 제사를 삼 년을 지내느냐? 그건 다 아는 거란 말이야. 맨 처음에 죽으면은 초상(初喪), 그다음에 소상(小喪), 탈상(脫喪). 그래서 삼 년이라. 왜 삼 년이냐? 이것은 자식이 태어나서 부모로부터 태어나서 만 이 년을 젖을 빨어 먹어. 이 년을 빨어 먹으니까 햇수로는 삼 년이야. 그래서 삼년상을 치르는 거예요. 그러니까 내가 왜 이 얘기를 허느냐? 아는 걸? 그렇지마는 내용을 모르는 사람들이 많다 그 말이에요. 요즘에 더군다나 학생들.

그래서 아직 삼 년이 안 돼서 탈복을 못 허는데, 그때가 누구냐면 어머니가 마침 회갑이야. 그러니까 요참(요즘)에는 회갑 하

면 별거 아닌데, 옛날에는 육십이면 굉장하다 그 말이에요. 회갑이라고 굉장하니까. 그래서 기왕에 그 며느리가 효가 굉장한 며느리야. 머리를 깎어 가지고 요걸 팔어다가…… 그 사람이 남자는 선빈데, 돈이 있어야지. 그니까 머리를 깎어 가지고 팔어 가지고 술상을 차려서 어머니의 환갑을 지내 주는 거야. 그러면 돌아가신 아버지도, 돌아가신 아버지도 아직 삼년상은 못 벗었지마는 아버지도 즐거워하실 것이다. 이렇게 해 가지고 거기서 이제 말하자믄 그런 잔치를 했다 그런 뜻이여.

그러면은 가만히 생각하니까, 숙종 대왕이 효로 해서 우리나라에서 이건데, '이 사람에(사람에게) 돈을 좀 줘야 되겠는데…… 돈을 주면은 정치적으로, 요즘 같으면 정치적으로 뭐가 있을 거다, 이상하다 그럴 거 같아서, 또 받을는지 안 받을는지 그것도 모를 것이다. 그러니까 이렇게 하자.'

난데없이 백일장을 여는 거야. 백일장을 여니까 전국에서 사람이 구름 떼같이 모여드는 거야. 그런데 요거 백일장에 문장이 뭔고 허니, 이상하게 나왔다 그 말이야.

"할머니는 손을 들고 울고, 상주는 장단을 치면서 노래를 허고, 여승은 춤을 추더라."*

이거란 말여.

---

* 할머니는~추더라 이를 한자로 표현하면 '상가승무노인탄(喪歌僧舞老人嘆)'이 된다. 숙종 대왕이 글 주제로 '상가승무노인탄'이라는 일곱 글자를 주었다고 이야기되는 경우가 많다. 그래서 흔히 '상가승무노인탄'을 이 이야기의 제목으로 삼는다.

아, 그래서 선비들이 가만히 놓고 뭐 쓸라고 보니까 해괴망측허다 그 말이야. 도대체 글월이면 말이지, 뭐 어떻게 한다든지 있어야 하는데 전연 없어. 그러니까 다른 사람은 못 썼어. *조사자/아는 사람만 쓰겠네요?* 어.

그런데 이 사람이 어디 사느냐 하면 남대문에 살기 땜에, 덕수궁이 가차우니까 놀러 갔어. 보니까 백일장을 또 뭐를 쓰고 나온 것이 아까 그거를…… *조사자/상황이?* 그러니까 이 사람이 그걸 쓴 거야. 그래 가지고 이 사람이 장원이 됐어. 그래서 상금을 많이 줬더라 하는 이런 얘기를, 이걸로 끝내요.

이학규(남, 1922년생, 85세)
2006. 11. 20. 서울시 종로구 노인복지센터
심우장 유효철 김예선 김효실 조사

💬 해설

'상가승무노인탄(喪歌僧舞老人嘆)'이라는 제목으로 널리 전해 온 이야기다. 상주가 노래하고 여승이 춤추는데 노인이 운다는 것은 해괴한 상황인데 내막을 알고 보면 슬프고도 감동적이어서 큰 반전이 있다. 가난과 슬픔 속에서도 어떻게든 부모에 대한 도리를 다하려는 아들과 며느리의 효심이 교훈과 감동을 전해 준다. 그 모습을 보면서 울고 있는 노모의 모습은 마음을 찡하게 한다. 그 정경을 가상하게 여긴 임금의 도움 덕택에 그 가족이 큰 복을 받게 됐다는 내용이 큰 즐거움을 전해 준다. 임금이 직접적으로 그들을 도와주는 대신 백일장을 열어서 그들의 선행이 드러나도록 했다는 설정도 이 이야기의 묘미가 된다. 내용이 길지 않지만 옛사람들의 삶의 방식을 단면적으로 잘 보여 주는 미담이라 할 수 있다.

💬 생각거리

- 이 이야기 속에서 할머니가 울고 아들이 노래하고 며느리가 춤추는 장면을 인물의 심리 묘사를 포함해서 소설 형태로 다시 써 보자.
- 이야기 속의 숙종 대왕이 이 가족을 도와준 방식에 대해 논평해 보자. 백일장을 열어서 그 아들이 급제하도록 한 것은 이견의 여지가 없는 좋은 방법이었을까?
- '상가승무노인탄'이라는 글제를 받았다고 가정하고, 그에 대한 답을 한 편의 시로 작성해 보자.

이웃집 처녀
총아리 친 도령

리석노

그전에, 웃집은 이 정승 댁이고, 아랫집은 최 정승 댁이여. 근디 위아래 집이 다 문인가(文人家) 집으로 내려오고 또 잘살아. 잘산게(잘사니까) 웃집 이 정승의 딸도 초당을 집 뒤에다가 잘 지어서 거그서 글을 읽고, 아랫집 최 정승 아들도 초당을 잘 지어 놓고 글을 읽는단 말이제.

근디 지금잉게 저 한문을 안 배우고 그러니께 그렇지, 그전에 그 서당에서 한문 배우고 그러면은 두 시까지 글을 읽거든, 저녁. 그 두 시면은 참 밤중이 괴괴하고…… 청자/새벽 두 시? 암, 적적 허거든. 그때 글 읽는 소리 들어 보면은 참 처량하거든. 그 인자 천지는 고요헌디 그 글소리 읽는데 보면은 처량하다고.

그런디 아 삼월달이나 돼야, 음력. 삼월달이고 날도 따숩고 그러는디, 자심(야심)하도록 뒷집 정승 딸도 글을 초당에서 읽고, 이 최 정승 아들도 초당에서 글을 읽고 그러는디……. 뒷집 이 정승 딸이 인자 달도 밝고 그래서 그 초당에서 문을 열고 요락하고 달빛을 봉게 달은 밝고 그렇게, 그 아랫집 최 정승 아들이 글을 읽는데 보닝께 참 처량허기도 하고 생기가 난다 이것이여. 글을 읽는 소리가. 음악 잘하면은 듣기 좋듯이, 좋다 그것이여. 그렇게 딴맘이 들어갔어.

'저 남자허고 결혼해 가지고 부부를 맺어서 같이 살면은 좋겠다.'

허는 그런 야사*를 먹고, 담을 뛰어넘어서…… 청자 / 처자가? 음, 처녀가. 그래 인자 그 아랫집 최 정승 아들 초당 집 글 읽는 데를 갔단 말이여.

아, 가서 문을 뚜드링게 글만 읽제 문을 안 열어. 그 자꾸 뚜드리니께 이상허니께 나와서 봉게 그 뒷집 처녀가 와서 그러거든.

"그 어찌 이 밤중에 왔냐?"

헝게,

"내가 할 말 있어서 왔다."고.

"그려, 그러면은 말을 허라."고.

들오라고 그러는 것이 아니라. 청자/문밖에서? 으, 문밖에서 말을 허라고.

"아니, 여그서 밖에서 요로코(이렇게) 말할 얘기가 아니고 둘이 사분사분허니 헐 얘기가 있응게 내가 좀 들어가믄 안 되겠냐?"고 헝게, **청자 웃음**

* 야사(夜思) 밤이 깊고 고요할 때 일어나는 온갖 생각.

"정 그렇다면은 들어오라."고.

그려서 들어갔어. 들어강게 무릎을 딱 꿇고 앉는다 그 말이여. 그러더니…….

내가 그 문귀(文句)를 적어 드려야겠네. 청자/처녀가 인제 글을 썼어요? 그러자, 처녀가 글을 쓴 것이 아니라 남자가 글을 써 줬어. 그 남자가 허는 말이 그랬어.

"나허고 그럴 뜻이 있으면은 가서 모개나무(모과나무) 매, 회초리를 한 다발을 해 갖고 오니라."

그렸어.

모개나무 회초리, 그것이 떨어지들 안 허거든. 모개나무가 연해 가지고.

"그놈을 한 다발을 해 가지고 오라."고.

아, 긍게 밭에 가서 한 다발을 해 갖고 왔어.

"나하고 살라면은, 그런 뜻으로 살라면은 이 다리를 걷고 서라."고.

아, 다리를 걷고 서니께 큰 모개나무 그놈으로 그양(그냥) 피가 찍찍 나도록 맞았다고. 청자/처녀를 때렸어? 아, 처녀를 때렸어. 그 한 다발이 다 절단 나도록 맞았단 말여. 그러니께 픽 꽂혀. 그냥 내려져야(쓰러져). 그렇고(그렇게) 맞았단 말이여. 그럼서 써 줘 인자, 글을.

"삼경명월(三更明月)이 월정명(月正明)이라."

삼경 보름달이, 달이 정히 밝았단 말이야. 아조(아주) 밝았는디,

"미인(美人)이 함태(含態) 어강만(於姜娩)이라."

아름다운 계집사람이, 계집이 부끄러움을 머금고……. 강만이라는 것은 인연을 맺어서 살자는 말을 강만이라고 혀. 강가(姜哥)는 말을 헌단 말이여.

"남아(男兒)가 기시(豈是) 무심재(無心哉)랴."

남아가 어찌 마음이사 없을 것이냐.

"그러지만은 돌이켜 볼진댄 몸과 이름을 태산같이 여긴다."

조사자/이거 뭔 자예요? 무걸(무거울) 중(重) 자여. 조사자/아, 중태산. 삼경명월 월정명, 미인함태 어강만, 남아기시 무심재, 고위신명(顧爲身名) 중태산(重泰山).

요렇게 인자 적어 줬어. 적어 중게 여자가 이 글귀를 봉게 참 뚜드려 맞은 것이 잘했거든, 음. 자기가 참 그 속물적인 마음으로 깊이 못 생각하고 그렇고 마음먹고 갔는디, 저 글귀를 써 주고 매를 다 맞고 그러고 봉게 아 기양 낯 둘 새가 없어.

그래서 인자 왔어, 왔는디…… 을사사화*가 났단 말이여, 을사사화가. 났는디 이 아랫집 최 씨의 아들이 그때 뭣을 했냐면은…… 청자/최 정승 아들이? 으, 최 정승 아들이. 으…… 그 형벌 주는 벼슬이여. 조사자/뭐 금부도사 이런 거예요? 아니, 금부도사가

---

* 을사사화(乙巳士禍) 조선 명종 즉위년(1545)에 일어난 사화. 인종이 죽고 즉위한 명종의 외숙인 소윤(小尹)의 우두머리 윤원형이 인종의 외숙인 대윤(大尹)의 윤임 일파를 몰아내는 과정에서 수많은 관리와 선비가 화를 입었다.

아니고 청자/형조에 있었어, 그러면? 형조 판서*여. 형조 판서로 있고, 그 처녀는 다른 집으로 인자 결혼을 해서 가서 살아. 조사자/아. 이 정승 딸은 시집을 갔고요? 음. 근디 이 정승은 뭣이냐, 아들이 형조 판서를 했거든. 이 정승 아들이. 그런디 인제 최 정승 아들한테 맞었어, 맞었는디. 이 몰려 가지고 최 정승 아들이 죽게 생겼어.* 긍게,

"너는 형조 판서니께 니가 그 사람을 좀 도와서 살려줘라."*

그러니께 아들 말이 뭐라고 허니,

"아유, 어머니가 국사일(나랏일)에 나설 것이 뭣 있소?"

조사자/아, 인자 그 사람들이 다 성가(成家)를 해서 자식을 낳는데, 그 자식들 이야긴가 보네요? 그렇지. 인자 그 이 정승의 따님은 시집 가서…… (최 정승 댁) 아들이 인자 몰려서 죽게 생겼다 이것이여.

"그 이렇고 생겼응게 좀 살려 줘라."

그렇게,

"아, 어머니는 내가 국사일을 허제, 어머니 말 듣고 내가 국사일을 허는 사람이오? 그렇게 그것은 어머니 아무 말씀 마소. 지가 알아서 하는 일잉게 관두시오."

• 형조 판서(刑曹判書) 형벌을 관장하는 형조의 총책임자에 해당하는 벼슬.
• 이 정승은~죽게 생겼어 구연에 약간의 착오가 있다가 뒤에 바로잡은 것이다. 최 정승의 아들한테 매를 맞았던 이 정승 딸의 아들이 형조 판서 자리에 있었다는 것이 맞는 내용이 된다.
• 너는~살려 줘라 이는 이 정승 딸이 형조 판서인 아들한테 한 말이다.

긍게 그제는,

"야, 이놈아. 부모가 없었으면은 니 육체로 몸이 어디서 생겨난 것이냐? 그런데 부모 말을 마다하고 하는 놈은 너는 불효다."

하면서 이 치매(치마)를 걷어 올리고 장단지를 비친다고(보인다고), 잉? 그렇게 그때 맞은 흉터가 새카며(새카매).

"너 이것이 뭣인 줄 아냐? 이 흉터가?"

허면서 그 아들을 뭐라고 헌단 말이여.

"거 사침*에도, 속담에 사침에도 용서가 있단 말이 있는디 아무리 죄를 지었어도 서로 유유상종으로 좀 돌보고 어찌고 해서 유화성이 있어야지. 너 이놈, 거그 니 국사일 헌다고 니 맘대로 쫓아서 하는 일이 어디가 있냐?"고 허믄서,

"부모 말도 안 듣는 놈이 어디가 나랏일을 지대로 허겠냐?"고 허믄서 뭐라고 한단 말이여. 그럼서 아를 들들 볶는데,

"이것이 뭔 흉턴지 아냐?"

이러고 저러고 해서 그 얘기를 다 했어. 그 얘기를, 그 어찌어찌하다고.

"하도 같은 위아래 집에서 글을 읽는디 밤에 글 읽는 소리를 듣고 내가 거 가서 이 강구하는 말을 했다. 그려서 이렇고 뚜드려 맞은 것이다."

그럼서 이 글귀를 뵌단 말이여.

• 사침 미상. '사적으로 원수진 일' 정도의 뜻을 가진 말로 추정된다.

"그 사람이 이렇고 써 주었다. 그렇고 내가 매 다 맞고 나서 이 글귀를 써 주었다. 그런데 이놈아, 이 더 정직한 사람이 어디가 있냐, 이놈아? 그런디 내 말을 거역하고 못 봐준다고 허는 것은……."

그러닝게 그 아들이 대처(대체) 그 어머니 장단지의 흉을 보고, 대처 어떤 남자가 밤에 그렇고 가서 애정을 허는디 말 사람이 없을 것 같으거든. 자기가 생각을 해 봐도. 그런디 우리 어머니를 그렇고 때려 가지고 보냈다니 대처 그런 사람은 이 세상에 없을 것 같아. 그러니 인제 그 사람은 절대로 저런 것을 보더라도 뭐 거역하는 일은 없을 것이다 하는 것을 인지하고 살렸어. 살려 주었어.

그래 가지고 인자 두 가문이 또 인연을 맺었어. 내 집 딸, 내 집 아들, 또 이렇게 인연을 맺었다고, 또. 그래 가지고 양가 집이 대대생생(대대손손) 참 번창을 이루고 잘 살았다는…….

리석노(남, 1922년생, 85세)
2006. 3. 9. 서울시 종로구 노인복지센터
김종군 정병환 김효실 나주연 조사

이웃집 처녀의 유혹을 물리친 사람이 그 일 덕분에 뒷날 죽을 처지에서 벗어났다는 이야기다. 달밤에 자기를 찾아온 처녀를 꾸짖고 훈계하여 내보내는 강직한 모습이 인상적이다. 자기 자신은 물론이고 이웃집 처녀를 지켜 낸 갸륵한 행동이었다고 할 수 있다. 그때 감화를 받았던 여인이 평생 그 고마움을 간직하고 살다가 노년에 자식 앞에 젊은 날의 치부를 드러내면서 은인을 구했다는 내용이 훈훈함을 전해 준다.

화자는 이야기를 실화처럼 구연하고 있으나, 설화적 상상력을 바탕으로 재구성된 이야기라고 보는 것이 합당하다. 다른 자료들에서는 회초리를 쳤던 남자가 억울하게 역적 누명을 썼다가 벗어났다고 하는 식으로 내용을 전하는 경우가 많다. 오랜 은혜를 갚고 그릇된 일을 바로잡았다는 것이 이 설화의 기본적인 의미 맥락으로서, 남자를 풀어 준 일을 사적인 권력 남용이라는 식으로 비평할 일은 아닐 것이다.

💬 생각거리

- 이야기에서 밤중에 이웃집 처녀가 찾아온 상황을 실제의 일로 가정하고 어떻게 처신하는 것이 최선의 방법이었을지 말해 보자.
- 설화 가운데는 이웃집 남자한테 회초리를 맞은 여인이 부끄러움을 못 이기고 목숨을 끊은 다음 앙심을 품고서 원귀가 되어 남자를 괴롭혔다는 이야기도 있다. 좋은 의도를 가지고 한 행동이라 하더라도 이런 결과가 나타났다면 그릇된 것이라 할 수 있을까?

정의를 지킨 김백옥

박철규

옛날, 옛날애기 간단하게 하나 해야겠네. 조사자/예. 옛날에 저 충주 땅에 그냥 '김씨'라고만 아는 한 분이 살았는데, 아들을 뒀는데 참 아들이 잘났어요, 인물이. 무지하게 잘났어. 그래서 그 아들 이름을 백옥이라고 지었어, 하도 잘나서. 그래 김백옥이오.

그래서 그 인제 공부를 시켜서 앞으루 장래에 말이여, 큰사람을 맨들려고 그러는데 그 가정이 살기가 풍부하들 못해. 그래서 이 공부를 시키는 게 한이(한도가) 있잖아요? 그 사는데, 그때 마침 서울에 한 재상이 벼슬을 하직하고 집에서 계시는데, 아들을 하나 두었는데 그 아들이 김백옥이하고 거의 연갑네(연갑내기*)가 되는 아들이 있어. 그 인제 서로 모르는 사이지만은.

• 연갑(年甲)내기 서로 비슷한 나이나 그런 사람.

그래 그 아들을 공부를 시키는데 그 혼자 독선생을 앉히구 공부를 시키니까 적적해서 공부가 잘 안 되여. 그래서 인제 같이 똑같이 공부를 할 사람을 하나를 구하는 거예요. 그 사방…… 인저 벼슬을 크게 참 판서 정도를 해 먹은 이니까 참 서로들 염탐을 해서 그 적당한 참 아이를 하나 좀 구해 달라구.

그 수소문 끝에 그 충주의 김백옥이라는 그 청년이 참 아주 얼굴이 백옥 같으고 마음도 아주 비단같이 곱고 그렇다는 인저 소문을 듣구서 거기를 갔어요. 가서 그 부모를 만나서 얘기를 하니까 그 처음에는,

"아이구, 그 자식 하나 있는 걸 내가 떠내보낼 수가 있느냐?" 고 그렇게 거절을 하더니 참 설득을 하니까 그제서 그 허락을 했어요.

"어떻게 됐건 간 자식은 출세를 시켜 줄 테니까 걱정 말구 가셔서 열심히 둘이 공부해서 열심히 다 장원 급제 하게끔 맨들어 준다."구.

그래서 그 부모네들이 참 구여운(귀한) 아들을 서울로 보냈어. 그래 지금 같으면 그까짓 거 뭐 버스를 타든지 기차를 타든지 잠깐 가는데 옛날엔 인제 걸어서 가니까 충주서 그 서울 거기를 갈라믄 아무리 빨리 걸어두 가다서(가다가) 하루 저녁 내지 이틀 저녁을 자야 돼요.

그래 서울로 갔단 말이야. 가 보니까 그 옛날에 그, 그 고관대작 지낸 양반이니까, 대감들 집이니까 참 가산(家産)도 요부하

구*참 집도 잘되구, 잘돼서 둘이 서로 인사를 하구서 인제 친하게 공부를 하는데……. 아, 참 공부를 잘해요. 둘이 시샘해서. 니가 잘하나, 내가 잘하나.

아, 이렇게 한참 공부를 해서 이제 얼마 안 하면은 과거를 볼 판인데, 김백옥이가 그 아버님이 편찮으셔서 위독하다고 사람이 왔어. 그 옛날에는 순전히 편지를 사람이 가지고 다녔어요. 우편 저기 없으니까. 사람이 와서 위중하시다고. 그러니 뭐 김백옥인들 어떡해? 자기 아버지가 아프다는데.

그래 그 대감한테 하직하고,

"가서 아버님이 쾌차하시는 대로 올러오겠습니다."

그러니까 이 대감도,

"부디 꼭 올라오라."고.

"니가 와야 내 아들도 공부를 잘해서 출세할 거고, 너도 그렇고 그러니까 꼭 오라."고.

그러니까 약속을 하고 왔단 말이야. 아, 와 보니께 병이 위중해서 한 몇 달을 고생을 하다가 결국은 사망을 했어, 김백옥이 아부지가. 그래 아부지가 사망했으니까 인제 서울을 못 가는 거라.

그러다 보니까 몇 년이 흘렀어요. 몇 년이 흘렀는데 가만 생각하니까 안 되겠어. 인자 아버지는 돌아가셨고 인자 다른 가족들 사는데 어떻게 됐거나 지가 공부를 시작했으니까 가서 출세를 해

* 요부(饒富)하다 재산이 많고 살림이 넉넉하다.

야 되겠다 이거야. 그 인저 서울을 가는겨.

게(그래) 충주에서 집을 떠나 서울을 가는데 인저 가다가 자는 거야. 지금 아마 수원 근방쯤 갔나벼. 가다가, 아 이 길을 가다 보니깐 옛날엔 인가 사는 데가 드물어도, 아 날이 저물었는데 잘 데가 없어. 그 얼마나 가다 보니까 길가에 참 외딴집이 하나 있는 데 거기를 가서 주인을 찾으니까, 아 여자가 나온단 말이야. 아주 꽃 같은 여자가. 근디 노파나…… 남자가 있으면 남자나 노파가 나올 건데 여자가 혼자 나올 적에는 이상하다 이기여. 그래선,

"왜 그러느시냐?"구.

"지나가는 사람인데 날이 저물어서 갈 수가 없는디 보니깐 가 까운 데 다른 분들 인가도 없고 하니 하루 저녁 좀 쉬어 가자."구 하니까,

"아, 들어오시라."구.

그래 들어가니깐 그 여자 혼자 있어. 그래 인제 저녁을 해 줘 서 먹구 인제 아랫방을 내주는 기라, 그 여자가. 손님이니께 아랫 방에서 자라구.

"아, 지가 웃방에 가서 자겠습니다."

하니께 안 된다는 기라, 아랫방에서 자라구.

그래 인제 아랫방서 저녁을 먹구 잘라구 있는디. 아, 저녁 먹 고 바로 잘 수는 없구. 저녁 먹구 한참 있다 잘라 그러는데, 아 이 여자가 들어오는 거라. 깜짝 놀래서,

"아이, 부인이 어째 들어오시느냐? 남자 혼자 있는디 부인이

들어오시면 안 되지 않느냐?"구 그러니께,

"내가 우리 남편이 여기서 먼 데 사는데 나 같은 젊은 여자가 말이여, 남편을 한 달에 한 번도 보고 두 번도 보니 도저히 이 젊은 여자로 살 수가 없는데 오늘 마침 말이야, 이 선비님이 와서 오늘 저녁에 내 여서(여기서) 주무시라 그런 것은 내가 선비님을 내 사람으로 만들기 위해서 내가 재웠으니까 오늘 저녁으로 인연을 맺자."는 기여. **청중 웃음**

아, 큰일 났어 이거. 그래서,

"그건 될 수가 없지 않느냐?"구.

그런데 여자가 참 그렇게 된 게 아니라, 남편이 없는 과부여. 조사자/아, 과부요? 응, 내가 말을 잘못 했네.

"그러면 부인께서 말이지 글을 좀 배웠느냐?"

그러니께,

"부모님 덕으루 글을 좀 배웠다."구.

"그러면 내 부인의 요구를 들어줄 테니까 글을 내 한 짝 지을 테니까 그 글을 짝을 채워 달라."구.

"그럼 내 부인의 요구를 들어주겠습니다." 이거여.

"아, 걱정 말라."구.

글 짝이 뭐냐?

"금야(今夜)에 약결연(若結緣)이면……"

오늘 저녁에 만약 인연을 맺으면, 그거 아냐? '금야에 약결연이면'.

아, 그라니께 이 여자가 많지 뭐, 문자가. '백자천손*을 한다.'
구 하구,

"아니오!"

'부귀영화 한다.'구두,

"아니오!"

아, 이거 뭐 세상 그 좋은 걸 다 갖다 무조건 아니라네. 청중 웃
음 아, 그러다 보니께 이 여자가 미안햐. 그럴 거 아니야? 인제 그
러다 보니까 죄송한 마음이 들었어요. 그러니께 나중에 가서,

"선비님, 내가 이런 불측한 마음을 다시는 안 먹을 테니까 그
글 짝이나 좀 가리켜 달라."구.

"그러시냐?"구.

"절대 그런 맘 안 먹을라냐?"구.

"아이, 인자 다 깨달았다. 안 먹는다."

"고랑(故郞)이 황천곡(黃泉哭)이오."

고랑이 황천곡에,

"우리 옛 낭군이, 당신 옛 낭군이 황천에서 울어."

그 어떻게 인연을 맺느냐 이거야. 조사자 / 고랑이 황천곡? 어, 고
랑이 황천곡이라.

그 이 여자가 얼른 웃방으로 가더니 그 이튿날 아침에 새벽 아
침을 해 줘서 먹구, 그 미안하단 인사를 하고 갔단 말이야. 가만

* 백자천손(百子千孫) 헤아릴 수 없이 많은 자손.

히 생각을 하니께 큰일 날 뻔했어.

그래 서울을 가서 도착을 했는데 크나큰 집에 가서 인제,

"대감님 계십니까?"

하니께, 문을 연창문*을 열구서,

"들어와라, 그래."

그래 객실로 먼저 들어가는겨. 들어가 있으니께, 아 돌아 나오구 나니께 그 영감이 백옥이 손을 붙잡구 무조건 우는 거여. 아 그서(그래서),

"왜 이렇게 낙루를 하십니까?"

그러니께,

"참 이런 말 하면 그렇지만 니가 집으루 내려간 지 일 년 지나두 소식이 없구 그래서 뭐 너는 확실히 잘못된 거 같구 그런디, 여기저기서 혼사가 들어와서 내가 메누릴 얻었다." 이기여.

"내 자식을 장가를 딜였는데, 장가간 지 사흘 만에 죽었어, 아들이. 그래서 시방 메누리 혼자 있는디 그래 너를 보니까 내가 자식 생각 안 날 수가 있느냐? 너를 보니께 내 아들 본 거같이 그래서 운다."

아이, 참 애통헐 일이지. 아, 근데 이 냥반이 인저,

"너는 가지 말라." 이기여.

"니가 가면 인제 나는 자식을 두 번째 잃는겨. 그러니까 너는

* 연창문(連窓門) 문짝의 중간 부분을 살창으로 한 네 짝으로 된 문.

절대 가지 말고 여기서 있으면은 내가 너 공부시켜서 출세 다 시켜 줄 테니께 여기서 살자." 이기여. "나하구."

아, 이거 큰일 났네. 간다구 할 수두 없구. 어떡혀, 그래? 게 이래저래 공부는 해야 되겠고 그래서 거기서 참, 그 객실에서 말이야, 대감님하고 같이 기거하면서 인저 글을 배우는거.

아, 그런데 그 혼자된 며느리가 저 후면 별당에 말이여, 시집온 지 사흘 만에 신랑 그 맛 좀 볼라다가 **청중 웃음** 그만 혼자됐는데, 사흘 만에, 지금 후면 별당에서 있는디 이 종년들이 드나드는디 드나들며 하는 얘기가,

"하튼 저건 저 객실에 우리 서방님하고 같이 공부하던 김백옥이라는 선비가 왔는디 천하일색이라."고 자꾸 이 여자한테 얘길 하네. **청중 웃음**

아, 이 여자가 자꾸 그 말을 들으니께 이것 좀 한번 봐야 되겠어. 어뚷게 생겼는가.

그 여자가 마음이 안 변할 수가 있어? 그러니까 시방 같으면 나가서 보지만 옛날엔 그런 게 없어서 참 저 담 너머로 요롷게 해서 그 바깥에 인제 바람을 쏘이러 나올 때 인제 종들이 저기 나왔다구 하면 가서 보는거. 참 잘생겼어.

'내가 저 남자하구 살어야지, 안 살군 안 되갔다.'

흑심을 딱 품었어.

'어떻게든지 내가 저 남자를 내 남자루 맨든다.'구.

그 어림도 없는 얘기지, 그게 되는 얘기여 그래? 그, 친구 부인

제1부 하늘은 스스로 돕는 자를 돕는다

인디?

아, 그래 그럭저럭 살다가 하루는 그 백옥이가 잠을 자는디. 그 대감님이 한 달에 한 번 내지 두 번을 내실(内室)에 들어가 자기 부인하고 자. 그날은 인제 백옥이 혼자 자는겨. 그날 참 대감님이 주무시러 들어가서 혼자 자는디. 아, 밤중쯤 됐는데 문이 슬그머니 열린단 말이여. 깜짝 놀래서 이렇게 쳐다보니깐 어떤 여자가 들어오는 거여. 그런데 참 여자가 이게 사람인지 귀신인지 모르게 이렇게 이뻐. 환한 여자가 들어오는데 깜짝 놀래서,

"그 당신이 귀신이오, 사람이오? 귀신이걸랑 사연을 얘기를 허고, 사람이면 나가라."구.

"그, 남자가 혼자 있는디 어디를 감히 들오느냐?"고.

그러니깐 여자가 하는 말이,

"다름이 아니라 내 이 집의 메누립니다." 이기여.

"선비님하고 같이 글공부하던 그 사람의 처다 이거야, 내가. 그런데 내가 시집온 지 사흘 만에 남편을 여의고 말이지, 후면 별당에 떨어져 수절을 하고 있는데, 이 종년들이 자꾸 댕기며 선비님이 그 일색이라고 이쁘다고 그래서 한번 엿을 보니께 참 내가 선생님을 못 만나구는 살 수가 없어 들어왔으니 살려 달라."는겨.

그거 큰일 났잖아, 그거? 청중 웃음 아 그래서,

"아, 이것 참 그 친구로 보든지 또 대감님 체면으로 보든지 우리는 그렇게 할 사이가 못 되니까, 좀 부인께서 참으라."구.

타일러서 얼굴이 뽈그스름하니 앉았다가 나가. 아이구, 모면했

다고 있으니께, 아 쪼끔 있으니 또 들어왔어. 또 와서는,

"선비님의 말을 듣고 내가 참을라고 생각을 하고 갔는디, 드러누웠으니까 천하 없어도 안 되겠다." 이거여.

"그러니께 나를 살리라."는겨.

그양(그냥) 타일렀어.

"사람은 이 순간적 실수로 해서 아주 그 피치 못할 죄를 지는 수가 있는데 우리는 그런 사이가 아니니까 안 된다."구.

"제발 나가시라."고.

그러니까 나가.

'아이고, 인제 설마 됐겠지.'

하고 있는디, 아 한참 있으니까 또 들어왔는데 그때 그 여자 얼굴을 보니까 살기가 등등햐. 인제는 거절했다가는 틀림없이 무슨 사고가 나겄어. 그, 그럴 거 아녀 그거? 여, 여자 마음엔 그렇다고. 그래서,

"좋다."구.

"그러면 부인께서 그 대갓집 규수루 계셨으니까 글을 배웠느냐?"

"아, 좀 배웠습니다."

"그럼 내 글을 한 짝을 지을 텡께 그 글을 짝을 채우라."고.

"그럼 내 요구를 들어준다."고.

그러니까,

"아, 말씀하라."구.

그래 한겨. '금야에 약결연이면' 그걸 쓰는겨. 거기서 배운 걸.

아, 그 얼마나 좋아, 여자가? 그 자기가 배운 대로 끄적여도 아니라네. 무조건 아니래.

거 얼마를 그냥 대도 안 되니까 이 여자가 하는 말이 일어나서,

"선비님 죽을죄를 졌습니다. 다시는 그런 불측한 마음을 안 먹구 물러가겠습니다. 지가 너무나 큰 죄를 지을 뻔했습니다."

그러면서,

"그 글 짝이나 좀 가르쳐 달라."구.

"그 깨달으셨으면은 가르쳐 드린다."구 하믄서,

"고랑이 황천곡이오. 그 저기, 부인의 옛 낭군이 황천에서 울어, 안 되여. 그거 내 친구고 그래서. 그래 그런다."구.

그러니께 미안하다구 일어나서 문을 열을라고 하니께 바깥에 문이 슬그머니 열리더니 담뱃대가 쑥 들어와, 긴 담뱃대가. 아, 그 대감이 들어오는겨.

그렇께 그 여자는 말이야, 그냥 사시나무 떨듯 하고 그냥 무릎이 저절로 구부러져 앉지. 그냥 제절로 주저앉지, 그 얼마나 놀랐겠어? 조사자/시아버지가 나타나니까. 아, 이 김백옥이도 얼굴이 새파랗게 됐네. 그래, 이 어물어물하니께,

"아, 앉어라." 이기여.

"메누리 너두 편히 앉으라."고.

그러드니 하는 말이,

"백옥이 니가 진짜 내 자식이다." 이기여.

"우리 메누리가 오늘 저녁에 세 번째 들어오는 거다." 이기여.

다 봤어. 처음에 들어올 때부터 본 거여.

"세 번째를 들어왔는디 니가 진정한 내 자식이 아니면 세 번 들어올 때까지 이걸 가만뒀겠느냐?" 이거여.

"근디 끝까지 니가 우리 메누리를 설득을 해서 이럴할라 그랬으니 너는 내 자식이여. 그런데 우리 메누리 얘말야, 니가 버리면 이 사람 버리는 사람이여. 이 사람은 도대체 마음을 돌릴 수가 없이 돼 있어. 여자 마음이란 그런 거 아니냐? 그러니 내가 이런 요구를 하는 것은 잘못 하는 거지만은 이 내 메누리를 이거를 인생이 아까운데 죽일 수도 없고, 또 나두 자식이 하나 있던 거 죽어서 자식이 없구 그러니, 니가 우리 집에 살면서 내 벼슬은 뭐든 저기를 해서 시켜 줄 테니까 살면서 이 내 메누리를 살려 가지고 우리 집에서 내 자식으루 살아 달라." 이기여.

아, 그러니 그 안, 안 된다구 할 수도 없고, 한다고 할 수도 없고. 한참 앉았다가,

"대감님, 생각해 보겠습니다." 허구.

그라니께 그 대감님이 메누리보고는,

"들어가 자거라. 너도 자라."고.

자기도 자러 갔어. 가만히 생각을 해 보니께 참 이거 그 메누리를, 자기 친구 부인을 살리는 건 좋은디, 또 일편 생각하면 말이여, 자기 죽은 친구의 영혼한테 내가 죄를 짓는 거란 말이여. 또 이렇게 바꿔 생각하면 그 여자를 버리지 않고 살리고 그 아버

지를 공경을 해서 부모루 모시면 또 그 자기 친구 영혼도 좋아할 거구. 여러 가지를 생각해서 에, 그 집 아들이 되고, 그 여자의 남편이 됐어요.

이건 참 어떻게 보면은 잘못된 거고, 또 한편 생각하면 잘된 거 아니에요? 그렇게 해서 참 벼슬도 하고 이렇게 잘 살더랍니다.

조사자/아이, 재미있습니다. 이상이에요. **청중 박수**

박철규(남, 1924년생, 83세)
2006. 12. 20. 청주시 상당구 중앙공원
김종군 김경섭 심우장 유효철 조사

얼굴도 백옥 같고 마음도 백옥 같은 한 인물에 관한 이야기다. 예쁜 여자의 거듭된 유혹에도 불구하고 친구에 대한 신의를 지킴으로써 주변의 신뢰를 얻고 좋은 결과를 얻어 낸 결말이 마음을 훈훈하게 한다.

사흘 만에 남편을 잃은 친구 아내를 맞아들였다는 것은 도리에 어긋난 것으로 볼 수도 있으나 김백옥의 앞선 행실에 비춰 보면, 그리고 인간적인 정리에 비춰 보면 납득할 만한 일이라 할 수 있을 것이다. 죽은 아들 대신 그 친구를 자식으로 받아들이려 하고 그와 며느리를 결합시키려 하는 대감의 모습도 고개를 끄덕이게 한다. 전체적으로 애욕과 윤리 사이에 얽힌 인간사를 흥미진진하게 풀어낸 이야기라 할 수 있다. 뛰어난 이야기꾼인 화자의 자연스럽고 생동감 넘치는 구연도 이야기의 맛을 더한 요소가 된다.

다만 이 이야기에서 김백옥이 두 차례에 걸쳐 시구(詩句) 문답을 통해 여인의 유혹을 뿌리쳤다는 내용은 여타 자료들하고는 좀 다른 면이 있다.

대부분의 자료는 주인공이 길가는 도중에 만난 여인에게 미혹돼서 결연을 청할 때에 여인이 '금야에 약결연하면' 하는 시구를 내밀어서 주인공의 잘못을 깨우쳤다고 전하고 있다(나중에 보니 그 여인이 귀신이었다고 하기도 한다). 주인공은 그때 얻은 깨달음을 마음에 새겼다가 뒷날 친구의 아내가 유혹하는 일을 이겨 낼 수 있었다는 것이다. 이렇게 내용이 구성될 때 앞뒤 서사의 진행이 좀더 역동적이며 정합적으로 이루어지게 된다고 할 수 있다.

이 자료의 화자가 내용을 바꾼 것은 구연상의 착각 때문일 수도 있으며, 또는 김백옥이라는 인물을 말 그대로 '백옥 같은' 인물로 살리기 위한 선택으로 볼 수도 있다. 이렇게 전달 과정에서 이야기 내용이 변주되면서 그때그때 의미 요소도 달라지는 것은 구전 설화가 가지는 큰 특징이자 매력이라고 할 수 있다.

💬 생각거리

- 이 이야기는 결말에서 주인공과 친구 아내가 결혼했다고 하는데, 다른 자료에서는 결혼 과정 없이 주인의 양아들처럼 살았다고만 말해지기도 한다. 주인공이 친구 아내와 결혼한다는 결말을 어떻게 평가해야 할까?
- 사람은 욕망의 존재이자 윤리의 존재라 할 수 있다. 욕망에만 치우쳐도, 윤리에만 얽매여도 문제가 생기곤 한다. 이 이야기를 자료로 삼아서 욕망과 윤리가 어떻게 조화를 이루어야 할지에 대해 토론해 보자.
- 이 이야기의 내용을 원용해서 시 구절 형식으로 문제를 내고 답을 하는 놀이를 해 보자.

어사 박문수의
아저씨 된 백정

조일윤

아래 이야기는 화자가 박문수가 과거에 급제한 내력담을 길게 구연하고 암행을 통해 문제를 해결한 이야기들을 두어 편 들려준 다음 거기 바로 이어서 구연한 것이다. 많은 청중이 모여들어서 화자의 이야기에 흠뻑 빠져 있는 상태였다.

그러고 나서 인자 (박문수가) 또 잠행*을 갑니다. 가니까, 어디만큼 가니께요, 에 어떤 놈이 문앞에다가서,

'박문수 박 어사, 내 조카님은 여기 지내가다 내 집에 한번 들러 가소.' 하고 써 놨어요. **청중 웃음** 문간에다가, 크게.

근데 왜 이걸 써 놨냐 하면은 그 골에 하천* 하나가요, 도수장*에서 소 잡는 기술 가진 사람인데 도살을 해 가지고요, 그런

* 잠행(潛行) 남몰래 숨어서 다님.
* 하천(下賤) 지위나 신분이 낮고 천함. 또는 그런 사람.
* 도수장(屠獸場) 소나 돼지 따위의 가축을 도살하는 곳. 도살장.

육식업을 해 가지고, 소 잡는 그 도살을 해 가지고요, 돈을 무등* 벌었어요. 그래 큰돈을 벌어 가지고 있는디, 그 골(고을) 양반들이 고통스런 양반들이 가끔 이놈 잡어다가,

"쌀 몇 가마 돌어라(돌려라). 돈 몇십 냥 돌어라."

안 주면 잡어 놓고 볼기를 때려요. 그러니께 볼기 안 맞을라고 쌀도 주고 돈도 주고 이렇게 인자 모다(모두 다) 그 양반들을 보조해 드렸어요. 그래 이놈이 수 차(몇 번)를 당허고 봉게로 원통하거든. 재산은 재산대로 뺏기고 고통은 고통대로 당한게. 그런데 이 사람이 머리가 영리해서,

'명관 어사 한 분을 내가 조카로 맨들면은 나를 무서워서, 감히 나한테 침범 않겄다. 침범 안 당할라니께 내가 어사를 조카라고 한번 해야겠다.'

그래서 문간에다 어사 만난다고,

'어사 조카님은 지내가다 삼촌, 나 한번 보고 가라.'고 거기다 딱 광고를 했어요. 청중 웃음

아, 그 어사가 지나가다 보니께 어떤 당돌한 놈이 문앞에다가서,

'어사 조카님은 지나가다 삼촌 한번 보고 가소.'

하고 써 놨어요. 청중 웃음

그러니 자기가 명관 어산디 이런 죽일 놈이 어디가 있냐 이 말여. 그래서 어사가 하도 이상스러서 내력을 알려고 그 백정 놈 집

* 무등(無等) 더할 나위 없이.

을 찾아 들어갑니다. 아, 찾아 들어가는데 이놈이 쓱 나서더니,

"아유, 어사 조카님 오시느냐?"고 가 인사를 헙니다. **청중 웃음**

"아, 나는 어사 아니여."

"예? 문 앞에서 광고 보고 들어오시는데 왜 조카님 아니라고 변명해요? 조카님, 들어갑시다." **청중 웃음**

박문수가 들으니 이런 담대한 놈이 없습니다. 자기가 명관 어산디 어사 조카님이라고 그러는디 당돌허기가 한량없어요. 그래서 어사가,

'하, 요놈, 보통 놈이 아니다. 요놈이 날보고 어째 조카라고 허는가 내력을 알아야겠다.'

들어갔어요. 들어가니까 이놈이 미리서 어사 오면 대접헐라구요, 차담상*을 아주 훌륭하게 만들어 놨어요. 거멍(검정) 암소 갈비 대여섯 개 해 놓고는. **청중 웃음** 아 이늠이, 들어갔는디 착석을 시키더니 차담상이 나옵니다. 그래 걸게 대접을 해. 그래서 인자 안 먹을려고 사양을 하니께로,

"어사 조카님, 잡숫구 얘기합시다." **청중 웃음**

그래서 먹고나 본다고 그놈이 권자(권하는) 바람에 쪼끔 궁금도 허니께 요기를 허고 나서,

"대관절 너는 뭣허는 놈이냐?"

인제 어사가 묻습니다(묻습니다).

• 차담상(茶啖床) 손님을 대접하기 위하여 다과 따위를 차린 상.

제1부 하늘은 스스로 돕는 자를 돕는다

"내가 이 고을 도살하는 백정 놈입니다. 내가 도살 직업을 가지고 돈을 수백 냥을 벌어서 내가 요부허게 잘사는데, 근동* 양반들이 심심허면 나를 잡어다 쌀가마니나 내놓고 돈 십 냥이나 내노라고 해서 불응하면 잡아다가 볼기를 치고, 그래서 내가 내놓고. 매는 매대로 맞고 돈은 돈대로 재산은 뺏깁니다. 그래서 어사님이 내 조카 노릇 한 번만 해 주면 내가 이걸 모면허겠어서 내가 당돌히 어사님보고 조카라고 했으니 살려 주쇼."

그래 빕니다. **청중 웃음**

어사가 들어 보니께 그놈이 용기가 대단헙니다. 보통 놈이 아녀. 청자/아, 그럼. 그래서 과연 상놈은 상놈인데 참 용기가 대단헙니다.

'그러니 내가 이 자리에서 반박은 줄 수 없고 내가 내일 동헌*으로 가 갖고 동헌에다 연행해다 놓고, 그러는 것이 아니라고 내가 정당히 타일러야겠다. 용기를 보고.'

그래 갖고는 갑니다.

아 가 인자, 그 이튿날 원가*에 찾아가서 원님보고 이 근방에 그 백정 놈 있느냐고 형게, 암디(아무 데) 사는 부자 놈이 있다고 그럽니다. 그 인제 사령들 시켜서 가서 연행해 오라고 인자 시켰습니다. 거기서는 헐 수가 없어서.

• 근동(近洞) 가까운 이웃 동네.
• 동헌(東軒) 지방 관아에서 수령들이 업무를 처리하던 중심 건물.
• 원가(員家) 원님이 사는 곳. 동헌(東軒).

어사 박문수의 아저씨 된 백정

그래서 사령들이 갑니다. 가니까는 벌써 그 백정, 삼춘 실행헌 놈이요, 벌써 어사가 원님한테 가면 사령들 시켜서 자기 연행해 올 것을 추측을 했어요. 그래선 사령들 오면 제거할 인부를, 장정들을 한 댓 사서 준비하고 있습니다. 아, 그래서 사령들이 연행허러 가니께는 아 그 장정들이 달려들어서 연행허러 간 사령들을 잡아다가 곳간이다(곳간에다) 딱 때려 가둬 버립니다. **청중 웃음** 가둬 버렸어요. 연행허러 간 사령들.

아, 그래 원님이나 어사는 요놈 연행해 오라고 사령들 둘을 보냈응게 틀림없이 연행해 올 것을 기다리고 있는데, 사령들이, 연행허러 간 사령들이 안 와 버려요. 그래서 재촉 사령 하나를 보냅니다, 어사가.

"잡으러 간 놈들이 하회*가 없으니 재촉 사령 니가 가서 잡으러 간 사령들허구 그놈도 연행해 오너라."

그렇게 또 인부들 시켜서 딱 재촉 사령도 가둬 버렸어. **청중 웃음**

아, 근디 잡으러 간 놈들이 가는 족족 안 와 버립니다. 그래서 어사가, 내가 직접 가서 잡으러 온 사령들이 어떤 처지를 당했는가 알라고 어사가 갑니다. 아, 가니께 문 앞에 쑥 나와서는,

"아, 어사 조카님, 잘 다녀오셨습니까?" **청중 웃음**

"너 이놈, 들어 봐."

어사가 인제 감정이 폭발해 가지구,

---

* 하회(下回) 어떤 일이 있고 난 후에 벌어지는 일의 형태나 결과.

제1부 하늘은 스스로 돕는 자를 돕는다

"아까 너 연행하러 사령 둘 안 왔디야?"

"예, 조카님이 보내서 왔드만유."

"그놈들 다 어쨌냐?"

"잡어다가 곳간에다 가뒀습니다."

"나중에 재촉 사령도 보냈는데 그놈 어쨌느냐?"

"그놈도 잡아다 가뒀습니다."

"니가 무슨 권리가 있어서 잡아다 가뒀냐?"

"아, 어사 조카님 됬는데 그까짓 거 문제가 있습니까?" 청중 웃음
이렇게 담대합니다. 그래서 어사가,

'과연 대담하고 용감한 놈이니 내가 조카 노릇을 한번 해 주고
이놈을 한번 써 주어야겠다.'

그래서 동헌에 가서 원님보고,

"자세히 가서 내용을 알고 봉게, 그전에 먼 족간(친족 간)으로
우리 육촌, 내가 삼촌 하나가 여 와 삽디다. 그래 우리 삼촌이니
께로 협조 잘해 주라."고.

아, 인제 어사가 조카가 되어 버렸네, 어사 삼촌 되아 버렸어.

그러고 나니께 근동 양반들이요, 이 백정 이 사람 잡어다가
달아먹은(우려먹은) 사람들이, 어사가 조칸디 인제 큰일 났다 그
말이여.

그래서 이 사람들, 우려먹은 놈을요, 나중에 전반(전부) 갖다가
계산합니다. 살려 돌라고요. 청중 웃음 어사 조카 됬는디 어사 삼촌
을 갖다가 함부로 했으니 말여.

어사 박문수의 아저씨 된 백정

그래서 그 사람이 그 용감하고 담대해서 어사가 가면적으로*
조카 노릇 한번 해 주고 인자 그 사람을 그 인정을 써 주고 갔는
디요. 그 사람이 어사 잠행 다니니께요, 바로 어사네 집이다가 사
람을 놔서 자본을 갖다가요, 논 백오십 마지기허고 자택 하나 잘
져 줬어요, 책임지고.

아, 그런디 인제 어사가 잠행을 허구 집에를 떡 가니께 어사
동생이 말여, 떡 나서더니,

"나는 형님이 명관으로 시민 정치에 잠행 잘허랬더니 민간들
갖다 괴롭히고 못된 일을 하고 돌아다닌다."고 원망을 해요.

그래 왜 그러냐고 하니께는,

"아, 논도 백오십 마지기 누가 사 주고 집도 저렇게 지었는디,
당신이 가서 모두 다 백성들한테 노략질을 해다 저렇게 집 지었
잖어?"

아, 생각해 보니께는 그 백정이 한번 봐줬다고 은공 갚아 줬어
요. 그래서 어사가 동생보고요,

"그런 것이 아니라, 내가 백성들한테 노략질해서 내가 가재(家
財)를, 이렇게 재산을 가진 것이 아니라 그 백정을 하나 도와주었
더니, 그 사람이 은공 갚느라고 이렇게 보조해 준 거다. 그러니
나는 백성들 괴롭게 한 일이 없다."

헝게는(하니까는),

* 가면적으로 짐짓. 거짓으로 꾸며서.

"형님, 그거 말씀이라고 허요? 소위 명관 어사로 발동한 양반이 백정 놈 조카 노릇을 해 주고 오다니 이게 웬 말이오!" 청중웃음
게 감정을 가진 이 동생이요,

"그놈으 자식, 우리 형님한테 모욕 줬으니 내가 사령들 두엇 거느리고 가서 그놈 패 죽이고 올란다."고 헙니다.

그래서 인자 어사 박문수가 동생보고서,

"그 사람이 보통 담대한 사람이 아니고 용감한 사람이 아니니 자네가 그놈한테 복수하러 내려갔다 불행 당할라니께 가지 마라."고 반박합니다.

"그러지만 그놈을, 그 형님한테 모욕 준 놈을 가만두냐?"고 기어이 간다고 합니다.

아, 그러더니 사령들을 서넛이나 인솔하는 거여. 그놈 때려죽이러 간다고. 형님 망신 줬다고. 그래 인제 박문수 박 어사가 사람, 재촉 사령을 하나 놔서 그 사람한테다 연락을 합니다.

"우리 동생이 내가 자네 조카 노릇 해 주고 왔다고 감정을 가지고 분풀이헐라고 인부를 데리고 내려가니 자네 적당히 처리하소."

일러 줬어요.

그렇게 인자 박문수 동생이 데리고 오면 처리하라는 말여. 인부를 준비하고 있는 거요.

이제 박문수 동생이 인자 그놈 좌우간 고통 줄라고 인제 내려갔다.

아, 내려강게는 그 백정이 말여, 앞닫이*를 하나 갖다 놓고는 박문수 동생을 갖다 앞닫이 속에다 딱 때려 가두더니 이 자물통을 덜컥 채워. 그러더니 인자 같이 따라온 사령들을 갖다 딱 때려 가둬 버리는 거라, 곳간에다. 아, 그러고 나니 요지부동이라.

그래 박문수 동생이 그 앞닫이 속에서 좌우간 호령합니다.

"야, 이 목 짜를 놈아! 우리 형님이 어떤 명관이고 어떤 중대헌 양반인디 너 백정 너 이놈이 우리 형님을 조카를 만들었냐?"고 인자 야단을 칩니다.

"아, 요놈 정신 빠져서 그런다."고 침을 맞아야 헌다고 그러더니 말여, 침 줄 기술자들 두 분을 모셔다가 말이여, 요런 대패침*을 앞닫이 틈에다 박문수 동생헌테 막 찌른단 말이여. 아, 침 맞아 죽게 생겼어. **청중 웃음**

그래서 박문수 동생이, 자기 형님이 조카 노릇 했다고 그렇게 하던 박문수 동생이요,

"삼촌, 지발 살려 달라."고 빌더랍니다, 앞닫이 속에서.

그러니께,

"너 이놈, 인자 본정신 나냐?" **청중 웃음**

하고 끌러 주더랍니다. 끌러 주니께,

"네, 이놈!"

• 앞닫이 앞의 위쪽 절반이 문짝으로 되어 여닫게 된 궤 반닫이.
• 대패침 곪은 데를 째는 침. 바소.

그러니께 또 가두구서, "요놈이 재발한다."고.

아, 그러더니 대패침을 또 찌릅니다. 청중 웃음

그래서 박문수 동생이 살려 달라고 빌었어요.

"지발 삼촌, 살려 달라."고.

그러고 나서 같이 온 사령들을 내보내 돌라고 항게로, 음식 잘 대접해서 보내 주더랍니다.

그래서 좌우간 타치 못 하고 바로 올라가 버렸어. 올라갔더니 그 백정이요, 박문수 동생도 논 백 마지기를 사 주고요, 가택 지어 주더랍니다. 그러더니, 그래서 박문수 동생이 올라가서 형님, 박문수 형님 보고요,

"대체 성님도 당헐 만헙디다. 용감헙디다." 청중 웃음과 박수

그래서 그 박문수가 그 형편에 의해서, 그 백정 놈 삼춘, 조카 노릇 한번 해 줘서 그 백정을 도와줬다는 이야기요.

조일운(남, 1908년생, 80세)
1987. 9. 8. 서울시 종로구 탑골공원
신동흔 조사

칠팔십 명가량의 많은 청중 앞에서 구연한 이야기다. 이야기판이 한껏 달아오른 상태에서 등장한 주인공 백정은 놀라운 배짱과 거침없는 행동력으로 청중의 열띤 호응과 경탄을 불러일으켰다. 천대받는 최하층 신분에 있는 백정이 암행어사 박문수를 조카로 이용해 먹었다는 것은 다분히 허구적이고 희극적인 설정이지만, 거기 담겨 있는 의미 맥락은 만만치가 않다.

주인공 백정의 형상에는 조선 후기에 신분 제도가 흔들리면서 신분이 낮은 부자들이 등장해 힘을 내기 시작하던 상황이 반영돼 있다고 할 수 있다. 주인공이 박문수 삼촌 노릇을 하려 한 것은, 단순한 신분 상승 욕구를 넘어서서 신분 차별에 맞서 인간답게 떳떳이 살고자 하는 '인간 해방'의 몸짓이라고 평가할 만한 면이 있다. 박문수가 백정을 도와준 것은 그의 의기에 눌린 것도 있지만 그런 욕구가 정당한 것임을 인정한 때문이라고 할 수 있다. 그를 징치하고자 했던 박문수 동생이 백정한테 꼼짝없이 눌렸다는 것은 그러한 흐름이 거스를 수 없는 대세임을 확인시켜 주는 요소가 된다.

백정은 도발에 가까운 적극적인 도전을 통해 스스로의 삶을 세운 인물로서 세상의 오롯한 주인공이라 할 만하다. 우리 설화에서 볼 수 있는 매우 매력적인 캐릭터 가운데 하나라고 하겠다.

- 주인공 백정의 캐릭터 특성을 다각적으로 정리해 보자.

- 백정을 혼내 주려던 박문수가 그를 돕는 쪽으로 심경의 변화가 일어
난 과정을 분석해 보자. 박문수의 자술서 형태로 심경을 정리해 보
는 것도 좋겠다.

- 백정이 멀쩡한 양반(박문수 동생)을 미친 사람으로 취급해서 혼내 주
는 장면은 희극적인 과장처럼 보이지만 그가 그리 당할 만했다고도
말할 수 있다. 백정이 양반을 제압할 수 있었던 상황적 맥락을 분석
해 보자.

제2부

이야기 속의
인생사 우여곡절

— 고생 끝에 좋은 일이 온다는 '고진감래(苦盡甘來)'라는 말이 있는가 하면, 즐거움이 다하자 슬픈 일이 온다는 '흥진비래(興盡悲來)'라는 말도 있다. '인생만사 새옹지마(塞翁之馬)'라고도 한다. 좋은 일, 나쁜 일이 예기치 않게 얽히는 게 세상사라는 뜻이다. 어찌 보면 아득하고 허망한 노릇일지도 모르지만, 뜻밖의 우여곡절이 많은 그만큼 세상살이는 더 재미있는 것이라 할 수 있다.

세상사의 갖가지 우여곡절은 설화 속에서 더 극적이고 인상적인 형태로 나타난다. 큰 복이 한순간에 화(禍)로 바뀌어 완전한 패가망신을 낳는가 하면, 꽉 막혀서 답답하던 삶이 한순간에 숨통이 트여서 광명으로 옮겨 가는 인생 역전이 훌쩍 펼쳐지기도 한다. 인생이란 참 모르는 것이어서 나름대로 최선이라 생각하고 행한 일이 나쁜 결과를 가져오기도 하며 '에라 모르겠다' 하는 식으로 벌인 일이 뜻밖의 큰 성공을 가져오기도 한다. 설화를 통해 이런 사건들을 지켜보는 일은 흥미롭고도 놀라운 경험이 된다.

중요한 사실은 세상사에 완전한 우연이란 없다는 점이다. 어떤 일이 벌어진 데는 무엇인가 배경이나 원인이 있기 마련이다. '콩 심은 데 콩 나고 팥 심은 데 팥 나는' 식이다. 사람들 사이에서 오래 이어져 온 옛이야기는 그와 같은 인과응보의 세상사 이치를 잘 보여 준다. 얼핏 우연처럼 보이고 앞뒤가 안 맞아 보이는 사연들 속에 숨어 있는 인과 관계를 핵심적으로 찾아내는 일은 설화의 묘미와 가치를 만끽할 수 있는 길이 된다. 제2부에 실린 흥미로운 설화들을 통해 우리네 인생사의 여러 단면을 만나 보면서 그 이면에 작동하는 숨은 이치를 통찰해 낼 수 있기를 기대한다.

굶어 죽을 관상을
가진 아이

박종문

그 옛날에, 정말 젊은 총각이지, 그자? 나이 한 십칠팔 세 된 그 총각인데, 자기 부모들은 일찍이 죽어 뿌리고 말이지, 그러이 어데 의지할 데 없으니까네 자기 삼춘 집에서 인자 머슴살이를 살고 있는 기라. 자기 삼춘 집에서, 살고 있는데. 거 뭐 옛날에 인자 소죽도 쑤고…… 하는데.

그 옛날에 보면 촌에 보면 인자 몸채가 있고 사랑채가 있어요. 사랑방이라는 게 있는 기라요. 사랑방에 보면 옛날에 이래 막 걸객들이 가다가 저물면 사랑방에 들려가 하룻밤 자고 가고, 옛날에는 보편적으로 재워 보내고 재워 주고 하는 규칙이 그런 모양이래요. 그런데 웬 과객이 한 사람 오더니마는 아랫방 그 소죽솥에 소 물을 끓이는데 그 방에 들어가더니 저거 삼춘하고 하는 얘기가,

"바깥에 소 물을 끓이는 애가 어이 되냐?"고.

과객이 들어 하는 말이. 관상쟁이던 모양이래요.

"왜 물으냐?"고 한께나,

"아, 쩜마(저 애)는 말이지 얼굴 인상을 보니까 굶어 죽을 팔자라."고 삼춘한테 그런 이야기를 하는 거래요.

조사자/삼춘 집에 얹혀사는 애가요? 임마(이 애)가 들어가니까.

"더러운 인생이 굶어 죽을 팔자니까 저런 애를 집에 두면 재수가 없다."고.

이런 얘기를 하는 거라요.

그러니 임마가 듣고 얼마나 실망을 했겠어요? 그래 가지고, 그라고 나서는 삼춘이 조카를 갖다가 박대를 하고 자꾸 이라는 거라요. 그러니까 야(애)가 그만 그 이튿날 보따리를 싸 가지고 삼춘한테 작별 인사도 없이 마을을 떠나는 거래요.

'내가 뭐 굶어 죽을 팔자니까 어데든지 가는 대로 가 보자.'

며칠로 가고 계속 굶어 가면서 가니까 한 군데 정자나무가 있는데 개울에 물은 쩍째거리* 내려가고 정자나무가 있는데, 정자 밑에서 앉아 있는데 웬 보따리 하나 있는 거라요. 이만한 보따리가 하나 있는데,

'이게 먼고?'

하고 흔들어 보니까 묵찔(묵직)하거든요.

보니까 엽전 돈이라요. 돈 보따리라.

---

* 쩍째거리 물 흐르는 소리를 표현한 의성어. 마치 새소리처럼 표현한 게 인상적이다.

"하이고, 내 굶어 죽을 팔자에 돈 이거 필요 없다." 이거래요.

그러니 다부(도로) 묶어 가지고 밀차(밀쳐) 놓고 또 갈려고 나서니까, 아 어떤 참 옛날에 나졸 같은 사람이 말을 타고 막 달려오거든요. 오더니마는,

"그 이상하다. 이 자리가 분명한데 돈 보따리가 없다." 이거요.

그 사람이 놔두고 갔다 이거라요. 그러니 이 사람이,

"보소, 보소! 저기 저 보따리 저거 당신 것 아니냐?"고 하니까,

"아이, 맞다." 이거라요.

하이구, 돈 보따리인데 돈을 말이지 십분의 일인가 준다고 하는데,

"나는 돈 필요 없다."고.

"가지고 가라."고.

이 사람이 참 뭐냐 하면은 요즈음 같으면 재정부 장관이 말이지 공금을 가지고 가다가 잊어버리고 놔뒀던 모양이라요. 그래 가지고 인자 필요 없다 하고 말이지,

"나는 필요 없으니 가지고 가라."고.

이런 정직한 사람이 없거든. 그러니 이 사람 주소, 성명을 적고 말이지,

"고맙다."

하면서 절을 열 번 더 하고 그만 가드래요.

그길로 이 사람이 또 가는 거래요. 또 들어가니 한군데 산골 길로 가니까 날이 저문데 어둡다 말이야. 더 갈라 해도 갈 곳도

없고 외딴집이 한 집 있는데 그 주인을 찾으니 조용하니 아주 흉가매이로(흉가마냥) 빈집이거든요. 빈집인데 자꾸 주인을 찾으니 웬 아가씨가 하나 나오는 거라요.

"아고, 마 저문데 들어가는 것은 좋은데 여(여기) 자면은 당신이 생명이 위험하니까 빨리 가라."고 이러거든.

"하이고, 내가 굶어 죽을 팔잔데 호랑이 물어간들!"

조금도 어려워 안 하는 거라.

"그래 마 하이고, 내 죽어도 좋으니 좀 자고 가자."고.

이러하이 그래 마 천상(천생) 방에는 아가씨한테 못 들어가고 마룻바닥에 누워 자는데, 역시 그날 저녁에 자는데 밤중 되니까 아이고 마 잇달아서 진동 소리가 나더니마는,

"아이구, 여 마루에 뭐 고약한 사람이 한 사람 있다."

이카며 말이지, 도깨비래요. 도깨비가 나오더니 그 덥석 멱살을 거머쥐거든.

아이구, 조금도 겁 안 내는 거라요. '내가 굶어 죽을 팔잔데 겁 낼 필요 없다.' 말이여. 호령을 쳤어요.

"니 이놈! 어떤 놈인데 나한테 달려드노?" 말이지.

고함을 치니까 그담에 도깨비가 이 사람한테 절을 하더니마는,

"아이구, 선생님 만났다."고 말이지,

"대감님 만났으니 날 좀 살길을 열어 달라."고 이카드래요.

"내가 딴 게 아니고 뒷간에 장독간 밑에 묻혀 있는 은금 보화 금덩어린데 그 전 주인은 말이지, 대대로 뭐뭐 삼대 사대 지내도

그 금덩어리 조상이 묻어 논 지(묻어 놓은 줄) 몰랐는 기라. 그래 너무 오래 묻어 놔 노니 빛을 못 봐 가지고 도깨비로 화했는 기라. 내가 그런 사람이다.”

뭐 이럭하면서,

“아이구, 내일 당장 내일 빛을 보게 만들어 달라.”고.

이캐미(이러면서) 핑 도깨비가 가 버리거든.

그래 이제 날이 샜는데, 아가씨 이거는 나리가 죽은 줄 알고 말이지……. 아침에 보니 눈이 말똥말똥해 가지고 앉아가 있거든. 조사자/몇 명 죽어 나갔는 모양이네요? 그렇지요. 맨날 그래 가지고 맨날 죽어 나가는 거요. 그래 가지고 그 아가씨한테,

“곡괭이나 삽이나 하고 말이지 가지고 와라.”고.

“뭐 할라고 하냐?”고.

“뭐 하든지 가지고 오라.”고.

그 장독간 밑을 한 질(길) 이상 파니 막 서광이 비치는데 금이 막 금덩어리가 막 쏟아져 나오는 기라. 그래 노니 금이 한이 없거든. 그런데 임마는, 그 저 아가씨는,

“금을 둘이서 가르자.”

이카니,

“나는 금도 필요 없다.” 말이지.

“아가씨 혼자 하라.”고.

그러고 나설라 하니까 아가씨가 붙잡는 기라요.

“그러지 말고, 그게 아니고 금을 좀 안 가지고 갈려면 이것도

인연인데 나하고 결혼을 하자."고.

애원을 하는 기라. 아가씨가 부부 인연이라. 이 사람이 가만히 생각해 보니 그럴듯하거든.

'설마드라(설마) 내가 굶어 죽을 팔자라도 이런 아가씨하고 있으면 먹고 안 살겠나?'

싶어서 참 둘이서 뭐 그만 마당에 그 말이지 찬물 떠 놓고 예를 올리고 부부가 됐는 거라.

그래 금은 참 뭐뭐 그 캐내 놨으니 이걸 참 어데다 말이지, 말에다 싣고 둘이 말이지, 말에다 잔뜩 금을 싣고 인자 어데 가냐 하면 저거 삼춘한테 찾아가는 기라.

가니 삼춘이 그냥 그대로 살고 있거든. 삼춘한테 금덩어리를 내노니 이 뭐 관상쟁이라 카는 놈 말 듣고 홋차(쫓아)냈더니마는 희한하거든.

그래 삼춘이 받아들이 가지고 아주 참 그 잘 살고 있는데…….
그러니까 그래 인자 나라가 이 사람을 막 요새 같으면 방송을 하고 (수소문해서) 찾아왔는 기라. 그 살고 있거든. 그래 이 사람이 하도 정직하니까 나라에서 불러 가지고 요즈음 같으면 재무 장관 이런 사람을 앉혔는 기라. 그래 가지고 좋은 자리 앉아 가지고 큰 벼슬까지 했는 기라.

인자 그래 잘 사니 또 언젠가 그 집에, 또 뭐 한 수 년 됐겠지, 과객이 또 왔는 기라. 자러 왔는 기라. 그 사람이 말이지,

"조카 인상 나쁜 애 어떻게 됐냐?"고 묻는 기라.

물으니 나라에 말이지 재무 장관 대감들 벼슬하고 부자가 됐단 말이래. 그래 이 사람이 얼굴을 보더니,

"그때는 굶어 죽을 팔잔데 지금 보니 아주 인상이 좋다."고.

이래 해명을 하드래여.

그러니 그 관상쟁이도 모르는 놈이래요. 그래 가지고 그 사람이 나라에 참 좋은 일도 하고 말이지, 벼슬도 하고 그래 잘 살았다는 그런 이야기를 한번 들었어요.

박종문(남, 1927년생, 79세)
2006. 1. 17. 대구시 중구 경상감영공원
신동흔 김종군 김경섭 심우장 외 조사

굶어 죽을 관상을 가졌던 아이가 예상과 달리 큰 성공을 거두어 출세한 사연을 전하는 이야기다. 관상이 나쁘고 불길하다고 해서 쫓겨나다시피 했던 아이가 집을 떠난 뒤 전화위복의 역전을 이룬 내용이다.

관상쟁이는 나중에 다시 보니까 그 사람 관상이 아주 좋다고 말한다. 이에 대해 화자는 관상쟁이가 엉터리라고 평하고 있지만, 이야기 맥락을 보자면 그 사람은 그사이에 관상이 바뀐 것이라고 해도 좋을 것이다. 집을 떠나서 움직이는 동안 다른 운명을 가진 사람으로 거듭났다는 뜻이다. 그 변화가 어찌 가능했는가 하면 '무심한 초탈'에 있다고 할 수 있다.

'어차피 죽을 목숨'이라는 생각으로 재물이나 이런저런 대상에 대한 집착을 내려놓고서 가볍게 움직이다 보니 남다른 훌륭한 존재가 될 수 있었다는 뜻이다. 집착이 아닌 초탈이 인생을 세우는 길이라고 하는 역설이다. 가진 것을 버림으로써 참된 것을 얻을 수 있다는 '무소유'의 철학이라고도 말할 수 있을 것이다.

💬 **생각거리**

- 주인공이 큰 성취를 이룰 수 있었던 과정을 단계별로 정리해 보자. 그 과정을 종합해서 한마디로 요약한다면 핵심 요소는 무엇일까?
- 이 이야기에서 '굶어 죽는다는 예언'과 '금덩어리를 캐내는 일'이 서로 어떤 역학 관계를 지니는지 분석해 보자.
- 이 설화를 바탕으로 인상을 보고 사람을 판단하는 일의 문제점에 대해 논술해 보자.

짚신 삼아서
서울로 간 아들

신설용

옛날에 우리 어려서 들은 얘기여. 옛날에 한 어떤 집인디 하여간 자기 아버지하고 자기 엄마하고 살아서 인자 어린애가 태어났겠지. 머스매가. 아, 이걸 낳아 놨는데 세상에 이놈이, 아랫목에서 똥을 누고 웃목에서 밥을…… 참 아랫목에서 밥을 먹고 웃목에서 똥을 누고, 나이가 커도 그렇게 한단 말이여.

게 즈이 어머니가 하는 소리가,

"아이고, 이놈아! 그래 네 또래지만 사내자식들은 새끼도 꼬고 신도 삼고 막 이렇게 해서 뭐 저기하는데, 너는 막 밤낮 밥은 아랫목에서 먹고 웃목에서 똥밖에 안 누냐?"

이랬단 말이여. 게(그래) 이런 말을 들으니까 저도 해 본다고,

"짚 좀 사다 줘요."

짚을 한번 삼게 사다 달라는 거야. 이걸 짚을 가서……. 옛날 사랑(사랑방) 있어, 사랑. 사랑서 새끼를 이래 꼬는데 새끼도 안 되

고, 짚을 어떻게 얽어 와서 신을 삼는데, 짚을 얽어 와서 짚신을 삼는데 신도 아니고 아무것도 아니지. 그래 사랑에 인저 손님들이랑 어른들이,

"아이고 야, 저거 짚신을 다 서울 가져가면 한 켤레에 백만 원*씩은 받겠다, 백만 원!"

아, 이랬단 말이야. 그렇께, 아 이놈이 한 몇 달 삼았는데, 이제 뭉티기(뭉텅이) 말야, 두 뭉티기 꼬게 돼서 한 세 개를 해 논 거야.

"이제 너 이거 서울 가져가면, 서울 가져가면 한 켤레에 이거 하나에 백만 원씩 받겠다."

아, 이놈이 정말인 줄 알고서,

"서울 가 판다."

이걸 지금 서울 가 본 거여. 서울 가서 어디 가냐면 서울 한강다리, 옛날에 한강다리. 거기다가 턱 펴 놓고서는 앉았는 거라. 앉아서 이걸 누가 살까나 보니 사 가나?

한 날 거, 서울에 대감들 집이서 식모살이하는 여자가 있어. 식모살이하는 여자도 그 뭐 나이는 그 또래나 되고. 근데 그 여자가 몇 년간을 식모살이를 돈을 삼백만 원을 모았단 말이여. 모았는데…… 그 대감이 인저, 저 대감 노인들 찬을 사서 밥을 해 줘야 될 거 아니야, 식모니까. 게 살 걸 사러 나가 보니께, 장날까

---

* 백만 원 옛날의 돈 단위는 '냥'이나 '전'이었으나 듣는 이의 편의를 위해 요즘 돈 단위로 표현한 것이다. 뒤에서는 '백 냥'이라고 말하고 있다.

제2부 이야기 속의 인생사·우여곡절

지 걸어가니까 어떤 깍두기만 한 놈이 뭘 갖고 와서 세 개를 놓고 앉았는데 이 뭔지 모른단 말이야. 게 인제 오다 가다 그걸 또 봤어. 게 거기를 지나오다가서 하도 처음 보니께…… 옛날에는 쌀나무°도 몰랐다는겨, 서울서. 쌀나무도 모른다 그럴 때야. 인자 오다 거길 가서 그 깍두기만 한 앉은 놈한테 가서,

"아, 이게 뭐임께(뭡니까)?"

"짚신이요, 짚신." 그라거든.

이 짚신이 뭔지 알아야지. 이 서울 사람들이 짚신이 뭔지 모르잖아요? 그러니까,

"아, 짚신이 뭐요? 그럼 이게 하나에 얼마요?"

그러니까,

"백 냥이오."

아, 이래서 세 개면 삼백 냥 아니요? 한 개에 백 냥이었으니까. 이 여자가 가만히 생각하니까 이상한 사람이란 말이여. 사람이 이상한 사람이여. 이래서,

"그럼 이거 세 개는 삼백 냥이에요?"

그러니까,

"야(예), 삼백만 주면 팔아요."

게 이 여자가 가만히 생각하니께 이상한 사람이란 말이여.

° 쌀나무 '벼'를 뜻하는 말. 도시 사람들이 쌀이 어떻게 나는지 몰라 '쌀나무'라고 말하곤 하는 것을 이렇게 표현한 것이다.

"삽시다, 사요."

사 가서 인저 저 대감들 잡쉈어야 할 거 아니야? 근데 대감들 집 앞에 쪼만하게 지은 집은 그 여자, 식모살이 사는 그 혼자 사는 데고, 대감 집은 크겠지. 근데 식모살이 집에다 감춰 놨어요, 저 남자를. 그 남자를 감춰 놓고서는 이렇게 저 대감 집에 와서 밥을 해 주고랍서…….

대감 집에 뭐이가 없겠어? 그니까 소 다리고 돼지 다리고 뭐든 해 주고, 대감들 해 주고 남는 거 새 다리 하나, 돼지 다리 하나, 소 다리 하나, 이런 거를 이만한 상에다 상다리 휘도록 말이여 차려 놔서는 그 남자한테, 대감 집 식모 일 다 보고서 저녁에 인자 갖다 준 거여. 아, 갖다 주니까 이놈이 먹는데 말이여. 잘 먹어요. 잘 먹거든, 소 다리도.

"아이고, 가야 된다."

게 인자 이 사람이 그라고선 삼백 냥을 달라네. 저녁 먹고서는.

"아이고, 오늘만 참고 내일 내 백 냥을 줄 테니까, 내일 내가 백 냥을 줄게 백 냥을 가지러(가지고) 쓰고 와라. 백 냥 다 쓰고 오면 된다."

그랬거든.

"그럼 그리야."

게 여자가 인저,

"모욕탕(목욕탕) 좀 쓰자."

그랬더니 모욕을 탁 하고 남자 양복에 구두꺼정 탁 해 준다 말이여. 남자는 미남, 미남이란 말이여. 굉장한 미남이란 말이여.
그래서 백 냥을 저 세 봐서 줬지.

"백 냥 쓰고 와야 된다."

아, 촌놈에게선 백 냥을 마련해서 줬는데, 하룻저녁에 어디 가
서 백 냥을 쓰냐 이거여. 그래 한 군데를 가니까는 옛날 군량미,
군량미 앞에서 군인들이 밥을 못 먹으니까, 거 가서는 보니까 군
량미가 없어서 먹들 못한다 그러니께, 군량미 뭐 먹들 못하니께,
그리 됐다 그러니께,

"그러냐?"고.

백 냥을 거기다 선사를 한 거여. 백 냥을 선사를 하고서,

"군량미 사다 먹여라."

그러니까 그 밥도 못 먹고 드러누웠던 사람들이 그 사람한테
절을 하고, 그 뭔가 절을 하고. 실컷 받고 왔지 인저.

게 인제 하루에 백 냥 썼잖어? 좋아라 집에 왔다. 왔는데 저
여자가 저녁을 해 줘야 될 거 아녀? 거 인저 저녁에 또 상다리 휘
도록 차렸는데 또 다 먹더래. 먹기도 많이 먹는 모양이지. 다 먹
는데 먹고 나니까 돈 백 냥 달라는 거지. 다음 날 또 달라고 하
고. 허허. 백 냥 달라는 거예요.

"자고서 내일 백 냥을 준다. 내일 삼백 냥 준다."

이랬단 말이야.

그래서 이놈을 또 내일 준다니까 이놈이 저녁을 잘 먹어서 거
기서 잤어 그냥. 자고서 그 이튿날 또 아침을 갖다 줘서, 또 아

침을 해 줘서 먹고. 그 식모살이하는 여자가 아침을 그렇게 많이 차려 온단 말이야. 이걸 다 먹고 나니께 백 냥을 또 주면서,

"오늘까지 마저 쓰고 와야 된다. 다 쓰고 와야 삼백 냥 준다."

아, 그러니 이걸 또 놀러 어디 가서 쓰냐 말이여? 한 군데를 가니까 세상에 거지가 그런 거지가 없어. 우리 촌사람이 못 입고 살 땐데, 빨거숭이로 사는 거여. 그 정도로 암만 추워도 옷도 안 입고 빨거숭이로 사는 거여. 그러니께 여자가 양복을 삼백 벌을 사 준 거여, 양복을. 양복을 삼백 벌을 사서 챙겨 주면서,

"이걸 갖다가 다 쓰고서 오면은 삼백 냥 준다."

이제 이걸 다 쓰고 오는데 어따 다 쓰냐 이거여? 보니께 서울 저 남쪽에서 보면은 서울 사람들도 빨가벗고 살 때야. 서울 사람 다 줬다는 거야. 조사자/아. 한 벌씩이요? 자기 옷을 가리키며 양복 그때 부터 우리 그때 얻어 입은 거라고 이게. 청중 웃음 그때 입은 거예요, 이게.

게 인제 그렇게 하고서 그러다 보니까 사람, 촌락까지 전부 다 돌아다녀 보니까 다 양복을 입었는데, 양복 한 벌이 남았다 이거여. 양복 한 벌이 남았는데 이 뭐 어디다 쓰느냐? 게 인제 저 강원도 산골짝 같은 뭐 이런 데, 차도 못 들어가는 데 이런 데꺼지 도 댕겼네, 이 사람이. 양복 하나를 가지고. 아니, 양복 두 벌이 에요, 두 벌. 양복 두 벌이 남았는데……. 아, 거 저기 보니께 밤에 쪼그만한 불이 밝히더래. 그래 거 가서,

"주인 양반, 주인 양반."

찾으니까 한 노인 양반이, 안노인 양반이 나오는데 빨개벗고 나오거든.

"아이, 날이 이래서 좀 자고 가야 하는데, 할머니, 어떡하겠습니까?"

"아이고, 들어오시라."고.

"여기는 뭐 길 가고 날 가는 것도 우리 집에서는 모르는 덴데 어디서 온 손님이냐?"고.

그러면서 밖에서 저 방에다 갖다 놓고서 밖에 나가 저녁을 하는 거여.

이놈으 무수(무) 뽑는 소리가 나는 거여, 무수 뽑는 소리. 무수 소리가 나는데 저녁은 좀 얻어먹겠다 하면서 이 사람이 그 할머니를 들여다봐서는 양복 하나 드리면서,

"아이고, 왜 이렇게 추운데 벗고 사냐?"고.

"이걸 입고 계시라."고.

그 양복 하나를 그걸 입고서 좋아서 그 할머니 날듯이, 그 할미가 막 뛰거든. 게 인제 저녁이 나왔는데 이놈으 뭐 무수 소리만 쾅쾅 나고 무만 썰어 담아서 가지고 왔어요. 삶아 가지고 왔어. 그래 배가 고프니 그거라도 먹어야 살 거 아니여? 그렇게 잘 먹는 놈이?

그걸 먹다 보니까 한데서 '쾅' 하는 소리가 나. 벼락 치는 소리가 난다고. 그 할머니보고선,

"아이고, 무슨 소리냐?"고 그러니까,

"아이고, 우리 아들이 무슨 거기다 배 대는 소리요."

이라거든.

"아이, 그러냐?"고.

그 아들이 소리가 나고, 밥을 다 먹고 앉았는데 아들이 빨개 벗고 들어와. 그렇게 아들이, 무수를 뽑았던 아들이 보니께 즈이 엄마는 양복을 입었단 말이여. 게 즈이 어머이가 하는 소리가,

"아이고, 어디서 온 손님이 이렇게 양복을 해 줘서 양복을 다 입었어. 이렇게 입성(옷)을 잘 입었다."

아, 이 사람 아들이 절을 꾸벅꾸벅 하거든. 즈이 어머니 입성을 해다 줬다고. 아, 거 한 벌이 남았잖아 또? 그걸 아들 줬어. 아들이 입고 나니 여간 좋아 그게? 다시 자기 옷을 가리키며 이것도 그때 얻어 입은 거야. 청중 웃음 그때 얻어 입은 거라고, 요것도. 그때 부터 양복을 새 거 한 거여.

아, 이래서 집에를 올라니까 집에를 못 내려가게 해, 할머니가. 안 된다는 거여.

"우리 아들이 짊어 놓은 거, 무수 뽑아 짊어 놓은 거 당신 져 야 집에 간다. 그걸 못 지면 집에 못 간다."

할머니가 이렇게 인저 약속을 하거든. 그래 어떡햐? 집에를 올 수도 없고 인저 그놈을, 하루 묵으면 하루 먹는 거, 그게 산삼이 여 산삼. 무수가 아니고. 그걸 자꾸 먹으니까 날마다 가서 먹고 산삼 지는 거 그걸 져 보는 거여.

게 몇 년을 든 거여. 한 이삼 년 지니까 고걸 지고 막 돌아댕

기겠단 말이여. 한 이삼 년 먹으니까 되겠지. 이걸 짊어지고서 막 돌아댕기께, 산을 막 돌아댕기께 할머니가,

"이제 됐다. 지고서 가거라."

십 년을 지니까 그 사람도 뭐 이만큼, 이만큼 지게 발이 끊어지도록 지고 왔겠지. 그만큼 기운이 났으니까, 산삼 먹어서. 거 인제 짐을 지고 왔는데. 그 아가씨가 밤중에 오는 거여. 밤중에 오니까 그 아가씨가 마중을 왔지. 그라구서 삼을 그렇게 지고 오니까 아가씨가,

"아이고, 어서 오시라."고.

"저 짐은 얼른 갖다 감추라."고.

저희 집에 갖다 감춘 거야. 저녁을 내길(내기를) 개 다리 하나, 소 다리 하나, 닭 한 마리씩 하니께 상다리, 상다리가 그때부터 휜 거라고 상다리가. 상다리가 그때부터 휜 거야 한참. 그렇게 해다 줬는데, 그놈 다 먹은 거지. 게 또 잔돈을 달라네, 여자보고.

"걱정 마라. 내일 우리 대감님 생일이여. 우리 대감님 생일이니까 거기서……."

우리 대감님 생일에 막 시킨다 이거야.

"저 삼 한 뿌리 갖다가서, '아, 대감님. 저기 생신인데 뭘로 선사할 것도 없고 무수 한 뿌리 가져왔습니다.' 그 삼 한 뿌리만 갖다 주라."고 그라거든.

인제 여자 말을 잘 들었던 모냥이여. 그 대감 생일인데 한량들이고 뭐이고 그 군사들이 전부 대감 집에서 뭐 군량미 팔아 준

사람들도 다 잔치 음식 얻어먹으러 와 가지고서는 그 무지하게 많겠지. 그저 삼을 하나 이만한 걸 대감님 앞에다 갖다 놓고서,

"뭘 선사할 게 없어서 무수 한 뿌리 가지고 왔습니다."

이라고 선사를 하거든.

아, 그 사람네가 다 보니까 허벌나게(굉장히) 커서,

"어디 삼을 저런 걸 가지고 왔냐?"고 그라거든.

아, 그러니 그 군량미 팔아 준 사람들도 있는데, 여자가 시켰어.

"그럼 내가 한 뿌리씩 갖다 드릴게요. 한 뿌리씩 갖다 드릴게."

한 뿌리씩 그 사람들 다 줬다는겨, 다 줬다는겨. 대감도 그 사람도 저렇고 모여서 그 군량미 팔아 준 사람에게도 전부 돌아가고. 인저 서울서 제일 잘살더랴.

내가 이 입성도 그때 얻어 입은 거라고. 그리고 안에, 방에 가위에 똥 누는 거, 시방 방에서 똥을 눈다 이거여. 그때 생긴겨, 방 안에 화장실이. 그렇게 그게 그때 나온 거여 그게. 이게 좋은 거여 이게. 여자 하나가 그렇게 여자도 참 난 여자고 남자도 순박해서 컸지만 그런 남자가 어딨어? 청중 웃음

신설용(남, 1922년생, 86세)
2007. 3. 12. 청주시 상당구 중앙공원
신동흔 김종군 심우장 외 조사

💬 해설

물정 모르는 순박한 시골 소년이 아무 대책도 없이 서울에 갔다가 한 여자를 만나서 크게 됐다는 내용이다. 주인공이 '아랫목에서 밥 먹고 윗목에서 똥 눴다'는 것이나 몇 달 걸려서 겨우 짚신 세 켤레를 짰다는 것은 그가 대책 없는 무능력자임을 보여 주는 요소가 된다. 하지만 그 것은 겉으로 드러난 모습일 뿐이었다. 짚신 한 켤레가 백 냥이라는 걸 믿고서 시장에 내놓을 정도의 고지식한 순박함은 흔히 보기 힘든 특별한 면모라 할 수 있다.

대감집에서 일하는 여자가 주인공을 집으로 데려가는 것은 그런 남다른 면모를 발견했기 때문이었다. 그녀가 남자한테 하루에 백 냥씩을 내주면서 쓰고 오라고 하는 것은 그 국량을 시험하는 과정이었다고 할 수 있다. 남자는 돈을 빼돌리지 않고 어김없이 씀으로써, 특히 어려운 처지에 있는 사람을 나서서 도움으로써 여자의 보는 눈이 틀리지 않았음을 확인시켜 준다. 그러한 순박하고 고지식한 믿음이 큰 보물인 산삼을 한 지게나 얻는 큰 성취를 이룬 동력이었다고 할 수 있다.

이야기 결말이 좀 모호하게 돼 있는데, 주인공은 위로 대감들의 마음을 얻고 아래로 여러 군사들의 지지를 받아서 나라의 큰 인물이 되었다고 하면 대략 맞을 것이다. 겉으로 보기에는 좀 엉뚱하고 이치가 안 맞는 듯하지만 나름대로 잘 짜인 이야기라 할 수 있다. 다만 화자가 그 의미 맥락을 조금 더 잘 살려서 구연했으면 좋았으리라고 하는 아쉬움은 있다.

💬 **생각거리**

- 대감집에서 일하던 여자가 짚신을 백 냥씩에 팔려고 내놓은 시골 총각을 집으로 데려간 이유는 무엇일까? 여자의 심리를 반영하여 자술서 형식으로 기술해 보자.
- 주인공이 산속에 들어가 만난 노파와 아들의 정체는 무엇이었을까? 그들은 왜 오랫동안 주인공을 집에 잡아 둔 것일까?
- 이 이야기는 결말이 좀 모호하다. 주인공이 대감들과 군사들한테 산삼을 나누어 준 뒤 어떤 일이 일어났을지 뒷이야기를 그럴듯하게 구성해 보자.

도둑 만나서 발복한 사람

이종부

인제 저 도둑을 만나 가지구 자기 의복을 도둑헌테다 죄(다) 뺏기구,

"헌 털맹이* 이거나 입고 가라, 얼어 죽기 싫으면. 이거나 입어라."

그래구선, 돈이구 뭐구 죄 뺏겼지 뭐야. 그것도 형이 그래 장사허라구 그 몇십만 원, 아마 한 오륙십만 원 형한테(형이) 줘 가지구서 콩을 갖다 팔았는데 곱쟁이(곱절)는 남았대거든. 메주콩, 천 원 주구 사면 이천 원씩 받아 가지구. 돈을 많이 가져오는데, 아 산모랭이(산모롱이)를 내려오니까 한 대여섯 명씩이 '우' 달려들더니,

"옷 벗어라."

• 털맹이 미상. '낡고 헐렁한 옷'을 나타내는 말로 여겨진다.

그래구 홀랑 벗으니까 뭐 돈두 달랠 필요도 없을 거 아니야. 그 뭐 옷 가운데 다 있는걸 뭐. 게 이를 호주머니에다 넣구선, 아 그걸 넣구선 고만,

"임마, 가! 얼어 죽기 싫으면 가거라. 임마, 돈 뺏기구 옷 뺏겼으믄 고만이지 뭘 보구 있냐? 매나 맞구 싶어?"

"아이, 가겠다."구.

그래면서, 그래 이 추워서 빨가벗구 어떻게, 그 도둑놈의 옷을 아래 윗도리 다 입구선, 헌 털맹이 입구선 집에 오는데, 한나절이면 오는데 열두 시가 지나서 집에 들어갔드래요. 근데 그거 무섭구…… 옷은 시원치 않은데 그냥 진땀이 나 가지구선 옷이 다 젖었더래지 뭐야. 그 도둑놈이 옷 벗어 준 게.

그래 이제 너무 가난해서 옷이(옷을) 뭐 벗구 빨래…… 정초에 빨래를 하면 섣달그믐께,

"아무개 집에 있나?"

허구 친구가 찾아오면,

"나 빨래하네."

그러면 그냥 갔대요. 빨가벗구 이불을 이렇게 들쓰구 있는 거여. 그러니까 빨래한다구 그러면,

'아, 빨래. 옷을 벗었다는 거로군.'

그러구 갔대.

그래 이불을 들쓰구 있는데, 게 마누라가 그 헌 털맹이라두 빨아서 또 말려 가지구 입혀야 할 거 아니야? 옷이 없으니까. 그래

그거를 더운 물에다 비벼 가지구선 빨래허는데, 지금처럼 세탁기 이런 게 흔해? 왕겨*를 뭉쳐 가지구 그거 고아 가지구 비누 맨들어서…….

저 바지를 해 가지구서 몇 벌 지어야지 그냥은 못 입겠어. 거길 푸드득 허구 뜯으니까 이 종이 쪼가리가 그냥 이렇게 한 움치(움큼)가 이렇게 나오드래지 뭐야. 게 처음 보는 거야. 저 돈이래는 걸. 그 지전*이래는 걸 처음 보는데,

"아, 이게 뭐요?"

그래니깐,

"아, 뭐긴 뭐야?"

이불을 둘르고 나서,

"뭐야? 어디 이리 가져와 봐."

그래 안방 문만 열구선,

"아, 이게 뭐예요?"

"어, 그게 뭐 그게 많아?"

"아유, 무척 많아요."

그 지금으로 치면 저 만 원짜리,

"아유, 수백 장 돼요."

"그럼 그 저 웃도리도 좀 뜯어 봐 얼른."

* 왕겨 벼를 벗겨 낸 겉껍질.
* 지전(紙錢) 종이돈. 지폐.

"아, 이거 빨고 나서."

"아, 언제 빨고 나서야?"

우르르 웃도리 뜯으니까 잠뱅이구 앞섶이구 뭐구 가득해요 아주. 그냥 그걸 허면은 자기 형네 재산하구 자기네 재산허구 다 해두 남드래지(남더라지) 뭐야. 그 혼자 어떻게 할 수가 없어서 자기 형님을 자기 마누래 시켜서,

"형님 오시라 그러라."구.

"아, 왜 또 돈 달라구? 허허."

이 장사 밑천 까먹으면 원래 형님한테 돈 달라구 손바닥 벌리거든.

"또 돈 달라구요?"

"아니에요. 가 보세요. 돈을 무척 많이 벌어 왔어요. 그냥 세지도 못할 돈을 벌어 왔어요."

"뭐, 돈을 벌어 왔어요?"

거 제수하구 같이 가는데, 보니까 마루에다가 그 저 바지저고리에서 나온 놈의 돈을 이렇게 쌓아 놨드래지 뭐야.

"대관절 이게 어디서 이렇게 나왔느냐?"

"아, 도둑놈이 오는데 돈 뭐 할 거 없이 수중에 있는 돈 다 뺏기구, 저 도둑놈이 벗어 내놓는 걸 입구…… 얼어 죽지 않을래거든 이거나 입구 가라 그래서 입구 왔더니, 아 그래 빤다구 아내가 그래서 빨라구 그랬더니 돈이 여기서 이렇게 나왔다."구.

"이게 다 형님 덕분이에요."

그 반을 형님을 드리구 반은 자기가 해.

"아니다. 난 재산이 있는데 넌 재산이 없으니까 삼분의 일만 다오. 섭섭허게 아우가 주는 거 거부할 수도 없구, 반만…… 그니까 삼분의 일은 내가 갖구…… 뭐야, 오분의 이는 내가 갖구 오분의 삼은 니가 가져라."

그래 둘이 그렇게 잘 사는데, 도둑을 맞아 가지구 사람이 그렇게 부자가 됐대. 허허.

이종부(남, 1919년생, 84세)
2003. 1. 9. 경기도 양주시 양주읍 만송2리
강진옥 신동흔 조현설 외 조사

한 가난한 사람의 뜻하지 않은 역전적 행운을 전하는 이야기다. 도둑들한테 가진 걸 다 빼앗기고서 받은 헌 옷에서 돈이 쏟아져 나왔다는 반전이 작은 놀라움을 일으킨다. 뜻밖의 행운에 관한 희극적인 이야기라고 평가할 수도 있으나 좀 더 생각해 보면 다른 그 이상의 의미도 짚어낼 수 있다. 인생사라는 것이 잃는 바가 있으면 얻는 바도 있기 마련이라는 것, 밑바닥이라고 생각되는 지점에서 거짓말처럼 살길이 열린다는 것 등이 그것이다. 나중에 동생이 형한테 기꺼이 돈을 나눠 주는 모습에서 그가 복을 받을 만한 자격이 있는 사람이라는 사실도 확인할 수 있다.

💬 생각거리

- 주인공이 도둑한테서 받았던 헌 옷에는 예전에 어떤 곡절이 있었던 것일까? 자유롭게 상상해서 말해 보자.
- 동생이 옷 속에서 발견한 돈을 형하고 나눈다고 할 때 어떻게 몫을 분배하는 것이 가장 합리적일까?
- 새옹지마(塞翁之馬) 격으로 전화위복(轉禍爲福)이 이루어진 재미있는 사례들을 생활 주변에서 찾아서 발표해 보자.

강태공과
엎질러진 물

윤증례

이거 재밌는 얘기야. 조용하게, 조용히 들어요. **화자 웃음** 옛날에도, 옛날엔 전부 가난해. 먹구살 게 없어. 옛날에두 새 신랑 각시가 만나서 결혼을 해서 사는데, 이놈으 남자는 만날 공부만 하구 또 낚시질만 댕겨. 그 강태공이 시절 낚은다. 그런데 강태공이가 만날 그 낚시질만 하러 댕긴다 그러잖어? 낚시가 낚시 **구부러진 모양을 팔로 나타내며** 이렇게 돼야 이렇게 해서 여기 꿰서 고기가 잡혀 나오는데, 곧은 낚시를 한단 말이야. 곧은 낚시가 고기가 잽히게 생겼어? 그래서 곧은 낚시 낚은다, 그 말이 나왔는데……. 이 강태공이가 결혼을 했으면 돈을 벌어야 되는데 돈 벌 생각은 안 하구 만날 공부하다가 낚시질이나 하고, 공부하다가 낚시질이나 하고 하니깐 마누라가 어떻겠어? 옛날에는 일단 시집을 가면 그 집에서 죽어라, 부모는 "절대 그 집에서 나오지 마라. 죽어두 거기서 죽어라." 그렇지.

지금이니까 맘대로 이혼허지 그때는 이혼이 없거든. 아, 그래서 이 마누라 큰일 났거든. 싹을 보니 큰일 났어. 굶어 죽게 생겼어. 만날 저놈의 영감이 저렇게, 영감도 아니지, 새신랑이 일도 안 하구서 저렇게 집에 들어오면 공부하고 나가면 낚시질이나 하니까 그냥 고생 고생허구. 이 마누라는 여기 가서 밭품* 팔구 저기 가서 밭품 팔구, 남의 집 가서 절구질해서 보리 찧어 주구 쌀 찧어 주구 이런 거 해서 쌀 쪼끔씩 얻어다가 연명을 해서 사는 거여. 다 뻔하지 사는 게. 기가 맥히잖어? 댕기면서 동네로 댕기면서 그러니까 하루하루 먹을 거 벌러 다니니까 쌓아 놓고 사는 게 없잖어? 한 때 먹으면 그만이구, 한 때 먹으면 그만이구. 품팔이하는 사람이 뭐 큰 돈 버나? 그렇게 해서 겨우겨우 살아 나가는데.

하루는 진짜 굶어 죽게 생겼는데두 이눔으 영감, 아 이 마누라가 그 동네에서 뭐 쌀 쪼끔 얻어 온 게 뭐 벼, 안 찧은 거 그거를 얻어 왔는데 그걸 인제 멍석에다 이렇게 널어놓구 가면서,

"이거 비가 오면……"

영감보고, 밭품을 팔러 가면서,

"만약에 비가 오면 이것 좀 걷어 주쇼."

그랬어, 신랑보고.

아, 그런데 이눔으 영감이 비가 억수가 쏟아져두 그것두 내다

---

* 밭품 밭에서 하는 품일.

보지도 않구 그냥 공부만 한 거여. 아, 갔다 와 보니까 이놈의 거 날품팔이해서, 날품팔이해서 가져온 그 곡식이 물에 다 떠내려갔 어. 그러니까 이 마누라가 신경질 나겠어, 안 나겠어? 조사자 / 나 죠. 응. 그래서 이 마누라가 그때부터 보따리 싸 버렸어.

'에이, 내가 저눔의 새끼하고 살다간 내가 일평생 요 고생만 하 겠다.'

그러구서는 보따리 싸구,

"나 인제 당신하구 못 살어. 못 살겠다. 가겠다."

그러니까 신랑이 그래.

"가겠으면 가 버려. 내가 못 먹여살리는데 내가 어떻게 붙잡겠 어?"

그 말여.

그래서 이 마누라가 갔어요. 갔는데 이 강태공이는 공부하다 가 인제 나라에서 인제 방*이 붙었어. 벼슬하는 그거. 그 잊어버 렸네 또. 그러는데 지금으로 치면 이제 고시 공부, 그거. 조사자 / 과거요? 응. 그거. 인제 시험을 보게 됐는데 과거 시험이지 그러니 까. 과거 시험을 보게 됐는데 이 사람이 과거 보러 가는 거여 인 제. 과거 보러 가서 이 사람이 어떻게 됐냐 하면 장원 급제를 했 다 그 말이여.

그래 가주 장원 급제를 했다 소리가 인제 그 여자, 간 여자한

---

* 방(榜) 어떤 일을 널리 알리기 위해 사람들이 많이 모이는 곳에 써 붙이는 글. 방문(榜文).

강태공과 엎질러진 물

테도 들렸어. 간 여자한테두 자기 신랑이 장원 급제 했다는 소리가 들렸는데 자긴 이미 가 버렸잖어. 고생허다. 근디 인제 정말 어사화를 꽂구 장원 급제를 해서 말을 타고 나팔 불고 뭐 궁궁다리 척 해서 기가 맥히게 하구 그 집으루 돌아왔잖아? 그 돌아올 적에 이 간 여자가 그 자기 남편 어사화 꽂구 이렇게 올 적에 그 말 앞에 가서 대고서 절을 하구 있는 거여. 그러니깐 그 사람이 뭐라고 하냐, 저 이제 그 부하들한테,

"저 사람은 누구냐?"

그러니까,

"이만저만해서 간 여자라."구.

그러니까 다 빌구 용서해 달라구 마누라가 그랬어. 그러니까 그 사람이 뭐라 그러냐 하니,

"그러믄 너 물을 떠다가 물 한 동이만 떠 와 봐라."

그래 물을 한 동이 떠다가 그 앞에다 놓으라고 그랬어, 말 앞에다. 갖다 놓구서는,

"그러믄 그거를 일단 니가 깨라 그거를."

깼어. 깨구서,

"그거 도로 줏어 담아 봐라."

그게 담어지겠어? 동이에 물이 다 깨져서 다 헤쳐졌는데, 못 담지.

"그러니까 소용없다."

그 말이여.

"일단 너는 갔으니까 끝이야. 그거 참아 주지 못해?"

그래서 이거는 뭐를 의미하느냐? 끝까지 인내하고 살아라. 조사자/아. 응. 끝까지 이고 살아라는 뜻으로 헌 얘기예요. 고생 된다구 가 뻐리지 말고, 남편이 돈 못 벌어 와두 같이 살고, 그러래는 뜻에서 낸 얘기,

이거는. 그죠? **청중 웃음**

윤중례(여, 1932년생, 74세)
2005. 12. 28. 서울시 종로구 노인복지센터
김경섭 심우장 정병환 외 조사

고생을 못 참고 떠난 아내가 뒷날 크게 성공한 남편을 보면서 후회한다
는 내용이다. 한번 신뢰가 깨져서 갈라진 관계란 엎질러진 물처럼 돌이
킬 수 없다는 말이 아주 냉정해 보이지만, 세상사 이치를 잘 반영하고
있는 것 또한 사실이다. 사람이란 성격이 서로 다르고 각자 뜻하는 일
이 있는 법인데 그런 차이를 이해하고 포용하지 못해서 밀쳐 버린다면
뒷날 그 관계를 다시 회복하려 해도 불가능하게 된다는 것이다.

상대의 부당한 처사에 일방적으로 당하거나 순응하는 것은 곤란하겠
지만, 서로 이해하고 감내할 것은 그리 해야만 인간관계가 온전히 이어
질 수 있다는 것이 이 설화가 전해 주는 의미라 할 수 있다. 눈앞의 상
황에 연연하지 말고 멀리 앞을 보면서 살아가야 한다는 것 또한 이 설
화의 교훈으로 들 만하다.

💬 생각거리

- 이 이야기는 부부간 관계가 깨진 원인을 남편을 이해하지 못하고 떠
  난 아내한테서 찾고 있다. 과연 잘못은 아내한테만 있었던 것일까?
  가난하고 힘든 상황에서 두 사람이 어떻게 행동하는 것이 옳았을지
  이야기해 보자.
- 이 이야기에서 강태공이 성공한 뒤 전 부인을 타박한 일에 대해 시시
  비비를 논평해 보자.
- 어그러진 인간관계의 재구성 가능성을 헤아려 보고, '엎질러진 물' 외
  에 다른 속담을 통해서 그 이치를 표현해 보자.

목신 배반한
나무꾼의 종말

윤중례

나무꾼 얘긴데, 이거 뭐 나무꾼이 뭐 선녀 얘기 그거 아냐
이거는. 선녀 옷 그거 가져가구 그 얘기 아냐.

이거는, 산골에 사는 나무꾼이 어머니하구 노인 할머니, 어머
니하구 자기 마누라허구 사는데 아무리 나무를 해다 팔아두 만날
그 타령이야. 먹구살믄 끝이야. 청자 / 그렇지. 부자 될 수가 없어.
산골에 살믄서 나무 한 짐씩. 조사자 / 그렇죠. 나무만 해서는. 어어.

그러니까 이 나무꾼이,

"야, 나는 언제나 부자가 한번 되나?"

그게 인제 소원인 거여.

그래서 그날도 역시 나무를 하러 가 가지구서는…… 딴 때는
동쪽으루 갔대믄 오늘은 북쪽으루 갔어. 북쪽으루 반대 방향으
루 가 가지구 안 가던 곳으루 산골루 산골루 들어갔어요. 산골
루 산골루 들어가서 저길 바라보니까 아주 수염이 허옇고 산신령

겉은 사람이 큰 나무 밑에 앉었는 거야. 청자/그게 산신령님이에요. 내 얘길 들어요. 산신령두 아녀. 그래 가지구 그 나무 하나가 이 하늘을 다 뒤덮어. 그렇게 아주 큰 나무 밑에 앉었더라구.

그니까 그 나무꾼이 보기에는 산신령 겉애. 그래서 거길 쫓아 갔는데 그 산신령이 하는 말이,

"어, 자네 오늘두 이 산에 왔구먼. 여기 좀 앉아 보라."구.

그래 가지구 그 산신령이 계속 얘기를 허는데 해가 꼴깍 넘어 가도록 얘기를 해. 어떻게 얘기를 잘하는지. 그런데,

"어, 나 나무해야 되는데요. 나무 한 짐 해 가지 않으면 내일 굶어요."

"걱정 말게. 나무는 내가 해 주께."

그래 가지구 거기 얘기만 실컷 듣다가,

"가만히 있어. 나무 한 짐 해 줄 테니까."

그러니까 그, 귀신 겉애 그 사람이. 그런데 나무 한 짐은 금방 해 줬어. 그래서 지고 내리가믄서 그 사람이 뭐라느냐믄 나무꾼 보구,

"자네 나무 인제 하지 마. 언제든지 이 산에 와서 나허구 얘기 만 허다 가라. 조사자/그러면 나무는 해 주겠다 이거죠? 나무는 내 가 항상 책임지구 해 주겠다."

그러니까 아 좋잖어? 힘 안 들이구 나무허니까? 그러니까 이 사람이 날마다 거기 가네. 가면은 나무 올 때 금방 뚝딱 한 짐 해 줘. 그렇게 해서 인제 내려오는데. 계속 나무를 허러 댕기던

어느 날 그 사람이 뭐라고 하니…… 인제 다정해졌어. 하두 얘기를 많이 해서. 다정해졌는데,

"야, 우리 이러지 말구 너허구 나허구 형제간을 맺자."

그니까는, 그 중국에는 형제간 맺을려믄 여덟 번 절헌대요. 여덟 번씩 이렇게 물 떠 놓구 절을 해서 형제간을 맺었어. 그 산신령이 형님이구. 이 사람은 고 산신령같이 생각하는데. 근데 하루는 인제 형제간을 맺었잖아? 그러니까 그 사람이 하는 말이,

"오늘은 형제간을 맺었으니 내가 내 비밀을 얘기를 해 주겠다." 구 그러니까,

"그럼 뭐냐?"구 그러니까, 그 신령 같은 사람이,

"나는 사실, 이 나무다."

이렇게 크대, 나무가. 크구 그 산에선 최고 큰 나무구, 높으기두 허구, 이것(줄기)두 굵구.

"사실은 내가 이 나무다. 내가 나무다. 그러니까 나무니까 내가 너헌테 알려 줄 일이 있어."

그러니까,

"뭐냐?"

그러니까,

"니가 어디를 가서 나를 찾는 사람이 있어도 내가 여기 있다구 말하지 마라. 청자 / 그렇지. 딴 사람 눈에 안 보여, 그 나무. 그니까 내가 여기 있다구 말하지 말라."구 그랬어.

그러니까,

"아, 그러세요. 걱정 마쇼. 그거야 어렵지 않죠."

그러구서 인제 그렇게 확 계약을 했지. 누구 안 알으켜 준다구.

근데 하루는 이 사람이 나뭇짐을 지고 시장에 팔러 갔더니 누가 옹기중기 그 광고 같은 걸 보느라구 모두들 옹기중기하구 있어. 근데 이 사람은 공부를 안 해서 글씨를 몰라. 그러니까 딴 사람보구서,

"아, 저기 뭐라구 써 있어요, 저기?"

"아, 여기 원 집이, 원님 사는 집이 기둥 하나가 썩었는데 그 기둥감을 구하는데 읎다. 근데 그 기둥감을 구해다 주는 사람은 금덩어리 두 자루 주구 벼슬도 시켜 준다구 써 있다."

그 말여.

그니까 이 나무꾼이 거기에 혹했어. 청자/에이.

'아, 그러면 그거 되겠다. 내가 형님 삼은 나무가 꼭 그 재목이다.' 청자/어유, 지겨워.

인제 그렇게 생각헌 거여. 그래 가지구 이 사람이 원님한테 가서 허는 말이,

"내가 그 나무를 알려 주겠다."구.

"그러면은 그 나무 벨 사람을 나한테 딸려 보내라."구.

"둘이 가야 된다."구.

그래서 딸려 보냈어. 딸려 보내서 가서 그거를 밑둥을 잘르니까, 청자/벌 받지. 밑둥이 피가 주루루 흘르드래. 피가 주루루 사람 피같이. 청자/죄 받아서. 피가 주루루 흘르드래 그 나무가. 거

기서 벌 받는 게 아냐 지금.

그게 피가 주루루 흘러서 다듬어서 갖구 내려와서 그 원님 집에 기둥을 세웠네. 그러믄 인제 기둥 세울라믄 그 껍데길 다 까잖아요? 청자/그렇지. 까 가지구, 까니까, 나무껍데길 벗기니까 하얄 거 아녀? 청자/그럼. 하얀 거 기둥을 칠하니까 딴 거는…… 거기는 중국은요, 전부 뻘건 칠을 헌대요. 근데 딴 기둥은 뻘건데 그거 허여니까 뵈기 싫으니까 칠하는 사람 데려다가 뻘건 칠을 허라구 시켰어. 아, 근데 아무리 재주 좋은 사람두 와서 그 뻘건 칠을 못 해. 안 돼. 칠이 안 되는 거여. 청자/안 발라져. 안 발라져. 청자/신령님인데.

안 발라지니까는 인제 그 원님이,

"하, 이상하다. 왜 이게 안 발라지까?"

고민을 하구 있는 중에 원님 꿈에 그 산신이 나타났어. 그 나무 주인이 나타나서,

"그거를 가르켜 준 사람을, 그 가르켜 준 사람 피를 섞어야 이게 칠이 된다."

그랬어.

"그 피를 섞어야 이게 칠이 되지 그 안엔 이게 칠이 안 된다."

그래서 원님이 그 가르켜 준 사람, 그 사람을 불러 오라 그랬어. 그래서 그 사람을 불러다가 그거 죽여서 그 피를 섞어서 칠을 허니까 금방 칠해지드래. 청자/아, 그거 비밀이라 그랜 거를.

그러니까 비밀을 안 지키는 자는 벌을 받느니, 그렇잖아요? 그

거는 이거의 뜻은 뭐냐 허믄, 누구 약속을 허믄 지켜라. 청자/그 럼. 죽어두 지켜야지. 그러니까 이거에 대한 교훈은 그거야, 약속을 지켜라. 청자/맞어. 그것으루 이거를 지은 거 겉애.

윤중례(여, 1932년생, 75세)
2006. 7. 20. 서울시 종로구 노인복지센터
김경섭 나주연 정병환 오정미 조사

나무를 형상화한 목신(木神)이 등장하는 독특한 이야기다. 목신이 순박한 나무꾼과 벗이 되어 그를 도와줬는데, 뒤에 나무꾼이 욕심에 눈이 멀어 그를 배반했다가 큰 화를 입는다는 내용이다.

믿음을 배반하는 것은 결국 자기 발등을 찍는 결과가 되므로 신의를 지켜야 한다는 뜻이 담겨 있다고 할 수 있다. 나무꾼의 모습을 보면서 '어찌 사람이 저럴 수 있나.' 생각할 수 있겠지만, 많은 사람이 눈앞의 욕심 앞에서 실제로 약해지곤 한다는 데에 이 이야기의 무거움이 있다.

스스로 믿음을 깨는 사람은 남이 그를 공격하지 않아도 그 안에서 이미 허물어지고 있는 것이라고도 말할 만하다. 나무꾼은 목신을 배반한 그 순간부터 이미 안에서 피를 흘리기 시작됐다는 뜻이다. 가난하고 힘들다는 것을 핑계로 삼지 말고 그럴수록 더 단단히 마음을 먹고 바른 도리를 지켜 가야 마땅하다는 교훈을 읽어 낼 수 있다.

💬 생각거리

• 목신이 나무꾼에게 다가와 말을 건넨 이유는 무엇일까? 그것을 실제가 아닌 비유로 해석한다면 어떤 상황으로 풀이할 수 있을까?

• 나무꾼이 피를 흘리고 죽은 일이 그 자신 안에서 일어난 일이라고 하는 해설 내용을 적용해서 나무를 벤 뒤의 나무꾼의 심리 변화 과정을 묘사해 보자.

• 자신이 신의를 지키지 못해 문제가 됐던 경험이 없는지 돌아보고 그 일이 어떤 결과를 가져왔는지 헤아려 보자.

배신한 친구를
용서한 이혈룡

홍봉남

옛날에 어느 한 사람이 살았는데 참 이렇게 인자 한 울타리 사이로다 살고 다 이렇게 있는 집이, 한 사람은 부자고 한 사람은 너무 가난한 거야 인자. 그래 가주 그래두 인제 형제처럼 살은 거야. 인자 그전에는 글방엘 댕겼잖아? 지금은 학교지만. 글방에 댕기면서도 하는 말이,

"야, 니가 잘되면은 내가, 내가 잘되면 너를 봐주고 니가 잘되면 나를 봐줄 거다."

서루가 약속을 한 거야 인자. 그래 인제 참 글공부를 모두 해 가지구서루 인자 나이는 한 사람이 더 먹고 한 사람이 덜 먹고 이렇게 선후배 사인데, 그래도 인저 공부를 참 잘해 가지고 인저 선배가 과거를 먼저 봐 가지고 급제를 했어 인자. 그래 가주 인자 옛날에는 인제 어느 고을에 이렇게 인저 가잖아? 나라에서 보내 주잖어?

"그 고을에를 가서 아무쪼록 그 마을에 사람들을 어떻게든지 잘 니가 지켜 나가고, 읎는 사람은 도와주고 있는 사람은 이렇게 읎는 사람 도와주기로 이렇게 해라."

이렇게 해서 나라에서 인제 보냈는데, 아 이눔이 그냥 뭐 이렇게 있다가 그런 델 가니까 너무 호화찬란한 거만 뵈이고 그래 가지고 맨날 기생놀음만 하고 기생을 불러다가 놀러만(놀려고만) 하고, 그냥 맨날 정자각에 앉아서 놀기만 하고 그냥 뭐 도저히 읎는 사람을 하나 봐주는 게 없다 그 말이야 인자. 그러니께 이게 인자 나라에서도 그 소문을 듣고……

그러자 인제 이 친구 하나, 그 너무 가난한 친구가 또 공부를 해 가지구서루 급제를 했어. 아, 인저 급제 안 했다, 참. 급제하기 전에 그 친구를 찾아갔어. 찾아가서,

"야, 내가 이렇게 가난하니까 너 좀 나 좀 어떻게든지 도와다고."

그러니께 그 신하들을 시켜서루,

"야, 저놈을 쫓아내라. 당장. 오릿줄(오랏줄)*을 매 가지고서루 저놈을 아주 궐 밖으로 내쳐라."

그 쫓겨난 거야, 인저 고만.

"지가 잘되면 봐준다고 하고 내가 잘되면 널 봐준다 했는데 세상에 이런 일이 있느냐?"고.

그러니까는 궐 밖으로 쫓겨난 거야 인자. 참 너무너무 기가 맥

---

* 오랏줄 오라. 도둑이나 죄인을 묶을 때 쓰던 붉고 굵은 줄.

힌 일이 닥쳐서루 인제 이 사람이,

"오냐, 보자. 그렇게 공부를 해 가지고 내가 급제할 거다."

그래 인제 그냥 밤낮을 인제 헤아리지 않고 공부를 해 가지고 이 사람이 진짜 급제를 했어. 그래 인제 나라에서,

"너는 그럼 어디루 가겠느냐?"

그러니께 인제 제 선배 있는 데를 보내 달라고 했어. 그래 인제 그전에는 급제하면은 어사잖어? 어사 명예를 따잖아? 어사 마패를 인자……. 그러니까 인제 거기 나졸이 많잖어? 그래 인제 어사는 이렇게 옷을 전부 거지처럼 해 가지고 인제 이렇게 댕기잖아 인자? 그러는데 그래 암행어사를 해 가지구서루 거기를 또 갔어. 또 가니까 쫓아내는 거야 인자.

"아, 이놈 좀 쫓아내라."고.

그러니께 이 사람이 있다,

"아, 하여간에 이렇게 호화찬란하게 하는데 나도 음식 좀 한 상 먹겠다."고.

탁 앉으니까 저 왜 선배는 쫓아내라고 그러는데 거기 옆에 앉았던 사람이 하나 있다가,

"아, 예. 그럴 사람이 아니니까 상을 하나 차려 주라."고.

그래 상 차려 주니까 오죽해요? 그냥 뭐 그냥 거지 상으로 이래 차려 주니까 넙죽 이 사람이 가서 돼지 다리도 한 다리 들고 오고 닭도 한 마리 들어다가 막 찢어 먹는 거야. 찢어 먹으니까는 인저 자기 선배가 있다 하는 말이,

"우리 글을 짓자. 글을 한 구씩 짓자."

그러니께 이거 배우지도 못하고 그랬으니까는 글도 못 짓고 그 냥 또 쫓겨날 거 아녀 인자?

"글을 한 구 짓자."

그러니까 인저 글을 짓는데 이 사람이 있다 하는 말이,

"아, 이 소신(小臣)도 한번 글을 지어 드리면 안 되겠습니까?"

"아, 지어 보라."고.

그래 글을 지었는데 그 이 사람 이름은 뭐냐 하면 이혈룡이야. 이 후배가, 이름이 이혈룡이야.

"이혈룡이는 지금 암행어사가 돼 가지고 너를 곧 잡으러 올 테니까 너 조심하고 앉았어라."

이렇게 글을 지어 놓고는,

"아, 인제 이 사람은 가도 되겠습니까?"

그러니까,

"아, 글을 지었으면 가게."

그러니까 모두 있다 웃는 말이,

"아, 그놈 좀 봐. 글을 못 지니까는 도망갔다."고 말이여.

그래구선 인제, 조사자/도망갔다고? 어, 도망갔다고.

그래 한 사람이 딱 글 진 거를 보니까, 이거 그 혈룡이 친구거 든? 그러니까는,

"안 되겠다."고.

전부 인제 거기서 막 도망을 가는 거야. 도망을 가는데 어사가

마패를 들고서루 그 나졸을 불르니까는 그 나졸이 뭐 수백 몇 명 뛰어오는 거지. 그래니까 뭐 그 상이고 뭐고 다 잡아 낚으구 뭐 잡아 흔들고 선배 친구, 그거를 막 잡아 낚아서 인저 붙들어 매구 뭐. 그래 보니 기가 맥히지 인자. 너무너무.

'내가 저놈을 봐줬으면은 이런 일이 없을 텐데 참 내가 괄시를 해서 이렇구나.'

인제 거기에서 느꼈겠지마는 느껴 봤자 이미 버스는 떠나간 한 패지 인저. 그래 가주서루,

"야, 이걸 어떡하면 좋으냐?"고.

막 그냥 그래.

"살려 달라."고.

"야, 니가 선배였잖느냐? 니가 선배였었는데 나 후배로서, 니가 잘되면 내가 봐주기로 하고 내가 잘되면 니가 봐주기로 했지 않느냐? 근데 어떠한 심사루다가 나를 그렇게 만날 내쳤느냐? 그러고도 모르겠니?"

그러니까 그 이제 보니까는 혈룡이거든. 그 후배 혈룡이야. 아주 뭐 인저 옷을 다 차려입고 아주 인저 암행어사 옷을 입고 말을 타고 들어와 가지고,

"야, 니가 나를 모르느냐? 인제도 모르느냐?"

그러니까 그때 가서는 막,

"잘못했다."고.

막 엎드려서 빌고,

"살려 달라."고.

"이미 때는 늦었느니라. 너 이 고을에 와서루 없는 사람은 도와주고 있는 사람은 나눠 주기로 이렇게 하라고 보낸 건데 니가 이런 짓을 해 놨으니 너는 안 되겠다."

그래 갖다 옥에다 가둬 버렸어, 그놈을. 그 나졸들하고 다 옥에다 가둬 버리고 참 이놈이 대신 앉았는 거지, 인저 후배가.

그러니 너무 기가 맥힌 거지. 맨날 기생놀음이나 하고 뭐 떵떵거리고 지가 안될라고 그랬겠지. 그 후배를 봐줬으면 얼마나 좋았겠어? 그래 사람이 이 한 치 앞날을 못 내다봐서 그렇게 되는 거야. 그래 가주, 그래 인제 이놈은, 이 사람은 거기 앉아 딱 생각을 하니까,

'저는 나를 그렇게 괄시했건마는 그래도 나는 저의 친군데 내가 저놈을 그렇게 하면 되겠나?'

그래 한 메칠은 인저 가둬 놨다가,

"야, 인저 그 사람을 가서 데리고 내 앞에 와서 꿇려라."

그 인제 그러니까 그 선배를 잡아다가 인저 꿇려 놨어.

"너 지금도 나를 몰러보겠느냐? 니가 잘되면 나를 살려 주고 내가 잘되면 너를 살려 준다는데 어떠한 심정으루다 나를 그렇게 내쳤느냐?"

그러니께,

"아이구, 그저 그거를 몰르고 죽을죄를 졌다."고 말이여.

"죽을죄를 졌으니까 한 번만 살려 주면은 그런 일이 없겠다."고.

"에이, 그거는 니가 벌써 행실이 그런 거라서 한 번 살려 줘, 두 번 살려 줘도 그럴 거다."

"절대 그렇지 않다."고.

하도 손이 발이 되도록 빌어서 그래 인자 그냥 참 살려 주기는 했거든. 그래 그런 일이 있었대.

조사자 / 그 동생이 훨씬 착한 사람이네요? 아이, 그럼! 크게 되는 사람은 다 착하게 마련이여, 그게 다. 맘도 넓고 참 하는 것도 다 잘하게 마련이지만. 그 안되는 놈들은 맘보부터 달라지는 거야 그게. 그렇게 모지락스럽게 먹어 가지고 그렇게 지가 당하는 거지. 그게 그런 거야.

홍봉남(여, 1927년생, 80세)
2006. 2. 23. 서울시 종로구 노인복지센터
신동흔 김예선 정병환 나주연 외 조사

함께 공부한 두 친구의 엇갈린 행로에 대한 이야기다. 먼저 출세하고서 신의를 배반했던 인물이 나중에 그 죗값을 치르게 된다는 전개를 통해 신의의 중요성과 인과응보의 교훈을 전하고 있다. 사람의 처지가 한순간에 뒤바뀔 수 있으니 잘나갈 때 행동을 조심해야 한다는 것도 이 이야기의 교훈이 된다.

참고로 이 설화의 내용은 고전 소설 〈옥단춘전〉의 줄거리와 일치한다. 이혈룡이라는 인물은 〈옥단춘전〉의 주인공이기도 하다. 아마도 화자가 소설에서 본 내용을 기억해서 이야기를 구연한 것으로 생각된다. 설화 구연에서 종종 있는 일이다. 다만 이 이야기는 인물의 캐릭터와 작중 상황 등을 충분히 잘 살려 냈다고 보기 어려운 면도 있다. 내용과 주제가 다소 평면적이다. 소설의 서사와 주제를 충분히 소화하여 녹여 내지 못한 상태에서 내용 전달 위주로 이야기를 풀어낸 데 따른 결과로 여겨진다.

☉ 생각거리

• 이 설화 속에는 먼저 관직에 나아간 선배가 옛 친구를 홀대하게 된 맥락이 그리 잘 드러나 있지 않다. 이 부분을 좀 더 그럴듯하게 보완해서 이야기를 재구성해 보자.

• 이야기 끝부분에서 주인공이 옛 의리를 생각해서 친구를 살려 주는 일을 어떻게 평가해야 할까? 합리적이고도 현명한 대처법이 무엇이었을지에 대해서 토론해 보자.

원혼을 만난
머슴의 인생 역전

박철규

이 고담이라는 건 전부 다 거짓말이여. 그런 줄만 알고 들어. **청중 웃음** 거짓말 꾸민 거 아녀, 고담은.

아, 옛적에 한 사람이 조실부모를 하구서 남의 집 고용을 하는데, 고용살이를 하는데, 옛날에 고용살이하는 사람들 순전히 착취당했다고. 그 옛날, 통털어서 뭐 새경*이라고 쌀 두 가마니도 주고 세 가마니도 주고 그라는디 그까짓 것 뭐 쓸 거 있어? **청자** /새경은 우리 때에서는 서른닷 말이 제일 잘하는 사람이었어. 그래 밥 먹고 사는겨, 얹혀서. 아, 근데 그 사람이 말여, 포부는 커. 포부는 큰데 어떡해 뭐. 있는 거 없지, 글 못 배웠지. 그래서 머슴을 사는데…….

봄, 봄이 늦은 봄이 돼서 농사일들을 한참 시작하고 그라는디

---

* 새경 머슴이 한 해 동안 일한 대가로 받는 돈이나 물건.

하루는 가만히 나무를 하러 가는디 먼산나무°를 하러 가면 밥을 싸 가지구 간단 말이야. 밥을 엇다(어디다) 쌌냐 하면 옛날엔 바가지에다 싸 줬어요. 밥을. 뭐 그릇이 있어? 청자/바가지 밥 맛있어. 질도(질지도) 안하고. 바가지에다가 싸 가지고. 가서 나무가 하기가 싫어, 한심햐. 그래서 조끔 앉았다가 점심 싸 가지고 간 거 인제 먹구. 먹구서 그놈 싸서 지게에다 달아 놓고 이 산골짝으로 들어가는 길이 있어서 글루 정처 없이 걸어가는거, 그냥. 그땐 아무 생각도 없이 정처 없이 가는 거여.

가다 보니께 저짝으로 집이 한 채 있고 여기 논이 말이지 다랑논°이 이렇게, 이렇게 있는데 거서 어떤 노인이 말여, 꺼먹 소를 가지고 논을 갈어. '이려, 이려.' 하면서 가는디. 그 노인네가 간신히 몸을 가누니까 논을 갈라니께 비척비척하잖어?° 그래 거기를 이 사람이 가 가지고서 앉았어.

"노인장, 노인장."

그러니까,

"왜 그랴?"

"그 소 세워 놓고 일루 나오시라."고.

"왜 그래?"

나왔어.

• 먼산나무 먼 산에 가서 땔나무를 마련하는 일. 또는 그 땔나무.
• 다랑논 산골짜기의 비탈진 곳에 충충으로 있는 좁고 긴 논.
• 비척비척하다 비치적비치적하다. 몸을 한쪽으로 비틀거리거나 절룩이며 걷다.

"아, 그 노인 양반이 어떻게 그렇게 논을 가느냐?"고 그러니께,

"아, 농사 저런데 어떻게 갈아야, 목구녕에 풀칠을 할 거 아녀?"

"제가 이걸 갈을 테니께 가시라."고.

"아, 진짜, 참, 그려? 아, 젊은이가 이거 할려?"

"아이, 하죠."

"할 줄 알어?"

"아유, 저 원래 농사꾼인디유."

"그래, 그러면 갈구. 그럼 하다가 여기다 저 흙쟁이*는 박아 놓고 소만 끌구서 저 집이 우리 집인데 글루 와."

그런단 말여. 그래 들어가더란 말여.

그래 인제 한참 하다 해가 넘어갈 때쯤에 인제 글루 갔어. 가 보니께 삼 칸 집이야. 아래윗방하고 삼 칸 집인디,

"들어오라."고.

아, 가 보니께 머리가 이 전반같은* 머리가 딴 게 궁둥이에 치렁치렁하는 처녀 하나밖에 없어, 딸. 아주 과년* 찼어. 지금으로 말하면 한 삼십 처녀여. 그 외딴집에 살으니께 시집을 갈 수가 있어, 어쩌?

저녁을 해 줘서 먹었어. 먹고 났는디 하는 얘기가,

• 흙쟁이 흙을 갈아엎는 쟁기.
• 전반(剪板)같다 땋아 늘인 여자의 머리채가 숱이 많고 치렁치렁함을 이르는 말.
• 과년(過年) 혼인하기에 적당한 여자의 나이.

"그래 자네는 어디 살며 어디루 가는 길인가?"

이렇게 묻거든.

"그런 게 아니라 저는 살기가 약하해서* 부모도 없고 아무도 없고 그래서 남의 집 고용살이를 하다가서 참 생각을 하니께 한심하고 그래서 정처 없이 나섰습니다."

"그려? 그러믄 뭐, 자네 더 갈래야 갈 데도 없고 그런 사람일세 그랴."

"예, 그렇습니다."

그러니까,

"그라믄 나 저 여식, 저 내 딸인디, 저거 하나 데리고 내가 이 늙은이가 사는디, 아 이눔으 거 시집갈 나이가 됐는디 여기 누가 사람이 왕래를 해야 중신도 하고 그러는디 여기는 지나가는 사람도 없어. 그러다 보니께 저것도 과년이 찼는디 천상 저거 짝을 지어 줘야 될 텐디 어디 누가 중신해 줄 사람도 없고 그러니 워디 일 돌아댕기지 말고 우리 집에서 내 사위가 돼서 그냥 같이 살자."고.

그러는디, 아 생각을 해니께 이게 그만해도 복이여. 할 수 없이,

"저 같은 놈을 이렇게 한다."고.

그 노인이 하는 말이,

"뭐 이게 청첩을 해서 뭐 누가 잔치에 올 사람이 있어야 기별도 하고 그러지마는 올 사람도 갈 사람도 하나도 없으니 날짜 잡

---

* 약하(若何)해서 어쩌어쩌해서.

을 것도……. 오늘 저녁에 이 자리에서 이렇게 찬물 떠다 놓고 둘이 이렇게 맞절하고 인제 내 사위가 되는 게 어뗘?"

아이, 생각을 하니께 이 총각 놈도 급하단 말여. 그 처녀를 보니께 욕심이 땡겨. **청중 웃음**

"그럼 그럭하자."고.

그래 합의가 돼서 이렇게 절을 하구서 인제 웃방에서 신방을 차리는겨. 그 얼마나 좋아 그거? 그래 이제 그라구서 인제 자는 거여. 불을 끄고 자는디 여자는 실실 자. 잠이 들어서. 이놈은 가만히 생각을 해니께 이게 꿈인지 생신지 모르겠단 말여. 별안간 이게 무슨 복이 굴러서 이렇게……. 청자/첫날밤에 잠부텀 드는 사람이 보통 죽는다는겨.

그래 가만히 잠이 안 와서 꿈벅거리고 있으니께 바깥에는 달이 한창 밝은디, 그래 뒷문 있는 데서 휘파람 소리가 '휙' 하고 나. 나더니,

"아무개야!"

하고 이름을 부른단 말야. 제 이름을 불러, 바깥에서. 그래 일어나서,

"아이, 누구요?"

그러니께,

"너 이놈아, 왜 여기 와 있어? 아이, 빨리 나오라."고.

"이 집이 천년 묵은 여우의 집인디 너 쪼끔 있으면 죽어. 빨리 나오라."고.

아, 그 말을 듣구서 뒷문을 열으니께 그 산골이 환한 도로가 됐어. 글루 싸악 뛰는 거야 그냥. 그 길도 _{양손으로 좁은 모양을 표현하며} 요렇던 덴디, 올 적에는 그랬는디, 그냥 보니께 신작로여. 글루만 싸악 뛰는 거여.

아, 정신없이 뛰다 보니께 날이 새서 해가 붉은 놈이 치미는데 보니께 요런 길이여. 거기는 인제 요런 길이여. 정신을 차리는겨. 오매, 가만히 생각을 하니께 살 팔자는 아녀, 죽을 팔자지. 겨우 제대로 걸렸네 했더니 여우의 집이니 말이여. 오매, 혼자 한탄하는 게,

"야, 나는 내 평생에 끝이 없구나. 그러니 이, 이대로 죽어야 되겠다."

그렇잖아? 되, 되는 게 없으니까.

아, 인제 내려오는 거여. 걸어 내려오다 보니께 먼 산에서 나무 하는 사람들이 이제 나무를 할라고 요 길에 이렇게 큰 거 뫼도 있고 있는데 거기서 인제 쉬는겨, 죽 둘러앉아서 인자. 그 좌상*이 있어. 좌상이,

"인저 너는 저 산 가서 나무 해 가지고 오고, 너는 저기 해 가지고 일루 모여서 가자."

이렇게 얘기를 하는디, 보니께 나이 많이 자신(잡수신) 양반이 수염이 허옇게 쉬었어. 근데 옛날에는 말이지, 그 나무꾼들도 그

---

* 좌상(座上) 여럿이 모인 자리에서 가장 나이가 많거나 으뜸가는 사람.

좌상은 아주 기가 막히게 위했어요, 옛날에는. 나이 먹은 사람을 이렇게 위했어.

'야, 이놈으 거.'

언뜻 생각에,

'내가 저놈들한테 맞아 죽을라면 방법이 있다.' 이기여.

이 초군*들이 그 전부 무식한 머슴꾼 놈들인디 뭐 그눔들이 수틀리면 작대기로 까서 쫓아 패면 죽는 거지 별수 있어?

'내가 저 노인네를 해치면 달려들어 패 죽일 거니, 얼른 죽어야 되겠다. 억지로는 못 죽구.'

거서 이렇게 앉아서 얘기하는 노인네를 훌렁 뒤집었네. 아, 떼굴떼굴 뒹굴었네. 아, 그러니께 이놈에 새끼들이 작대기로 조지며 덤비는겨. 막 패는 거여. 아, 엎드려 맞는 거지. 근데 그 노인이,

"얘, 얘, 얘들아. 내버려 둬라."

"왜유?"

"아, 가만 둬 봐. 이놈이 내가 몰르는 놈인데 나를 이렇게 떠다밀 땐 무슨 사연이 있는겨. 그러니 느들 가만히 있어."

그러니께 노인이,

"너 일루 와. 너 나 아니?"

그래 묻거든.

"아이, 전 몰릅니다."

* 초군(樵軍) 나무꾼.

"그런데 너 왜 나를 해꼬지를 햐?"

얘기를 했어.

"나는 이러이러해서 죽을라고, 맞아 죽을라고 내가 했다."고.

"제발 죽여 주십쇼."

그러니께,

"야, 이놈아. 그러면 왜 사람더러 때려죽이랴? 우리가 손 하나 안 대고 너 죽일 수가 있어. 그러니까 시키는 대로 해여."

"아, 그런 게 있습니까?"

"그려."

"어떻게 하느냐?"고.

"나 시키는 대로 하라."고.

"요 길로 쭉 내려가서 오늘 해가 넘어갈 때쯤만 부지런히 걸어 가면 거 가면 큰 집이 하나 있어. 근데 그냥 그게 좌우간 창고도 있고 굉장한 집인데 그게 흉가여. 마당에는 풀이 말여, 풀이 질루(길로)* 컸어. 흉간데 가면 요렇게 가운데로 요렇게 길이 났어. 아주 반질반질하게 닳았는데 그 길로 따라가면은 그 집 안채가 나오는데 그냥 기가 맥힌 방을 맨들어 놔서 그 방에서 하룻저녁만 자면 세상없는 놈이라도 하룻저녁만 자면 죽어서 나오지 살아 나오는 놈이 읊어. 그래 그 집은 비어 있어. 큰일이야. 그 창고를 열으면 금은보화가 이렇게 쌓여 있어도 하나 못 건드려. 건드리면

---

* 길로 한 길만큼 되게.

죽으니께. 그러니 아, 거 뭐 죽을라면 거 가서 하룻저녁만 자면
깨끗이 죽는데 뭐 왜 남한테 죽여 달라 그래? 글로 가라."고.

그래 가만히 생각하니 될 거 같아.

"그래, 꼭 그렇습니까?"

"가 봐."

가니께 참 그런 데가 있어. 가 보니께 풀이 질이 넘는디 요만한
길로 가니까 안채에 참 깨끗하게 집을 치워 놨어, 사는 집마냥.
그래 들어가 보니께 뭐 초도 걍 사방에 꽂혀 있고. 저녁이 됐는
데 그 촛불을 밝히니께 그냥 집 안이 시방 전기 켜 논 거 같아.
환한 게 좋아.

'아유, 여기 있다 죽는 게 참 편하겠구나.'

그래 거 있는겨. 아, 있으니께 영 안 죽어 어째. 죽을 때를 바
래두.

'아, 안 되겠다.'고. '드러누워야 되겠다.'고.

아, 드러누워 있으니까, 삼경이 지나니까, 열두 시가 딱 지나니
까 저쪽 가생이(가장자리)서부터 '딱' 하는 소리가 난단 말야. 깜짝
놀래게. 아, 그러더니마는 걍 바깥에서 '우루루루루' 이런 소리가
나는데 이 문고리가 들락날락 들락날락햐. 이렇게 내다보니께,
그 풀이 이렇게 자랐는데, 거기에 천병만마*가 왔어. 말을 탄 장

---

* 천병만마(千兵萬馬) 천 명의 군사와 만 마리의 군마라는 뜻으로, 아주 많은 수의 군사와 군
  마를 이르는 말.

수, 창을 들은(든) 놈들 뭐 이런 놈들이 눈깔이 화리(화로)만큼 한, 눈깔이 이런 놈들이 막 와서 그냥 투구 철갑을 하고 죽 으르렁거리고 섰구, 앞에 한 놈이 장사가 서 있는디 이눔이 눈썹이 이렇게 여덟 팔(八) 자로 된 놈이 강호령*을 하는겨. 지금으로 말하면 '열 중쉬엇! 차렷!' 하고 말여. **청중 웃음**

그래 이눔이 문을 발길로 차면서,

"이것들이 뭐 해 먹는 것들이 대장부 남자가 이렇게 고단하게 자는 데 와서 방해를 놓느냐?"고 고함을 질르니께,

아, 그 맨 앞에 그 장사 그놈이 무릎을 탁 꿇어. 하구서,

"아이고, 선생님! 인제는 우리가 살았습니다." 이거여.

"그래 너는 뭐이냐?"

그땐 기운이 나서 소리를 지르는겨.

"니눔들이 뭐여?"

다른 게 아니라 옛날에 왜 우리나라가 삼국 시대 갈렸을 적에, 만날 우리나라끼리 싸워 가지고 왜 대국서 청병을 했지 않어, 중국서? 그래 중국서 청병을 해서 그, 싸워 전쟁을 해 주러 나온 장수여, 그 사람이. 그 이름이 도준데. 그래 한국에 와서 싸우다 가선 고만 여기서 전사를 했단 말여. 일본 놈들하고 싸우다가 전사를 했는디. 아, 영혼이라도 저희 나라로 가야 하는데 압록강이 있어서 저희 나라 못 가는겨. 압록강에 가서 불러 줘야 되는겨,

* 강호령 까닭 없이 꾸짖는 호령.

그 건너 가서. 근데 불러 줄 놈이 있어? 그래 인제 그걸 불러 주게 맨들을라면 나라에 그래도 요직에 있는 사람이 그걸 하지, 보통 사람이 임금한테 그 코로 듣는 척이나 햐? 그래 그 집에 그 요직에 있는 사람이 살었는디 그 주인을 만나러 오니께 인제 기절해 죽는겨. 그 뒤로 다른 놈이 와도 다 죽어. 하룻저녁만 자면 죽어. 그렇께 집은 비어 있는겨. 그냥 그 창고에 그냥 돈, 쌀, 천진디.

그래 가주 흉가로 유명이 났는디, 이제 그때에 황해도, 황해도 해주 목사*가 비어 있어. 해주, 해주 부윤이지. 황해도 도지사가 해주에 있었잖아, 왜? 그 옛날 조선 시대에 해주 목사였기 때문에 목사가 비어 있어. 왜 비었냐 하면 해주 목사로다 부임을 해서 가면 그날 저녁으로 죽어. 천하 없는 놈이래도, 천하 없는 장사라도 해주 목사로 가면 그날 저녁에 죽어. 그래 가주 해주 목사가 오면은 그 이튿날은 장사 지내는겨. 천하 없는 놈이래도.

그러니께 그 해주는 아전 육방*들이 말여, 지금으로 말하면 도(道)에 말야, 국장이나 과장, 이놈들이 행패 다 부리고 다 해처 먹고 세금 거둔 거 다 즈이가 다 차지하고 개판이여. 그, 목사가 비어 있으니께. 아, 책임자가 없으니께 즈이 마음대로 하는 거 아녀? 그래 해주 목사가 비어 있고 인제 그 밑엣 놈이 인제 대리 역할을 하다 보니께 나라에서도 골치 아프지. 그래 우리나라 국왕

---

* 목사(牧使) 관찰사 밑에서 목(牧) 지방을 다스리던 관리.
* 육방(六房) 조선 시대에 각 지방 관아에 둔 여섯 부서. 이방(吏房), 호방(戶房), 예방(禮房), 병방(兵房), 형방(刑房), 공방(工房)을 이른다.

도 해주 목사를 선처를 못 하는겨. 다 거 가면 죽으니까.

그런 찰난디, 아 나라에서 소식을 들으니께 그 어떤 놈이 거 흉가에 와 산다 그러거든? 아, 그러니께 상감이 부하를 시켜서,

"그, 그거 알아보라."고.

알아보니께 이놈이 떵떵거리고 사네. 그냥, 거기 그냥 금은보화가 창고에 가득하니께 뭐 대번 혼인 중신이 들어서 마누라 잘 얻어 가지고 편안하게 살고 있는겨. 그냥 천지가 그냥 뭐 재산이니께 그냥, 그 안에. 그 인저 와 가지구서는,

"상감께서 해주 목사를…… 참, 대감을 불러오라 그래서 왔다."고.

아, 그래서 나라 상감이 오라는데 안 가면 죽을 턴디 안 갈 수가 있어? 가니께, 보니께 그냥 사람은 그렇고. 배운 건 저 한문 쪼끔 배운 거, 그거 어깨너머로 배운 거밖에 없으니까. 그래서 나라에서 해주 목사를 하라는겨.

"해주 목사를 해라."

아이, 생각을 하니께 이거, 아 배운 거 없는 놈이 어떻게 햐? 그래서,

"못 합니다."

그러니께,

"걱정 말고 가서 자리에만 앉으라."고.

청자/그때는 목사라면 군수지. 아녀. 부윤이니까 저기여, 도, 지금의 도지사지.

그래, 아 갔는데 인제 목사가 왔어도 그 밑에 아전들은 그까짓 거 그날 저녁에 끝날 거니께 신경 안 써. 아이, 이 사람이 가서 앉었는데 대접이 부실햐. 그거 참, 가만히 소식을 들으니께 그날 저녁에 끝나니까 그러는 거 같어. 할 수 없지 어떡햐? 저녁을 먹고 이렇게 하고 앉았으니께 이 주머니에서 말여, 이 주머니에서루다 이 도주*가 말여, 좋아 뒈진댜.

"나는 그, 그렇소. 도주야! 나는 이 해주 목사로 와서 죽는 데로 왔는디 너는 좋아 죽느냐?"

그러니께,

"인저 내가 대국으로다 내 영혼이 갈 순서가 돌아왔다." 이거여.

"니가 중국만 가면 난 너 따라가면 된다." 이기여.

"그러니께 좌우간 오늘 저녁에 내가 중국으로 가느냐 니가 죽느냐 판단이 나니께 내 말을 꼭 들어라." 이기여.

"그래 뭐냐?"

그러니깐,

"오늘 저녁에 니가 부임을 했다 그래서 기생들이 수청을 들을 겨. 근디 천하에 없는 년이 와서 술을 부어도 술을 먹지 말어라." 이기여.

"먹었다 하면 너는 골로 가. 전에 여기 해주 목사로 와서 그래다 골로 갔다." 이기야.

* 도주 이야기 앞부분에서 나온 죽은 장수의 원귀.

"그러니 절대 먹지 말어."

"걱정 말라."고.

하여튼 몇 번 부탁을 햐.

그래 앉았으니께 밤중쯤 되니께 바깥에서 인기척이 나는데 '톡톡' 때려.

"그래 누구냐?"

하니께, 기생 하나가 주안상을 들고 와서 앞에 와서 절을 하고 쳐다보는디, 평생에 그놈이 그 머슴 사는 놈이 구경이나 했어? 보니께 눈이 황홀햐.

"그래 너 누구냐?"

그러니께,

"다른 게 아니라 저 이 고을에 사는 기녑니다. 기생인데, 참 성주(城主)께서 오늘 여기 부임을 하셨는데 저희가 인사를 안 드릴 수가 있습니까? 그래서 이렇게 제가 수청을 왔습니다."

아, 술을 따라 주면서,

"약주나 한 잔 우선 드시구."

그랬어.

"내가 오늘 여 부임을 해 보니께 아전 육방들도 말여 어째 시원찮고 저 대접하는 게 시원찮아서 알고 보니까 여기 해주 목사 온 사람이 다 죽었댜. 그래서 그러는데 니가 뭔데 말여, 왜 시방 마음이 복잡한데 술을 권하느냐?"고.

"가라."고.

"안 가면 여기 술상을 둘러엎고 난리가 날 테니까 가라."고.

"당장 안 가느냐!"고.

확 호령을 하니께 찔찔찔 울더니 나가. 그래 이놈이 생각하니께,

'그거 간단한 놈을 가지구서 뭐.'

아, 이렇게 하구서 한참 있으니께 배깥에서 소리가 나더니 또 기생이 하나 왔는데 이건 아까 왔던 것보다 훨씬 더 나아, 인물이. 하, 이거 싱글싱글 웃으면서 술을 따르는데 만단설화*를 했어.

"그렇게 하는 게 아니라."고.

"대장부 남자가 해주 목사로 왔는데 너희 같은 기녀가 와서 처음에 와서 이렇게 헌신한다는 게 말이 되느냐?"고.

"그러니까 내일 저녁도 있고 모레 저녁도 있고 그러니까 오늘 저녁엔 제발 가 달라."고.

사정해도 안 되야. 근데 그땐 눈알 부라리는겨.

"이눔으, 안 나가느냐!"고.

대번 아 콧구녕을 벌렁거리니께 할 수 없이 나갔단 말야. 허, 가만히 이눔이 생각하니께 대단하긴 대단하다 말여.

아, 한참 있으니께 화자 웃음 또 소리가 나더니 여자가 들어오는데 보니께 이건 얼굴이 이건 기가 맥히게 생겼어. 사람인지 신선인지를 모르겄어.

"그래 저희 동생들 둘이 와서 참 그런 노여움을 끼쳐 드려서

* 만단설화(萬端說話) 온갖 이야기.

죄송하다."고.

"다 이해를 하시라."고.

그리고 술을 따르면서,

"모든 것을 지가 다 허물을 안고 대접할 테니까 노여워 말고 드시라."고.

그러니께 금방 죽어도 소원이 없어. 금방 들어. 술을. 잔을. 마실라고 이렇게 생각을 해 보니께 도주 생각이 난단 말여. 술잔을 딱 놓구서,

"너, 이년!"

하고 소리를 냅다 질르니께 울더니 나가. 나가니께 이 도주가 그래.

"너 이놈아! 너 모가지가 금방 날라갈라 그러다가 살았다." 이 기야.

"어떡할라고 술잔을 드느냐?" 이거야.

"이놈아!"

"그래, 여자한테 당하는 남자가 없지 않느냐?"

"그나저나 큰일 났다."

그러거든.

"뭐? 또 큰일이 나? 그래 어떡해야 되느냐?"

이놈이 그러니까 이 어떡해야 되느냐 그러니께,

"새복(새벽)이 되면은 인제 널 갖다 파묻을라고 이 나졸 놈들이 널을 가지고 와 담어다 파묻을라고 올겨. 오걸랑은 문을 탁 차고

냅다 호령을 하라."고.

"그라믄 이놈들이 놀래 자빠질 기다. 그러걸랑은 오늘 오시˙까지, 열두 시까지지, 오시까지 소나무 말야, 바짝 마른 놈으로, 이렇게 꺾어서 '똑' 소리 나는 소나무를 백 짐을 대령하라고 해라. 그래서 이 후면에 보면 큰 고목나무가 하나가 죽어서 쓰러져 있는디 그 나무를 건드리들 못 혀. 요 나뭇가지 요만한 거 꺾어도 동토(동티)˙가 나서 죽어. 그 썩었는디 그 나무를 말이지, 그 솔가지로다 뺙 돌려 죄 싸구서 네 구탱이(귀퉁이)에서……"

옛날에 부신(부시)˙을 쳤어요.

"부신을 쳐 가지고 똑같이 불을 질르라고 명령을 하라."고.

"그렇게 안 하면 넌 죽어."

"알았어. 그까짓 거 하지."

있으니께 첫새벽이 되니께 배깥에서 덜거덕하더니,

"아이, 더러워. 이놈으 송장은 얼마나 무거울라나."

이러며 배깥에서 중얼중얼한단 말여. 문을 탁 차니까 이놈들이 그냥 뒤로 벌렁 자빠져. 죽은 송장이 있을 줄 알았더니 살었으니께 기가 맥히지.

"이놈들이 이게 뭐하느냐!"

하니까 벌벌벌벌 기는겨.

• 오시(午時) 오전 11시부터 오후 1시 사이의 12시를 전후한 시간.
• 동티 땅, 돌, 나무 따위를 잘못 건드려 신령을 노하게 해서 재앙을 받는 일. 또는 그 재앙.
• 부시 부싯돌을 쳐서 불이 일어나게 하는 쇳조각.

"야, 아전 놈들아, 나 죽었느냐?"

그러니께 아 이 아전 놈들이 쫓아와서 굴복을 하는겨.

"아, 너희 오늘 오시까지 솔가지, 아주 내가 검사해서, 꺾어서 '똑' 소리 안 나면 그냥 능지처참한다."고 말야.

"백 짐을 들이라."고.

이제 난리가 난 거야. 날 샜는데 큰일 나.

"인제는 된서방* 만났다 인저. 여기서 살은 놈이 왔으니 인제 우린 절단 난 거 아녀? 맘대로 못 할 거 아녀?"

아침 참 기가 맥히도록 해 드리고, 굉장혀.

그래 솔가지 백 짐을 들어서 싹 쌓아 놓구서는 네 구탱이에서 똑같이 불을 지르라고 했는디, 이짝 가생이는 이놈이 부신을 칠 줄 몰라 가지구서 좀 늦었어. 늦게 불이 붙었는디, 확 타오르는디, 새가 세 마리가 냅다 거기서 날라서 후둑후둑하다가 두 마리는 타서 떨어졌는데 한 마리는 불이 늦게 붙은 건 날라가더니 '삑' 소리가 나고 날라갔단 말야. 그저 그런가 보다 하고 말았지. 그거만 본 거지, '삑' 소리 난 거.

그날 저녁에 이제 마음이 편하지.

"도주야, 어떻게 됐냐?"

하니께,

"그나저나 큰일 났다. 일은 무사히 마쳤는디 그 맨 끄트머리

* 된서방 몹시 까다롭고 가혹한 남편.

날라간 놈, 그게 맨 끄트머리 온 계집앤디 날라갔다. 너는 인제 그거한테 죽어. 너는 몸댕이(몸뚱이)가 열 개라도 넌 뒤져."

"난 그저, 일이 왜 이렇게 돼 가고 있느냐?"

"그나저나 너 이왕 죽을 바에는 나 중국에나 좀 데려다주고 죽어라."

"그걸 내가 어떻게 데려다주느냐?"

"때나 기다려 보는 거지."

근디 나라에서는 해주 목사가 어떻게 해서 살았는지는 알지도 못하고 해주 목사가 아주 그놈이 아주 판박이°가 되는거. 다른 사람은 안 보내. 가면 죽으니께. 근게 글루 이사를 했어. 가족들 전부 해서. 해주 목사, 나라에서 하라면 해야지 어떡해? 근디 해주 부윤이지마는 대우는 정승 판서 이상 대우를 받는거. 다른 사람이 못 지키는 데를 지키니께. 아, 그냥 모든 행정을 어물어물하면 다 통하고 말여. 이렇게 사는디······.

아, 어느 날은 살다 보니께 아니 상감께서 말이여, 해주 목사를 오라는 교서°가 내려왔어요. 그래 가니께 임금이 불르더니만, 가서 절을 하고, 저기를 하니께,

"참 해주 목사 자네 수고 많이 했어. 근데 내가 자네를 오라한 건 다름이 아니라 대국 천자께서 말여, 해주 목사를 사신으로

• 판박이 판에 박은 듯 변화가 없음. 주인공이 그 자리에 쭉 눌러앉았다는 뜻이다.
• 교서(敎書) 왕이 신하와 백성, 관청 등에 내리던 문서.

들여보내라는 이렇게 조서*가 내려왔어. 그러니 자네 천자한테 가야 되야."

우리나라는 대국에 속국이니께 안 갈 수가 있어?

"가라."고.

근데 옛날부터 그 대국서 말이지, 한국서 인재가 많이 나면은 그러니께 사신을 불러들여서 꼬투리를 잡아서 죽였어요, 사람 죽일라고. 거기 살아 나온 사람이 별로 없어. 그 맹 정승 같은 이나 살아 나왔지, 별루. 그때는, 가면 죽는겨. 꼬투리 잡아서 죽여. 그래 인제 중국서도 인제 해주 목사가 그렇게 유명하다 해니까 인제 불러들여 죽일라고 불르는 거다 생각을 한 거지.

그러니 임금이 가래서 안 가면 그거 죽이는겨. 그러니까 안 갈 수가 있어? 집에루 가서 어머니가 살었는디 어머니한테……, 그러니 장모지.

"어머니, 제가 식구를 데리고 평생을 여기서 어머니 모시고 살라고 그랬는디 이렇게 돼서 사신으로 가게 됐는데, 더군다나 저는 지식이 부족하고 그런디 가믄 죽지 살아 나오겠습니까? 그러니 내가 못 나오더라도 장수하시라."고.

인사를 하고 그 행장을 차려서 가는겨. 그래 중국을 가는 거지. 가서 인저 딱 가니께 우리나라 접경, 그 압록강을 건넜으니께 중국에서 군인들이 와서 바로 호위를 해서 가는겨. 갔단 말여.

• 조서(詔書) 황제의 명을 담은 문서.

그래 가 가지고 천자한테 현신*을 하는 거지.

"그 저, 조선의 그 해주 목사가 왔습니다."

그러니께 일로 오라는겨.

"자네, 잘 듣게."

"예."

"다른 게 아니라 내 첩이 말여."

그 대국 천자가 궁녀가 몇백 명 되는데 그거 뭐 첩이 하나둘이여?

"내가 가장 사랑하는 첩이 있는데 병이 들었어. 병이 들었는디 백약이 무효여. 아무리 대국 천지에서 나는 좋은 약을 다 써도 안 되여. 아, 그런데 점쟁이가 점을 하는데 해주 목사를 불러서 그 해주 목사를 잡아서 간을 먹여야 낫는다는겨."

아, 그 마지막으로 날라간 그놈이 가서, 여우가 그게 사람으로 도신*을 해서 천자한테 가 붙어 가지구 아프다고 하고 해주 목사를 불러서 간을 먹어야 된다고 그라니, 그게 어느 영이라고 어떤 놈이 거역할 놈이 있어? 아, 잡아서 간을 먹어야 되여. 어떡할겨? 천자가 하라면 하라는 대로 해야지.

참, 이놈이 생각을 하니께 꼼짝 못하고 죽었네 인저. 어떻게 할 재간이 있어? 그래 멋도 모르고,

• 현신(現身) 다른 사람에게 자신을 보임. 흔히 아랫사람이 윗사람에게 예를 갖추어 자신을 보이는 일을 이른다.
• 도신(逃身) 몸을 피하여 도망함.

"하여튼 제가 약을 준비할라믄 말미를 좀 주셔야죠."

그러니께,

"얼마를 줘?"

그러니께,

"석 달만 말미를 달라."고.

그러니께,

"어? 석 달이면, 시방 하루가 새로워. 이거 아파 가지고 죽는 소리를 막 하는데 밤낮으로 해도 안 되여."

그래 쫄르구 쫄러서 한 달 말미를 받았어, 한 달. 그 대국 천자도 그렇지, 금방 약을 구해 오라 그러면 되여? 그러니께 한 달, 한 달 말미를 해서. 그래 인제 사천방(사첫방)*을 딱 정해 주더래.

거기 있는디, 아 이놈 도주는 좋아 죽는겨. 인제 왔어, 중국을 왔어. 그 데리고 왔어, 그 사람이.

"아이, 인제 나는 원이 없다." 이기여.

"그러나 저러나, 그래 이게 어떻게 된 거냐?"

그러니께,

"니가 잘못해 이렇다." 이기여.

"그 마지막으로 날라간 새가 여기 와서 첩이 돼서 너를 잡아먹을라고 그라는디 회피할 수가 있느냐?" 이기여.

"그래 나는 꼭 죽는 거냐?"구.

---

* 사첫방 손님이 묵고 있는 방.

"글쎄 살 방법이 있긴 있는데 내가 그걸 보답을 할라면 힘이 들어간다."고.

"아무리 힘이 들어가도 니가 은혜를 갚아야지 될 수가 있느냐?"고 그러니께,

"걱정 말라."고.

"내가 해결한다."고.

"기달려라."

근데 이쪽 주머니서,

"도주야!"

하면 대답을 하는데 대답도 안 해 인저. 떠나 버렸어.

아이, 이거 오늘이 마지막 날이여, 낼이. 아, 날 새면 인제 한 달인디. 아, 저녁까지 소식이 없어. 아이, 어떡하느냐고 그땐 우는겨.

"도주야, 도주야!"

하고 우니께, **청중 웃음**

"아이고."

대답을 하는데,

"아이고, 간신히 왔다. 간신히."

"그래 우뚱게 됐니?"

그라니께,

"아, 약은 구해 왔지."

"그래?"

빼도 안하는데 천장에서 약봉지가 이런 게 세 개가 떨어져.

"이걸 가져가서, 아무도 주지 말고 니가 꼭 가져가서 하나는 환자 이 발끝에다 놓으라고, 침을 해서. 발끝에, 다리를 쪽 뻗으라고 하고 발끝에 놓구. 두 번째는 이 배 우(위)에다 놓는디, 발 끝에 놓고 배 우에 놓을 때까지는 환자가 막 지랄할겨. 요 배 가운데 것만 놓고 나면 조용할겨. 그러걸랑 마지막은 이 머리에다 놓고 왼발을 굴르며 소리를 지르라."고 말여.

"그러냐?"고.

"알았다."고.

그래 인제 도주는 갔지 뭐. 영혼이 어디 있어?

이눔으 약봉지를 가지고 있는디 아침을 먹고 나니께 천자가 들어오라는 거지.

"인제 들어와."

그래 들어와서 이놈이,

"마마, 제가 환자를 봐야 되겠습니다."

그러니께,

"아유, 봐야지! 여부가 있어? 곤치기만(고치기만) 하면 상관없다."고.

그래 인저 거기를 들어가는데 거 천자 그 애첩한테로 들어가. 그 아무 놈이나 들어가 거기를? 말짱 벌벌 떨고 그래구. 그리고 그 나라에 그 용하다는 의사, 국의(國醫). 그게 국의여. 국의는 다 모인겨. 그눔이 고치면 저희는 절단 나는 거 아녀? 벌벌 떠는 거지, 다.

가니께 뉘였는디,

"해주 목사 간 들이라."고 막 요동을 치는겨. 지랄하고.

그 인제 상감이 가, 저 임금이 가서,

"좀 조용히 좀 하라."고 말여.

그러니께 좀 덜하더랴.

그래 무릎을 꿇구서 봉투 하날 딱 꺼내서 다리 위에다 이렇게 올려놓고. 그러니께 와다(억지)를 써, 그때까지. 또 하나 꺼내서 배 위에 올려놓으니께 조용하게 드러누워 있어. 마지막은 봉지 하나 꺼내서 이마에다 놓구서 왼발로 굴르며 소리를 냅다 질르니께 이 약봉지가 세 놈이 다 누런 수캐가 돼 가지고 멱아지(목), 하난 다리 물고 하난 허리 물고 멱아지 물고서 굴르매 팽이를 치는데 보니까 발간 불여수여. 개가 돼서 물어 죽이는겨, 거기서.

아니 천자가 생각을 하니께 그 개하고 잔 생각을 하니께 기가 맥힐 거 아니여 참. 기가 맥힐 일이여. **앞에 개라고 한 것을 수정하며 붙여** 우여. 천자가 생각을 하니께 이 해주 목사가 아니었으면 저는 날라갔지. 그 여우를 데리고 살았으니 그렇잖아? 그래 그 이튿날부터 명을 하는겨.

"좌우간 해주 목사를 해치는 자는 삼족을 멸할 테니까 아무 놈도 건드리지 말어라." 이기여.

"좌우간 자네 소원이 뭔가?"

그 해주 목사 소원은 빨리 가는 거뱎에 없어. **청중 웃음** 지 모가지가 왔다 갔다 하니께. 배짱이 있어, 개뿔도? 청자/그렇지.

"그저 저는 다른 게 없습니다. 가서 우리나라 상감마마한테 충성하는 게 제 임무고 그러니 빨리 고향에 보내 주십시오."

그러니께,

"아, 왜 그렇게, 그런 생각하냐?"고.

"그럼 보내 주지."

그 순, 황금 뭐 이렇게 해서 압록강까지 데려다주는디 천자가,

"너희가 만약에 압록강까지 해주 목사를 배웅을 하러 가는디, 중간에 말이지, 불측한 마음을 먹든지 하면 너희는 막 전부 다 죽여 버린다."고 고함을 지르니까 군사들이 벌벌 떨고.

참, 이 참 사신을 갖다 그렇게 해결하고 오니께 우리 상감이 얼마나 좋아혀?

"아이, 참 수고했다."고.

그렇다고 해주 목사, 장(늘) 해주 목사여. 이놈 뭐 해주 해결이 그러니까. 해주 목사를 하는겨.

아, 어느 날 있으니께, 인제 도주는 떠났고. 아, 또 상감이 또 교서가 내려와서 가 보니께 일로 오라 그러더니 가니께 하는 말이,

"대국 천자가 말여, 자네를 빨리 보내 달라는겨. 그러니 자네 가야 되네."

아, 이거 사연도 없이 또 빨리 보내 달라는겨. 할 수 없이 또 갔지. 안 갈 수 있어?

가니께 이 경비가 아주 굉장혀. 그래 딱 들어갔단 말야. 들어가니께, 아 어째 그 대국 천자가 다른 사람들 다 물리쳐, 옆에 있

는 부하들.

"자네들 다 물러가라."고.

단 둘이 가더니마는 귀에 대고 하는 말이,

"내가 며칠 전에 옥새를 잊어버렸다." 이거여. 옥새를.

"옥새를 잊어버렸는데 자네가 그거 찾아 주게."

참 기가 맥혀. 대국 천자가 옥새를 잊어버렸는데 해주 목사가 어떻게 찾어, 그걸? 왜 옥새를 또 잊어버려? 큰일 났단 말여. 그 어떻게 해결해, 그거. 그러니까 못한다 할 수는 없고.

"지가 노력을 할 테니께 말미를 달라."고.

"아, 이 사람아, 한시가 새로우네."

옥새가 없는 걸 알면 누가 떠다밀고 쫓겨나면 쫓아 나가야지 어떡해? 옥새가 없는디 임금이 아니잖어? 그래 비밀로 하는 건데. 좌우간 졸르고 졸른 게 이레, 일주일 말미를 받어서 일주일 내에 해결을 해야 돼.

그래 사첫방이 도로 거기여. 거 가서 밤새도록 도주를 불르고 울으니 대답이나 햐? 말도 없어. 도주는 끝났어. 청중 웃음 도와줄 놈이 하나 있어? 낼은 인제 아침에 들어가서 인제 그거 일주일인데 해결 못 했으니께 죽을…… 그건 대국 천자가 해주 목사를 안 죽일 수가 없어요. 거 안 죽이고 놔두면 비밀이 탄로되는데 죽여 없애야 되잖어. 지금이나 그때나 똑같어, 그건. 그 비밀을 알고 있는 놈은 그놈 하나밖에 없는데, 옥새 없는 거. 그거 죽이잖아. 이제 죽는겨.

근데 오늘 저녁에 인제 내일이면 들어갈 판인디 이렇게 자고 있으니께 바람이 휙 불더니, 아 벽장문이 썩 열리더라 이기여. 쳐다보니께 그 벽장 안에서 의관 도복을 한 점잖은 선비가 썩 내려와. 그래 이놈이 그냥 불알이, 창자가 쪼그라들어, 놀래서. 귀신이 내려오니께.

아유, 방바닥에 엎어 절을 몇 번 하는겨. 그래,

"누구십니까?"

그러니께,

"내가 이 나라에 우리 천자께서 젤 사랑하던 부하인데, 여기 우리 나라에 그 장사, 일류 가는 장사 세 놈이 있는디, 이놈들이 역적모의를 하는디 나를 읎애야 그놈들이 역적 노릇을 할 수가 있어서 이 셋이 몰아서 내가 죽었다." 이기여.

"그래서 아무튼 죽었어. 모의를 하구. 그래서 하도 분해서 내가 옥새를 감추구서루다 해주 목사를 오게 맨들었다." 이기여.

"그러니 내 웬수를 갚아 주시오."

"그래 뭐냐?"

그러니께,

"요 동원 후면에 가면은 연못이 세 개가 있는디 가운데 연못을 그걸 저 물을 빼 달라면 대번 빼다."고.

"마개만 빼면 쭉 빠지게 돼 있다."고.

"물을 빼면은 가운데 한 두평 쯤 물이 고여 있을 거라."고.

"거기를 그냥 옷 입은 채로 들어가라."고.

"들어가서 이렇게 벌려 보면은 요만한 함이 하나 만쳐질(만져질) 거라."고, 물에.

"그놈을 가지구서 아무게도 얘기하지 말고 가서 그 천자하고 둘이 얘기할 수 있는 그 밀실에 가서 열어 보라." 이기여.

"그걸 하기 위해서 아침에 들어가서 천자한테 이 나라에 장사 세 사람의 모가지를 쳐 달라고 이거부터 요청을 하라."는겨.

우선 자기 원수를 갚아야 하니께.

"꼭 그걸 먼저 한 다음에 이걸 하라."는겨.

"알았다."고.

이 사람도 인제 목숨 걸고 하는 거지 뭐. 가서 인제 천자한테 가서,

"이 나라의 장수 갑이랑 을, 병이 있지 않느냐?"고.

"아, 있지. 그놈들 아주 참 우리 나라의 기둥이지."

"이 셋 장군을 베어 주십시오."

그러니 그 천자도 그 장군 셋을 비어 달라는데 기가 맥힌 일이지만, 이놈의 옥새 문제가 있는데 그까짓 셋이 문제여? **청중 웃음** 다섯도 죽일 판인데. 그래 조금 있다 말도 안 하고 대컥 다 죽여 버렸어.

"이제 처리를 했다."

그러구선 갔지.

"거 못을, 못을 물을 빼 달라."고.

다른 사람은 아무도 모르지. 그래 물을 뺐는데 해주 목사가

들어가서 보니께, 아 이런 함이 만쳐져, 물속에. 가지고 천자하고 둘만 아는 비밀실로 들어갔어. 다른 사람은 하나도 모르지. 열으니께 세 거풀이야. 한 거풀을 여니께 거기 또 있어. 또 열고. 요만한 함이 있는데 열으니께 옥새가 그 안에 들었어요. 그래 거기서 옥새를 내줬으니 그거 뭐 대국 천자가 그 반가워한 건 이루 말할 수도 없지 뭐. 좌우간 천자가 하는 말이,

"내 우리 나라를 반을 자네를 베어 줘도 인제 원이 없어."

이렇게 하고 대접을 하는디 기가 막히게 대접을 해서, 참 사신을 두 번을 갔다 왔네. 그래도 해주 목사여. 다른 건 못햐. 해주는 아주 판에 백였으니께(박혔으니까). 해주 목사를 혀. 그래 두 번이나 사신으로 갔다 왔으니 나라에서 유명하잖어?

있는데, 아 얼마 있으니께 해주 목사를 또 들여보내라는 교서가 또 대국서 날라왔어. 그래 장 하던 대로여. 상감도,

"빨리 가 보라."고.

"자네가 우리나라 국위선양을 했어. 그래 대국 천자께서 우리나라를 참 신임을 하고 도와주는데 요번에도 가서 잘해야 되여. 가라."고.

그래 두 번은 살아 왔지만 어떻게 또 살아 와?

갔지. 가 보니께 대국 천자가 말여, 이 까치통(깍짓동)*만 하게

* 깍짓동 콩이나 팥의 깍지를 줄기가 달린 채로 묶은 큰 단. 몹시 뚱뚱한 사람의 몸집을 비유적으로 이르는 말이다.

부었어, 이렇게. 부어 가지고 누워 있는데 말여, 아 가 보니까 숨을 쉬는데 말여, 이렇게 '헥헥' 숨을 쉬어. 이렇게 부어 가지고.

"아, 날 살려 달라." 네.

아, 그걸 어떻게 살려 그래? 의술은 해주 목사는 하나도 모르는데. 그러니 캄캄하지. 못한다고는 못 하지.

"그 약을 구해 올라면 좀 시일이 있어야 됩니다."

"얼마나 시일을?"

"적어도 일주일은 줘야지요."

그러니까 안 된다는겨. 삼 일 말미를 받아, 사흘밖에 안 줘.

"내가 죽게 됐는데 그 안에 죽으면 안 되지 않냐?" 이거여.

그래 삼 일 말미를 받아 가지고 가만히 사첫방에서 이틀이 지나고 하루만 남았어. 오늘 저녁에 자고 나면 이제 끝나는겨. 약은 뭐 어떻게 구할 도리가 없고.

이제 그날 아침이 됐네. 아침 먹고 나면 가서 인제 천자 현신해서 약 못 가져가면 목 쳐 죽이는겨. 그건 뭐 틀림없이 죽이는 거지 뭐. 옛날 아주 죽이는 게 상술인데. 아침상이 들어왔는데 이 밥상을 쳐다보니께 그 밥 먹겠어? 아침 먹고 들어가면 죽는디. 근디 옛날에는 그 사첫방도 벽이 전부 흙이었어요, 옛날 그때는. 아, 밥을 먹을라고 이 숟갈로 밥을 이렇게 뜨니께, 아 어째 숟갈이 입에 들어오다 말고 홱 쏟아지더니 방바닥에 가 뚝 떨어지네! 첫 숟갈이.

'아!'

이 사람이 생각을 하니께,

'이거 불길한 징조다. 인젠 난 죽는구나.'

그러나저러나 떨어진 걸 줏었어. 줏어 가지고 손에다 주물르니께 이 손에 가 늘어붙거든. 그러니께 벽에다 이렇게 고물*을 묻히니께 안 묻잖어? '떨꺼럭' 하더니마는, 아 천장에서 흙덩어리 이만한 게 하나 떨어져.

"아, 이놈으 거, 같이 이렇게 하자."

그놈하고 같이 버무리는겨. 밥 한 숟가락하고 이렇게 주물르며, 또 부뚜막 벽에 칠해 가지고 또.

아, 그러다 보니께 이놈이 새카마네. 손바닥 때도 묻었지, 흙하고 범벅이 됐지, 그러니께 새카말 수밖에. 똥그랗게 해 가지고 주머니에다 넣었어. 아, 이거 가지고서 한 시간이라도 더 살아야지.

청중 웃음

그게 들어가니께 이렇게 부었는디,

"헉헉…… 약 구했나?" **청중 웃음**

이렇게 천자가,

"헉헉…… 약 구했어?" **청중 웃음**

이래.

"구했습니다."

"얼른 달라."고.

---

* 고물 콩, 팥, 녹두 따위 곡식의 가루.

근데 그 나라 의사들이 그냥 벌벌벌벌 떨구 있어. 그 즈이가 몰르는 약을 해주 목사가 알으면 저흰 뭐가 되여? 그래,

"물을 좀 가져오라."고.

그 시커면 거, 그 밥 뭉친 놈을 저 그 천자 입에다 넣구,

"물을 마시…… 씹어 삼키시라."고.

그러니께 이 천자는 똥이라도 먹을 판이여, 해주 목사라면. 이 놈을 인제 먹구서는 기다리는겨.

아, 쪼끔 있으니께, 아 그 천자 이 부은 데서 물이 흐르기 시작하는 거여, 그냥. 몸댕이서. 아, 줄줄줄줄줄 물이 흐르는데 막 또랑물 내려가듯 햐. 청중 웃음 그러니께 인제 막 방 구들을 파 가지고 물을 빼는겨. 청중 웃음 아, 그러니께 이놈으 가죽이 쭈글쭈글하게 이렇게 되고 말여, 살이 쑥 빠지니께, 아 이 천자가 드러누웠다가 막 벌떡 일어나더니 막 날러. 청중 웃음 이만하게 부었다가 쭉 빠졌으니 어떡허겄어? 대번 고쳤단 말여. 아, 이제 의사들이 벌벌벌벌 떠는겨.

그래 병명이 뭐냐 이거여, 의사들이. 그 사람들이 병명을 몰라 못 고쳤어. 그래 이놈이 가만히 생각하니께 곤치기는 곤쳤는데 병명을 가르쳐 줘야 될 거 아녀? 옆에 있는 청자를 보면서 그래 뭐라고 얘길 해야 되겠어?

• 천고창(天痼瘡) 미상. 몸이 붓는 피부병을 뜻하는 말로 여겨진다.
• 낙반벽상토(落飯壁上土) 떨어진 밥과 벽 위의 흙.

그래서 이놈이 연구 끝에 천자는 높은 양반이니께 우선 거기다 뭘 붙여야 되겠거든, 살라니께. 그래,

"병명은, 천고……"

그랬단 말야.

고 소리가 나니께 옆에서 무릎을 탁 치더니만,

"천고창°이면 낙반벽상토°가 약이라."고 말여.

천고창이면 낙반벽상토 약이야. 떨어진 밥하고 이 벽상토가 약이여. 청중 웃음 그 의사들도 그게 천고창인지를 몰랐어요. 그래 천고창이면 낙반벽상토가 약이야. 낙반벽상토. 기가 맥히게 들어맞는거.

그래서 살아 나왔어. 그래 해주 목사 산소가 저 있어요, 저 위에. 청중 웃음 얘기 끝이여, 이제. 청중 박수

박철규(남, 1924년생, 83세)
2006. 12. 20. 청주시 상당구 중앙공원
김종군 김경섭 심우장 유효철 조사

💬 **해설**

이름난 이야기꾼 화자가 구연한 장편의 설화다. 머슴 출신의 한 인물이 겪는 인생사 우여곡절이 숨 쉴 틈 없이 박진감 있게 펼쳐진다. 한 편의 드라마를 보는 듯한 흥미진진한 전개라고 할 만하다. 아마도 화자가 전해들은 여러 이야기의 내용을 조합해서 갈무리함으로써 자기 특유의 이야기 종목으로 개발한 것으로 생각된다. 복잡한 이야기 가닥을 정교하게 연결하면서 내용을 술술 풀어 나가는 구연자의 능력에 탄복하게 된다.

이야기 내용을 보자면, 주인공의 기구한 처지와 인생 역전의 우여곡절이 관심을 집중시킨다. 멀리 중국을 세 번이나 넘나들게 되는 파란만장한 곡절의 출발은 작은 일이었다. 힘들게 논을 가는 노인을 도와준 일이 계기가 돼서 여우한테 홀린 일이 그것이다. 모른 척 지나치면 될 일에 나섰다가 큰 곤경을 겪은 상황이다. 하지만 그 일이 결국은 놀라운 모험과 큰 성공을 가져온 터이니, 주인공의 오지랖은 헛된 것이 아니었다고 할 수 있다.

주인공이 결정적으로 인생 역전의 전기를 찾은 것은 흉가에 깃든 순간이라 할 수 있다. 깨끗이 죽어 버리겠다고 마음먹고서 흉가에 들어갔는데, 그렇게 마음을 비운 일이 오히려 큰 힘이 돼서 험상궂은 원귀들을 수월하게 제압할 수 있게 된 터였다. 죽으려 하면 살게 된다고 하는 역설이다. 그러한 마음가짐과 삶의 방식은 주인공의 남다른 힘이 되어서 어떤 험한 일도 감당할 수 있는 동력이 되었으니, 세 마리나 되는 흉측한 여우의 변고를 물리치고 중국에 가서 죽을 위기를 거듭 이겨 낼 수 있었던 것은 단순한 우연이 아니라 그한테 내재한 힘에 의한 것이었다고 할 수 있다.

이야기는 중국 천자한테 휘둘리는 조선을 약소국처럼 말하고 있지만, 실제로는 중국 천자가 쩔쩔매면서 한국의 머슴한테 거듭 매달리고 있는 터이니 이 또한 통쾌한 역전이라고 할 수 있다. 진진한 흥미와 함께 세상살이에 대한 안목을 열어 주는 한 편의 훌륭한 이야기라 할 수 있다. 화자는 이야기 첫머리에서 미리 '거짓말 이야기'라고 말하고 있는데, 이는 이 이야기가 허구적 상상의 이야기임을 전제하는 것일 뿐 그것이 가치 없는 엉터리라고 자인한 것은 아니다. 허구적 내용 속에 재미와 함께 세상사 이치를 깊이 갖추고 있는 것이 구전 민담(고담)의 특성이자 묘미라고 할 수 있을 것이다.

💬 **생각거리**

- 주인공이 거듭 위기를 겪고 그것을 풀어내는 가운데 인생이 바뀌어 가는 과정을 이야기 진행 순서에 따라 일목요연하게 정리해 보자.
- 주인공 머슴이 마침내 모든 문제를 해결하고 잘 살 수 있었던 가장 중요한 동인은 무엇이었을까? 특히 그의 성격이나 행동 방식에서 답을 찾아보자.
- 이 이야기 속의 도주(원귀)는 매우 독특한 캐릭터라 할 수 있다. 그가 담당하는 서사적 역할에 대해서 말해 보자.
- 이 이야기를 소재로 삼아 웹툰이나 영화, 드라마의 시놉시스를 만들어 보자.

재가한 아내와
전쟁에서 살아 온 남편

박철규

군 대 생활 일화를 한마디 할게요. 그때 참 군대서 억울하게 죽은 사람도 많고 그런데…….

요 근처에, 요기 청원군 강내면이라는 데가 있는데. 여서 조치원 갈라면 그 사이여. 교원, 교원대학교 있는 그 부근인데. 거기 사람이 군인을 갔는데, 육이오 때 전쟁할 때 군인을 갔는데, 결혼하구서 아즉 첫 애기도 안 낳았어. 결혼은 했는데. 군인 소집, 소집당하니까 전쟁할 때 어떻게 할 수 없이 갔지.

갔는데 인제 집이는 누가 사느냐면 그 아즉 첫 애기도 안 낳은 부인하고 어머니하고만 사는겨. 그 군인은 갔단 말이여. 청자/그런 사람 많지. 군인을 가서 적군한테 포위를 당해 가지구 말이여, 적의 포로루 잡혀갔어, 이 사람이. 근데 그때는 뭐 전쟁할 때 포로로 잡혀갔다는 그 교환이 없잖어? 그래 실종이 된 거라. 전쟁 때니까. 전사 통지서가 아니라, 실종 통지서가 온 거야. 이거 확실

하게 전사했으면 확인을 해야 전산디, 그냥 읎어졌으니까 실종이
란 말이여. 실종 통지서가 와서 인제 이거 면을 통해서 개인한테
전달이 됐어요. 그때.

아, 거 어머니랑 자기 메누리랑 둘이 사는데 실종 통지서가 왔
네. 그니 그거 기가 막힐 노릇이지 뭐, 어머니는. 그래 가지고 부
인두 어떡허겄어? 시집 와서 아직 첫 애기두 못 낳구, 남편이 군
대 가서 실종이 됐으니 기가 막힌 일이지 뭐. 청자/그때 그런 일이.
죽은 사람들 많어. 그 천지지, 천지. 하늘이 무너지는 거지.

그래 가지고 그냥 사는데, 강내면 거기로 가면 산이 전부 야산
이야. 거 바로 그 마을에 등갱이 너머, 그러니께 저 한동네 사람
이니 잘 알지, 서로. 거기 사는 사람이 상처를 했어. 농사두 많이
짓구 참 잘사는 사람인데, 상처를 해 가지고 홀애비가 됐단 말이
야. 가만히 거 어머니가 생각을 하니께 자기 메누리를 그 집으로
줬음 좋겄어, 불쌍하니께. 왜냐믄 그 어머니가 청춘에 냄편이 죽
구 자기 혼자서 그 아들을 길러 가지고 살았는디 그때까지 살았
으니 여자가 혼자 얼마나 고생을 했겄느냐 이거여. 그렁께 자기
며느리가 또 그렇게 됐네. 그러니 자기 며느리가 불쌍하잖어. 그
러니까 그 사람한테 시집을 보낼라구 인저 동네 사람을 놔서,

"아무개가 홀애비가 됐다는데 우리 며느리를 글루 좀 애기를
좀 해 보라."구.

그래 누가 얘길 하니까 그 사람이 그리야.

"아, 내가 홀애비 된 건 된 거지만, 그래 뻔히 이웃에 다 아는

재가한 아씨와 전쟁에서 살아 온 남편

사람 부인인데 어떻게 그 여자를 데리구 사느냐?"구.

"그 안 된다."구.

"체면상 안 된다."구. 청자/양심 있는 사람은 그런 소리 하지.

자꾸 찔르는 거여. 그 어머니는 어떻게든지 자기 메느리 그 사람한테 줄라고. 어디 멀리 간 거보담 가까이 자기 볼 수 있고 좋잖어? 아, 근데 그 여자가 그 말을 들으니께 기가 맥힌 게, 자기 시어머니한테 자기는 죽어도 다른 집으로 시집을 안 간다고 날마다 애원을 해도 안 되여.

"너도 내 꼴 되지 말고 가라." 이기여.

"수절해 봐야 결과는 나 같으다." 이거여.

"나는 그래도 자식이 하나라도 있어서 시방까지 살지만, 넌 뭐가 있느냐." 이거여.

"그러니까 가라."구.

"아, 안 간다."구.

열 번 찍어서 안 넘어가는 나무 있어? 여기두 찔르구 여기두 찔르구 해서 할 수 없이 글루 시집을 보냈어, 메누리를. 아, 어머니가 글루다 보내고 나니께 아주 속이 시원햐. 그렇지 않어? 며느리 있으면 그 불쌍하고 그런데. 그렇게 사는겨.

그래더니 휴전이 됐단 말이여. 휴전된 지 얼마 있다가 이 사램이 인민군한테 포로로 됐다가 도망을 쳐서 나와 '가지구 자기 소속을 못 찾아가구 딴 부대로 들어갔어. 그때는 그런 거 많았어, 개판이라. 그냥 그 부대로 넘어오면 글로 그냥 그 부대 대원이 됐어. 그래 거기서 군대 생활을 하다가 휴전되니께 휴가 나왔네. 아, 이런 망할 놈으 꼴 있어? **청중 웃음** 조사자/그럼 어떡해?

나두, 나두 첨에 휴가 왔을 적에 내가 칼빈˚ 실탄에다 실탄을 내 오백 발을 가지구 왔어, 내가.

"집이 와서 웬수 그양 다 쏴 죽인다."고.

그땐 그랬어요, 내가. 칼빈 오백 발을 가져왔어. 그래 우리 동네, 우리 동네 들어갈 적에 우리 동네 앞에서 다섯 발을 쏘고 들어간 사람이여, 내가. **청중 웃음** 다 쏴 죽일라구. 그런데 그 사람이 엠완(M1) 총을 가지고 휴가를 온 거여. 처음에는 그게 무기를 휴대했어요. 청자/지금은 사고 나는 바램에. 근데 그 후부터 안 했지. 그때는 내가 좀 그렇지만, 휴가 와서다가 저녁에 잘 직이 말이여, 총을 끌어안구 잤어유. 신발두 못 벗구 겁이 나 가지구. 여기 빨갱이들 버글버글했잖어.

그래 엠완 총을 가지고 휴가를 왔는디. 참 사램이 얌전하구 효심이 지극한 사람이여. 집이루 와 보니께, 아 거 보니까 죽은 놈이 살아왔네. **청중 웃음** 막 그냥 모가지를 끌어안고 울구 야단이 난겨. 그런디 본께 우째 자기 마누라가 없어. 그래 뭣한 사람 같으면 대번 그 이튿날, 그날, 그날 대번 그 자리서,

"어머니, 지 식구 어디 갔슈?"

그랄 건디 참았어 그걸.

˚ 칼빈 칼빈 총. 군대에서 쓰는 소총의 한 종류.

재가한 아내와 전쟁에서 살아 온 남편

'내가 우선 살아와 가지구 우리 어머니 만나서 우리 여자를 찾는다는 건 이건 자식 도리가 아니다.' 생각하구.

한 이틀을 지나두 어머니두 말두 안 해. 어머니는 큰일 났네. 메누릴 자기가 시집을 보냈는데 아들이 왔으니 그 큰일 났잖어? 뭐라고 변명을 히야? 한, 한 이틀 지나더니 이 생각을 하니까 이게 처갓집에를 가야 되겠어. 즈이 부인이 처갓집에 있는 거 같으구 그래서 어머니한테,

"어머니, 저 낼은 처가에 좀 갔다 와야 되갔시유."

그러니께, 아이고 그 어머니 생각하기를 큰일 났네. 처가에 가면 토설*이 나잖어. 그라니껜 그날 저녁에 저녁을 먹구서 조용히 불러 앉혀 놓고 얘기를 했어.

"그런 게 아니라 니가 실종 통지서가 와 가지고 너는 이 세상에 없는 줄 알고…… 니가 알다시피 내가 젊어서 느이 아버지가 죽구 너 하나를 길러 가지구 내가 이 과부 생활을 그 고생을 했는디, 니가 실종됐단 말을 듣구 내가 메누리 생각하니께 내 생각이 나서 그 메누리가 불쌍해서 시집을 내 보냈다. 니 식구가 안 갈라구 막 울구불구하는 걸 어거지루 보냈는디 다른 데루 보낸 게 아니라 이 산 너머 그 황씨네 있지 않느냐? 너가 잘 알지 않느냐?"

"아이, 잘 안다."구.

"그 집으루 보냈다." 이기여.

---

* 토설(吐說) 숨겼던 사실을 비로소 밝혀 말함.

"그 황씨네 집으루."

이눔이 생각을 하니께 기가 맥히거든. 그러나 즈 어머니가 잘 못한 일은 아니여. 이 사람이 참, 참 의지가 깊은 사람이여. 뭣 헌 사람 같으면 대번 지랄이 나올 건디 **청중 웃음** 그거 이해를 하는 거여. 우리 어머니가 자기가 청춘에 과부가 돼서 혼자 자식 길른 생각을 하구서 즈이 마누라 보낸 게 잘한 거야, 생각하믄. **조사자 /이해를 해 줬구나.** 그렇게 해서 그냥 그럭허구 마음 먹구 있는디 저녁에 잘라구 드러눴으니께 암만 그렇드래두 그 말을 듣구서 잠 이 와?

그래 자기 어머니 몰래 살그마니 나와서 그 마누라 시집간 집 을 찾아간겨. 총을 메구 살살. 가 보니께 가을이, 가을 추수가 끝 난 땐디, 옛날에는 짚을 말이유, 타작해서 짚을 단으루 묶어서 이 렇게 마당에다 이렇게 동으로 세웠어. 그래 애들이 거기서 숨바 꼭질도 하고 그랬다고. 나두 그렇게 했으니까.

가 보니께 그 집이 부자여. 그런디 실컷 마당에 짚동을 죽 세 웠는디 가 보니께 집이 불을 켜 놓고 야단이여. 보니께 경을 읽 어. 독경*을 햐. 왜 경을 읽느냐면 그 집 메누리 얻어 간 그 사람 이 병이 났어. 아퍼. **조사자/서방이?** 에. 아픈데 낫덜 안혀, 약을 써두. 그러니께 점쟁이한테 점을 하니께 그 새로 얻은 여자 냄편 이 군대 가서 죽었는데 그 혼이 붙었다 이거여. **청중 웃음**

* 독경(讀經) 앉은굿에서 잡귀를 쫓기 위해 경전을 음송하는 일.

"왜 남으 예편네, 왜 다 아는 처지에 내 예편네를 니가 데리구 사느냐." 이기여.

그래서 그 사람이, 그 혼이 잡아갈라 그런댜. 그러니께 경 안 읽으면 죽어. 그래서 경쟁이*가 경을, 경을 읽는겨. 읽어서 그 귀신을 말이여, 귀신을 말이여, 이거 살살 달개서(달래서) 보낼 수도 있고, 달개서 말을 안 들으면 잡어 가둬. 그 가두는 방법 있어요. 가둬서 아주 영원히 이 세상 구경 못 하게 맨드는겨. 그래 경을 읽는겨.

아, 이 사람이 가 보니까 경을 읽네. 그러니 그 집을 들어갈 수가 있어, 어쩌? 환하게 불을 켜 놓고 그냥 동네 사람이 다 모이고 이랬는디 가만히 생각하니까 안 되겠어. 마당 짚동, 짚동 이렇게 세운 데 고 사이를 딱 들어갔다 이거여. 들어가 총을 이렇게 세워 놓고서 쳐다보는겨.

문을 열어 놓고 경을 읽는데 그날 저녁이 귀신 잡는 판결이 나는겨. 판결이 나는데 정각*이 신장*을 잡는데 그 귀신을 달개서 보내느냐, 이걸 잡아 가주 이 혼두 안 남게 잡아 가두느냐, 이 판결을 하는겨.

그래 이렇게 인제 대신장(신장대)을 잡는디, 근데 자기 마누라지

* 경쟁이 재앙을 물리치기 위해 경을 읽어 주는 것을 직업으로 하는 사람.
* 정각 남자 무당을 뜻하는 '박수'의 충북 방언.
* 신장(神將) 귀신 가운데 무력을 맡은 장수신. 여기서는 '신장대', 곧 신장(神將)을 내릴 때 쓰는 막대기를 뜻한다.

그게. 그 그때는 그 사람 마누라지. 그 마누라가 그 앞에 앉아서 무릎을 꿇고 우는 거여. 왜? 죽은 자기 냄편을 말이여, 잡어 가 두지는 말라 이기여.

"좋은 데루, 천당으루 보내…… 극락세계루 보내 주라."고.

여자는 그라는겨.

"제발 우리 남편, 죽은 남편, 죽은 것도 불쌍한데 왜 잡어 가 두느냐?" 이기여.

"그렇께 좋은 데로 보내 주라."고 애원을 하는겨.

아, 근데 이놈으 신장, 신장잽이*가 잡어 가두라고 이걸 흔드네. 그러니께 여자가 막 통곡을 하는 거여.

"제발 좀 가두지 말라."구.

이눔이 가만 그 소리를 듣고 생각을 하니께 자기 부인이 말이야, 자기를 그렇게 생각한다 이기여. 그러니 가슴이 미어지는겨 그냥. 그게 젊은 혈기에 그러니까 막 폭발하잖어? 가슴이 미어지는 거야.

이럭하고 있는디, 아 한참 있으니께 이 경을 읽는디 귀신을 가두라는 인제 판결이 났어. 그 정각이 말이여,

"그 귀신을 잡아오라." 이기여.

잡아와야 가두지. **가두는 용기를 손으로 표현해 보이며** 이런 디다(데다) 이렇게 청자 / 뒤웅박. 뭘 맨들어 가지구 뒤웅박으루, 거기다 가두는

* 신장잽이 굿에서 신장대를 잡은 사람.

재가한 아내와 전쟁에서 살아 온 남편

겨. 거기다 넣어서 왼사내끼(왼새끼)* 꼰 걸로 막 감아 가지구 아주 완전히 그냥 멸망을 시키는겨. 그냥. 영혼까정 멸망을 시키는겨.

아, 그래 대령해 놓고 인제 잡아오라는겨. 근데 그 마누라는 막 울어. 아, 이 신장 잡는 놈이 이걸 잡으러 간다고 쫓아 나오드니, 그거 이상한 거지. 아, 이놈으 신장을 가지구서는 그 사람 섰는 짚동가릴 푹 찔르는겨. 그 기가 맥힌 일 아녀? 아, 그라니께 이놈이 총을 세우고 있다 방아쇠를 땡겨 부렸네. '빵' 하드니 막 총이 터지니께 신장 가지고 와 때린 놈이 뒤로 벌렁 자빠져 기함을 하지. 그 누구든지 자빠져요. 청자/그럼. 자빠지고말고.

그래 이 사람이 탁 튀어 나가니깐…… 그땐 튀어 나갈 거 아냐? 아무래도 사람이니께? 안에 들어와 인제 경 읽던 놈이고 어떤 놈이고 다 새파랗게 죽었어. 아, 그놈이 총을 들고 오는데 그래 어떤 놈이 살어? 그 마누라도 옆에 가 앉았는데 쳐다보드니 그냥 새파래져 죽어. 인젠 죽었어. 아픈 사람두 말이여, 그 아픈 게 어드루 삼십육계 달아나 버렸어. 청중 웃음 그냥 총알이 날라오니까 아플 새가 어딨어? 벌벌 떠는 거여.

그래 정각보고 그 사람이, 들어가서,

"그 놀래지 말라."구.

"내가 살아왔응게 놀래지 마세요."

그러고 아픈 사람,

---

* 왼새끼 왼쪽으로 꼰 새끼.

"자기 마누라 데리구 살라다 버거울 텐디 놀래지 말라."구.

"놀래지 말라."구 하면서,

"얘기 다 듣구 왔다." 이기여.

"형도 잘못한 게 하나두 없구."

자기 마누라한테 하는 말이,

"이 내가 데리고 살던 여자지만 이 여자는 잘못한 게 하나두 없다." 이기여.

"우리 어무니가 선심을 베풀은 거밖에 없다." 이기지.

"우리 어무니가 잘할라고 한 건데, 그 자기가 죽었다는 게 살은 게 이게 병이지 뭐 다른 게 있어?"

그라니께, 이 가라앉으니께 그 집 주인이 하는 말이…… 인제 말문 열리는겨.

"이거 내가 자네한테 죄 지은 걸 따지면 이루 말할 수두 없는데, 나두 이렇게 되고 싶어 된 것이 아니라 이러이러하다 됐는디, 하튼 모든 걸 다 잊어버리고 자네 식구를 데리구 갔으믄 난 좋겠다."구.

그게 또 원칙 아니여? 그 사람은 줘야지.

그래 이 사람이 그러는 기지.

"나는 아즉 나이가 젊으니까 얼마든지 장가를 갈 수가 있으니까 내 걱정은 하지 말고, 이 사람은 나는 인저 인연이 끝났으니까…… 이건 누가 잘못도 아니라 우리나라의 그 전쟁 일어난 게 잘못이지 다른 거 아무도 누구도 탓할 수가 없다." 이거여.

"전장(전쟁)이 잘못이지, 누가 워떤 놈이 군인 가고 싶어 갔어? 나라가 위기에 닿았으니까 간 거지. 그러니까 그런 생각 말구."

자기 부인한테두,

"당신두 말이지, 아무 생각 하지 말구, 현재 이 남편을 섬기구 잘 사는 게 결국 나나 우리 어머니한테두 잘하는 거라."구 얘기를 하니께 그 사람두 제발 데려가라구 사정하구, 이 여자가,

"오늘 저녁에 당신이 만약에 나 안 데려가면 나는 이 세상 오늘 저녁에 끝이다." 이거여.

"내가 죄는 죽을죄를 졌지만은 인저 나는 죽어두 당신 집에 죽는다." 이거여.

옷자락을 붙들고 안 놓는거.

"나 데려가라."구.

"안 데리구 갈라면 죽이구 가라." 이거여.

그래서 모두들 동네 사람들 모두 다 아는거, 이웃 동네니께.

"자네가 암만 저기해도 이 사람은 데려가야지 안 된다."구.

"낼모레 따질 것도 없이 이 시간에 데리구 넘어가라."구.

그래 데리구 왔어. 그 안 그래 그거? 청자 / 그렇지. 또 장가를 들은들 뭐하냐고? 청자 / 들었어도, 그만 못햐. 어. **청중 웃음**

그 데리구 와서 자기 어머니한테 와서 자기 어머니, 그 자기 부인, 자기, 셋이 끌어안구 실컷 울었어. 이게 다 누구 때미(땜에) 그런 거냐 이거지, 사실은. 그땐 다른 게 아니여. 이승만이하고 김일성이하고 그 두 놈들 때문에 그렇게 된 거지. 왜, 아 우리나라

동족끼리 어떤 놈은 싸우고 싶어 싸웠어? 그게 다 비극이여. 우리, 우리 대한민국 국민의 큰 비극이에요.

박철규(남, 1924년생, 83세)
2006. 12. 20. 청주시 상당구 중앙공원
김종군 김경섭 심우장 유효철 조사

재가한 아내와 전쟁에서 살아온 남편

그야말로 기구하기 그지없는 사연이다. 전쟁이라는 극한 상황이 만들어 낸, 웃을 수도 울 수도 없는 어처구니없는 사연이다. 화자의 말대로 '대한민국 국민의 큰 비극'이라는 말이 딱 들어맞는다고 할 수 있다. 누구 하나 악의가 없이 한 일이, 나름대로 잘해 보려고 한 일이 이런 일을 낳고 말았으니 말이다.

전쟁에 얽힌 수많은 사연 가운데도 가장 놀랍고 기가 막힌 것으로 손꼽을 만한 이 이야기를 화자는 자기 주변에서 일어났던 실화라고 말하고 있다. 약간의 허구적 요소가 가미됐을지 모르지만, 실제로 일어났던 일일 가능성이 크다고 여겨진다. 일부러 꾸미려고 해도 이렇게 꾸미기가 쉽지 않을 그런 내용이니 말이다.

그 기구한 사연 속에서 우리의 눈길을 끄는 것은 사람들의 마음 씀씀이다. 혼자 된 며느리를 불쌍히 여겨서 재가시키려는 시어머니, 시집을 가지 않겠다고 버티는 며느리, 아는 사람의 아내를 재취로 받아들이지 않으려는 홀아비, 그리고 전쟁에서 살아와 그 모든 상황을 지켜보고서 그들을 용서하는 아들까지 그야말로 '사람'의 냄새가 짙게 묻어나는 풍경이다. 아내를 그냥 선배한테 넘기려 하는 남자와 자기를 데려가지 않으면 죽어 버리겠다며 우는 아내의 모습은 눈물을 자아낼 정도다.

전쟁이라는 극한 상황 속에서도 사람들이 최소한의 인간적인 도리를 지키고 사는 모습은 슬프면서도 감동적이다. 부러 꾸며 낸 이야기보다 더 교묘한 이 한 편의 실화는 하나의 훌륭한 현대판 설화라고 해도 좋을 것이다.

💬 생각거리

- 비록 누구의 잘못도 아니라 하지만 이런 곤란하고 난처한 상황이 벌어진 데는 이유가 있을 것이다. 어느 부분이 문제였는지 헤아려 보고 어찌 하면 이렇게까지 일이 꼬이지 않을 수 있었을지 말해 보자.
- 주변의 나이 많은 어른들한테서 육이오 전쟁에 얽힌 일화들을 청해서 들어 보고 독특한 사연을 발표해 보자.

제3부

삶을 밝혀 주는
지혜의 빛

— 설화가 그려 내는 삶의 모습은 실제 현실과 일정한 차이가 있다. 현실에서는 돈이나 지위, 권력 같은 것이 큰 위력을 발휘하지만 설화에서는 그렇지 않다. 작고 약해 보이는 사람이 기세등등하던 강한 사람을 보기 좋게 굴복시키는 것이 설화의 전형적인 전개가 된다. 비현실적이라고 생각할 수도 있겠으나, 외적 요소가 아닌 인간 본연의 모습에 관심을 둔다는 점에 의의가 있다. 사람이 세상을 살아가는 데 있어 중요한 바는 '그가 무엇을 가졌는가?'가 아니라 '그가 어떤 존재인가?'라고 하는 것이 설화가 나타내 보이는 세계관이다.

제 한 몸으로 크고 거친 세상을 감당해야 하는 존재가 인간이라 할 때 그가 삶의 제반 문제를 감당하며 나아갈 수 있는 기본 동력은 무엇일까? 그 힘은 본질적으로 우리 안에 있다고 할 수 있다. '생각'이 바로 그것이다. 인간을 '생각하는 동물'이라 하거니와, 인간이 펼쳐 내는 생각이 발휘하는 힘은 크고도 놀랍다고 할 수 있다. 생각만 잘하면 어떤 어려운 문제도 훌륭히 해결해 낼 수 있으며, 꿈쩍도 안 할 것 같은 세상을 훌쩍 바꾸어 낼 수 있다.

그렇다면 생각을 어떻게 펼쳐 내야 할까? 이에 대한 설화의 답은 "지혜롭게!"라는 것이다. 일의 이치를 잘 따져서 논리적으로 사고하는 가운데 창의적이고도 효율적인 해법을 찾아내서 문제를 풀어 내는 것이 지혜라고 할 수 있다. 이때 지혜는 단지 지능적인 사고만을 뜻하지 않는다. 그 못지않게 '생각의 방향'이 중요하다. 개인의 이익을 추구하는 데 그치지 않고 세상을 더 아름답고 정의롭고 행복하게 만드는 힘을 낼 수 있어야 참다운 지혜라 할 수 있다. 과연 그러한 지혜란 어떤 것인지, 제3부에 실린 이야기들을 통해 실마리를 찾아보도록 하자.

아버지의
유언

신영숙

형제간 우애에 관한 이야기에 이어서 이 설화를 구연했다.

또 한 가지는요, 것두 형제간이에요. 엄만 일찍 죽구 아버지 아버지만 모시구 살았는데, 큰 포도원을 했어요. 포도, 과수원. 조사자/예. 과수원.

큰 과수원을 하는데 아들이 말을 안 들어요. 대학 다니다 그만두고 직장에 안 다니니까 아부지가 죽으면서 무슨 약속을 했냐면, 어떻게 됐나 하면 아들들이 말을 안 들으니까,

"나는 죽으니까 나 죽은 담에 저 과수원으로 서쪽 옆에 가믄 이만한 금덩어리를 묻어 놨으니까 너희 거 둘이 똑같이 나눠 가져라."

그러구 아버지가 죽었어요. 그러니까 아부지가 돌아간 댐에 뭐 다 제사 모시고 다 하구. 그 저기 삼, 삼가제(삼우제) 다 지내구 다

하구선 한 몇 달 뒤에 형제간에,

"아버지가 저쪽 서쪽에다가 금덩어리를 묻었다니까 우리 그거 캐서 사업에 이용하자."

그러구선 정말 캐 보니까 없어요. 그 동생이 생각허기를,

"아, 형! 아마 아버지가 잘못 생각하구 동쪽에다 묻은 거를 모르구 서쪽에다 묻었는가(묻었다고 하셨나) 보다."

해서 또 동쪽 파 봤어요. 없어요.

"하, 아버지가 정신이 읇어 북쪽에다 묻었나 보다."

북쪽에두 파두 없어요. 또 이쪽 파구 다 그 아무튼 몇만 평 되는 포도밭을 다 파 봐두 없어요. 뭐 여기도 파 보구 저기도 파 보구 그니깐. 예를 들면 큰 파밭을, 그 큰 포도원을 맨 거죠. 다 캐 보고 다 캐 보고 뭐 했어요.

그니까 동생이 생각하기를,

"야, 이거 왜 우리 아버지가 정신이 잘못돼서 그런가, 이거 왜 금덩어리를 묻었다는데 없나?"

그러구 있는데 하루는 형제간이 자는데 아버지가 나타났어. 신령이 나타나서,

"아무개, 아무개야. 사실은 묻질 않았다. 돈이, 너희들이 속세에서 돈이 없는데 너희들이 이거 과수원 놔두고 가든 이거 다 팔아먹구 금방 망할까 봐 내가 너희들한테 금덩어리를……."

그 아버지가 속인 거지.

"그짓말이니까 이거 내가 잘못하긴 잘못했는데 사실은 파묻은

게 없는데 느이들이 이렇게 했다 그래야 그 파밭, 저 저 포도원을 이뤄서 잘될 테니까 그러기 위해서 그랬다."

그러구선 아부지가 돌아가셨대요.

그래서 그런지 포도원이 잘돼 가지구. 옛날에 안양에 포도원이 많이 있었거든요. 근데 요샌 아파트로 변했지만, 그 포도원이 잘돼 가지구 무궁무진해서 잘살았답니다.

신영숙(여, 1936년생, 71세)
2006. 7. 13. 서울시 종로구 노인복지센터
김경섭 심우장 김광욱 외 조사

💬 **해설**

세상을 떠나면서 남겨진 자식들의 앞날을 현명하게 예비해 준 아버지에 대한 이야기다. 유산으로 남겨진 포도밭을 팔아서 날려 버릴까 봐 거기 금덩어리가 묻혔다는 말로 열심히 땅을 일구게 했다는 내용이다. 내용 전개에 조금 앞뒤가 안 맞아 보이는 면이 있지만, 담긴 이치는 무척 그럴듯하다고 할 수 있다. 아버지가 의도한 것은 단순히 포도밭을 보존하라는 결과가 아니라 땅과 노동의 가치를 직접 깨닫도록 하는 일이었다고 할 수 있다. 그러니까 금덩어리는 땅속에 있는 것이 아니라 땅을 일구는 노력 자체에 있었다는 것이다. 그것이야말로 아버지가 남겨 준 크나큰 유산이었다고 할 수 있다.

💬 **생각거리**

- 이 이야기에서 아버지가 일구도록 한 대상이 '포도 과수원'이었다거나 꿈에 나타나 사실을 알려 줬다거나 하는 내용은 조금 어색한 면이 있다. 이야기의 취지를 살려서 내용을 좀 더 짜임새 있고 설득력 있게 다시 엮어 보자.
- 부모가 자식한테 물려줄 수 있는 가장 큰 유산은 무엇일까? 세계 여러 나라에서 인상적인 사례를 찾아서 발표해 보자.

어린 신랑의
헤아림

이금순

그 옛날에 부자는 딸은 나이 먹어서 시집보내고 아들은 일찍 보냈다는 얘기 들었죠잉?

아들은 아홉 살 먹고, 신랑은 아홉 살 먹고 신부는 열일곱 살 먹었어요. 그렇게 해서 결혼을 시켰잖아요? 그랬는디 자꾸 그 아홉 살 먹은 것이 그냥 열일곱 살 먹은 그 신부, 지 색시헌테, 그냥 열일곱 살 먹으믄 다 커요, 여자는. 장성됐잖아요? 근디 그냥,

"색시야, 색시야!"

누룽지 긁어 달라고 따라다니고 치맛자락 잡고 자꾸 따라다니니께 밉드래요. 신랑이 미워. 그래서 그냥……. 그런데 옛날에는 야트막한 되야지(돼지), 되야지 막에다가 그 호박을 심더만. 그 호박을 심어 놨는디, 에이 그냥 미워서, 신랑이 미워서 그냥 들어서 그냥 그 되야지 막에다 딱 집어 올려놨대. 애기, 저 그 신랑을.

그랬더니 시어머니가 그때는 마 한 오십 대나 육십 되믄 그냥

아주 담뱃대 물고 살던 시대더구만요. 아, 이 시어머니가 어디 나 들이 갔다 들오시니까 메누리가 생각헐 때,

'나는 이제 클났다. 나는 이제 쫓겨났다, 이 집에서.'

왜 그냐면 신랑을 갖다가 아 되야지 막에다 올려놨으니 안 쫓겨나겠어요? 그래서 막 이 며느리가 생각헐 때,

'아이고, 나는 인자 죽었다. 인자 신랑이 저를 되야지 막에다 들어 올려놨다고 얘기허면 나는 이 집에서 쫓겨난다.'

그렇게 생각했더니, 세상에,

"색시야. 이거 딸까 이거 딸까?"

그러드래요. 그러니까 그냥, 청자/엄마한테 혼날깨미(혼날까 봐) 그랬구만. 응. 시어머니가 생각헐 때,

'어, 호박 따러 올라갔구나.'

허고는 암말도 안 하셔 갖고 살았는데⋯⋯ 이 신부가 깨달은 게 뭐냐면,

'아, 나이가 어리다고 무시해선 안 되겠구나.'

그리고 그때부터 아주 공경을 했다는 얘기가 있어요.

이금순(여, 1938년생, 70세)
2007. 7. 13. 전주시 덕진구 덕진공원
신동흔 심우장 김예선 외 조사

짧막하면서도 인상적인 이야기다. 곤경에 처한 신부를 도와준 신랑의 마음 씀씀이와 순간적인 기지가 놀랍다. 상황을 잘 모면한 것도 그렇지만, 그 후로 신부의 신뢰와 존경을 얻어서 부부 관계를 잘 형성해 나갈 수 있었을 테니 큰 지혜라 할 만하다. 본인 의사와 관계없이 다분히 비정상적인 결합이 이루어진 상태에서 그 어긋남을 현명하게 풀어 나간 옛사람들의 지혜로운 삶의 풍경을 엿볼 수 있는 미담이다.

☺ 생각거리

• 돼지우리 지붕 위에서 아내를 위한 말을 할 때의 신랑의 심리와 그때 신부가 느꼈을 마음 상태를 자술서 형식으로 써 보자.
• 이 부부의 십 년 뒤 모습을 상상해서 이야기해 보자.

신랑을 고른
지혜로운 딸

리석노

옛적에 술을 아주 잘 먹는 이가 있었어, 술. 술을 밥보담도 더 즐기제, 즐기는데, 근디 집이 가난해. 가난하기는 말헐 수가 없이 가난한데 그 영감님이 술을 그렇게 좋아한단 말이여.

긍게 여울(여월)* 딸이 하나 있어. 잘생긴 딸이 하나가 있는디, 아 인제 여월랑게 선을 보러 다녀. 긍게 이 집을 신랑헌테 가서 술을 연신 먹고 허락을 힜어, 허락을. 근디 그 사성*을 받어 가지구 와. 사성을 받으믄은 허락허는 거여. 사성을 받어 갖고 와.

와서 한 이틀 지냈다가 또 나가. 나가 가지구 또 선을 보러 또 간다구. 그 집에 가서도 술을 연신 먹고 좋은 안주에다가 술을

---

* 여위다 시집을 보내다.
* 사성(四星) 사주단자. 혼인이 정해진 뒤 신랑 집에서 신부 집으로 신랑의 사주를 적어서 보내는 종이.

연신 먹고 또 와. 그러구는 또 허급*을 히여. 또 사성을 또 받아 갖구 와. 그 둘을 받았단 말이여. 또 한 이틀 있다가 또 나가서 또 술을 그렇고 먹구 와. 그래 세 집에를 대니면서 딸을 주겠다고 사성을 셋이나 받아 가주 왔단 말이여.

왔는디, 이것을 결국에 어떻게 될 거여? 조사자/그러니까요. 딸은 하난디? 조사자/세 군데나 약속을. 큰일 났네. 딸은 하난디 사웃 감은 셋이 된다 이것이여. 그러고 허급을 힜어, 딸을 주겠다고. 그렇게 이 신랑들은 참, 그 집 딸이 잘생기고 미인으루 생겨서 모다 기양 좋아라고 헌단 말이야. 아, 그런데 얼마나 지나서 인자 그 결혼 일자, 날짜가 떠억 왔어. 그러구 허는디, 안식구보고두 이야기를 히야 헐 텐디.

메칠날이 결혼식인게 음식도 좀 장만하고 그러라고 이렇게 통해 줘야 헐 것인데 그냥 쓸데없어. 술만 먹으면 그만이여 인자. 긍게 술만 먹고 그럭허고 그냥 세월을 내비린다 말이여. 아, 근데 내일이 결혼식 날인디, 오늘 저녁에 자믄서,

"아, 임자, 임자."

부르더니,

"예."

헝게,

"이리 좀 오라."고.

---

* 허급(許給) 달라는 대로 허락하여 베풀어 줌.

"아, 내일이 아무개가 결혼식 날인디, 아 무엇을 좀 장만히야 할 거 아닌가."

밤새 어쩌고 무엇을 장만해? 집이 가난해서 아무것두 없는디. 아, 그러구 얘기를 헌단 말이여. 그렇게 장만하는 것은 그만두고라도 점심 한 그릇이라두 멕일라믄은 미리서 얘기를 히야 예비를 다 갖춰서 그 귀객(貴客)을 인자 점심 한 끼라두 멕여야 할 텐데, 가만 있다 그래 버린단 말이야.

딱 (날짜가) 당힜어. 그래 당하니께 가마를 타고 세 신랑이 들어 닥쳤다고. 청자/하, 신랑 셋이 다? 아, 탁 들어닥쳤어. 아, 그냥 동네에서 그냥 굉장허니 말썽이 있단 말이여. 어느 놈의 딸은 하나 여위는디 신랑이 셋이나 덮어놓고 막 들어오니,

"아, 저놈으 집구석이 어쩌고 된 놈으 집구석인가, 오늘 구경거리가 생겼다."고 동네서 수군수군헌단 말이여.

아, 긍게 딸이 느닷없이 가마가 들어닥치고 어쩌고 헌게, 또 옷두 안 입었다구. 긍게 어머니나 이 술주배기(술꾼) 아버지나 딱 당해 놓고 본게 그냥 근심이 아주 태산 같으거든.

그렇게 딸이 허는 말이 뭐라는고 하니,

"아버지 어머니, 아무 걱정 말라."고.

"내가, 오늘 일은 내가 처리헐랑게 나만 믿고 그저 점심, 죽이면 죽, 밥이면 밥 그렇게 해서 대접을 하고 그대로 가만히 있으라."고.

동네 사람들은 수군수군헌단 말여, 남녀간에. 근데 이 집은

조용해. 그 인자 오시라, 이 시간이 오시란 말이여. 그때 인자 예를 맞이허는디, 신랑 셋이 인자 조르륵 섰단 말이여. 청중 웃음 인자 신부는 저그 나오고. 긍게 신부가 옷도, 그전에 입던 옷 그저 빨아서 그놈 입고 그러구는 나왔어. 아, 그랬어도 인물이 어쩌구 잘생겼던지 양귀비 같어. 그렇고 허믄서 옷은 누차하게 입었어도. 그렇게 이 신랑들이 다 좋아라고 헌다고.

그런데 이것을 처치를 할라는데, 아버지도 쓸데없고 어무니도 쓸데없고 내가 처치를 해야 허는디, 그 아버지가 주태백이라도 글이 문장이여. 대대로 그리고 문명가˚ 집이여. 그렇게 이 딸이 글은 많이 배웠다고. 사서삼경 다 읽었어. 글이 문장이여. 그렇게 딱 나와서 허는 말이 뭐라고 허는고 하니,

"자, 짚신짝도 두 짝이지 세 짝 되는 거가 없고 그러닝게, 오늘 세 남자들은 나를 위해서 우리 집에를 왔는데 내가 한 사람만 갖고 산다고 할 수도 없고 누구를 이럴 수가 없응게, 내가 운자˚를 낼 테니께 그 운자에 대해서 글을 지어 가지구 내가 마음에 드는 사람은 부부간이 된다."

이럭허구는 운자를 내놔. 소리 성(聲) 자를 내주는 거야.

"요놈을 맡아서 글을 지으라."구.

그렇게 첫 번을, 일 번 자리가 뭐라고 하는고 하니,

• 문명가(文名家) 글을 잘하기로 이름난 집안.
• 운자(韻字) 한시에서 운으로 다는 글자. 그 글자에 맞춰서 시를 짓는다.

"억만장안(億萬長安)에 준마성(駿馬聲). 억만 장안에서는 말을 달리는 소리라."

그려잉. 준마성, 그렇고 혀.

또 둘째는 뭐라고 허는고 하니,

"만경장파(萬頃長波)에 어부성(漁夫聲)이라. 만경장파 거친 바다에서 어부가 고기 잡는 어부 소리."

셋째 놈은 뭐라고 허는 것이,

"분벽사창(粉壁紗窓)에 독서성(讀書聲)이라. 분벽사창 좋은 집에서 글 읽는 소리." 조사자/예, 독서성.

그래 인자, 그러구 헝게 여자가 그랬어. 첫 번에 말한 남자보구,

"억만장안에 준마성이라구 했는디, 남자루 해서 씩씩헌 모습이 있어. 그러나 나허구는 체질이 맞들 안혀. 그렇게 나가거라."구.

퇴해쳤어, 그눔을.

그러고 또 둘째는 인저 말허기를,

"아, 그 만경장파에 어부성, 오직(오죽) 처량하냐? 그러닝게 적성에 안 맞응게 나가라."구. **청중 웃음**

그래서 둘을 다 퇴쳤다 인자. 근디 인자 말째(마지막) 그눔이,

"아, 분벽사창에 독서성, 오직 이 아니 좋냐?"구 말이여.

"그렇게 나는 저 남자허구 살어야겄다."구.

그 둘을 다 퇴쳐 버렸어.

아, 긍게 이 사람들이 말이여, 아무 소리도 못 하고 그냥 물러나갔단 말이여. 그눔이 제일로 "그 글 읽는 소리가 참 좋다."

그래서 그렇고 인자 물리치고는 둘이 인자 결혼해서 사는디, …… 잘 살았다는 거야. (원 자료에는 여자가 남자에게 글을 가르치는 내용이 이어지는데 미완이라서 생략했다. '잘 살았다는 거야.'는 이야기 갈무리를 위해 정리자가 넣은 것이다.)

리석노(남, 1922년생, 85세)
2006. 1. 26. 서울시 종로구 노인복지센터
김경섭 김종군 심우장 김예선 외 조사

신랑을 고른 지혜로운 딸

술을 좋아하는 대책 없는 아버지가 벌여 놓은 곤경을 지혜롭게 해결해
낸 딸에 관한 이야기다. 시 짓기 시합을 통해 직접 자기한테 맞는 짝을
선택하는 딸의 모습이 당차고 야무지다. 그 결과로 눈앞의 곤경을 벗어
나는 데 그치지 않고 자기 인생을 제 뜻대로 열어 낼 수 있었으니 일석
이조의 지혜로운 처신이었다고 할 수 있다.

이 이야기에서 아버지의 잘못으로 한꺼번에 세 명의 신랑이 들이닥쳤
다거나 시합에서 진 두 사람이 물러났다거나 하는 등의 내용은 현실에
서 있을 수 없는 설화적 허구다. 그것이 실제로 가능한가 하는 것보다
는 이야기 내용이 뜻하는 바를 읽어 내는 것이 더 중요하다고 할 수 있
다. 딸의 캐릭터와 행동 양상에 초점을 맞춰서 이야기를 받아들이면 충
분히 재미와 매력을 느낄 수 있을 것이다.

💬 **생각거리**

• 이야기 속 아버지와 딸의 인물 특성을 대비 분석하여 정리해 보자.
• 이 이야기 속의 딸은 뒤에 어떤 아내, 어떤 어머니가 되었을까? 그녀
  의 십 년 뒤 어느 날의 일상을 일기 형식으로 써 보자.

아버지 잘못을
감싼 딸

이종부

전에 딸을 시집을 보냈는데, 아 그래 자기는 어려운데 딸은 부잣집이거든. 게 혼인을 잘했다구 아주 좋아서 댕기는 거야. 동네루 댕기면서 그래는데, 근데 왜 후왕(後往)을 가는데, 친정아부지가 후왕으루 간다구. 후왕이 아니구, 후행(後行)이지. 뒤를 따라간다 그래서.

그래 후행을 갔는데, 점심에 밥이구 또 뭐 주발 상에 그릇을 보니깐, 아 이 큰 집이니까 물론 유기(鍮器)를 닦았을 거 아니여? 뭐야, 저 기왓장 부셔 가지구 그 가루로다 닦으믄 참 윤이 기가 맥혀. 금 같었어, 금. 그래 보니깐 기가 맥히게 많드래. 뭐 그 수십 상을 봤는데두 그냥 그뜩그뜩허게(가득가득하게) 유기가 올라앉았어.

게 이게 딸 시집을 잘 보냈으믄 다음에 딸애 덕을 본다구 한다더니 뭐 그런 식으루, 생전 그 유기가 탐이 나서, 그 하인들허구,

"에, 넷이 인제 간다."구.

사둔한테 애길 허구 저 동구 밖에 가서 깜깜 어둡기만 바래는 거야. 그래 거 있다가 어둑어둑허니까,

"아, 인제 들어가 보자. 이제 거사할 시간이 됐다."

아, 넷이 가 가지구선 우선 광에 들어갔지. 그니깐 잔치 차리느라구 그 안에선 고단허니까 벌써 쓰러져 자는 거야. 그 사랑에서두 고요하구 안방에서두 고요하니까 광문 열쇠를 잡아 비틀구선 들어가 보니까 그냥 유기가 산더미처럼 쌓였드래지 뭐야. 그덜어 가주 갔으믄 좋은데 이눔은 잔뜩 이구서, 집어넣구선 한 군델 보니깐,

"혹시 술 있나 봐라."

그랬더니 하인이 하나,

"아휴, 막걸리가 저 독으루 하나네요."

아, 네 녀석이 기껏 퍼먹었네. 누구 뭐 잡숴라 마라 할 거 없이. 게 표주박으루다 이렇게 퍼서 먹구 먹구.

"거 술안주 있나 봐."

"아, 저기 저 돼지, 거기 뒷다리 삶아 논 게 있다."구.

그냥 거게서 그냥 뭐 죄 칼루다 그냥 쭉쭉 째겨서 먹구 먹구 해서 참 못 갈 정도루다 먹었어요, 네 녀석이.

그러나 저러나 이걸 짊어 놨으니 이걸 가져가야 할 거 아니야? 그냥 짐을 실은 놈이 먼저 일어나 가지구 절루 가니까, 아 이거 이렇게 져 가지구 말이야, 어떻게 허다 내려놓구선 하나씩 하나씩 죄(모두) 뒤를 쳐들어서 죄 보내서 죄 동구 밖꺼지 갔어.

근데, 아 이놈으 술이 찹쌀루다가 한 놈으 술이 되(진해). 뒤로 굴러 가지구 꼼짝을 헐 수가 없네. 게 동구 밖에 그 길 옆에서 유기 짐을 이렇게 두구, 거기서 저기다 놓구선 디리(들이) 자는 거야. 그 인제 그거 얼른 깰 술이 아니거든. 청자/그렇죠. 그니까 그 밤새도록 잔 거야 그게.

아침에 하인들이 나와 가지구선, 저 조반을…… 인제 자릿조반*이라구 있어요. 밥 먹기 전에 인제 술허구 뭐 국수 저 장국을 해서 사랑이구 뭐구 손님들 대접을 헐려구 그릇을 차리니 아 그릇이 거반 다 없어졌네. 청자/허허. 거진 다 가져가구. 그릇을 넷이 넉 짐을 져 갔으니.

"아니, 그릇이 다 없어졌으니, 어저께 그 갖다 헌 사람이 누구예요?"

"아, 아무개가 했는데요."

"아, 일루 오라."구.

"설거지, 설거질 해서 거기다 죄 갖다 아무개허구 갖다 뒀는데."

"아니, 와 보라."구.

그랬더니, 아 몇 개 그냥 찌그렁뱅이 뭐, 큰 놈으 거, 양푼이 따위만 몇 개 남구 그 잔(작은) 놈으 그릇은 다 가져갔단 말이에요.

"예, 이게 도둑이 들었다."

그래구선 이게,

---

* 자릿조반 아침에 잠에서 깨는 대로 그 자리에서 먹는 죽이나 미음 따위의 간단한 식사.

"아니, 술도 무척 많이 없어졌어요." 그래.

"한 한 됭이(동이)는 없어졌나 봐요." 그래. 청자/넷이 퍼먹었으니.

"아, 이게 싸리 뿌래기(뿌리)를 거기다 직져서(으깨서) 헌 술이 돼서 이놈들 어디 가서 도둑놈이래두 못 배긴다. 그 곯아떨어졌지. 그 빨리, 이 동구 밖에쯤 나갔을 테니까 빨리 가면은 어디가 털어졌을지두(쓰러졌을지도) 몰라. 게 붙들어 오너라."

아, 가니까 그 메누리 친정아부지가 세상 모르구 코를 '드릉드릉' 코를 골구 자는 거야. 근데 네 녀석 보니까 네 녀석이 다 그렇게 자. 그 여간 독허지 않어. 그 눈싸리 뿌래기 직져 넣구 술 허는 건데. 먹으믄 뭐 산돼지두 털어져. 청자/아, 그렇게 독해요? 응.

그래, 거 인제 깨러 간 사람이 뭐 어떡해? 이거 절벽에 소릴 질러 가지구, 아마 여기서 아마 저 대관령에 만큼 가구 그랬나 봐. 청중 웃음 거 소리를 지르니까, 거 하인들이 한 대여섯 명이 와 가지구선, 아 그걸 죄 짊어지구선 그눔들을 하나씩 붙들구…… 근데 처음에는 저 색시 친정아버진지 몰랐지. 하인들이 뭐 그렇게 똑똑히 봤어, 뭐?

"이눔들, 가자."

그래구선 죄 끌구 가서, 아 사랑채 앞에다 꿇려 놨는데, 아 저 딸애 시아버지 되는 사람이 마루에서 이렇게 떡 보니까 하 사둔이 꿇려 있드래. 그래 이게 어떻게 된 거야?

'이게 참! 내가 도둑놈에 딸을 메누리루 삼았구나.'

이 생각부터 들어가는 거야.

"저 구릿간(곳간)에다 갖다 집어넣어라, 모두."

게 구릿간에다 갖다 죄 집어넣는데 뭐라구 답변헐 수가 있어? 그때꺼지 인제 술이 덜 깬 거지.

거 그냥 저 다른 사람을 죄 그냥 엎어 놓구서, 저 물방망이로 다 볼기짝을 한 여남은 대씩 때려서, 걸음 겨우 걸어갈 정도루다 때려 놓구…… 이거 뭐 사둔이 꼈으니까 원한테다 고헐 수두 없구 말이야.

"그냥, 훈계나 해서 내보내."

사둔이 인젠 다시는 안 그랬겠지. 탐이 나구, 술이 탐이 나구 그래서 두 가지 다 한꺼번에 몽땅 가져갈라구 그러지. 술두 휘딱 가져가구. 이걸 중도에서 또 뺏기구…….

그래서 딸을, 조구를 태서(태워서) 메누릴 보내는 거야. 청자 / 인 저 쫓아 보내는 거지? 그 인제 뭐, 도적놈에 딸을 그래 메누리라구 데리구 살 수가 있어?

"가라. 너 아버지 따라가라."

근데 그 메누리가, 시어머니 아버지 방으루 들어오라 그래서 그냥 절을 날아갈 듯이 그냥 허구,

"만수무강하옵소서. 자식이 뭔지, 아버지는…… 아휴, 자식이 뭔지!"

그냥 그 소리만 허구 말을 되치질(더하질) 않구 그냥 울면서 가. 게 저만침 보냈는데 그 시아버지가 생각건대,

'자식이 뭔지, 자식이 뭔지……. 그 무슨 언중에 유언이라.'구.

이거 뭐 속에 무슨 뼈가 터진 말인지, 뭐 안녕히 계시라구 가 든 고만이지 '자식이 뭔지, 자식이 뭔지……' 그래서 다시 메누릴 불렀어. 불러 가지구,

"너, 거 언중에 유언이라구, 그 말끝에 그 속에 그 가시가 돋친 말이 있는데 그것 좀 어디 잘 알아듣도록 얘길 해라. 딸이 뭔지, 딸이 뭔지, 거 뭐허는 소리냐?"

거 뭐 참 메누리가 참 수완이 참 좋은 메누리야. 별안간 꾸며 대는 거지.

"제가 일곱 살 적에, 아 일곱 살 적에 용헌 장님헌테 물으니깐 저 시집을 가서 잘 살게 헐래믄 친정아버지가 사둔 집을 뭘 훔쳐 와야 잘 산다." 그거야.

"그런 소리를 듣구선, 만일에 그 소리 듣구 딸 잘 살게 헐라구 뭘 와서 훔치다 들키면 이거 어떡허냐? 이렇게 근심 중인데 아부 지가 그런 짓을 하셨으니 이걸 어떡허느냐?"구.

"그러나 자식 잘되라구 그렇게 한 노릇인데 뭐 도리 있느냐?"구.

"시댁에서 도적으루다 들킨 이상 뭐 참 버선목이라(버선처럼) 뭐 뒤집을 수 있느냐?"구.

"도적놈에 딸이 돼서 전 쫓겨 갑니다. 아무쪼록 새사람, 새 메 느리 얻어서 만수무강하시길 두 손 모아 축원합니다."

그래구선 또 절을 허구선…….

가만히 보니까 참 그 메누리 말이 옳단 말이야. 저 친정아부지 래는 사람은 무조건허구 탈이 나서, 딸이 그냥 별안간, 그 중간

에 와서 별안간 그 꾀 내 가지구선 묘계를 부려서 시아부지헌테 고해바치니깐.

시아부지가, 그리군 나가서 안녕히 계시라구 조구를 탄 걸, 메누리를, 마누라더러 "데려오라."구.

"이런 며느리 내가 친정으루 쫓으면 내가 죄받아. 이렇게 착한 메누리가 어딨구. 쫓겨가는 마당에, 이놈으 새끼들 느이 잘 살으라구 난 그럴 거 같은데. 아주 천만 번 저 축원을 허구 가드라." 그거야.

이 장래에 쓸 며느리라 그래서, 그래 나중에 친정아버지를 정식으루다 초멜 해 가지구, 돈이구 쌀이구 유기구 한 반씩을 나눠 줬어.

"참 나는 메누리를 얻어서 잘 살겠지만, 당신은 시집을 보내서, 잘 시집을 보내서 잘 사는 거라."구.

"둘이 친형제처럼 지내자."구.

그래서 잘 지내더래. 근데 요새 죽었는지 모르지, 추위에. 청자/아니, 엊그저께 저 장사에 가서 편(片) 안 잡수셨어요? **청중 웃음**

이종부(남, 1919년생, 86세)
2004. 1. 29. 경기도 양주시 유양읍 만송2리
강진옥 조현설 김종군 외 조사

아버지의 큰 허물로 커다란 곤경에 빠진 상황에서 기지를 발휘해서 문제를 해결한 딸에 관한 이야기다. 앞의 〈신랑을 고른 지혜로운 딸〉과 비슷한 상황인데, 친정아버지가 사돈댁 물건을 훔쳐 내다가 발각됐으니 더 결정적인 문제 상황이 된다. 돌이킬 수 없는 지경이라고 해도 지나치지 않다. 모든 게 파탄 날 그 상황에서 '그게 다 자식을 위해 마음에 없이 한 일'이라고 꾸며 댄 딸의 말이 상황을 바꾸어 낸다.

앞뒤 맥락을 살펴보자면 시아버지가 그 말에 속아 넘어갔다기보다 어떻게 해서든 아버지를 감싸고 곤경을 해결하려는 며느리의 깊고 지혜로운 마음 씀에 탄복한 것이라 할 수 있다. '이런 며느리를 보내면 안 된다.'라는 말에 그러한 의미 요소가 담겨 있다. 결정적인 위기 상황에서 오히려 자기 존재를 인정받게 된 터이니 그 놀라운 역전에 이야기의 묘미가 있다. 이야기를 능청스럽게 술술 풀어 내는 화자의 구연 능력도 이야기의 재미에 한몫을 하고 있다.

💬 생각거리

- 이 이야기를 앞의 〈신랑을 고른 지혜로운 딸〉과 비교하여 두 딸의 마음 씀과 지혜가 어떻게 같고 다른지 말해 보자.
- 이 이야기에서 딸의 시아버지에 대해 평가해 보자. 그가 며느리를 다시 받아들이고 사돈과 화해하게 된 까닭은 무엇이었을까?
- 화자가 이야기를 풀어 나가는 방식에 어떤 특징이 있는지 말해 보자.

아버지 살린
지혜로운 아들

이금순

옛날에 그 어린아이도, 굉장히 영리하고 지혜로운 그런 어린 아이들도 있더라고요. 조사자/예예. 그래서 그런 얘기두 인제 짤막짤막하게 그 지혜를 사용해서 했던. 조사자/어떤 아이가, 지혜로운 아이에 대한 얘기? 예예, 굉장히 지혜가 있는 아이였어요. 그래서 아부지가 죽을 그런 환경에 있지만, 임금님에게 미움을 받아서 죽을 정도였지만, 그 지혜로운 자녀, 아들 때문에 살았다는 얘기. 조사자/아, 그 이야기 한번. 예, 그 이야기.

저 아홉 살 먹은 아이가 이제, 아들이 학교를 다녀오니까 아부지가 재를 갖다 놓고 반죽을 해서 이렇게 만지구 계시드래요. 그러니까 이 아이가 그,

"아부지, 뭐 하세요?"

그러니까 수심이 가득헌 그 목소리로,

"임금님이 재를 가지고 산내끼(새끼)를 서 발을 꼬아 오라고 하

는데 어떻게 재로 산내끼를 꼬겠냐?"

어떻게 산내끼를 꼬겠어요, 재로? 그냥 반죽을 해 봐도 찰지게 되들 않는데.

그러고 계시니까 이 아이가,

"아부지, 그러면은 산내끼, 지푸라길 갖다가 이렇게 서 발을 꼬아 두세요."

그래서 인제 서 발을 그렇게 해서 꼬아서, 꼬고 인제 철판, 철판을 갖다가 인제 이렇게 준비해 달라니까 철판을 갖다가, 쇠는 이제 안 녹잖아요? 거기다 서 발을 인제 산내끼를 꼬아 가지구 이제 이렇게 이렇게 감아서 그 위에다 놓고는, 불을, 휘발유를 찌클고(뿌리고) 불을 이렇게 하니까 지푸라기 그 재는, 산내끼 꼰 그 재는요 풀어지들 안해요. 청자/고 모양대로 고대로. 모양대로 고대로 있어요. 그러기 때문에 산내끼 모양이거든요. 이렇게 그러니까, 이렇게 이렇게 꼰 대로 그대로 철판에다 놓고 이렇게 태웠기 때문에.

그걸 가지구 인제 임금님한테 갔어요, 이 아부지가. 그러니까 뭐라구 헐 이유가 없잖아요? 이 모양이 재로 산내끼가 되었으니까. 그래서 모면을 했어요.

그러니까 인제 또 인제 며칠 있더니 임금님이 이 사람을 어떻게 미움을 줬는지, 청중 웃음 어떻게 그냥 끝까지 그렇게, 그렇게 나쁘게 생각을 허고 그랬는가벼. 하루 또 학교를 갔다 오니까 하루는 또 수심이 가득허시드래요. 그래서, 청자/아부지가? 예. 아부

지가. 그래서,

"아부지, 오늘은 또 뭣이 그렇게 걱정이 되냐?"고 물으니까,

"이 엄동설한, 눈이 수북수북 쌓인 이 겨울에 산딸기를 가서 따 오라고 한다. 근디 이 추운 겨울에 눈이 하얗게 쌓였는디 어디 가서 산딸기를 따 올 거나."

그러구 걱정을 허는 거예요. 그러니까 이 아이가,

"아부지, 걱정 마세요. 제가 임금님한테 다녀오겠습니다."

그러면 임금님한테 다녀가서 그 아이가 뭐라 그랬겠어요, 학생들이 생각했을 때? 조사자/"못 하겠습니다." 뭐 이런? **청중 웃음** 아이구, 가서 뭐라 했냐면,

"임금님! 저희 아부지 대신 제가 왔습니다."

그러니까,

"너희 아부지가 와야지 왜 니가 왔냐?"

그렇께,

"아부지는 산에 딸기 따러 갔다가 뱀한테 물려 가지구 제가 왔습니다."

그러니까,

"야, 이눔아! 지금 엄동설한에 어디가 뱀 있냐?"

그러니까,

"엄동설한에 딸기가 어디가 있습니까?"

그래 가지구, 청자/멋지다. 이 지혜로운 아들 때문에 이 아부지가 잘 살았다는 그런 얘기가 있었어요. 청자/참. 지혜가. 그 옛날

얘기예요, 그것도.

　근디 이야기는 그 거짓말이 섞여 가지구 만들어 냈어요, 이야
기는, 재밌게. 노래는, 노래는 거짓말이 없지만 이야기는 거짓말
있다구 했거든요.

이금순(여, 1938년생, 69세)
2006. 11. 6. 전주시 덕진구 덕진공원
김종군 김경섭 심우장 김예선 김효실 조사

어른을 누른 어린아이의 지혜를 보여 주는 유형의 전형적인 이야기다. 어른들이 해결하지 못하는 곤란한 문제를 보란 듯 해결해 내는 아이의 모습이 상식을 깨는 작은 통쾌함을 전해 준다.

이 이야기에서 아이가 발휘하는 지혜는 두 가지 형태로 돼 있는데, 하나는 문제에 대한 정교한 통찰을 통한 것이며, 또 하나는 상대의 약점을 파고드는 역공에 의한 것이다.

화자의 말대로 허구의 요소가 들어 있지만, 어려운 문제를 효과적으로 풀어내는 방법에 대해 깨우침을 주는 즐겁고도 유익한 이야기라 할 수 있다.

💬 생각거리

- 어른이 풀지 못하는 문제를 어린아이가 훌쩍 풀 수 있었던 이유는 무엇일까? 어린아이의 어떤 점이 특별했는지 말해 보자.
- 이 이야기를 실마리로 삼아서, 이치에 닿지 않는 엉뚱한 일을 강요하는 힘센 상대에게 대처하는 최선의 방법에 대해 토론해 보자.

먹여 주고 입혀 주고
재워 주고

윤증례

옛날에 아주 부잣집에서 가난한 사람이 자꾸, 가난한 집에서 애는 많구 먹을거리가 없어서 부잣집에서 자꾸만 먹을 걸 빌려다 먹었어요. 빌려다 먹었는데, 빌려다 먹긴 먹었는데 갚을 능력이 없어. 너무 가난해서.

그러니까 이 부잣집에서 아무리 생각해도 돈 받을 길은 없구, 아무리 와서 둘러봐도 돈 될 만한 것두 없구, 가져갈 게 없어. 그래 가지구 그 부잣집에서 어떡허면 자기 돈 준 거를 받아 갈까 하구 연구 끝에 빙빙 그 집 와서 돌아댕기다가 보니까 요만한 여섯 살 먹은 남자애가 하나 있는데, 너무너무 이쁘고도 똑똑한 애가 하나 있었어요. 그러니까 그 엄마보구,

"그럼 돈 갚을 능력 없으면 이 애를 나 달라." 그랬어.

"그 애 데려다 뭐하실 거요?"

그러니까,

"이 애를 키워서 머슴 시키면 된다."

그러고 그 애를 뺏어 가겠대요.

"돈 안 내노면 이 애를 데려가겠다."

그 애를 그래서 여섯 살 먹은 걸 뺏겼어.

여섯 살 먹은 거 끌구 가니까 엄마 아빠가 얼마나 가슴이 아프겠어? 그래서 엄마가 땅을 치고 울구 뒹굴구 그러는데 지나가는 행인이, 아주 건장한 청년이 지나가다,

"아주머니, 왜 뭣 때문에 그렇게 울으세요?"

그러니까,

"이만저만해서, 우리가 먹을 게 없어서 굶어 죽게 생겨서 저 부잣집에서 만날 돈을 꿔다 썼는데 갚을 능력이 없어서 저 사람이 와서 애를 데려갔다. 여섯 살 먹은 애를 데려갔는데 그 애를 데려다 머슴을 시킨다구 데려갔다. 그래 가지구 내가 이렇게 속상해서 운다."구 그러니까,

"그 애 데려간 집이 어디요?"

그러니까,

"아무 데 아무 데라."고 그랬어.

그러니까 이 청년이 거길 갔어요.

"걱정 마세요. 내가 찾아 줄 테니까."

그러고 이 사람이 그 집엘 갔어.

부잣집에 가서 문을 똑똑 뚜드리며 "이리 오너라." 하구 부르니까 주인이 나와.

먹여 주고 입혀 주고 재워 주고

그래서 주인이 나오더니 이렇게 보니까 젊은 늠이 "이리 오너라." 허구 부르거든.

"당신 누구요?"

그러니까,

"이 집이 혹시 머슴이 필요하십니까?"

그렇게 물어보니까 주인이,

"아, 우리야 뭐 땅이 많으니까 머슴은 얼마든지 필요하니까, 필요하다."구 그러니까는,

"그러면 내가 일을 할 테니까 나 일 시켜 주시오. 나를 머슴으로 쓰시오." 그랬어.

아, 굉장한 청년이 와서 그러니까 그 집에서는 일꾼도 없던 차에 아주 반갑게 맞아들이거든.

"아, 그러라."고.

그래서 들어갔는데 뭐라 그러냐면,

"그러면 새경을 어떻게 주면 되겠소?"

하고 쥔이 물으니까 이 청년이 뭐래느냐면,

"새경은 무슨 새경이오? 먹여 주고 입혀 주고 재워 주면 돼요."

그거 세 가지면 된대. 돈 필요 없대.

"아, 그러냐?"구.

"그러면은 그렇게 하기로 하구 우리 집서 일해라."

그랬더니 일허겠다구 해 놓는데, 요 여섯 살 먹은 게 깡충깡충 앞으루 댕기면서 놀거든. 보니까 그 집서 데려온 애 같애, 예감

이. 이 청년이 하는 말이,

"저 댕기는 애, 쟤는 누구요?"

그러니까,

"걔두 저기 빚값으루 데려다 논 애요."

"그 애를 뭘 하게요?"

그러니까 키워서 일할려구 데려왔대. 그러니까 그 청년이 하는
말이,

"나는 저런 애가 앞에서 알랑알랑 돌아댕기면 일을 못 한다.
그러니까 그 애를 치우라."구.

애를 치우라구 그랬어. 그러니까 주인이 그 청년을 부려 먹어
야 되니까 그 애를 도루 빚진 집으루 도로 보내 줬다는 얘기, 어.

그러구 인제 또 한 가지는, 그날 저녁을 갖다 노니까 안 먹구
앉았어. 저녁상을 받았는데.

"왜 당신 안 먹구 앉았소?"

그러니까,

"아, 먹여 준다구 그랬으면 먹여 줘야지. 먹여 준다구 그랬으면
먹여 줘야지, 내가 내 손으로 밥을 퍼먹냐?"구.

"먹여 준다구 그랬으면 먹여 달라."구. **청중 웃음**

그래서 인제 먹여 줬어. **청중 웃음**

"먹여 준다 그랬으면 먹여 줘야지 내 손으루 밥을 먹냐?"구.

그래 쥔이 먹여 줬어. 먹여 줬는데, 조사자 / 입에까지 넣어 달라
그거죠? 입에까지 밥을 너 달라 그거여, 쥔이.

그래 갖구 밥을 먹여 줬는데, 또 밥 먹구 나서는 인자 잘 시간이 돼두 그래.

"왜 잘 시간인데 안 자냐? 자야 낼 아침에 일하지."

그러니까,

"재워 준다 그랬으니까 나를 재워 줘야지." 조사자/자장가 불러 달라구?

"자장가, 자장갈 불러 줘야 내가 잘 거 아니냐?"

인제 그래.

그래서 인제 쥔이 그대로 또 자장자장 토독토독 해서 재웠어. 자구 나서 아침에는 안 일어나, 영 해가 높아두. 그래서,

"아, 딴 사람 다 일 나갔는데 왜 안 일어나느냐?"구 그래니까,

"아, 입혀 준다 그랬으니까 입혀 줘야지. 옷을 입혀 줘야 나갈 거 아니냐?"

어? 그러니까 얼마나 머리가 좋아요, 그 청년이? 조사자/예. 재워 주고 먹여 주고 입혀 주고.

"재워 주구 먹여 주구 입혀 준다구 그랬으니까 입혀 줘야 내가 일하러 나갈 거 아니냐?"

그래 가지구 주인이 아주 네 발 반짝 들구 그 청년도 그냥 보냈대요.

그러니까 그 청년이 되게 머리가 좋죠. 조사자/예, 그러네요. 그러면서 자기도 그 집에 머슴살이헐 사람두 아니여 그거.

그러고 가고 그 애를 구제했다는 얘기. 조사자/그 애 구해 줄려

구. 애를 구해 줄려구 머리를 썼지, 그 사람이. 그러니까 그 제목이 '먹여 주고 입혀 주고 재워 주고', 제목이 그거여.

윤중례(여, 1932년생, 75세)
2006. 7. 20. 서울시 종로구 노인복지센터
김경섭 나주연 정병환 오정미 조사

💬 **해설**

한 청년이 기지를 발휘해서 불쌍한 가족을 도와주고 욕심 많은 부자를 혼내 줬다는 내용이다. '먹여 주고, 입혀 주고, 재워 준다'는 말의 중의성을 이용해서 상대를 공략한 것이 그가 쓴 방법이었다. 좀 억지스러워 보이는 면도 있지만, 빚 대신 남의 집 아이를 뺏어 가는 일 자체가 억지였으니 그런 대응이 성립한다고 할 수 있다. 스스로 억지스러운 일을 당해 봐야 자기한테 당하는 이의 심정을 조금이나마 알 수 있었을 것이다.

속절없이 당하기보다 어떻게든 맞서서 해결책을 찾는 것이 맞다고 하는 점에서도 저 청년의 행동을 옹호할 수 있다. 어찌 보면 저 청년은 부자를 몰아붙인 지략보다 스스로 먼저 나서서 불쌍한 사람을 돕는 마음 씀씀이가 더 큰 매력 요소라는 생각도 해 보게 된다.

💬 **생각거리**

- 이 이야기 속의 부자는 빚을 준 사람이라는 점에서 아이를 데려가는 일정한 명분을 가지고 있다고도 말할 수 있다. 청년이 그 아이를 빼낸 일은 어떻게 옹호될 수 있을까?
- 청년의 인물 특성을 분석해 보고 그가 부자를 제압할 수 있었던 이유에 어떤 것들이 있었는지 이야기해 보자.

소리개 연과
뺑뺑이 연

노재의

저 옛날에는 서울 가서 말이죠, 서울 가설라무니 그 대과*를 칠려고 전국에서 모이구 그러는디, 옛날에는 지금 고등 고시보덤(고등 고시보다) 더 어려워요, 과거가. 그래 가지굴라므니 전국에서 와서, 머리 좋은 사람들이 봐두 낙방이 되구 낙방이 되구. 옛날에 아무리 양반집이라도요, 그 시험을 통과하지 못하면 일평생 그냥, 그냥 거 뭐 밟혀서 살아야 돼요. 거기를 통과해야 된단 말여, 무슨 일이 있더라도. 근데 한평생을 공부해서 통과를 못 하구 하는 이런 사람들이 얼마든지 있단 말이에요.

아, 그런디, 그런 얘기가 있는디, 아 그 시골에서 돈이 있어 가지구 공부하는 사람도 있지만 그때 돈 없어 가지구 공부해설라므니 서울 와서, '내가 이번에 시험 치면 틀림없이 자격이 있다.'고

---

* 대과(大科) 과거의 큰 시험에 해당하는 문과와 무과를 이르는 말.

치면 낙방이 되고 그런 거 많아요. 그러니깐 말이지 그 서울에 대과 치러 갈라면은 그 돈 있는 사람은 저 말 사 가지구서 말 타구 가는 사람도 있구, 경마* 잡혀서 가는 사람두 있구, 돈 없는 사람은 걸어서 가는 사람도 있구, 뭐 저 구걸해 가는 사람도 있구 여러 가진데…….

아, 시골에서 서울 갈라구, 부인이 그 먹고살기도 힘들구 그저 뭔가 이삭 줏어서 어떻게 끼니까지 대면서,

"무슨 일이 있더래두 당신이 저 시험에 통과해야 된다."구 설라무니 이렇게 뒷수발을 부인이 해 주구 그러는디…….

아, 서울 가설라무니 대과를 칠려구 가는디 노비*가 없어요. 가다 떡 사 먹는 거라두 뭐 있어야지. 청자 / 노비가 있어야지. 노비가 있어야는디 부인이 머리를 잘라서, 옛날에는 머리를 잘라서 머리 다루(다리)* 있잖아요? 거 팔면 게 비쌌어요. 다루를 여자가 머리를 짤러서 말이여, 부인이 노비 하라구 보태 줬단 말예요.

'이번에, 이렇게 부인을 여러 해를 고생시켜서 이번에 낙방되면에 내가 서울에서……'

다시 부인 볼 면목이 없다 이 말이에요. 그래,

'이번에 서울 가서 낙방하면 자결해야겠다.'

이 말이에요. 자결을 해야겠어요.

• 경마 남이 탄 말의 고삐를 잡고 말을 모는 일. 또는 그 고삐.
• 노비(路費) 노잣돈. 먼 길을 떠나는 데 드는 비용.
• 다리 여자들의 머리숱이 많아 보이라고 넣는 딴머리.

그래서 자결할라구요…… 이 사람이 서울 와서 시험 쳐서 또 낙방이 됐단 말예요. 그래서 자결할려구 이렇게 허는디 낮에는 죽을 수 없구 밤이 돼서 남산에 그 저 서포동 밑에 들어가서 목매달아 자살할려구, 그리 들어가려구 그러는디, 아 그날 밤이 우수* 달밤이래요. 그러니 구름이 쫌 있구 번허구(훤하고) 이런디, 아 이 사람이 끈을 내 가지구 소나무에다 목을 맬라구요, 이렇게 인저 들어가는디…….

그때 마침 때가 어느 때냐면 이조 십구 대 숙종 대왕 때래요, 그게. 아, 숙종 대왕이 그 저 수행원하고 순(순찰)을 돌라구 남산골을 이렇게 가는디 말이지, 아 어떤 그 저 젊은 놈이 말이지, 뒤를 봐 가면서 가니까,

"저놈 수상한 놈이니까 따라가 보라."

그랬단 말예요.

아, 따라가 보니깐 거기서 젊은 놈이 목을 매서 자살할라구 한단 말이에요. 근디 수행원이 보니깐 말이죠, 남자가 미남이고 아닌 게 아니라 참 서기*가 있고 이런 사람인디, 참 아까운 사람인디 자살헐라구 그러거든요.

"왜 자살헐라구 하느냐?"

그러니깐 그 얘기를 다 했단 말예요. 그 사람이 군왕한테 얘기

• 우수(雨水) 이십사 절기의 하나. 양력 2월 18일경이 된다.
• 서기(瑞氣) 상서로운 기운.

하니깐 군왕이 가만히 들으니깐 참 딱하단 말이에요.

'그놈을 살려 줘야겠다, 아무래도……'

그거 별거 아니잖아, 군왕이야? 그래서,

"내일, 죽더라도 내일 동소문 밖에 오면 말이지, 저 알성시*가 있는디……"

알성시는 임금이 직접 보는 거라믄서요?

"알성시가 있는디 그거나 보구 자결허라."구.

그래서,

"아, 그러냐?"구.

"그래. 어, 내일 동소문 밖에 나갈 것 없이……"

그눔 하나 살려 주려구,

"저 시험장에 들어와서 저 깃대 위에 가서 보이지 않게 글자 하나를 써 놓구서 '저 까마득한 게 안 보이는디 무슨 자냐?' 그러거든 '소리개 연(鳶)' 자라구 허라."구 그랬단 말여.

"소리개 연 자라구 그것만 하면 된다."구 말이지.

아주 일러 줬어요, 아주.

"그렇게 하면 된다."구.

그래 이놈이,

"소리개 연 자, 소리개 연 자."

외구 댕겼어요. '아, 이번엔 내가 틀림없이 기용이 되나 부다.'

---

* 알성시(謁聖試) 조선 시대에, 임금이 문묘에 참배한 뒤 실시하던 비정규적인 과거 시험.

하구서.

아, 그 시험장에…… 그동안에 인자 그동안에 욌죠. 그동안에 외우고 댕기고 그랬단 말여. 아, 시험장에 똑 들어가설라무니,

"저기 저게 무슨 자냐?"

그러니깐 금방 잃어버려서 생각이 안 나요. 청중 웃음 생각이 안 나는디, 아 가만히 생각하니깐 말이지, 아 이렇게 뺑뺑이 돈다는 생각, 뺑뺑이 연 잔지 무슨 연 잔지를 모르겠단 말예유. 그래서,

"뺑뺑이 연 자라." 그랬더니,

"아이, 틀렸다."구.

"나가라."구 그르드래요.

그런디 두어 발짝 떼니깐요, 그때서야 생각이 나요.

'아따, 소리개 연 잔디 뺑뺑이 연 자라구 그랬구나.' 말여.

그래 그나저나 떨어졌어요 인자.

'아, 참 관운이 없구나. 그렇게 쥐어 주는 것도 못 먹는다.'

이 말예요.

그래서 두어 발짝 나가는디 말이죠, 나가는디 그때서 생각이 나요. 그러니께 또 이 차로 들어가는 놈이 있드래요, 거기.

'아이, 나는 낙방이 됐지만 저 사람이나 좀 살려 줘야겠다.'구.

아, 그 들어가는 사람보구 붙들구서,

"여보쇼. 저 들어가거든 말이지, 들어가거든 저게 무슨 자냐 그러거든 소리개 연 자라구 허시오. 나는 소리개 연 자라구 물어 보는 걸 갖다 뺑뺑이 연 자라구 해서 낙방이 돼서 나가는 사람이

여. 내가 잠깐 생각이 안 나서 그랬는디, 지금 내 두어 발짝 떼니깐 생각이 났는디, 무슨 자냐 물어보거든 '저거 소리개 연 자라.'구 하시오."

그 사람이나 살려 줘야겠다 이 말이여. 그러구서 이 사람 나갔어요. 나갔는디 이 사람이 거기 들어갔거든요 또. 들어갔는디,

"저게 무슨 자냐?"고 물어보드래요 또, 가니깐.

그래서 이 사람이, 무슨 자냐고 물어보니깐 말이지,

"시골말로 말할까요, 서울말로 말할까요?"

그러니깐,

"아, 시골말 서울말 다 해 봐라."

그랬단 말예요. 그러니깐 뭐라구 말했냐면,

"저 서울말로는 소리개 연 자라 그러구 시골말로는 뺑뺑이 연이라구두 헙니다." 그런단 말예요. 청중 웃음

그럼 아까 그놈도 맞은 놈이란 말이여. 청중 웃음 그래서 그놈도 기용하더래. 그놈두 똑같이 그놈 맞은 놈이라구 말여. 둘 다 기용했다구 그런 게 있는디.

노재의(남, 1919년생, 79세)
1997. 9. 30. 서울시 종로구 탑골공원
신동흔 외 조사

과거 시험의 당락에 얽힌 우여곡절을 재미있게 펼쳐 낸 이야기다. 자결하려는 선비를 불쌍히 여긴 임금이 그를 위해 과거를 베푼다는 내용이나 선비가 답을 알면서도 깜빡 잊어서 답을 못 한다는 내용이 허구적이면서도 흥미롭다.

이 이야기의 백미는 그 선비한테 답을 전해 들은 또 다른 선비의 행동에 있다. 답에 시골말과 서울말 두 가지가 있다고 해서 자기를 도와준 선비가 함께 합격하도록 만든 지혜로움에 무릎을 치게 된다. 자기 자신은 물론 낙방한 선비와 그를 도우려던 임금까지 모두의 기회를 한꺼번에 살려 낼 수 있는 '신의 한 수'였다고 할 만하다. 이런 정도의 인물이라면 과거에 급제해서 나랏일을 맡기에 부족함이 없을 것이다.

자기는 떨어지면서도 그 사람에게 답을 알려 준 낙방 선비 또한 작지 않은 미덕을 지닌 사람이라 할 수 있다. 숙종 대왕은 예정에 없던 알성시를 베풀었다가 훌륭한 인재를 둘이나 얻게 된 셈이니 멋진 결말이라 할 수 있다. 옛이야기의 묘미를 잘 보여 주는 모습이라 할 수 있다.

💬 생각거리

- 이 이야기에 나오는 두 선비의 인품과 능력을 비교해서 평가해 보자.
- 과거나 입시와 같은 치열한 경쟁 속에서 경쟁 당사자들이 상생(相生)할 수 있는 좋은 방법은 무엇일까? 이 이야기를 하나의 자료로 삼아 논술문을 써 보자.

남편 불효 고친
효부

노재의

서울이 말이죠, 서울, 서울이 지금 식구가 몇이냐면 일천이
백만이래요, 서울 식구가. 근데 서울 식구가 이렇게 많아
도요, 저 변두리로 가면요, 저 경로당도 옰이 노인네들 이렇게 놀
다 가는 디가 있구 이래요. 서울도 지끔두요.

근디 얼매 전에 왜, 1961년도 되겠네, 1961년도. 그때 당시에
부산에서 말이지, 부산에서 박정희 때니까, 부산에서 그 노인네
들이 요렇게 모았다서(모였다가) 갈러지는 데가 있었거든. 근데 그
노인네들이 경로당도 옰이 느티나무 밑에 가두머리(길머리)에서 이
렇게 갈러지는 디가 있구 이런디, 그 노인네들이 뭘 결의했냐면
말이지,

"여보게들, 내일은 돈 오백 원씩만 가져오게."

그때 돈 오백 원 제구실헐 때예요.

"돈 오백 원씩만 가져오게."

이 서울 같으면 말이지, 저 정릉에 무슨 약수물 먹으러 간다 든가, 저 서오능에 무슨 사적 답사를 간다든가 해서 돈 오백 원 씩만 가져오게 해서, 오백 원씩 가져오게 결의가 됐다 이 말이여, 노인네들끼리.

아, 그랬는디 그 저 해운대에 사는 노인네 하나가요, 에 고다 음에 돈 오백 원씩을 가져야 거기에 참가허게 되는디, 아 그 노인 네 하나가요, 아들이 직장에 나가는데 아들한테 오백 원 갖다 쓰 라고 보태 주는 건 좋은디 오백 원 달라구 소리가 어려워서 안 나와. 그렇지만 오백 원 타 낼 테니깐 아들보구서,

"야야, 나 돈 오백 원만 다고."

그랬단 말여. 그랬더니 그 아들이,

"아버지, 나 돈 읎어요."

그러면서 그냥 오백 원 달라는 거 거절하구 그냥 가요. 가니깐 이 노인네는 회비를 못 탔어요. 청자/아하. 못 탔으니깐 인자 단념 했단 말야, 인제 거기 참가하는 것을. 체념해 버렸단 말여.

아, 그러구서 이렇게 죽치구 있는디 말이지, 부엌에서 일하던 아내가 이 소리를 들었어요. 아버지가 오백 원 달라는 것을 거절 하구선 직장에 나가는 자기 남편을 말여, 이렇게 막었단 말여. 막으니깐 저 아들이 인자 가면서 아내가 막으니깐 말여, 어 이렇 게 못 가구서 있는디 아내가 남편보구서 뭐라구 말허냐면,

"오늘 나 미장원도 가야 허구, 뭐 또 사 먹어야 할 테니깐 돈 삼천 원, 돈 삼천 원만 달라."구 그랬거든요.

근데 아버지가 오백 원 달라구 허니깐 옳다구 허던 놈이 아내가 삼천 원 달라니까 썩 주고 갔단 말예요. 청자/허허. 그리구 인자 남편은 직장에 나갔어요.

근데 남편을 보내구서요, 그 아내가 자부(며느리)가, 아 이렇게 시아버지 앞에 들어오더니 뭐라구 말허냐면,

"아버님, 놀러 가시라구."

허면서 천 원짜리를 밀어 논다 이 말예요, 천 원짜리.

노인네가 가만히 생각허니깐 놀러 가는 것을 포기…… 아닌 게 아니라 포기허구서 체념했다서 말여. 아, 안 갈라구 그랬는디, 아 그 자부가 천 원짜리를 밀어 노면서 놀러 가시라구 헌다 이 말여. 그러니깐 그 노인네가 가만히 생각허니깐 아들놈은 괘씸허구 자부는 기특허다 이 말여. 청중 웃음 그래서 안 갈라구 했다가서 말여, 그 자부가 하는 것이 가상허다 이 말여. 그래서 이 노인네가 돈 천 원을 받어 가지구서 놀러 나갔어요.

그런데 다섯 시쯤, 인제 오후 다섯 시쯤 해서 말여, 남편이 직장에서 왔거든요. 아, 오니깐 이 젊은 여자가요, 어린애 서너 살 먹은 거 있구 그런디, 아닌 게 아니라 자기가 시집을 올 적에 가져왔던 그 저 농 뭐 이런 거 다 짐을 꾸리구요, 아 짐꾼도 준비해 놓구 아 이러구 이렇게 있으니깐 말야, 남자가,

"이렇게 소란스럽고 짐 꾸리는 게 뭐냐?"

그랬단 말이여.

그러니깐 여자가 아무 말도 않구 이렇게 침묵을 지키다서 말

야, 자기 남편 앞에 정면으로 서면서 침묵을 깨구 허는 소리가
뭐라구 말허냐면,

"나는 당신허고 안 산다." 이 말예요.

아, 그러니깐 남자가 아닌 밤중에 홍두깨 맞는 식으루 의아허
게 이렇게 있단 말이야. 그러니깐 여자가 뭐라구 말허냐면 재차
남편보구서,

"당신이 아버지게다 허는 걸 보니깐 불효자식이드라." 이거여.

"불효자식은 부전자전이라구 말년에 반드시 불효자식을 또 본
다." 이거여.

"그래 당신허구 살어서 말야, 내가 말년에 학대받고 사느냐?"
이 말여.

그러면서 이 여자가 짐꾼보구서, 짐꾼, 저 준비한 짐꾼보구서,

"가자."구.

그리서 아 간다 이 말여. 청자/어허.

아, 가는디 이 젊은 놈이 불알 달구서 젊은 여자 가는 것을 가
지 말라구 또 매달릴 수는 없단 말여. 남자 또 인권은 있다 이
말여. 가게 내버려 뒀다 이 말여.

아, 간 뒤에, 아 이 사람이 인자 연탄불도 갈어야지, 또 밥두
해 먹여야지, 칭칭거리면 어린내 데리구 자야지, 시장에두 가야
지, 아 못 허겠다 이 말여. 그러니께 이 남자가요, 자기 부인이 어
디로 갔나 허구 수소문해 보니깐 어떤 건물에 청소부로 들어갔더
래요. 그래서 이 남자가 찾어갔어요. 찾어가서 부인이 거기서 청

소허구 있으니깐 말여, 그 부인보구서,

"집으로 가자."구 했다 이 말여.

그러니께 부인이,

"난 안 간다."구 헌다 이 말이여.

그러니깐,

"아이구 그냥, 그만 고집 부리고 집으루 가."

그랬단 말여.

그러니깐 에, 이 여자가요, 한참 침묵을 지키더니,

"내가 집으루 가는 디는 조건이 있다." 이 말이여.

그러니깐 에, 남자가 무슨 조건인가 허구 의아허구 있으니깐 말여, 여자가 뭐라구 말허냐면,

"내가 집으루 가는 디는 조건을 제시해서 조건이 멕혀 들어가면 가지만 그렇지 않으면, 수락이 안 되면 안 간다." 이 말여.

아, 그러면서 뭐라구 말허냐면, 뭐라구 말허냐면,

"당신이 말이지, 당신 수입 되는, 부담 안 가는 범위 내에서 말이지, 약간의 술 장만허구, 그러니께 쇠주(소주) 이홉들이 * 같은 거 하나 사구 약간의 안주 장만해 가지구서 그 아버지 친구 분들, 친구 분들 노시는 디 가면 거기 연상인 연만헌(나이 많은) 어른들이 계시다." 이 말여.

"그 연상인 어른부터 차례차례루 술을 따러 드리구 이것이 다

---

* 이홉들이 2홉 정도가 들어가는 작은 병. 350밀리리터 내외의 병이 여기 해당한다.

끝나면 연상인 어른부터 차례차례루 큰절허라." 이 말여, 큰절.
청자/허허.

"큰절허구서 그것이 다 끝나면 말이지, 이만치 와서 사십오 도 각도로 허리를 굽혀 가지구서 '편안히들 쉬었다서 내려오시라.'구, 저녁 때마다 이렇게 헌다는 조건이면 산다."

그러드래요. 청중 웃음

그러니깐 그놈, 그 남자도요, 우리같이 우직허구 저 여자 말 잘 듣구 아마 그랬던가,

"가자."구 그랬단 말여.

긍게 묵인적으로 승인한 거유 그거.

그 인저 왔단 말여. 왔는디 아니나 다를까 이 남자가 아닌 게 아니라 노인네들 노는 데 가서 말이야, 이 쇠주 부담 안 가는 범위 내에서 술을 준비해 가지구 와서 그 노인네들게 죽 대접허구 그게 다 끝나면은 어른들 이렇게 차례차례루 큰절허구……. 아, 큰절 헐라면 시간 많이 걸려요. 청자/그러죠.

아, 그렇게 점점 하니깐 말여, 그 노인네들이 가만히 보니깐 말여, 옛날에는 자식을 길러서 효도를 기대했는데 지금은 자식을 길러서 효도는 고사하고 자식한테 귀쌈(귀뺨)만 안 맞으면 다행이다 소리가 거침없이 나오는 때다 이 말이야.

"근디 저 자식이 어떤, 저게 뉘 집 자식이냐?" 이 말이여.

"어른 알어보는 자식을 뒀다." 이 말이여.

"아, 그 저기 저 노인네 아들이라."구.

긍게 그 노인네헌티 가서,

"도대체 아들을 어트게 했길래 그렇게 버릇이, 어른을 알어보는 아들을 뒀냐?"구 허니깐 말여.

그 노인네가 자부가 그랬다는 자초지종 얘기를 했단 말여.

"아이, 그런 자부가 있으면 효부상을 주야지 그냥 두냐?"구서 그 노인네가 부산 시장을 찾아갔대요.

그래 부산 시장 존함도 알었었는디 잃어버렸네. 찾어가서 부산 시장보구서 면회를 청해가지구서 얘기하니깐 그 부산 시장이,

"그러면 그 여자 경력서를 좀 지참해다 달라."구 그러드래요.

그래 경력서 주선해 주구서 부산에서 효부로 뽑힌 여자래요, 그게. **청중 박수**

노재의(남, 1919년생, 79세)
1997. 9. 30. 서울시 종로구 탑골공원
신동흔 조사

부모한테 소홀한 남편의 행실을 바로잡은 아내에 관한 이야기다. 며느리가 앞장서서 시부모를 챙기고 남편을 바른길로 인도한다는 사실이 일반적 세태에 비추어 흔치 않은 일이라서 경탄을 자아낸다.

이야기에서 그녀가 남편의 행실을 고친 방법은 무척 인상적이고 설득적인 것이었다. 마을 경로당에 찾아가 노인들한테 음식을 봉양하고 인사를 챙기게 하거니와, 그것은 나날의 일상 속에서 생활 습관을 바꾸는 일이었다. 그녀의 남편은 좋은 평판을 얻는 데 그치지 않고 실제로 노인들과 부모를 공경하는 일이 몸에 배게 되었을 테니 사람을 바탕에서부터 교정함으로써 문제를 완전하게 해결한 것이라 할 수 있다.

며느리가 먼저 나서서 이렇게 움직이면 집안이 잘 돌아갈 수밖에 없었을 테니 저 여인은 현명하고 유능하며 후덕한 인물이었다고 할 만하다. 유별난 일을 한 것이 아니라지만 '효부상'을 받을 만한 자격이 있다고 할 것이다. 화자는 이 이야기가 1961년에 부산에서 있었던 실화라고 전하고 있는데, 현대의 설화로 정착할 만한 이야기로 여겨진다.

💬 생각거리

• '날마다 경로당에 술과 안주를 챙겨 가서 인사를 차리는 일'이란 어떤 의의를 지니는 것일까? 그 일을 하면서 남자에게 일어났을 변화를 자술서 형태로 간략히 써 보자.

• 특별히 드러나지 않는 가운데 자식 된 도리를 충실히 행하는 인물의 사례를 생활 주변에서 찾아서 발표해 보자.

동생
개심시킨 형

박철규

나도 실화 얘기 한마디 해야지. 청중 웃음 여기 저 충청북도 보은군에, 보은 와서 저 영동 옥천 쪽으로 가다 보면 거기 삼승면이라고 있어요. 삼승면. 보은군 삼승면인데 그 장터가 원남 장터라는겨. 원남 장터는 아주 뭐 유명하죠. 우리나라에 원남 장터, 원남 장터가 보은군 삼승면하고 옥천군 청송면하고 거 경계여. 쪼그만 또랑이 하나 있는데, 저짝은 옥천군 청송면이고 이쪽은 보은군 삼승면이여. 근디 거기서 여기를 가자면 여기 웃치로다가 산 고개를 넘어가면 청송면 대안리라는 데가 있어요. 큰 대(大) 자, 편안할 안(安) 자, 대안리. 근데 대안리는 대안 저수지, 대안 저수지가 있어요. 그런 동넨디.

거 대안리 살다가 청송 면소재지*로 이사를 간 놈이 하나가

* 면소재지 어느 면(面)에서 면사무소가 있는 동리.

있는데, 그 형한테 얹혀살아요. 이 노름을 하다 가산을 탕진했어, 돈을 다 잃었어. 그러니께 눈이 환장을 해서 전부 다 돈으로 뵈고 말이여. 가만히 생각을 허니께 노름은 좀 더 해야 되겠는디 돈이 있어? 가만히 보니께 대안리 사는 자기 형이 소를 멕여서 소가 새끼를 낳았단 말이여. 새끼를, 송아지가 인저 팔 때가 됐어요. 아, 생각을 하니께,

'내가 형한테로 가서 저 송아지를 팔아서 달라고 사정을 해 봐야 되겠다. 형제간에 설마 그것도 안 해 줄 수가 있겠느냐?'고.

게 저희 형을 찾아갔어. 찾아가서, 저녁참 해서, 그 이튿날이 원남 장날인디.

"이 내가 참 어떻게 어떻게 하다 맘을 잘못 먹고, 가산을 탕진, 돈을 다 잃었는데, 노름을 해서 꼭 복권을 해야겠는디 돈이 일 푼도 없습니다. 그러니 형제간에 참 한핏줄로 타고 태어나서 내가 형님을 도와드리지 못할망정 이런 얘기하는 건 잘못이지만, 그 송아지를 팔아 나를 주시우. 그럼 내 승부를 한번 더 짓겠다."구.

이렇게 얘기를 하는데 그 형이 가만히 생각을 하니께 저놈이 형한테 와서 노름한다고 송아지 팔아 달라 할 적에 벌써 환장이 됐는디 그걸 못 하거든. 어디 형님한테 그랴? 만약에 이거 안 팔아 주면 안 되겠어.

"그래 팔아 줄게 하여튼 복구를 해라."

동생을 데리고 원남 장에를 왔단 말이여. 원남 장에를 왔는디 여기 보니께 소 작자가 많이 나서 이 송아지도 팔고 큰 소도 팔

앉어, 형이. 큰 소도 다른 걸로 바꿀라고. 그 송아지도 팔고 큰
소도 팔았응게 돈 전대에 돈이 이만큼 들었네. 그게 옛날에는 전
대를 찼잖아, 여기다가. 도둑놈이 많고 그래.

전대를 차고 집으로 오는겨. 형이 원남 장에서 이 대안리로 오
는 고개 밑으로 딱 오더니 형님이 전대를 끌러. 끌르더니만 동생
한테,

"이거 네가 차고 가라. 난 무거워 못 차겠다."

그 전대를 동생한테 허리다 쩜매 주네. 그래 동생이 전대를 차
고서 왔어. 집에 왔어. 그러다 보니까 형의 부인이 말이여, 그 사
람한텐 형수지. 저녁을 해 기다리고 있어. 저녁을 먹고, 먹고서
인제 있는데, 형이 동생한테 전대를 끌르라 소리를 안 햐. 그랬더
니 아 동생이 저녁을 먹고 나더니 이놈이 형 앞에서 무릎을 꿇고
대성통곡을 하고 우는겨. 울며 하는 얘기가,

"원남 장터에서 여까지 올 적에는 이 고개에서, 말하면 형님을
죽일라고 그랬다."고.

"죽이고서 다 가져갈라 그랬는데 그 고개 밑에서 형님이 전대
를 끌러서 저한테 채워 주는데 거기에 감동이 돼서 형님도 살고
나도 살았다."고 통곡을 하고 울더라는겨.

그게 진짜여 그게. 그 형이 그게 무거워서가 아니라 머리를 쓴
겨. 사람이 돈이 환장이 되면 말이여, 형제간이고 뭐고 없어요.
알았어, 형이 먼저 짐작을 하고. 요놈이 요 전대를 끌러 채워 주
면은 거기에 감동을 안 할 놈이 어딨어요? 그래 통곡을 하고 울

면서,

"우리 형제 큰일 날 뻔했다."

그러더래요.

그랬더니 형이 인저,

"깨달았으니 됐다."

그래서 큰 소하고, 송아지하고 팔은 돈 바로 반을 딱 갈라 전해 주면서,

"이놈 가지고 다시 일어나고, 노름하지 말아라."

그게 형제간의, 그게 의리 아닙니까?

이거 실화예요. 내가 대안리 가서 내가 저 무슨 사업 관계 때문에 있었는데, 거기서 그런 얘기를 하더라고.

박철규(남, 1924년생, 84세)
2007. 3. 12. 청주시 상당구 중앙공원
신동흔 김종군 김경섭 심우장 외 조사

노름에 빠져서 정신이 나갈 지경에 있던 동생을 현명한 처사로써 깨우친 형에 관한 이야기다. 동생이 처한 상황과 내면 심리를 꿰뚫어 보고 거기 맞춰 행동하는 형의 모습이 경탄을 일으킨다.

일부러 큰 소까지 팔아서 돈을 장만한 다음 그 돈을 동생한테 가지고 가게 하는 것은 쉽게 생각하기 어려운 일일 것이다. 그 처사에 감동해서 눈물을 흘리는 동생을 훈계하며 돈을 갈라서 주는 모습 또한 대인의 풍모라 할 만하다. 덕과 지혜를 함께 갖춘 훌륭한 형이라 할 수 있다.

사람을 바꾸는 진정한 지혜란 그가 처한 상황에 대한 명확한 판단과 함께 직접 몸으로써 자신의 문제를 느끼게 하는 데 있다고 하는 사실을 잘 보여 주는 이야기가 된다. 뒷이야기를 들려주지는 않았지만 동생이 도박을 그만두고서 마음을 잡고 잘 살았으리라 기대하게 된다.

어디까지 실화인지 확실하게 확인할 수는 없지만, 실화로든 설화로든 사람의 마음을 움직일 만한 힘을 지닌 좋은 이야기라고 할 수 있다.

💬 생각거리

• 이 이야기는 실화답게 인물의 성격과 행동 방식이 무척 현실적이다. 이 이야기 속의 형의 인물 특성을 실제 인물을 대상으로 한 형태로 분석해 보자.

• 동생이 형한테서 큰 깨우침을 얻었지만 한번 빠진 도박에서 벗어나는 것 또한 쉬운 일이 아니다. 이 이야기의 내용과 서술 방식을 적용해서 두 형제의 뒷일이 어떻게 전개됐을지 이야기를 이어 가 보자.

제4부

풍자와 해학
사이

― 설화, 특히 민담은 즐거움을 위한 이야기로서 특성을 지닌다. 잘 짜인 스토리가 전해 주는 상상의 재미에 더하여 유쾌한 웃음까지 불러일으킬 수 있다면 민담으로서 제격이라 할 수 있다. 실제로 그러한 이야기들이 설화에서 중요한 자리를 차지하고 있다.

설화에서 웃음을 자아내는 요소는 여러 가지가 있는데, 그중 풍자와 해학을 빼놓을 수 없다. 풍자와 해학은 세상 사람들이 가지고 있는 부조리나 허점 같은 것을 드러냄으로써 웃음을 일으키는 기법인데, 풍자가 이른바 '잘난 사람'의 모순적 행태를 꼬집어 공격하는 쪽이라면 해학은 누구나 가질 수 있는 약점과 실수 따위를 익살스럽게 드러내는 쪽이다. 웃음의 색깔에 일정한 차이가 있지만, 풍자와 해학은 허위와 가식의 껍질을 벗어 내고 인간 본연의 모습을 추구하고자 하는 지향성을 지닌다는 공통성을 지닌다. 그것은 설화의 두드러진 주제 의식을 이루는 것이기도 하다.

제4부에는 현장 구연 설화 가운데 풍자와 해학의 요소를 지니고 있는 다양한 설화를 수록했다. 통념을 벗어나 세상을 뒤집어 보는 즐거움을 전해 주는 이야기들이다. 구김 없는 웃음을 전해 주는 이야기가 있는가 하면, 웃음 속에 뼈가 들어 있는 이야기도 있다. 여러 인물이 보여 주는 삶의 풍경들에는 자기 자신과 닮은 모습도 있고 거리가 멀어 보이는 모습도 있을 것이다. 비슷하면 비슷한 대로, 또 다르면 다른 대로 느끼고 얻는 바가 있기 마련이다. 그 모두가 밝은 거울에 비춰진 우리네 속모습이기 때문이다.

곧 죽어도
문자 쓰는 남자

리억노

옛적에 한 유생 하나가, 한 분이, 보통 말을 해도 문자로만 혀, 문자*로만.

그런데 그 사람이 결혼을 해서 인자 첫날 저녁에 잠을 자는데, 아 열두 시가 넘어서 자세히 들응게, 동네서 들응게 아스라하니 뭘 외는 소리가 나는데, 아 이 알아들을 수 있어야제. 근디 뭐라고 외는고 하니⋯⋯ 그날 저녁 허다 말고 범이 와서 장인을 물어 갔던 모냥이여. 청자/호랑이가 호식*을 왔네. 어, 호식을 갔제, 장인을. 그렇게 그 말을 그렇게 인자 보통 말로 문자 안 쓰고 했으면 알아들어서 구했을 텐디, 아 이 문자를 썼단 말이여. 뭐라 하니,

"원산대호(遠山大虎)가 금래산(今來山) 하니"

• 문자(文字) 여기서 '문자'는 유식한 한문 문구를 뜻하는 말이다.
• 호식(虎食) 호랑이한테 물려 가는 일.

먼 산 호랑이가 가까운 산에 내려와서,

"오지장인(吾之丈人)을 탈거(奪去) 하였으니, 유포자(有砲者)는 지포래(持砲來) 하고"

총이 있는 사람은 총을 갖고 나오고,

"무포자(無砲者)는 지하래(持柯來) 하라."

총이 없는 사람은 작대기를 갖고 나오라고 했단 말이여.

아, 요렇고 문자를 써서 외니 알아들을 수가 있는가, 동네 사람들이. 그 넘어갔단 말이여 그냥. 아척에 날이 새서,

"아, 어제 저녁에 그 신랑이 외고 헌 말이 뭔 말인고?"

그 집을 좀 궁금해서 갔더니, 아 난리가 났단 말이여. 아, 호식을 해 가 버렸으니 그 집구석이 난리야. 그러는디,

"아, 이 어떻고(어떻게) 외왔간디(말했기에) 동네 사람이, 집 바로 옆에 사람도 몰랐냐?"

헝게, 아 그렇고 얘기를 혀. 그 문자 처음에 쓴 대로 그렇고롬.

"뭐라고 했어? 저놈은 말이여, 즈그 장인을 동네 사람들이 구조를 할 만했는디 저놈은 문자 지어 장인이 죽었응게 저놈은 가만두면 안 된다."고.

관가에로 보고를 해서 잽혀갔단 말이여. 딱 가둬 놓고,

"너 이놈, 호식해 갔으면 일반 말로 그저 알아듣게 외왔으면은 장인도 호식해 안 가고 구조가 되얐을 틴디, 네놈 혓바닥을 잘못 놀린겨. 장인이 죽었으니께 너는 벌을 단단히 맞아야겠다."고.

직싸게 맞었단 말이여. 맞었는디, 맞어서 인자 유치장에다가

가돠 놨는디……. 즈그 외삼촌이 눈이 하나가 멀었어. 멀었는디, 가만 듣자 형게, 아 생질*놈이 문자 쓰다가 관가에 가서 그렇고 죽게 맞았다는디 어디 좀 가 보래 허고 거길 갔단 말이여.

가 봉게, 아 대체 형태가 없어. 어찔고 맞았든지. 그 가면서 인자 밥도 허고 반찬도 해 가지고 갖다 멕일려고 갔단 말이여. 갔는디 그 유치장 문이 서로 손이 잘라서(짧아서) 닿들 않응게 밥을 받아먹을 수가 있는가? 긍게 그 직싸니 맞은 그 속에서도 또 문자를 쓰더란 말이여, 이눔이. 청자/뭐라고 써요?

"여수(汝手)가 장(長)커나 아수(我手)가 장(長)커나"

외삼촌이 손이 길든지 내 손이 길든지,

"양수중(兩手中)에 일수(一手)가 장(長)하므는"

두 사람 손 중에 한 손이라도 더 길었으므는,

"사반(賜飯)을 수식(受食)이련마는."

이 밥을 받아먹을 것이었지만은, 못 받어먹었다고 요롱고 헌단 말이여. 그래,

"야, 이눔아! 아, 이 너 문자 쓰다가 여그 와서 그러고 직싸게 맞고 그 곤경을 치르고도 정신을 못 차려서 또 문자를 쓰냐?"고 뭐라고 했단 말이여.

그런디 어찔고 그 간신히 해서 밥을 들여 줘서 먹었단 말이여. 먹었는디……. 아, 그놈 허는 짓이 그렇게 생기고 또 어떻고 맞았

---

* 생질 누이의 아들을 이르는 말.

든지 그 형상을 봉게 불쌍해 못 견디겄어. 긍게 손을 붙잡고 운다 말이여. 우는디 거그도 문자여 또. 이놈 하는 소리가,

"양인(兩人)이 상대우(相對憂) 하니"

서로 두 사람이 서로 대해서 우니, 청자/상대우 허니······

"누삼안(淚三眼)이라."

눈물 줄기가 세 줄기여.

눈이 하난 멀었응게 세 줄기밖에 더 되야? 청중 웃음 그렇고 또 문자를 쓴다 그 말이여. 아, 그래서 가만히 관가에서 들응게, 아 저놈이 하는 것마다 또 문자만 저렇고 쓰니까,

"저놈은 그 혓바닥을 오그려 놓든지 어디를 못 가게 걍 다리를 딱 분질러 버리든지 해야지 저놈 안 되겄다."고.

데리다 놓고 또 직싸게 때렸단 말이여.

"너 이놈, 문자 안 쓴다고 하더니 여전허니 문자를 그렇고 쓰니 너는 안 되겄다, 이놈!"

허고 또 직싸게 맞았단 말이여. 그러고 인자 메칠 후에 인자 내보낸단 말이여.

"너 이놈, 인자 용서를 허고 내보내닝게 나가서는 문자를 또 쓸 것이냐?" 헝게,

"안 쓸란다."고 그러거든.

"어, 그려."

그래 인자 내보냈단 말이여. 내보냈는데, 아 친구들이 들으니께 문자 쓰다가 가서 죽게 매 맞고 와서 그렇고 메칠을 아퍼서 드

러누웠다 그렇게 친구들이 인사 겸 가서 보는디,

"아, 자네. 들응게 문자 쓰다가 그렇고 맞았다고 허는디 지금도 문자를 더러 만나면 쓰는가?"

그렇게 그래도 또 문자여.

"어이, 간간용지(間間用之) 헌다."고.

간간 또 문자를 쓴다고 그래. **청중 웃음**

리석노(남, 1922년생, 85세)
2006. 3. 9. 서울시 종로구 노인복지센터
김종군 정병환 김효실 나주연 조사

문자 쓰기를 일삼는 사람에 대해 풍자한 이야기다. 상황에 맞춰서 알맞는 문자를 쓰는 것은 멋진 일이겠지만, 급한 상황에서 남들이 알아듣지도 못하는 말을 늘어놓는 것은 그야말로 허망하고 한심한 일일 것이다. '아는 게 병'이라는 말이 딱 맞는 상황이다. 그럼에도 주인공은 자기 잘못을 제대로 깨닫지 못한 채 계속 문자를 쓰고 있으니 답답하기 짝이 없는 일이다. 어쩌면 일부러 그렇게 한다기보다 몸에 습관이 배서 벗어나지 못하고 있는 것이라고 생각해 볼 수도 있다.

이 이야기 속에서 주인공이 상황에 안 맞는 엉뚱한 문자를 쓰는 모습이나 그 때문에 곤장을 맞는 모습 등은 희극적으로 과장된 것이지만, 이치를 따져 보자면 이와 같이 쓸데없이 잘난 척을 하다가 사람들의 외면을 받고 곤경에 처하는 것이 그리 드문 일만은 아니다. 혹시라도 우리 자신이 자기도 모르게 그런 행동을 하고 있지는 않은지 돌아볼 필요가 있다고 하겠다.

💬 생각거리

• 이 이야기 주인공의 말하기 방식이 지닌 문제점을 지적해 보자.
• 이 이야기의 주인공은 왜 그런 언어 습관을 가지게 됐을까? 자유롭게 상상하고 추리해서 이야기해 보자.
• 상황에 맞지 않는 말이나 행동을 해서 곤경을 치른 경험에 대해 발표해 보자.

거짓 부고에
거짓 울음

박란엽

옛날에 저 전주에 품관* 하시는 분이 자식을 많이 뒀거든요. 그러구 돈도 많으시구. 그런데 인제 출가를 그냥 자식들을 다 출가를 시키구 인제 다 며느리도 보고 사위도 보고 다 했는데, 교육을 암만 부모가, "효자 돼라, 효녀 돼라." 하고 시켜도 제대로 듣지를 않는데…….

다 잘 듣는데, 셋째 메느리 하나만은 악녀가 들어와 갖고 어드렇게 곤치려야 곤칠 수가 없어요, 부모가. 그러니까 할 수 없이 생각 끝에 인제 재 너머로다 인제 세간을 냈어요.

"너희끼리 살아 봐라."

하고 세간을 냈더니 이 여자가 생전 무슨 날이 돼도, 사명절이 돼도 안 오고 부모님 생신이 돼도 안 오고 한 번도 시집에 찾아

• 품관(品官) 향소의 좌수나 별감 같은 지방의 유력자를 이르던 말.

오는 법이 없거든요. 그래서 하루는 인제 아버님이 생각다 못해 인제 일가친척들을 다 모아 놓고,

"내가 부고를 돌릴 테니까, 내가 죽었다고 하고 인제 병풍을 쳐 놓고서 난 거기 가서 드러눕구 있을 테니까……"

인제 그 셋째 아들네로 인제 부고를 보낸 거야. 인제 어떡허나 볼라고.

그랬더니만 인제 부고가 가니까, 아버님이 돌아가셨다 그러니까 메느리가 인제 머리를 풀고, "아이고, 데이고." 하면서 들어와서 방 안에서 울구 절을 하구는 까무러치는 시늉을 하고 그러다가 인제 깨나서 하는 소리가,

"아버님, 엊그저께 오셔서 저 쌀밥…… '여러 군데 댕기다 오니 시장하구나.' 그러면서 쌀밥을 인제 져서 생치* 뒷다리를 구워 갖고 그렇게 해서 반찬을 해서 드렸더니 맛있다고 잘도 잡숫더라." 고. "잘도 잡쉈는데 어떻게 그렇게 갑자기 돌아가셨냐?"고.

울면서 그냥 그러면서. 청자／죽은 사람은 말이 없다. 조사자／예. 그러면서 인제,

"잘 잡숫구, 잘 먹었다 하구 가시다가 도로 돌아오셨는데 그 사이에 인제 찹쌀을 담궈서 시집에 인제 떡을 해 갖고 갈려고 인제 찹쌀을 담궈서 찌는데 아버님이 다시 돌아오시니까 웬일이신가 하고 '아유, 참 잘됐다.' 그래 갖고 떡을 빨리 뭉개 갖구선

* 생치(生雉) 익히거나 말리지 않은 꿩고기.

한 서너 덩어리 떼어 주니까 그것도 그렇게 맛있다고 잘 잡수더니……" **청중 웃음** 조사자/해 준 적도 없으면서? 어.

"그러면서 우리 큰아이 훈이보고 '이쁘게도 많이 컸구나, 그동안 잘도 컸구나, 잘들 길렀구나.' 그러면서 '우리 집 뒷밭 개똥밭은 너를 주구, 앞에 저 무슨 논은 둘째를 주고 그런다.'고 머리를 쓰다듬으면서 하고 가셨는데 이게 웬일이시냐?"고.

그렇게 우니까 그때 아버님이 벌떡 일어나며,

"내가 언제 너희 집에 가서 밥을 먹으며 떡을 먹으며, 개똥밭은 무슨 개똥밭이고 논배미는 무슨 논배미냐?" 그러니까,

"아버님 죽음이 진짜냐, 내 말이 진짜냐?"고.

"모든 것이 다 그게 그거지 뭐냐?"

그러고 제 집으로 갔대.

"아버지 죽음도 거짓 죽음이요 내 말씀도 거짓말인데, 그게 그거지 뭐 다를 게 뭐 있습니까?"

그러구설랑은 머리를 그냥 얼른 꺼안구설랑 즈이 집으로 가 버렸대요. 조사자/어, 그 막상막하네요.

박란엽(여, 1929년생, 78세)
2006. 9. 4. 서울시 종로구 노인복지센터
김종군 심우장 김광욱 외 조사

💬 해설

평소에 자기 할 도리를 외면하고 있다가 이권이 얽히는 상황이 되자 교묘한 언행으로 남을 깜빡 속이려 드는 인물을 풍자한 이야기다. 이야기 속 며느리가 억지 울음을 울면서 눈도 깜짝 않고 거짓말을 줄줄 해 대는 모습이 어안이 벙벙할 정도다. 기가 막혀서 화를 내는 시아버지 앞에 부끄러워하거나 반성하기는커녕 빤히 말대꾸를 하는 뻔뻔함 또한 상식을 벗어난 모습이다. 자기중심의 삶의 방식이 몸에 밴 사람이 얼마나 철면피해질 수 있는지를 단적으로 보여 주는 이야기라 할 수 있다.

💬 생각거리

• 집으로 돌아간 며느리는 그 뒤에 사람들한테 어떤 말을 하고 다녔을까? 뒷이야기를 상상해서 이야기로 풀어 보자.
• 사람들이 공모해서 죽음을 가장함으로써 며느리를 시험하려고 한 일은 어떻게 평가할 수 있을까? 그 일이 충분히 정당하고 필요한 것이었는지에 대해 토론해 보자.

차고지식과
약삭빠른 손님

이금순

그러고 이북에서 했던 얘기, 어머니한테 들은 얘기 하나 해
드릴게요잉. 이북에서 있었던 일을, 어머니가 해 줬어요.
음, 뭐냐 하면은 축음기에서 나왔대, 그 얘기가. 그렇다고 어머니
가 얘기를 해 주시더라고. 조사자/축음기가. 옛날에는 이야기도 축음
기에 들어 있나요? 예, 그랬는가 봐요. 그래 갖고 축음기에서 그 얘
기, 축음기에서 나왔다 그려, 여기서. 녹음기같이 했는가 봐요.
어머니가 그 얘기를 해 줬는디.

차고지식이라는 사람이 있어요, 남자가. 조사자 / 차고지식? 차,
성씨가 차 간디, 어떻게 고지식헌가 차고지식이라는 별명을 들었
대요. 그 사람이 뭘 했냐? 인력차. 인력거. 인력거를 했어요. 그
런데 한 사람이…… 생각지도 않은 얘기가 나오네. 조사자 웃음 인력
거를 해요, 직업. 인력차, 그거 끌고 다니는 분인데 한 사람이 돈
보따리, 은행에서 돈 보따리를 찾아 가지고 세상에 그 인력거 차

비 좀 안 줄라고 차고지식이를 찾은 거여. 이 사람이 얼마나 고지식하면 검정 것도 '이거 흰 거요.' 하면 흰 걸로 아는 사람이래요.

그렇게 그 사람이 찾았어. 은행에서 돈 보따리 찾아 갖고는 그 사람을,

"나 어디어디 산에 거기, 거기 우리 집인데 나 좀 태워 달라."고 한 것이 밤, 밤이여, 밤.

태워다 달라고 그러니까 태워 가지고 그 산을 가는데 한참 가다 보니까 산골짝 깊으드래요. 그 옛날, 지금은 가로등 있고 환하지만 산골짜기에 컴컴하잖아요? 그런디 그 길을 가다가 세상에, 거의 다 갔는가 산골짜기 막 그래 열두 시가 막 거의 다 돼 갖고 땀을 뻘뻘 흘리고 막 무서워 갖고 있는디 세상에 뭐라고 하니, 그 인력차 속에서, 인력거 속에서,

"내가 백여우다." 그러더래요. "내가 백여우다."

지금 그 돈, 인력거에 차비 안 줄라고 그리 연구를 한 거예요, 그게.

"내가 백여우다."

하면서 저기 막 그러니까 이 사람이 막 무서워 갖고 벌벌벌벌 떨면서. 그래 내려 가지고는, 내려 가지고는, 자기가 백여우다 해 놓고는 내렸어요. 내려 가지고는 가랑잎을 하나 주면서,

"이걸 가지고 집에 가서 보면 돈이다." 이래.

"이걸, 이걸 갖고 가서 집에 가서 보면 돈이다."

하면서 가랑잎을 하나 주더래요.

그렇게 막 제발 저, 무서워서 그냥 가랑잎을 받은 거여. 받았 지마는,

"제발 나를 무사히 집에까지만 돌아가게만 해 주시오."

하면서 벌벌벌벌 떨고 막 기진맥진해 갖고는 세상에 집으로 돌 아간 거여.

그래 갖고 집에 오는디 아내가 보니까 다 죽어 왔드래요. 다 죽어 왔드래, 얼마나 놀랬으면은. 안 그랬겠어요? 그래 갖고 아 침에 이제 못 일어나지요. 좀 인자 늦게까지 잤으니까, 지치고 놀 래서. 못 일어나니까 인제 아내가 나가서 인력거 인제 다음 또 손 님을 받을라면 청소를 하는가 봐요, 그것도. 그래서 인제 아내가 나가서 인력거 문을 딱 열으니까 뭔 보따리가 하나 있더래요. 그 러니까 이 보따리를 가져가서,

"여보, 여보. 이게 뭔 보따리냐?"고 하니까,

"아이고, 엊저녁 그 백여우가 집에 가서, 가랑잎을 주면서 이 걸 가서 집에 가서 보면은 돈 보따리라고 그러더니 진짜 그 백여 우가 줬다."고 그러더랴. **청중 웃음**

조사자/아, 그럼 그 사람이 백여우 하면서 그 보따리를? 잊어버리고 간 거여. '내가 백여우다.' 하면서 잊어버리고.

남을 속일라면 내가 속는 거여. **청중 웃음** 남을 속일라면 내가 속 고 내가 남을 **빠칠라면(빠뜨리려면)** 내가 빠져. 청자/아, 그 사람 보따 리구만. 그 사람 보따리여. 청자/그 속에 뭐 들었어? 돈 보따리라니 까. 은행에서 돈 보따리 찾아 갖고 그랬다니까요.

그래 갖고 인제 이 사람이 기운이 난 거여. 그래 갖고 빚 갚으러 나갔어. 그놈 갖고 빚 갚으러 나갔다니깐요, 인제.

"아이고, 엊저녁에 내가 백여우한테 홀려 가지고 그까지 갔는데, 아이고 그 백여우가 나보고 가랑잎을 주면서 집에 가서 보면 돈 보따리라고 그러더니 진짜 돈 보따리라."고.

"백여우가 줬다."

그면서 그놈을 갖고 갔어요, 빚 갚으러.

그랬는데 이제 그 사람이 허둥지둥해 갖고 왔어요, 그 집에 왔어. 와서 이 주인 양반 찾으니까 뭐라 그러냐?

"아이고, 우리 양반 엊저녁에 백여우한테 홀려 갖고 죽을라다 살아 왔는디 백여우가 그냥 가랑잎을 주면서 집에 가서 보면 돈 보따리라고 하더니 진짜 돈 보따리를 그 백여우가 줘 갖고 빚 갚으러 나갔어요."

그렇게 꿀 먹은 벙어리 냉가슴 앓듯이 혼자 그냥 가 버렸다. **청중 웃음** 조사자/뭐라 말도 못 하고? 예.

그래서 남을 속일라면 자기가 속고 남을 죽일라면 자기가 죽는다. 그런 내용도 있어요.

이금순(여, 1938년생, 69세)
2006. 11. 6. 전주시 덕진구 덕진공원
김종군 김경섭 심우장 김예선 김효실 조사

인력거 대금을 떼먹으려고 술수를 썼던 약삭빠른 사람이 오히려 제 꾀에 넘어가서 큰돈을 잃어버렸다는 내용이다. 곤경에 처할 뻔했던 순박하고 고지식한 사람이 오히려 큰 덕을 입게 되는 상황이 통쾌한 즐거움을 느끼게 한다. 화자가 덧붙인 '남을 속이려면 자기가 먼저 속게 된다.'라는 말이 이야기의 교훈을 잘 말해 준다.

워낙 고지식해서 '차고지식'이라고 불렀다는 주인공의 캐릭터가 무척 매력적이다. 순박하면서도 곧게 사는 서민들의 모습을 보게 된다.

화자는 이 이야기가 본래 축음기에서 흘러나온 것이었다고 말하고 있거니와, 내용상으로 보더라도 근대에 만들어진 '근대(현대) 설화'라고 할 수 있을 것 같다.

💬 **생각거리**

- 이 이야기 속에 나오는 두 인물의 캐릭터를 비교해서 말해 보자. 둘의 특성을 반영한 캐리커처를 그려 보는 것도 좋겠다.
- 이야기에서 약삭빠른 사람이 '꿀 먹은 벙어리'가 되어 돌아갈 수밖에 없었던 이유는 무엇일까?
- 라디오나 인터넷 등에서 이 이야기와 같이 앞뒤가 잘 짜인 설화식 구성을 갖춘 재미있는 일화를 찾아서 발표해 보자.

'내일 돈 갚는다'는 차용증

윤증례

인제 이것두 가난한 사람허구 부자 얘긴데, 그 '황 어른'이란 사람 부자고 대머리 '사 서방'은 가난뱅이여. 근데 아주 절친한 형제간겉이 지내는 친구여.

근데 이 사람이 이 대머리 사 서방은 만날 이 집에 가서 꿔다 먹구 살어. 만날 거그서 꿔 달라구 하는데 가져가면 끝이지 갚는 일이 없거든. 조사자/아, 대머리 사 서방이? 예, 대머리 사 서방이 가져가기만 하지 꾸진 않어. 근데 그 부자 황 어른이 안 갚을 거 알면서 자꾸 줘. 그런 사람도 없지.

그 대신 황 어른은 자식이 없구 돈만 많어. 대머리 사 서방은 자식만 많지 먹을 게 없어. 돈이 없어. 근데 그래두 이 황 어른이라는 부자가 자꾸 줘. 못 받을지 알면서도 자꾸 줘.

"굶어 죽겠다. 애들허구 굶어 죽겠다."

그러면 줘요. 못 받을지 알면서도 또 줘.

근데 하루는 황 서방이 부자라는 걸 과시허기 위해서,

"내일 우리 집서 잔치가 있으니 당신네 아들이랑 다 우리 집에 와서 먹으라."구.

근데 잔칫상을 거룩하게 차려 놓구, 네모진 상에다가 거룩하게 차려 놓구, 금덩어리를 들지도 못할 금덩어릴 네 귀퉁이다 놨다. **청중 웃음** 상 네 귀퉁이다 금덩어리를. 조사자/금덩어리를? 응, 들지 못할 걸 아주 네 귀퉁이에다.

"나는 이 정도 부자다." 그거야. 청자/그렇지.

그래서 인제 이 대머리 사 서방이 거기를 가서 그렇게 먹구서 사 서방이,

"저 돈 많은 거 누가 몰라? 금덩어릴 먹으래는 거야? 음식 차려 놨으면 그만이지 왜 금덩어리까지 놔 놓냐?"

이게 틀어 올러와, 가난헌 사람이. 그렇잖아? 비위가 상해. 그러니까 이 가난뱅이 이이도 약이 올라 가지구……. 이이는 아들만 넷이야, 가난한 사람은. 근데 자기네는 없으면 없는 대로 상을 차렸어 또. 그리고 황 서방, 부자 그 사람을 또 초청했어. 해서,

"내일은 우리 집서 먹세."

그리고 없으면 없는 대로 차려 가지구 인제 불렀어. 불러 가지구……. 아주 사 형제가 아주 끌로 뽑은 듯기(듯이) 그냥 쭉쭉 뻗었어. 조사자/아, 자식들이? 자식이 잘났어. 그러니까는 이 사람은 내놀 게 없거든. 금덩어리 대신 아들 넷을 네 귀퉁이에다…… 조사자/네 귀퉁이에다가? 에, 그래 가지구 그 상다리를 아들 넷이 들

구, 네 귀퉁이를 다 들구 섰는 거야.

그래 들어가 보니까, 황 부자가 들어가다 보니까, 아 쭉쭉 뻗은 놈들이 넷이 쭉 서서 아주 그 상을 들구 있거든. 거기에서 이 황 부자가 뭐래느냐면,

"야, 이눔들은 산 금덩어리로구나. 나는 죽은 금덩어릴 가졌구 이눔은 산 금덩어리를 가졌구나."

근디, 청자 / 얼마나 잘 키워 놨으믄. 응. 인제 그렇게 갚어. 없는 사람이 자꾸 그런 식으루 갚었어.

그래 인제 거기서 그렇게 느끼구 와서 인제…… 거기서 밥 다 먹구 집에 왔지. 왔는데 가난뱅이 사 서방이 또 돈 달래. 황 부자 두 마음 좋은 사람이지, 없대면 자꾸 줘. 그래서 또 돈을 빌리러 갔어. 그러니까 또 줬어. 고담에는 얼마, 쪼금 달라는 게 아녀, 많이 달래 돈을. 지금으로 말하믄 한 일억쯤 달래는 거여.

"그럼 일억, 너 일억 뭐 할래?" 그러니까,

"나두 인제 장사래두 해서 저 애들을 멕여 살리구 키워야 되니까 장사 밑천 하게……. 너 날마다 나 그냥 그렇게 꿔 주지 말구 아주 한 뭉퉁이(뭉텅이) 달라. 장사 밑천을 하게 달라."

아, 그러니까는 장사 밑천 하게 정말 황 부자가 한 뭉탱이 돈을 줬어. 그러니까,

"종이허구 연필 가져와라."

그 말이여. 이 가난뱅이가.

"그건 뭐하게?"

"언제 갚는다구 영수증이래두 써 줘야지. 내가 차용증을 써 주겠다." 그런 거야. 그러니까,

"니가 언제 내 돈 갚은 적 있냐?" **청중 웃음**

황 부자가,

"너 언제 내 돈 가져가서 갚은 적 있어?"

"아니 그건 쪼금쪼금이니까 그렇구, 이건 돈이 많으니까 내가 이번엔 꼭 갚으께. 그러니까 연필허구 종이 내놔라." **청중 웃음**

그래 가지구 뭐라구 쓰느니,

"니가 언제 갚는다구 쓸 건데?" 그러니까,

"아, 그 종이허구 내놔 봐."

내놨어. 내놔 가지구 기한을 '내일'로 했네. 내일 갚는대요, 오늘 가져간 돈을.

"야, 이놈아, 그 많은 돈을 가져가서 니가 어떻게 내일 갚어?"

"아, 그건 글쎄 두고 보면 알 일이구."

그래 가지구 내일 갚는다구 썼어. 일단 쓰구 그 이튿날이 되니까, 내일 갚는다구 그랬으니까 그 이튿날 황 부자가 돈 받으러 갔어.

"너 내일 갚는다구 그랬으니까 오늘 돈 줘." 그러니까,

"야, 너 그 문서를 내놔 봐라. 내일 준다구 그랬지 언제 오늘 준다구 그랬어?" **청중 웃음**

조사자/계속 내일. 그 내일 가면 또 내일, 계속 내일이야. 청자/ 또 내일이야? 삼백육십오 일 가도 내일은 또 있어.

'내일 돈 갚는다'는 차용증

그니까 이 가난뱅이두 머리 되게 존 사람이지. 영원히 안 갚는 거여. 아, 십 년이 가두 내일은 또 있어. **청중 웃음** 근데 내일 갚는 다구 썼으니까 어떡해? 그 날짜를 안 썼잖어? 내일이라구 썼으 니까 내일은 인제 십 년 가두 또 내일은 있잖어. 이런 식으로 그 래 가지구 그 부자, 황 부자가,

"아유, 너한테 또 당했구나, 내가."

근데 황 부자도 마음이 좋지. 청자/아이, 그럼.

그러면 이거는 뭐를 뜻하구 이거를 했냐, 이거를 왜 지었냐? 어떤 작가가 졌을 거 아녀? 부자가 가난한 사람, 애는 많구 그런 사람 자꾸 도와줘라, 이게 그 뜻이지 딴 거 아무것두 없잖어. 청 자/그렇지.

이게 부자허구 가난헌 사람허구 같은 친구여. 둘두 없는 친군 데 부자두 참 맘 좋은 사람이지. 청자/좋은 사람이지. 못 갚을 줄 알면서 자꾸 줘. 굶어 죽겠다니까. 그니까 이게 이렇게 살아라는 뜻으루다 작가가 진 거 걸애요. 그렇죠? 조사자/예, 그런 거 같습니 다. 이 집은 가난뱅인데 애는 많구 먹을 거 없으니까 이 집서 자 꾸 도와줬어. 그 돈 많은 사람이 없는 사람 도와주라구 이런 거 를 낸 거 같애요. 청자/맞어 맞어.

윤중례(여, 1932년생, 75세)
2006. 7. 20. 서울시 종로구 노인복지센터
김경섭 나주연 정병환 오정미 조사

가난하지만 기죽지 않고 살았던 한 사람에 대한 재미있는 이야기다. 친구한테 돈을 빌려 가고서는 갚기로 한 '내일'이 오지 않았다는 이유로 돌려주지 않았다는 것은 얼핏 보면 억지이고 사기 같지만, 이 이야기의 맥락 속에서는 즐거운 지혜이자 해학으로 다가온다. 돈을 빌려준 사람이 욕심이 많아서 억지로 가난한 사람 것을 빼앗으려 할 때 이렇게 대응했다면 풍자적 의미를 갖게 됐을 텐데, 친구가 그런 억지를 기꺼이 받아 줬다고 돼 있어서 해학적인 미담에 가까운 이야기가 되었다.

단, 친구가 돈 자랑을 하자 자식 자랑으로 맞섰다고 하는 대목 같은 데는 풍자의 요소가 담겨 있다. 본래 부자에 대한 풍자적 이야기였던 것을 화자가 자기 나름대로 상부상조에 가까운 이야기로 재구성했을 가능성이 크다. 이야기 말미에 화자 나름대로 교훈적 주제를 가름해서 말하고 있는 것이 인상적이다.

💬 생각거리

• 이 이야기 속의 대머리 사 서방과 황 부자의 행동 특성을 비교해서 정리해 보자. 둘의 관계는 '멋진 우정'이라고 할 수 있을까?
• 이 이야기의 '내일 돈을 갚겠다는 증서'라는 요소를 살려서 '돈 많은 욕심쟁이 : 가난한 지략꾼'을 대립축으로 한 새로운 이야기를 만들어 보자.

엉터리 경 읽기로
잡은 도둑

노재의

여기, 저기 사람, 사람이 말이죠, 거 될라면 그냥 뒤로 자빠져도 암칙이나(아무렇게나) 해도 되구요. 아이, 안 될라면 또 묘하게 안 돼요. 사람들이 뭐 그 안 될라면, 안 될라면 묘하게 안 되는 거거든요. 그 어거지로 안 돼요, 세상사가.

그리구 옛날에는 말이죠, 여기 이 젊은이들은 모르는디유. 옛날에는 저 방물장사라는 게 있어요, 방물장사. 방물장사, 방물장사가 있는디요, 저 전라도에서 이렇게 충청도로 전라도를 한 바퀴 돌라면 말이죠, 돌라면 그게 한 한 달도 걸리구 그러거든요. 청자/그럴 테지. 그러면 그 젊은 놈이 나와설라무니 이렇게 댕기다 보면은 집에는 부인이 있구 이렇게 홀애비루 돌다 보면 그 여자 생각도 나구, 그 인심이라는 게 삼 일만 걸러도 하루도 못 걸르구 뭐 보구 싶어 하는디 말이지 여러 날 지나면 여자 생각도 나구 헐 거 아니겠어요? 청자/거 사실이지.

아 그런디, 아 이 사람이 젊은 때 한창땐디, 아 나와설라무니 이렇게 댕기는디, 아 어떤 여자하구 이렇게 얘기해 가면서…… 여자가 잘생겼어, 여자가. 부인인디 말이지. 그 부인보구서 어디 가냐구 물었더니 말이지. 어디 가느냐구 물었더니,

"저 우리 딸이 시집을 가는디 말이지. 의복을 해 놨는디 다 잃어버렸대요. 누가 집어 갔대요. 근디 경 읽는 사람 대접해서 경을 읽어서 이게 좀 찾을라구 그러는디 경 읽는 사람 데릴러 간다."구.

옛날에는 경 읽어서 찾는다구두 했어요. 근디 이 남자가요, 아이 그 여자하구 떨어지기 싫어요. 청중 웃음 그래서 그 남자가요, 암 것도 읁는 맹탕인디,

"아, 경은 아무나 읽으면 되지 않냐?"구.

그러니깐, 이 경 읽을 줄 모르는 놈이거든. 청중 웃음 근디,

"경은 아무나 읽으면 되지 않냐?"구.

이 남자라는 건 말이죠, 그 못허는 것두 헌다구 얻어터지기도 허구 그래야 남자요, 그게. 우리 같은 건 생전 가야 그런 모험을 안 해서요, 요 모냥 요 꼴로 그냥 늙고 말았어요. 근디 남자라는 건 말예요, 못하는 것두 헌다구 나가서 얻어터지기도 허구 그래야 남자요, 그게. 모험도 할 줄 알고 이래야 남잔디. 아, 이 남자는 아 그 여자 떨어지기 싫으니깐,

"아, 그 내가 그거 읽으면 되지 않냐?"구.

그러니깐,

"경 읽을 줄 당신 아냐?"구 그런단 말여.

"아, 안다."구.

그 엉터리란 말여. 이게 암것두 모르는 거, 이게. **청중 웃음** 아, 그 여자하구 떨어지기 싫으니깐 '아, 그 내가 읽는다.'구 그랬단 말여.

게 이 사람 데리구 갔어, 그 집이서요. 아, 데려갔는데, 부잣집이드래요 이 집 들어가 보니까요. **청자/아하.** 부잣집인디, 아 그 다른 것은 다 준비해 놓구 말이지. 준비해 놓구,

"아, 떡은 몇 말이냐 허냐?"구 물어보더래요.

그 저 경 읽는다구 헌 사람보구서.

그래서 가만히 생각허니, 떡이나 좀 많이 얻어먹어야겄단 말여. 옛날엔 떡이 귀했어요. 요새는 저 떡 같은 거 줘도 안 먹어요. 아무리 좋은 떡 찰떡 줘도 안 먹더라구요. 그러구 케이크도 안 먹구 말여. 요새 배불러서 애들 안 먹어요, 그거. 옛날에는요, 그 팥고물 하나만 떠 줘두 줏어 먹구 그랬어요.

'아이, 떡이나 좀 많이 얻어먹어야지.'

옛날 떡밖에 없었어. 떡하구 누룽게(누룽지)밖에 없었어요, 옛날에는.

'아. 떡이나 좀 많이 얻어먹는다.'구.

떡을 그 두 말만 해도 되거든요.

"엿(여섯) 말, 엿 말 떡을 허라."구 그랬단 말여. 엿(여섯) 말 떡.

청중 웃음

엿 말 떡은 이만한 시루로 하나요, 그게. 그 엿 말 떡을 부잣집

이니까 했단 말여. 그게 엿 말 허라구 해서. 아, 엿 말 떡을 해 왔
는디, 아 인자 경을, 경을 좀 읽어 달라구 불러낸단 말여, 이거.
엉터린디 말이지. 청중 웃음

아, 근디 이 사람이 경 읽는디 대개, 경 읽는 걸 저 그전에 왼
다는 사람 보니까요,

"태생왈 황천생왈 황제지야 일월조화 성신영아 제선거아 태을
님아 옥진도화 옥녀배⋯⋯"

이렇게 나갑디다. 그런디 내가 입으로는 해도요, 이게 무슨 말
인지는 몰라요. 청중 웃음 그러니께 이렇게 외는 걸 내가 봤거든요.

근디 아마 이 사람은 그것도 아마 외두 못했던 놈인가, 아 떡
을 이게 엿 말 떡을 갖다 놓구설라무니 인자 경을 읽어 달라구
나오라구 그랬단 말여. 아, 나오라구 그랬는디, 아 이 사람이 가
만히 보니깐 말여, 이거 뭐 주술을 왼 줄 알어야죠. 게 가만히 보
니깐 그 떡집에서 짐이 무럭무럭 나오는디 그 엿 말 떡이란 말예
요, 엿 말 떡. 게 할 소리가 없구 하니깐 장구 두드리면서,

"엿 말 떡, 엿 말 떡."

그랬단 말예요. 청중 웃음

근디 그 물건 훔쳐 간 여자가 어떤 여자냐 허면은요, 엿말이라
는 동네에서 시집와서 엿말댁으루 통하는 여자요, 그게. 청중 웃음
근디 그 여자가요, '아이구, 저 도둑놈 잡는다.'구 그러니깐 와 봤
거든요. 아, 근디 저자가 어떻게 엿말댁을 알구 엿말댁 부른단 말
예요. 청중 웃음 엿말댁을 자꾸 부르거든요.

'아이 저자가 어떻게 엿말댁을 어떻게 알구 엿말댁을 불르냐?' 말여.

아, 그러더니 이자가요, 뭐라구 말허냐면요, 인저 이자가 헐 소리가 없으니깐요,

"이리 보아도 엿 말 떡, 저리 보아도 엿 말 떡."

그러거든요. **청중 웃음**

이게 헐 소리가 없으니까 하는 소리요, 그게. 아, 근디 그 여자가 가만히 들으니깐 '이리 보아도 엿말댁, 저리 보아도 엿말댁이 분명하다.'는 얘기요, 그게. 도둑놈이. 그래서 이 사람이,

"엿 말 떡, 엿 말 떡, 이리 보아도 엿 말 떡, 저리 보아도 엿 말 떡."

그랬더니, 아 그것만 뚜드리면서 이랬더니, 아 이게 그 물건이 말예요, 와서 쌓였어요. 벌써 와서. **청자/아, 갖다 놨구만.** 저놈이 엿말댁을 아는 거 보니깐 범인을 잘 아는 놈이라 이 말이여.

아, 여기서 정식으로 경 읽었으면 못 찾았어, 이거. 엿 말 떡 찾았으니깐 여기서 찾았단 말여. 그러니깐 이게 될라면 말이지, 이렇게 되는 거예요, 이게. 어거지로 안 돼요. **청중 웃음**

노재의(남, 1919년생, 79세)
1997. 9. 30. 서울시 종로구 탑골공원
신동흔 조사

대책도 없이 엉뚱하게 뛰어든 일이 뜻하지 않은 좋은 결말로 이어지는 상황을 전하는 해학적인 이야기다. 경 읽는 일 같은 것이 무에 특별한 일이겠느냐고 하는, 어려운 일이라 해도 아무라도 기회가 주어지고 상황에 처하게 되면 감당해 낼 수 있다고 하는 다소간 풍자적인 인식도 담고 있다고 할 수 있다. '엿 말 떡'이라는 엉터리 경을 읽는 사람과 그걸 그러려니 듣고 있는 사람들, 그리고 그 말에 놀라 도둑질한 물건을 갖다 놓는 사람의 모습이 마치 코미디극의 한 장면인 양 웃음을 일으킨다.

이리저리 앞뒤 사리분별을 하기 전에 마음 내키는 대로 부딪치고 본다는 식의 주인공의 행동 방식은 무모하고 엉뚱해 보이는 한편으로 좀 놀라운 것이기도 하다. 화자는 이에 대해 당할 때는 당하더라도 일단 한번 나서고 볼 일이라는 말로 설명하고 있는데, 무척 설득적인 면이 있다. 주인공이 얻은 저 행운은 적극적인 행동력에 의한, '만들어진 우연'이라고 할 수 있을 것이다.

💬 **생각거리**

- 이 이야기 주인공은 읽지도 못하는 경을 읽는다고 자청해서 나섰고 큰 덕을 보게 된다. 그 결과로써 주인공의 이런 행동은 충분히 옹호될 수 있을까?
- 해설에서 주인공의 행운을 '만들어진 우연'이라고 설명한 데 대해 그 의미를 풀어 보고, 그런 해석이 합당한 것인지 말해 보자.

선조 대왕과
한음의 해학

김병학

옛날에 거 양반님들이 출세를 할라며는 첫째 해학을 알아야 돼. 조사자/예. 그 해학을 모르며는 출세를 뭐 못하는 것두 아니지만서두, 선조 대왕하고, 가만 있어 누구여, 한음*. 이 양반들이 그 해학하신 걸 봐 보며는 우리들이 깜짝 놀랠 만한 그런 거시기를 하시거든.

선조 대왕이 마포 나룻터 있는 데 앉아서 저쪽 강 건너, 그러니께 지끔으루 말하자먼 여의도 근방, 그 근방 밭 가는 사람보고 그런 거여.

"저기 저 밭 가는 사람이 경부지?"

---

* 한음(漢陰) 이덕형(李德馨, 1561~1613). 한음은 호. 오성(鰲城) 이항복과 함께 조선 중기를 대표하는 명신이다. 두 사람은 능력도 뛰어났지만, 널리 알려져 있듯 막역한 친구였다. 이항복이 다섯 살 위여서 지금으로 보면 선후배 사이에 가깝지만, 십대 후반부터 그들은 나이를 잊고 사귀었다.

밭 가는 것 보구, 경부여. 갈 경(耕) 자, 지애비 부(夫) 자. 그러 는데 왕이 신하를 가르켜서 '경(卿)' 그러거든. 그러니께,

"경부(卿父)지? 느이 아버지지?" 그 말이야.

보통 사람 같으며는 그것을 탁 받어들여야지.

"예, 한강에 고기 낚은 이는 어부올시다."

아, 그거 한강에서 고기 낚는단 말여. 그라니까 그 어부(漁夫) 지. 그럴 제 임금 어(御) 자, 지애비 부(父) 자,

"임금 아버지 아니십니까?" 그 말이야. 청중 웃음

이게 해학이거든. 그러니 그 얼마나 훌륭한 대화여?

그러니까 그 선조께서 뭐라구 또 하시는가 하면,

"으, 그렇지. 오동나무 열매는 동실동실하렷다?" 그랬잖여?

동실여, 오동 동(桐) 자, 열매 실(實) 자. 동실동실하니까 똥글똥 글하다 이렇게 그 말여. 그러니께,

"오동나무 열매는 동실동실하렷다?"

그러니 대번 그냥 받어서,

"예, 보리 뿌리는 맥근맥근하옵죠." 청중 웃음

아, 보리 뿌리가 매끈매끈하지. 그러니까 한문으루 쓰며는 보 리 맥(麥) 자, 뿌리 근(根) 자 맥근맥근이여. 그러니께 매끈매끈하 다 이런 얘기여. 조사자/예.

이렇게 군신 간에두 그거 해학이 풍부했었지. 그래서 인저 그 러한 거를 말을 해서 옛날 사람들이 서로 농을 하고 뭐를 해도 참 가깝고 격의 있는 사람들이 그 서로 그냥 뭐 좋은 말 낮은 말

섞어가 지구서 농을 하구 그라지.

그런데 요새는 그, 그러한 좋은 말들이 많이 다 사라져 버리구서는 별로 쓰는 사람들이 읎어. 하, 뭐 친구들이 만나서 뭐를 해야 되는데 옛날같이 그 정을 가지구서 지내는 세상이 아닌가 봐. 많이 변화가 되구.

김병학(남, 1930년생, 62세)
1991. 2. 21. 충남 논산군 두마면 엄사리
신동흔 조사

옛사람들의 해학을 예시한 이야기다. 임금과 신하가 서로 주고받는 농담이 무척 절묘하다. 요즘으로 치면 '말장난'인데, 한자의 음과 뜻을 이용한 고차원의 말장난이라서 격조 있는 느낌을 주고 있다. 신하가 임금한테 지지 않고 말을 받아치는 모습이나 임금이 그 말에 즐거워하는 모습도 무척 다정하면서도 멋드러져 보인다. 화자가 의도한 대로 해학이 어떤 것인지를 잘 보여 주는 모습이라 할 수 있다. 참고로 '해학(諧謔)'은 본래 '익살스럽고도 품위가 있는 말이나 행동'을 뜻한다.

☺ 생각거리

• 신세대 입장에서 위 이야기의 화자한테 "오늘날 우리한테는 이런 해학이 있습니다." 하고 전해 줄 만한 적절한 이야기를 하나씩 골라서 말해 보자.

이항복과
부인의 재치

서정목

그런데 그 이항복* 선생은, 그 양반이 원래가 좀 그 심술이 많았어. 심술이 많고 좀 사람이 말하자면 좀 진피* 궂었지 그 양반이. 진피 궂었어요. 그래서 항복 선생, 이항복 선생이 하루는 떡허니 인제 자기 장인을 보구선 허는 말이 뭐냐면은, 장인이 쉼(수염)이 안 났어, 이 쉼이가. 쉼이가 안 나서 있으니깐두루,

"아, 그 장인, 빙장님께서는 거 참 풍채는 다 좋으시고 또 한 나라의 쪼끄만 벼슬이래두 벼슬을 허시는데 염(수염)이 제대로 나지 않아서 쪼끔 벼슬길이 좀 뭐합니다."

그러니깐두루,

"아이, 그거 염이 안 난 걸 무슨 방법이 있나?"

• 이항복(李恒福, 1556~1618) 조선 중기 때의 명신. 임진왜란 당시 나라를 구하는 데 큰 몫을 했다. 호는 백사(白沙)인데 뒷날 오성부원군이 되었던 터라 '오성(鰲城)'으로 불리곤 한다.
• 진피 끈질기게 달라붙는 것. 또는 그런 검질긴 성미를 가진 사람.

그러니깐,

"아, 방법은 있긴 있는데 그게 좀 힘듭니다."

"그건 뭐냐?"

그러니깐두루,

"당나귀 신*을 어디 가서 하나 구해 가지구서는 그걸 그저 자꾸 좀 씹어 보시라."구 말여.

그 당나구 신이 이만큼 뚝 잘라 가지구 씹으면 백날을 씹어두 그 씹히질 않는다구. 그냥 후들컹 후들컹 후들컹…… 청중 웃음 그렇지 않겠어? 그래 하루는 그 저 후들컹 씹는데 이 이항복 선생 부인이 떡허니 가 보니까 친정아버지가 뭘 그거 열심히 씹거든.

"아이, 아버지 뭘 그리 씹으세요?"

"아, 이거 사위 애가 그러는데, 이거 뭐 염이 안 나서 좀 점잖질 않다구 그래서, 이걸 지금 신을 씹으라 그래서 당나구 신을 씹는 길이다."

그러니깐,

"아이, 얼른 뱉어라." 그 말여.

"어여 뱉으라."구.

아, 가만히 생각하니 이늠우 자기도 즈이 아버지를 그랬으니까 이늠우 시아버지를 골탕을 한번 멕여야 되겠단 말야, 시아버지를. 아, 그래 시아버지를 인제 한번은 가선,

---

• 신(腎) 콩팥. 여기서는 '성기'를 뜻한다.

"아이, 아버님은 다 참 점잖으신데 코가 좀 작아서 쫌 보기가 좀 뭐허십니다."

그러니까,

"아이, 원래 그런 걸 어떡허지?"

"아, 방법은 있긴 있는데 그거를 허실는지 모르겠습니다."

그러니까,

"아, 그 방법이 뭐냐?"

"동지섣달에 물을 이렇게 대접에 떠다 놓고 코에다 이렇겐 물을 발르구서는 문구녕을 뚫어 가지구, 청중 웃음 이렇게 그저 한 두어 시간만 내놓구 계세요. 그게 마를 만허면 또 그렇게 하구 또 그렇게 하면 큼직헙니다."

아이, 이늠우 저 이항복, 오성 대감 아버지가 이늠우 걸 구녕을 뚫어 가지구 이러구서 있는데, 아 아들이 어디 갔다 와 보니까 자기 아버지가 문구녕을 뚫르구서 코를 내밀구 있어. 그러니깐,

"아, 이게 뭐야?"

"아, 며누리 애가 이만저만해서 내가 이걸 코를 키우느라구 이러구 있다."

"아이, 어여 당장 빼시라."구.

아, 그래 인저 결국은 자기 장인 한 거 때문에 고만 자기 아버지헌테두 보복을 당한 거란 말여.

'예이, 내 요늠우 마누라를 골탕을 좀 멕이야겄다.'구 말여.

그래 인제 어디 그 양반이 놀러 갔다가시리 인저…… 어 한음

이하구 인제 오성이하구가 둘두 없는 친구간여, 그렇지? 그래 저
그 친구하구 놀다가는 올 적에는, 꼭 반드시 한밤중쯤 돼서 들
올 적에는…… 옛날엔 이런 마루가 아니구 이렇게 돌멩이를 큰
걸 갖다가 저 방문 앞에다 갖다 놓는다구. 그 문돌(문지방돌)이라
구 그래 그걸, 문돌이라구. 바로 그 문돌에다가 궁뎅이를 홀렁
까구서는 맨살을 거기다 이렇게 들이대는 거야. 한참 저 이럭해
서. 돌멩이다가 궁뎅이를 바짝 얼궈(얼려) 가지구서는 방에 들어가
서 이불을 퍼떡 열구 자기 마누래 자는데 배에다 갖다 척 들여대
는 거야, 이제. 청중 웃음

　아, 이 그러니 하루이틀도 아니구 저녁마다 그러니 이게 참 죽
을 지경이란 말야.

　'예이, 요놈우 영감, 어디 한번 골탕 한번 먹어 봐라.'

　그래 저녁에 인저 나갔는데, 그 틈에 그저…… 그 부인이 머리
가 더 좋아. 불을 아주 그냥 이글이글허게 때서 그냥, 모닥불을
이렇게 해 가지구선…… 화로라구 있지? 불을 담는 거 화로야.
화로에다가 갖다 거기다 들이붓는 거야. 거기다 문돌에다가 갖다
이렇게 불을, 잔뜩 들여붓지. 그 시간을 거반(거진) 봐서 인제 올
시간이 되니깐두루, 얼찐(얼핏) 인제 저만침 오는 거 같으니깐 얼
른 또 이거 쓸어담어서 화로다 또 인제 붓는 거지. 청중 웃음

　아, 이놈우 오성이가 오더니만두루 궁뎅이를 홀렁 까 가지구선
이게 턱허니 내려노니깐, 청중 웃음 아, 이게 뜨거우니가 궁뎅이가
펄썩 델 거 아니겠어 인저? 아, 그러니 뭐 그날 저녁에는 이거 뎄

으니(뎄으니) 마누래 궁뎅이, 여기다 대지두 못허는 기지. 그러니깐 다시는 인제 그것두 못 허는 거여 인제. 그래 마누래가 인저 버릇을 가르쳤다는 거야.

서정목(남, 1929년생, 64세)
1992. 5. 7. 강원도 홍천군 북방면 상화계리
신동흔 김광욱 외 조사

오성 대감에 관한 해학적인 이야기는 아주 많은데, 널리 알려진 한음과의 장난에 얽힌 이야기 외에 부인과의 경쟁담도 큰 재미를 일으킨다. 이 이야기는 오성이 먼저 짓궂은 장난을 하면 부인이 그것을 되갚는 방식으로 이야기가 진행되고 있는데, 부인의 기지가 오성을 능가하는 것이 흥미롭다. 이름도 나지 않았고 여성이라는 약자에 해당하는 인물이 보기 좋게 상대를 누르는 모습 때문에 더 유쾌한 이야기가 되었다고 할 수 있다.

이 이야기의 내용은 물론 허구이며 희극적 과장을 특징으로 하는 것이지만, 악의 없는 즐거운 장난을 나누며 치고받는 삶의 모습에서 나름의 정감을 느끼게 된다. 옛사람들의 생각이나 행동이 그리 경직된 것이 아니었음을 이런 이야기를 통해 단면적으로 볼 수 있다. 적어도 이런 해학적인 이야기를 주고받는 사람들의 모습 자체에 발랄함이 깃들어 있음은 분명하다.

💬 **생각거리**

- 이 이야기에서 오성 대감보다 그 부인이 더 큰 능력자처럼 이야기되고 있는 데는 어떤 의미가 담겨 있는지 말해 보자.
- 이 이야기 속에서 해학에 해당하는 요소와 풍자적 성격을 지니는 요소에 어떤 것들이 있을까?

오성에게 골탕 먹은
한음

권병희

한번은 한음하고 인제 하도 친하니까……. 그 말이 그렇지, 육칠월 삼복더위에 땀은 그러지 않아도 나는데 말이여, 거기다가 인저 바지저고리 입지, 거기다가 인저 두루마기 또 입지. 그라구서 인제 관복, 여기서도 제사 지낼라면 그 관복들 이렇게 하구 쓰고 하잖아? 그거 착용하지, 그랄라면 굉장히 더웁거든, 참. 아, 그라니께 하루는 오성 대감이 저 속에 빤쓰만 입구서, 그때도 빤쓰라고 그랬는지 모르지만, 빤쓰만 입구서는 행전°을 무릎 밑에까지 올려 치구 그냥 그 위에다가 뭣이 관복 입구서는 간단 말이여. 그러니께 얼마나 시원햐? 청중 웃음 그 굉장히 시원하지.

그래 한음이 뒤쫓아 가며 가만히 보니께, 아 그 퍽 시원해 뵈거든. 그러니께,

* 행전(行纏) 바지나 고의를 입을 때 정강이에 감아 무릎 아래 매는 물건.

"야, 너 그 뭐냐? 어떻게 퍽 그 시원해 뵌다."

그러니께,

"아, 뭐 가서 가만히 무릎 꿇고 앉았다가 나오는 거 뭐 상관있니? 속옷 좀 안 입으면 어떠냐?" 청중 웃음

아, 그래 그 이튿날도 이제 한음도 쫓어서 그렇게 해 보니께 참말 시원하고 좋거든. 청중 웃음 그라니께,

"야, 그 저 시원하고 좋다. 니가 참 아이디어 잘 장만했다."

그 지금 말로 아이디어지, 그때는 구상이라 그라구 그랬겠지.

"그 참 좋은 구상 했다."

그라구서, 며칠을 그라구 댕기다가는, 하루는 오성이 옷을 탁 갖춰 입구 그라구서는 보니께 한음은 정말 참 속옷을 안 입구서 그렇게 하구 왔거든. 그라니께 그날은, 아 조회하구서 나오다가 말구, 그 저 진청(관청)에서 인저 물러 나와 가지구선,

"야, 여러 대신들, 내 할 말 있으니 이리 좀 와 보라."구.

그러니께 쭉들 쫓아오지.

'하두 그 장난기가 많은 사람이 또 오늘은 무슨 짓을 할라구 그라나?'

그라구 쫓어오니까, 아 와서는 턱 의자에 앉더니,

"이거 이럴 게 아니라, 우리 날도 덥고 그러니 겉옷 홀렁 벗어 놓고, 청중 웃음 바지저고리 바람에 얘기 좀 하자."구.

아 그라니께,

"아, 그거 다 좋다."구.

오성에게 골탕 먹은 한음

그라구선 다 이제 사모관대 다 벗고서는 바지저고리 바람에 앉었는디, 한음은 그렇겔 못 한단 말이여. 청중 웃음 우두커니 서서 이놈을 오므리고 있으니께 그거 참 거 얼마나 난처할겨. 차마 오성 대감이 그렇게는 못 하구서는, 옆에 있는 저 동직원이(동료가) 이거 턱 걷어 치면서,

"아, 왜 이건 왜 못 벗고 이랴?" 청중 웃음

하니께, 아 여 더벅다리(넓적다리)가 뻘겋게 나오고. 그래 가지고 한음이 아주 대망신을 당했거든. 그라니께,

'예이, 요놈. 나도 너를 좀 한번 골리리라.'

하구서는, 대신들하고 인제 짰지. 짜구서는,

"내일은 들어올 적에 계란을 한 개씩 가지고 들오라."구.

"그 뭐 헐라구 그러느냐?"구 그러니께,

"글쎄 내 방법이 있으니께 계란을 한 개씩 가지고 와서, 내가 계란 내놓으라고, 그것들 가져왔느냐고 그라거든 덥석 내놓으라."고 말이여.

"그라면은 오성 이눔 한번 저 얼굴이 뜨겁게 맨들어 준다."구.

그러더니 참 그 이튿날은 자기도 옷두 입구 그렇게 하구서는 턱 하니 와서는 자기가 할 말 있다고 하니께, 여간해서 그 입이 무겁고 말을 잘 안 하는 그 한음이 그라니께,

'혹시 무슨 중대한 얘기나 또 할라 그라나?'

하구 다들 우르르 왔네. 왔는데,

"어제 우리 참 뭐 가져오기로 한 거 가져왔냐?"고 그러니께,

"아, 다 가져왔지."

하구서 턱턱들 내놓는 걸 보니께 계란을 내놓거든. 아, 오성 대감은 이걸 들들 못하게 은밀히 다 얘기한 거니까 금시초문이란 말이여.

"그 무슨 얘기냐?"고.

그라니께 옆에서 누가 있다가,

"어제 한음이 계란 하나씩 가져오라고 그랬다."구 그라니께,

"그려?"

그러더니 까막까막 하고 있더니 겨우 한다는 게, 이 도포 입은 것을 닭 날개 치듯 말여, 푸덕푸덕 치더니,

"꼬끼오!"

하구서 울어 댄단 말이여.

"나는 수탉이라 알을 못 낳는다. 청중 웃음 너희들은 암탉이라 알을 낳고. 그러니께 너희 집에 있는 새끼들이 다 내 새끼여."

오히려 그래 가지구 참 여러 대신들이 그냥 도매금으로 다 챙피를 당했다는 참 그런 얘기도 있구.

권병희(남, 1936년생, 71세)
2006. 4. 27. 서울시 종로구 종묘공원
김종군 김경섭 심우장 김예선 외 조사

💬 해설

오성과 한음의 장난에 얽힌 해학적인 이야기다. 대궐에 출근하면서 속옷을 제대로 안 입었다든가 하는 내용은 사실과는 거리가 먼 설화적 허구라 할 수 있다. 부담없이 즐겁게 웃으면 되는 이야기이다. 이런 이야기가 의의를 지니는 것은 권위에 얽힌 굳은 사고를 깨뜨린다는 데 있다. 흔히 예상하는 것과 다른 이야기 내용을 통해 새로운 눈으로 대상을 볼 수 있는 시선이 열리게 된다.

그나저나 이야기 속에서 오성 대감이 펼쳐 보이는 기지는 대단하다고 할 수 있다. 뜻밖의 상황에 당황하는 대신 한순간에 상황을 역전시키는 모습에 웃으면서도 놀라게 된다.

💬 생각거리

- 오성이 한음의 계획에 당하지 않고 역공에 성공할 수 있었던 기본 동력은 무엇일까?
- 이 이야기 속에 나타난 오성과 한음의 캐릭터를 살려서 대궐 속에서 펼쳐졌을 만한 또 다른 재미있는 일화를 구성해 보자.

봉이 김선달과
서울 기생

한득상

그저 봉익이(봉이) 김선달* 얘기가 많잖아유? 그전에 봉익이 김선달이 서울에 아주 그 건달 아주 일류 가는 기생이 있다 소릴 듣구,

'이게 나두 평양서 그래두 거짓말 깨나 하구, 그래도 건달이라구 놀아먹으니께 내가 서울 가서 그 여자가 일류 건달이라니껜 거기나 한번 가 본다.'구 서울을 찾아가는 기유, 봉이 김선달이.

찾아가는데, 그게 어떻게 서루 의견이 천지조화루 그 건달들끼리 마음이 서루 통했댔나, 또 그 여자는 서울 여자는 마음이 또 그렇게 된 거여.

'평양에 봉익이 김선달이 하두 아주 건달질도 잘하구 그짓말도

---

* 김선달 남다른 지략으로 유명한 설화적 인물. 대동강 물을 돈 받고 팔아먹는 사기를 친 일로 유명하다.

잘하구 한다니껜 평양 가서 그 사람이나 좀 만나서 골려 먹어 봐야겠다.'구.

서루 마음이 이렇게 통해 가지구…… 그런 사람들이 행동하는 거는, 이런 사람들도 그래요. 때가 되고 무슨 시기가 오면은 우연히 마음이 우러나서 그렇게 발동이 되는 거유. 그래 가지구서 김선달은 서울루 올라오는 중이구 서울 그 기생 건달은 평양으루 내려가던 길이여. 그런데 어떤 고개에서 서루 이제, 그 잔디밭에 좋은 고개가 있는데,

"좀 쉬어서 인제 서울을 간다."구.

이 사람은 또 거기서,

"에이, 여기서 좀 쉬어서, 다리두 아프구 하니께는, 평양을 간다."구.

가다 오다 이제 거기서 쉬는 거여. 쉬면서 이제 인사를 딱 통하구 보니께는 하나는 평양에 봉이 김선달이구 하나는 서울에 이제 봉이 김선달이 찾아가던 그 여자거든.

"잘됐다."구.

그래 이제,

"자, 그러면은 여기가 한 중간쯤 되니, 평양으루 가야 옳으냐, 그러면은 서울루 가야 옳으냐?"

그니께 서로 의견을 이제 제시한 거유. 그러니께 이제 봉이 김선달이,

"기왕이면 서울루 가자. 평양은 뭐 서울 다음에 평양이니께,

서울이 뭐 임금도 살구 더 큰 자리니께 큰 자리루 찾아가자."구 말여.

그러니께 이제,

"그럼 그렇게 하자."구.

이제 둘이 양주* 행세를 해 가지구, 부부 행세를 해 가지구 이 제 서울로 가는 거유. 그 건달들끼리니께 이게 의견이 서루 이런 얘기 저런 얘기 해 가면서 가면서. 그 여자가 뭐이라구 하느냐면,

"기왕에 당신은 평양에서 건달이구 하구 나는 서울에서 여자 건달이라구 하구 사니, 기왕에 둘이 만났으니껜 우리가 부부 맺 어두 좋지 않냐? 당신도 건달루 그럭하구 다니구, 홀애비로. 나 두 과부로 이럭하구 늙으니께 우리가 이왕이면 부부 행세해서 기 왕 만난 김에 서로 좌담두 논쿠(나누고) 이래 가면서 가자."

이 역시, "좋다."구.

이러구서 이제 뭐 건달, 김선달두 이제 건달이라 그 뭐 서슴치 않구, 의심두 안 하구 그냥 가는 거유. 가다가 이제 날이 저물어 가지구 이제 어떤 한 주막집에서 떡 들어가서 이제, 시방으루 말 하면 여관일 테쥬, 여관에서 인제 자느라구 들어갔는데,

"방 좀 얻자."구 그러니께는,

"방을 내놓기가 션치 않다."구.

"방이 손님이 다 차구 별루 독방이 옰다."구 그러니께,

---

* 양주(兩主) 바깥주인과 안주인이라는 뜻으로, '부부'를 이르는 말.

"그러면은 독방 아니래도 좋으니께, 남자는 남자대로 자구 여자는 여자대로 자도 좋으니껜, 남자는 나는 밖에서 바깥양반 자는 데서 자구 또 우리 식구는 안방에서 부인들 주무시는 데서 자도록 해도 좋지 않냐?"구.

이제 이랬대유. 그러니께는,

"그럼 그렇게 하자."구.

그래 인저 방을 각각 쓰는 거유. 그런데 그 주인집에서 뭘 거 와자지하거든. 막 그냥 시끌시끌해. 그래 이제 그 김선달이 주인 보고 물었어요.

"워째 그렇게 뭐 이 집이 이렇게 시끌떠벙하냐?"구 그러니께,

"글쎄 여느 때 겉으면 방두 뭐 많구 그런데, 시방은 우리 큰딸이 시집을 가는데, 예장*을 받았다." 이거유.

그거는 이제 뭐이냐면 신랑집에서 이제 무슨 옷이니 뭐이니 잔뜩 이제 함이 와유. 오면은 이제 그걸 시집 가는 날까지 잡어 가지구서 그 안에 그걸 다 만들어야 되거든유. 신랑복이니 뭐 시어머니복이니 뭣이니 다 이렇게, 자기 어머니 복이니 제 복이니 다 이제 맨들어 가지구서 이제 가는데, 옛날엔 자봉(재봉)이 읎잖어유? 자봉이 읎어 가지구 동네 사람들이 와서 막,

"저걸 얼른 메칠날까지 해야 되는데 큰일 났다."구 이런단 말여.

그러니께 이제 봉이 김선달이 시험을 뜨느라구,

---

* 예장(禮狀) 혼서(婚書). 혼인할 때에 신랑 집에서 예단과 함께 신부 집에 보내는 편지.

"그 우리 부인이, 우리 여자가 안식구가, 아 그건 뭐 일류다."

아주 뭐 시방으루 말하면 재봉침(재봉바늘) 한가지다 그랬든거 그게. 아주 참 잘한다구. 그러니께 이제 쥔이,

"아이구, 그러면 그것 좀 해 줄래냐?"

그러니께,

"아, 해 드리죠."

그러니께 이제 그 사람 여자 말도 들어도 안 보구, **청중 웃음** 이봉이 김선달이 떡 한마디 한 거여. 그러니께 주인이 들어갔어, 좋아서. 들어가서,

"됐네."

됐다구 식구들 보구 그러니께,

"뭐이 됐느냐."구 그러니께,

"그 시방 우리 집에 온 안손님이 아주 그냥 뭐 자봉에 아주 일류라."구 말여.

"아주 뭐 일룬데 그 바깥냥반이 허락했다."구.

"메칠 데리구서 얼른 휘딱 하라구 허락을 했다."구.

그러니껜 막 주인네 부인들이 막 둥둥 뜨는 거여.

"아이, 저 그 부인이 그렇게 아주 바느질을 잘한다니 할 수 있냐?"구 그러니께,

"아이, 우리 주인이 하라구 허락했으면 해야지 누구 명령이라구 안 하갔냐?"구.

한다구 그랬어. 그러니껜 이제 제일 좋은 놈, 좋은 비단으루

내놔 가지구서는 여자를 준 거유. 아, 여자가 정말…… 건달들이
거 뭐이구 다 잘하는 거유. 가만히 보면 큰사람들이, 잘난 사람
들이 그런 것두 다 잘하거든. 청자/그렇지. 잘하지. 예. 아, 그래 가
지구선 뭐 해서, 그냥 번쩍번쩍 해서는 내들이는디 시방 자봉침
이상 가게 해서 내놓거든.

"아, 이제 됐다"구.

이제 다른 사람들은 막 밤낮 하다가 이제 마음을 탁 노니껜
다 조는 거유. 꺼벅꺼벅 막 이제 밤중까지 해 대는데 다 졸아. 졸
으니껜 이 여자가 인저 싹 훑어보니께는 다 졸거든. 그냥 그 대충
대충 그 일류 가는 놈만 이제 싸 가지구서 이제 삥땅*해 버렸어.

'요놈 평양 건달이라는 놈, 한번 고장(골탕) 먹어 봐라.' 청중 웃음
이제 한번 골리려구 한 거유. 청자/누가 골려? 여자가? 여자가.
그래 이제 싹 싸 가지구선 삥땅해 버려. 그러니께는, 아 자다가
일어나 보니께는 좋은 눔 싹 싸 가지구선 도망가 버렸거든. 큰일
났어.

그러니께는 그 여자는 이제 그게 욕심나서 그런 게 아니라, 일
류 건달이라니껜 어떻게 네가 빠져나오나 그걸 볼라구 이제 싸
가지구, '한번 걸려 봐라.' 그러구 이제 첫 번 스타트하는 거유, 이
여자가. 도망간 거여.

아, 이 김선달은 이제 알두 못하구 쿨쿨 잠을 자는디 주인이

* 삥땅 다른 사람에게 넘겨주어야 할 돈의 일부를 중간에서 가로채는 일을 이르는 말.

와서 깨우거든.

"일어나라."구 말여.

"당신 일어나라."구 그러니껜,

"아이, 왜 그러십니까?"

그러니껜,

"아이, 너희 예편네가 우리 물건 싹 싸 가지구 도망갔는데 너
는, 네놈하구 같이 간 줄 알었더니 네놈은 능청맞게 자빠져 있
다."구 말여.

"알릴 새 읎으니껜 고년 혼자 갔다."구 말여.

그러니께 인제 부시시 머리를 긁으면서는 툭툭 털구 일어나더니,

"무엇이 워째, 우리 마누라가 도망을 가?"

"도망갔다."구 그러니께,

"미친놈들! 우리 마누라가 그까짓 물건 몇 가지에 팔려서 도망
갈 사람이냐."구 말여.

"이런 나쁜 놈들, 욕심이 나니께……."

인물도 그러니께 잘났쥬, 그 여자가. 아주 서울에서 일등 가는
여자니께.

"이런 나쁜 놈들! 세상에 이 이럴 수가 있냐."구.

"남의 여자 욕심 나니께 어디다 감춰 놓구서는 이제 그따위 수
작 붙인다."구.

"우리 여자는 세상 읎어두 도망갈 사람 아니라."구.

아, 뭐 힘두 안 들여 이것이. 청중 웃음 그래 인저 가만히 생각해

보니께 도망간 건 사실여, 자기 이제 혼낼라구. 그런디 이 사람은, 이런 사람 같으면은 벌벌 떨 테지만, 힘두 안 들이구 더 꽝꽝거리네. 그러니 해결이 나야지?

"법관으루 가자."

이제 관가루 간 거유. 관가에 가서 이제 떡 주인이, 왜 들어왔냐구 하니껜,

"이놈이 워떤 여자 하나를 제 예편네라구 하는데 데리구 가다가, 아주 일류라구, 일이 일류라구 그래서 그거를 맽겼는데 그 여자가 싹 싸 가지구 도망가구 이놈은 능청맞게 약속하구서는, 워디서 만나자구 약속하구서는 자빠져 있는 걸 우리가 싸우다, 뎁쎄(도리어) 우리 여자 내노라구 이놈이 그래서 관가루 왔습니다."

관가에서 두 놈게 말을 들어 보니껜 다 그럴듯한 얘기거든. 청자/그려. 그러니 해결이 나와야지. 그 봉이 김선달 말 들어 보면 그 사람 말이 옳구, 쥔 얘기 들어 보면 쥔 말이 옳구. 이제 우물우물하는 판여. 그러니께 이제 그 김선달이, 그 시방 겉으면 전화를 좀 빌려 달라구 했을 테지만 옛날에 그저,

"필묵을 좀 빌려주쇼. 미안하지만 필묵을 좀 빌려주쇼."

그랬거든.

"게 뭐 할라구 그러냐?"니께,

"남이야 뭐 하든지 좀 빌려 달라."구.

그러니께 이제 그거를 빌려줬네. 먹하구 베루하구 인제 종이를 빌려줬어. 아, 그냥 턱 한 번 찍더니 일필휘지*여. 아주 그냥

뭐 써 대는데 무슨 놈으 글잔지 알 수두 읎이 그냥 막 휘둘러.
초서°로 휘둘러 대는 거여. 청자/그 알 수 있나. 지서장°이나 뭐 이
런 거 하는 사람이 그 필적을 알 수가 있나? 그래 인저 겉봉투에
다가는,

"이 뭐 무식한 놈들이 알간디? 똑똑히 써야지!"

그라구선 겉봉투에다가는,

"서울 정승 판서 아무개."

뭐 건달 놈이 그거 환해, 이름이.

"아무개 결국은 너 받아 봐라." 말여.

이럭하군 이제 주소를 딱 쓰구서는 이름 탁탁 쓰구,

"아무개 또 이제 뭐 받어 보라."구.

병조 판서 아무개 막 딱 쓰는데 보니께는 그 사람 건드렸다가
는 아무 뭐 관가구 그 사람이구 뭐 도랑에 빠지게 생겼어. 청중 웃
음 그러니께,

'아하, 이거 안 되겠다.'구.

"나 좀 보자."구.

그래 인저 그 사람을 불렀어. 그 저 쥔을. 그 저 잔치하는 집
쥔을. 쥔을 불러 가지구,

"큰일 났소. 당신네나 우리네 이거 아주 도랑에 빠지게 생겼는

• 일필휘지(一筆揮之) 글씨를 단숨에 죽 내리 씀.
• 초서(草書) 필획을 가장 흘려 쓴 서체로서 획의 생략과 연결이 심하다.
• 지서장 파출소장. 옛날 관청 책임자를 현대식으로 표현한 말이다.

데, 청자/그 참. 그냥 그저 제발 잘못했다구 해 가지구 얼마 저 사람 살살 달래 가지구 그저 달라는 대로 해서 어떻게 말이라두 한 필 해서 그 사람 소원대로 해서 보내라."구 말여. 청자/큰일은 그게 큰일이네.

아이, 가만히 생각해 보니께 정말 그렇거든. 뭐 저도 그 자리서 봤으니께.

"아이구, 그래 어떡하면 좋으냐?"구.

"내가 좀 달래 볼 테니껜 말 좋은 놈 한 필하구 뭐 금은보화 그저 얼마얼마 이렇게······."

아주 부자던개벼, 그 주인이. 얼마얼마 해서,

"제발 좀 이 돈 가졌으면은 그런 여자 얻구두 남을 테니께 좀 물러가 달라."구 사정을 하네 주인이.

"안 된다."구 이저 꽝꽝거리네.

"우리 겉은 여자가 워딨길래 이런 돈 가지구 사느냐?"구.

아, 그 관가에 사람이,

"제발 좀 사정을, 저를 봐서래두 용서해 달라."구.

"아, 이거를 가지구 가시라."구 사정사정하네.

그러니께,

"하, 벨일 다! 예편네를 이거 팔어먹구 가네." **청중 웃음** "할 수 읎지 뭐 어떡하느냐?"구.

그눔 말 타구서 이제 서울을 가는 거여. 가만히 가서, 이제 여자가 저희 집에 갔어. 그런데 주소는 다 일러 줬었어요, 미리. 사

전에.

"서울 이러저러한 데 산다."구.

"난 평양 이러저러한 데 산다."구.

총기 좋은 여자니께 인저 다 적어 놨을 테지. 그래서 이제 떡 저희 집에 가서 이렇게 마루에 앉아서 이제 내다보고 있는 거여.

"요놈! 네가 아무리 건달 놈이래두 이번엔 못 풀려날 기다."

그러구서 딱 이제 마루를,

'혹시나 건달 놈이니껜 혹시나 풀려났나?'

허구 이제,

'풀려났으면 찾어올 테지. 그놈이 찾어오구두 남는다.'

이런 배짱으루…… 딴 사람 겉으면 겁나서 찾어두 못 오지. 그렇지만 뭐 이 사람은 풀려만 나면 찾어가구두 남어, 건달이니께. 그래 인저 기달리구 있는 거여. 요때나 저때나.

아니 닭어(달라)? 그 이튿날 그냥 말을 타구 금은보화를 잔뜩 싣구서는, 아 이놈이 이제 번듯이 갓 쓰구 오네.

'과연 남자는 남자, 건달은 건달이다. 평양에 봉이 김선달이라 더니 과연 건달이로구나.'

청자/아, 대동강 물 팔아먹은 봉이 김선달밖에 옳으니. 그 뭐. 그럼.

그러니께 인저 버선발루 뛰어나가서,

"과연 건달이유."

그러구서 인저 걸러안구 이제 키스를 했을 테지. 하하하. 청중 웃음 그래 가지구서 인저,

"당신하구 나하구 이제는 그냥 맘 놓구 편히 살자."구.

청자/아, 제일 첫날밤 아녀. 그렇쥬. 첫날밤을 인제 채리는 거여. 첫방을 채리는디 이제 홀딱 벗으라는거. 그러니께 이제 봉이 김 선달이 이제 건달 놈이 뭐 누구라구 안 벗어? 홀딱 벗구, 여자두 인제 홀딱 벗구서 이제 재미를 보는 거여 한참. 아, 바깥에서 워 떤 놈이 대문을 그냥 벼락 치는 소리를 하면서는, 차면서는,

"이 쥑일 년! 사나이놈 내쫓구 네년은 잘 살 줄 아느냐?"구 말여.

"요년 그냥 칼루 그냥 모가지 찔러 죽이구 만다."구.

"너 죽구 나 죽자."구.

그러니께 그러면서 들오거든. 그러니껜 이놈의 예편네가 있다 가 하는 말이,

"아이구, 이거 이제 우리 둘인 다 죽었네요." 청중 웃음

"왜 그러느냐?"구 하니께,

"저늠이 아주 서울서 최고 건달, 당신두 건달이지만 저놈도 아 주 최고 건달 중에두, 당신은 아주 순한 건달이지만 저늠은 아주 악질 건달이라."구. 청중 웃음

"저늠은 뭐 사람 죽이기를 파리 죽이듯 하는 놈인데 당신 시 방 갑자기 어떡할 수가 있냐?"구. "빈 몸으루."

"그런디 저놈만 손에 걸렸다 하면 그저 뭐 번개 번쩍 죽여 버 린다."구.

"그러니께 살구 봐얄 거 아니냐?"구.

"당신이 의견은 저눔을 앞지를망정 독종은 저놈 못 당헌다."구.

"그놈 워떻게 해서 내가 내쫓구서는 내가 자리를 옮겼는데 어떻게 알구서 저놈이 여길 찾어온다."구 말여.

"내 이거 자리를 감쪽겉이 옮겨 가지구 사는디 저놈이 하두 건달 넘이라 또 알구선 여길 찾어오니 당신 얼른 살구 보자."구.

그 이제 뭐 옷 입을 새두 읎이 그냥 얼른 나가라구 그러네.

그래 뒷문으루 튀어 나간 거여, 빨가벗구서. 빨가벗구서 뒷문으루 튀어 나가서는 이제 가만히 보니, 아 들어와서는,

"이년, 워떤 놈 데리구 그랬냐?"

"뭐 누굴 데리구 그랬냐?"구.

"데리구 그런 사람 읎다."구.

아, 이러니께,

"아이, 그래두 그놈 워디 요 배깥으루 나갔다."구.

"내가 안다."구.

그러면서 막 찾아 나오거든. 그러니께 담을 훌쩍 넘어서는 인제 밖으루 나간 거여. 춥기는 하지. 동지섣달이 됐나 견딜 수가 있어야지. 그러니께, 추우니껜 그저 그 운동 좀 하느라구 빨개벗구선 이제 올려 뛰구 내려 뛰구 이제 신작로루 왔다 갔다 하는 기여. 청중 웃음 밤중에 누구네 집에 들어가두 못하구.

아, 그러니께 가만히 보니껜 순경이, 시방으루 말하면 순경이지, 그때는 뭐, 뭐, 청자 / 순래꾼. 순래꾼(순라군)인가 뭐 그것이 떨거덕떨거덕 하구 와. 오니께는 거 큰일 났거든. 그러니께 이제 갑

자기 워떡할 수가 읎어 죽은 체하구선 인제, 청중 웃음 나가 넘어져 있는 거여. 청자/그건 뻗치구서. 그럼. 청자/빨개벗구. 그거 바짝 오 그라들었지, 그거.

그게 이제 버쩍 이제 오므라들은 놈의 걸 가지구서 죽은 체하 구 있으니껜 그 순래꾼이 지내가다 가만히 이게 보니께는 워떤 놈이 얼어 죽었나, 하나 죽었거든. 청중 웃음 거 자빠져 있거든. 그 러니께,

"에이, 잘됐다. 그 우리 형님이 뭣이, 간질루다가 뭣이한데 요 놈을 먹으면은 약이라더라. 이 계제에 잘됐다."구.

아, 이놈*을 자를라구 칼을, 단도를 꺼내 가지구서는 쥐구서는 잘르려구 하는데 빨딱 일어나며,

"야이, 잘됐다, 요노무 새끼! 청중 웃음 내가 너를 잡을라구 내가 삼 년을 여기 와서 이럭하구 기달리구 있었는데 오늘서야 잡었 다."구.

"요놈의 새끼, 우리 형님두 이렇게 해서 죽었다."구 말여.

"그런디 내가 우리 형님 복수할라구 내가 삼 년째 와서 이럭하 구 시방 있는디, 청중 웃음 요놈으 새끼 잘됐다."구.

아, 그냥 이놈을 해 가지군 관가루 가자네. 그놈이 관인인데 관가루 가자네. 가만히 생각해 보니께 큰 망신 당하구 밥턱 떨어 지구 아주 큰일 나게 생겼어. 그런데 아마 좀 돈은 모아 논 게 있

---

* 이놈 '성기'를 뜻한다.

던개벼. 제발 개개 사정하네. 그라구,

"아이구, 추운데 얼른 우리 집부텀 가시자."구.

저희 집으루 가 가지구선 이제,

"옷버텀(옷부터) 입으시라."구.

"아이구, 형님 원수 갚을라구 이렇게 동지섣달에 벗구 댕기시는 양반은 참 독한 양반이라."구. 청중 웃음

그러면서는 옷을 꺼내서 주구 막 그냥 갓도 그놈이 뭐할라구 있었나 갓도 그냥 주구 그냥 싹 주네. 그럭하구선,

"금은보화 얼마 드릴 테니께는 나 좀 살려 달라."구.

"나 이거 관에서 알면은 모가지 떨어지구 뭐 징역 가구 뭐 우리 집안 망신당하구 큰일이라."구.

막 개개 비네. 가만히 생각해 보니께 그놈 모가지 떠 봤자 그거 뭐 그렇구, 쪼끔 수입 좀 해 가지구 가는 게 날 것 겉애. 그러니께 옷을 싹 입구서는 이제 바지저고리 깨끗이 입구 갓 쓰구 뭐 이렇게 두루매기 입구 이렇게 하구서는, 말까지 한 필 주는 거 이제 딱 가지구는 뭐 좀 돈 넉넉히 타 가지구선, 청중 웃음 그 이튿날 이제 그리를 썩 말을 타구 지나가는 거여.

"요놈, 워디 가서 얼어 죽지 않았으면 네가 인저 관인한테 붙들려 갔을 기다."

하구선 인제 마루에 앉아 있는데 아주 뭐 일류루다가 그냥 채리구서는, 옷 갓 입구서는 말 타구 이럭하구서는 그 뭐 그냥 제대로 지나오거든. 그러니께 뛰어나가서,

"과연 건달은 건달이라."구 말여.

"내가 이번에 깡패를 시켜 가지구 당신 시험해 봤다."구.

"그러니까 다시는 내가 그런 짓을 또 하면 당신이 내 모가지를 벼두 내 할 말이 읎으니껜, 내가 더 시험해 봐야 당신 넘어두 안 가구 또 내가 더할 수두 읎구 당신 그만허면 평양에서 건달 노릇 할 만하다."구.

"워쨌든 내가 당신한테 졌다."구 말여.

"서울 건달이 평양 건달한테 졌다."구.

이러면서는 둘이 살기로 약속을 했대유.

그래 인제 이 사람이, 봉이 김선달이,

"그러면은 여기서 내가 처가살이로다가 사는 거나 마찬가지루 여자한테 와 살았으니 당신 또 시집가는 격으루다가 그저 우리 동네 가서 평양 구경두 하구 나하구 살아야 될 거 아니냐?"구 그 라니께,

"그렇게 하시자."구.

그래 가지구 이제 평양으루 데리구 내려갔어. 내려갔는데 자기 가 고생을 너무 했거든, 두 번을. 가만히 생각해 보니께 고거를 좀 은근히 복수를 한번 해야갔어. 청중 웃음 그래서 이제 이 사람 이 딱 들어와 가지군,

"참 좋은 기회가 있기는 있는데 어떻게 할 수가 읎다."구 그러 니껜,

"무슨 좋은 기회가 있냐?"구.

"저 외국 불란서 사람이 와 가지구서 똥가루를 산다는디, 이 우리 한국 아주 토종쌀 먹은……"

외국에선 뭐 빵두 먹구 그러잖어유?

"우리 한국 토종쌀만 먹구 썩은 그거를 장만해야 된다는디, 누가 그거를 드러운 거를 똥가루 할 사람이 있느냐?"구.

그러니께는,

"아이, 그까짓 거 뭐이 어려우냐?"구.

"뭐 그것보다 더한 것두 내가 하라면 한다."구.

그 여자가 그러드래. 그러니껜,

"에이, 그런 소리 말라."구.

"당신은 일류, 서울에서 일류 건달이구 나는 평양에서 일류 건달 하던 사람이 예펜네 똥가루 장사했단 소리 뭐 소문나면은 누구 망신을 시킬라구 그러느냐?"니께,

"망신이 워됬냐?"구. 청중 웃음

"똥이 비싸대유?"

그러니께,

"아이, 뭐 한 말만 가졌으면 뭐, 똥가루 한 말만 가졌으면 시방으루 말하면 몇 억 준다."구 그랬든개벼.

"그러라."구.

"그럼 내가 한다."구.

똥을 가져서는 이 여자가 인제 들구 말리는 거여. 바싹 말려 가지구서는 빵궈(빻아) 가지구 이제, 가루를 해 가지구 이제 사러

올 때만 기다려.

"사러 안 와유?"

"가만히, 온다구 했는디, 가만히 올 때 됐다."구.

"사러 온다구 했는데 안 온다."구.

이게 자꾸만 이제 핑계를 대는 거여. 날짜를 끌구 있는데 안개
비가 부실부실 내리기 시작을 해. 그러니께는,

"오늘 온다구 통지가 왔다."구.

그래 시방 같으면 비니루(비닐)라두 이렇게 해서 인저 싸 가지
구 갈 테지만, 거 안개비 부실부실 쪼끔 오니께는 그 뭐 안개비
내리니께는 별것두 아니니께 이 여자가 이제 얼른 가야 산다구,
얼른 가야 팔아먹는다구 하니껜 고거만 생각하구 급하게 갈 생
각만 하구선 씌워 갈 생각두 안 하구 이놈을 이구 이제 떠난 거
여. 그 건달이래두 아마 깜박 생각을 못 했든개벼. 그러나,

"워디냐?"구 하니께,

"저 아무 데라."구 그랬거든.

거기 가서,

"여기서 그 불란서 사람 똥가루 사러 왔어요?"

"미친 여자 다 보갔네. 무슨 똥가루 사러 오냐?"구. **청중 웃음**

또 저긴가 허구 거기 가 물어보면 또 그렇구. 왔다 갔다 하다
보니께는 안개비가, 뭐 이슬비, 이슬비 옷 젖는 줄 모른다구, 아
이, 그냥 이늠이 다 젖어 가지구 줄줄 흘르네. **청중 웃음** 게 팔러 댕
기다 팔러 댕기다 부애(부아)가 나서 이제 온 거여.

"뭐가 어디서 똥가루 산댜?"

"야, 이 미친 사람아, 누가 어떤 눔이 똥가루, 아무 데는 똥가루 옶어서 여기까지 사러, 불란서서 예까지 사러 오느냐?"구.

"당신이 나 하도 이틀간 혼내서 나 그거 복수하느라구 그런 거여." **청중 웃음**

"에이, 여보쇼!"

그러구서는, 그러구서는 그냥 끝까지 잘 살드래. **청중 웃음**

봉이 김선달이 그만짝 수단이 좋았댜. 게 여자가 아무래두 넘어갔지, 남자한테.

한득상(남, 1928년생, 64세)
1991. 12. 17. 충남 공주군 이인면 복룡리 노인회관
신동흔 조사

봉이 김선달과 서울 기생

💬 해설

한국 설화에서 희대의 건달 사기꾼처럼 인식되고 있는 봉이 김선달에 대한 해학적인 이야기다. 봉이 김선달과 서울 기생이 펼치는 지략 경쟁이 무척 흥미로우면서 좀 놀랍기도 하다. 두 사람이 기(氣)가 무척 강해서 어떤 상황에서도 쉽사리 꺾이지 않는다는 점이 인상적이다.

특히 봉이 김선달이 거듭해서 곤경을 역전시키는 모습은 혀를 내두를 정도다. 내용으로만 보면 완전한 사기처럼 보이지만, 이야기의 맥락에서는 오로지 자기 배포와 지략으로 세상을 쭉쭉 헤쳐 나가는 유아독존적 자신감에 주목할 만하다. 이런 인물형을 설화에서는 '트릭스터(Trickster)'라고 한다. 자기가 당한 것은 어김없이 갚아 주는 것이 트릭스터의 특징이거니와, 이 이야기에서 봉이 김선달이 자기를 골린 기생한테 똥가루를 뒤집어 씌우는 일에서 그런 면모를 잘 볼 수 있다.

두 사람의 행위에 별다른 악의가 없는 상황이어서 전체적으로 풍자보다 해학적 면모가 두드러진다.

💬 생각거리

• 봉이 김선달이라는 인물에 대해 평가해 보자. 그는 교활한 사기꾼일까 아니면 멋진 지략가일까?

• 이 이야기에서 생략된 뒷이야기들을 자유롭게 상상해서 말해 보자. 김선달과 기생은 그 뒤로 잘 살았을까? 봉이 김선달한테 보기 좋게 당한 기생이 그 앙갚음을 시도하는 내용을 구성해 보는 것도 좋겠다.

암행어사 골려 먹은
건달

봉원호

옛날에…… 삼춘하구 조카하구 사는데, 삼춘은 정승이구 조카는 공부는 하긴 했는데 잘못 풀려 가지구서 아주 순 주색잡기 건달루 풀렸단 말여. 그래서 이 사람이 건달 생활을 칠 년을 하구 나니께 노름해서 돈 많이 따는 때는 잘 지내고 돈 못 딸 때는 고생이라 이거여. 그래서 자기 삼춘이 정승이니께 삼춘을 찾아가면은 하다못해 어디 고을살이 원이래두 줄까 허구 이 늠이 칠 년 만에 삼춘을 찾아가서 삼춘한테 인사를 하니께, 그 삼춘은 주색잡기루 풀린 조카니께 이건 버린 인간으루 치구, 인간 취급을 안 하구 아주 제쳐 놨어. 그래 가 인사를 하니께 삼춘이 인사를 반가이 안 받고 푸대접을 햐. 아 그래, 지가 잘못헌 생각은 못하구서는,

'삼춘이, 내가 칠 년 만에 인사를 드리는데 이렇게도 푸대접을 하나……'

하구 삼춘이 묵묵부답 벙어리를 하구 인사를 반가이 안 받어.

그래 하룻밤을 잤어. 그 이튿날 아침을 먹구서는 또 삼춘한티 다가,

"저 집에 가야겠습니다."

이라며 절을 하니께루 뭐 벙어리여. 뭐, '하룻밤 더 자구 가거라, 잘 가거라.' 소리두 옳어.

그래 그때 가서 보니께 삼춘이 좋은 백마를 두고 타는데, 그거만 봐 두고 집에 와서 메칠간을 있어 보니 지가 배운 소질이 노름이나 하구 주색잡기루 돌어서 그거밖이 옳네. 아, 그걸 메칠간을 해두 별 희망이 옳어. 게 삼춘을 집에를 또 찾어가서 한밤중에 월담을 해 뛰어넘어 가 가지구서 삼춘이 백마를 두고 타는 걸 집으루 훔쳐 왔어. 훔쳐다가 옛날에 찐한 당먹*을 몇 자루를 갈어 가지구선 하얀 백마에다가 그 먹을 갈어 붙여서 새카만 꺼먹 말을 맹글어 났다 이거야.

그라니께 삼춘이 그 이튿날 보니께 자기 타던 백마가 옳네. 게 백마를 찾어볼라구 동서남북으루 사람을 풀어서 메칠간을 하다 보니께, 비용이 말 한 바리 값이 날러갔단 말여. 아, 그래 원말 잊어버리구. 비용, 찾느라구 또 한 바리 값허구 말 두 바리 값을 잊어버린 거라 말여. 그래 그제서는,

'이 아무 데 있는 조카가 지방도 많이 알구, 아는 사람도 많구

* 당먹 중국에서 만든 질 좋은 먹.

이러니께 그 조카를 오늘이나 내일 데려다가 그 말을 찾어보래야
겄다.'

하구 벼르는 도중에 이놈이 말을 그렇게 해 놓고는 삼춘헌티
를 찾어갔어. 찾어가서 삼춘한티 절을 넙죽하니께 그때는 삼춘이
아주 인사를 여간 반가이 받두 안히야.

"그래, 다 집안이 다 무고하구 애들두 충실하게 잘 크느냐?"구
그라며 인사를 반가이 받어.

그래 이 사람 생각에는,

'그래두 말 한 바리 삼춘 거 훔쳐 갔더니 뭐 이 인사를 반가이
받나?' 그랴.

그 인사를 한, 끝으루 한 뒤루 그제서 얘기하는겨.

"전번에 너 왔다 간 후로 나 타던 백마를 잊어버렸는데 그 말
을 찾어볼라고 동서남북으루 사람을 띄워서 메칠 돌어댕겼더니
비용이 말 한 바리 값이 나갔다. 그랬는데 너를 오늘이나 내일
새 데리구 갈라구 하는 도중에 니가 마침 잘 왔구나."

그라면서 인사를 반가이 받어.

"아, 전들 나서면 말을 찾나유?"

그라니께,

"그리두 너는 나서면 아는 사람두 많구 지방두 아는 곳이 많으
니께 너는 찾으리라."

그래 그 이튿날 날이 새니께 조카도 말 찾으라구 돈을 줄 거
같으면, 여비를 줘야지 그냥이야 나갈 수가 있나? 게 그 조카한

암행어사 골려 먹은 건달

티다 여비를 주니께, 말은 갖다 즈이 집에 먹칠해서 매 논 거니께 루 찾긴 워디 가 찾어? 거기서 오 리쯤 나가면 술 파는 주점 주 막이 있는데, 그 주막에 가면은 그냥 옛날엔 화투 갖구 이 투전 여, 이럭하는 투전. 투전꾼들이 투전들 노름을 하구 술들 먹구 이런 건달만 버글버글하는 데여. 아, 말 찾으라는 돈 가지구 거기 가서 술 먹어 가며 그 사람네하구 붙어 노름질이나 허다가 해가 다 갈라면 삼춘한테 와서 그짓말루,

"워디 워디 워디 이렇게 쏘댕겼더니 말커녕 구경두 못했습니다."

그 조카한테 메칠 하다 보니께 조카한테 또 말 한 바리 값이 쑥 들어갔다 이거여. 그래 인저 그때서는 있는 도중에 그 옛날에 삼정승 육판서가 있는데, 시방마냥 국회의원들끼리 모여서, 삼정 승 육판서가 모여 가지구 회합하는 장소가 있어. 그라면 그 장소 에 오라구 해서 거기를 가면은 자기 타던 백마는 늘 아침 먹구서 거기를 가면 볼일을 보구 저녁 먹기 마침맞게 집에를 오는 백마 라 이거여. 아, 그런데 거기서 오라는 서찰이 날러왔네. 그래 거 기를 갈라구 보니께 백마도 잊어버렸지, 이거 그 먼 데 걸어갈 수 는 읎지, 삼춘이 한 걱정을 햐. 그라니께 그 조카가 있다,

"아이구, 제가 여기 올라올 임시에(무렵에) 노름을 해서 돈을 암 만 땄더니 어떠한 사람이 꺼먹 말을 한 바리 판다구 해서 꺼먹 말을 한 바리 사서 집이다 매 놓구 왔으니, 삼춘 걸어가는 거보다 날 티니께 그 꺼먹 말을 몰어다 줄께 그거 타구 가시냐?"

그래 삼춘 생각에도 말이니께 걸어가는 거보다 날 거 같거든.

"네가 몰어 오너라."

그래 조카가 내려와서 꺼먹 말을 몰어다 줬어. 그래 꺼먹 말을 몰어다 주니께 삼춘이,

"나 타던 백마는 여기서 아침을 먹구서 거기 볼일 보구 저녁 먹기 마침맞게 대 들오는데 이 말이 거기 갔다 오나 안 갔다 오나 시험을 본다."구.

바깥마당에 널찍한 데서 타구서 시험을 본다는데, 그 말이라는 게 안장이 있거든. 안장을 갖다가 딱 갖다 지우니께유, 요놈의 끄냉이(끈)가 질르두(길지도) 짤르두(짧지도) 않구 꼭 맞는다 이거여. 그 말 지우던 거니께 꼭 맞을 수뱆이. 청중 웃음 그럴 거 아녀, 이치가? 청자/그려.

"아이구 얘. 끄냉이조차 꼭 맞는구나."

그래 가지구 그 삼춘이 타구서 마당에서 이렇게 보니께, 아 자기 타던 백마와 똑같어. 가기두 잘 가구 말귀두 잘 알어듣구. 그 말이니께 그럴 수뱆이 더 있어? 청중 웃음 아, 그래 인저 말에서 하는 소리가,

"얘, 그거 말귀두 잘 알어듣구 가기두 잘 가구 나 타던 백마와 똑같구나. 그런데 말이 옷을 잘못 입었다. 말이 털이 노랗거나 하얗거나 이런데 말이 껌어서 옷 한번 잘못 입은 게 그게 탈이지 다른 건 나무랄 게 읎어. 나 타던 백마와 똑같다."

그라구 있는 도중에 그 날짜가 돌아와서 그 삼춘이 그걸 타구서 아침을 먹구서 거길 갔어. 아, 거기 가서 볼일을 보구서 집에

를 도착했는데, 자기 타던 백마와 똑같이 저녁 먹기 마침맞게 집엘 대 들어왔거든. 아, 그때서 또 와서 조카더러 하는 소리가,

"얘, 그 말은 참 나 타던 백마와 똑같으다. 가기두 잘 가구 말 귀두 잘 알어듣구 저녁 먹기 마침맞게 이렇게 대 들어왔으니, 참 말은 옷 하나 입은 게 잘못이다."

이랬는데, 그라구서 나니께 이 삼춘 생각에 아주 몹쓸 놈의 조카루 생각했는데 자기 말을 잊어버리구 조카한테 꺼먹 말을 공(거저) 얻어 탄 거 아닌가, 삼춘 마음에는. 게 그래서 이늠을 아주 몹쓸 놈으루 여겼더니 아주 몹쓸 놈은 아녀. 그래서 어느 고을 하나가 비었어. 게 고을 하나가 볐으면 정승이 맘대루 그 좌우 하는 것이여. 그래서 조카더러 물었어.

"네가, 아무 데 고을 하나가 비었으니 너 고을 좀 지켜 볼래?"

그라니께,

"아이구, 그라지 않아두 지가 이 건달 생활을 몇 해를 해 봐두 장(늘) 그날이 그날이구. 돈 좀 따 가지구 오면 그냥 지내구, 돈 못 따면 고생이 되구 이래서, 먼젓번에도 그 생각이 있어 찾어와서 삼춘을 뵈니께 인사를 푸대접을 해서 도로 가서 또 메칠간 돌어댕겨 보니 별 희맹이 없어 이번에 두 번째 찾어왔습니다. 가 골(고을) 지키게 해 주시갸."

아, 그래서 참 그 삼춘이 얘길 해서 골 원으루다 조카가 나갔다 이거여. 게 그 골 원 해서 간 제가 불과 한 두어 달 될 제, 아주 삼춘 귀에까지도 그 골 백성들이 고을 원 잘 들어왔다구 치

사°가 아주 놀라워. 그래 그 삼춘 마음에두 조카가 가서 그런 치사를 받구 탄성을 받으니께 마음으루 좋다 이거여. 그 잘못하면 삼춘두 맴(마음)이 나쁘디.

그래 그라구 있는 도중인데, 그때서 이 육칠월이 됐는데, 육칠월이면 산에 풀이 이만큼 자라서 나거든. 그러니까 말 먹일 비부°가 그 산에 풀이 이럭하니께, 말이 풀을 뜯어먹는 거니께, 풀 뜯어먹으라구 질따라니(기다랗게) 늘여서 매 놨네. 게 날이 창창하구 휘영청하게 밝은 날에 갖다 매 놨는데 오후가 지나더니만은 서쪽에서 꺼먹 구름이 끼면서 금방 천둥번개를 치며 소낙비가 들와.

그래 그 소낙비 들오는 것을 보구서 말 멕이는 비부가 거기를 가서 비 안 맞출라구 말을 몰러 가서 엎드려서, 말 내빼지 말라구 말뚝 박은 게 있거든, 그 줄 매서? 그눔을 엎드려 빼니께 벌써 소낙비가 거기 들어와 따르는디(쏟아지는데) 말여. 아, 먹을 갈어 붙인 거니께 위에서 물이 딱 내려 따르니께 먹 갈아 붙인 게 여간 잘 닦이나? 그 배는 시커멓구……. 여기루 엎드리니께 안 맞어, 비가. 이럭하구 엎드려 노니께. 아, 등때기 모두 닦여 가지구 허연데.

그 정승이라는 이가 비부가 마장에 갖다 떡 맸는데 보니께 원 잡털 하나 읎이 새카맣던 말이 비를 맞구 나더니 등어리 모두 이

• 치사(致辭) 칭찬하는 말.
• 비부(婢夫) 계집종의 남편.

런 게 그저 검구 희여, 다 닦이들 않구. 게 이상해서 말 멕이는 비부더러,

"얘, 가마솥이다 물을 미지근히 데워 가지구 저 말 목욕 좀 시켜 봐라."

그래 시키는 대로 그대루 해서 말 목욕을 싹 시키구 보니께, 그때서 보니께 자기 타던 백마라. 그래서 그때서 이 삼춘이,

'아, 이 내 조카 놈이 아무 데 골에 가 원질 잘헌다구 그저 백성들이 모두 치사가 놀라우나, 이늠이 거기서 백성들 피를 쪽 빨어먹구 야중이(나중에) 나올 녀석이니께루 거기 됐다 안 되겠다'구.

'이늠을 내가 한 거 같지 않이(않게) 은밀히 해 가지구 이늠을 아주 거기서 봉고파직을 시킨다'구 베르구 있는 참인데, 그라는 도중에 암행어사가 떡 찾어왔어.

게 암행어사가 왔는데 저녁을 먹구서루 얘기를 하다가, 그 조카 한 것이 하두 괘씸하구 분해서 암행어사한테다 그 얘길 했어.

"내 조카가 이러저러하구 이러저러해서 아무 데 골에 가 있는데, 그 골 백성들이 아주 원 잘 들었다구 치사가 놀라운데……."

그 말, 자기 말 끌어다가 했다는 사유도 죄 얘기하구. 아, 그라니께 그 암행어사가 듣구 하는 소리가,

"내가 여기서 자구 내일 직통으루 내려가서 그놈을 아주 봉고파직을 시킨다."는 게지.

아, 그라구서 인저 잠을 잤는데, 자구서 아침을 먹구 떡 나더니만은 그 이튿날 암행어사가 대구(자꾸) 나서. 그래두 삼춘이 하

는 소리가,

"다른 데 볼일이나 보구, 그놈은 내가 안 그런 거같이 해 가지구 은밀히 그놈을 못 하게 맹글 테니께 다른 디나 볼일 보라."구.

그라니께 암행어사가,

"아, 내가 맡은 직책이 뭐냐?"구.

"뭐든지 잘못하는 거 있으면 탈취하러 댕기구 이러는 내 책임인데, 내 그 소릴 듣구서 말 수 있느냐?"구.

"삼춘두 부문데 천륜을 모르구서 삼춘한테 그런 행우(행실) 하는 놈은 그냥 둘 수가 읎으니께 간다."는겨.

게 거기 간다구 나서 가는데, 삼춘댁이 기별을 해 줬는지 저기 앉어서 암행어사가 저 해치러 오는 걸 알어. 저기 골 원에 앉은 넘이. 그제서,

"이거 단도리해야겠다."구.

그래 저 있는 처소서 오 리를 나와서 급작시리 삼 칸 지와집을 짓는데, 그 골 내에 목수도 많구 미쟁이가 많거든. 그 골 내에 있는 목수를 전부 불르구 미쟁이 전부 불르니께, 목수가 하두 많으니께 막대기 하나씩만 깎어 맞추면 삼 칸 지와집이 된다 이거여.

"그 이 집을 지을 적에 삼 일 이내루 져야지 날짜가 오래 걸리면 안 된다."

목수더러 그라니께, 아 고을 내 사람 목수들 죄 모였으니 목수가 하나둘인가? 막대 하나씩 갖다 맞추니께루 삼 일 만에 지와집이 삼 칸 섰다 이거여. 그래 문간쇠꺼지 해서 대문 떡 닫어 놓

구서는, 그 방 안에는 뭘 했느냐? 서까래다 못을 드문드문 박어 놓구 한약방에 약봉지 걸듯 바가지 썩은 놈 갖다 드문드문 걸어 놓구, 이 방 안에는 사람 가두는 농을 하나 잘 예쁘게 짜다가 해서 자물쇠 세워 꼭 채워 놓구. 그 골 내서 인물이 제일 여쁜 여자를 갖다가 흰 소복을 딱 시켜 가지구서는 거기다가 술장사하라구 시켜 놓구서는 들어가는 대문 앞에다가 큰 놈으 송판에다가 대자(큰 글자)루 써서 '주점집'이라구 써 붙여 놨다 이거여.

게 그래 놓구서는 그 여자더러,

"여기서 문간에 날마두 지키구 있으면……"

옛날에는 암행어사가 그지겉이 허구 댕겼거든.

"그지 겉은 분이 오면 그게 누군고 허니 암행어사니께, 여기를 목마르다구 들오면 다행이구, 안 들오구 인저 비키고 저리 지나갈 시는(때는) 그분이 암행어사니까 니가 붙들어 들여 가지구 주안을 어떻게 갈치구 어떻게 해라."

다 시켜 논 거라 이기여.

게 그래 놔뒀는데 암행어사가 인저 절치럭절치럭 갔다 이거여. 가서 그 근방을 떡하니 보니께 그 원 있는 데를 물으니께 오 리뱃에 안 된다구 하거덩. 아, 그라다 쪼끔 보니께루, 아 집이 지와집이 급작시리 진 늠우 새루 진 지와집인데 그 간판에다가 주점집이라구 간판을 떡하니 써 붙여 놨는데, 주점집이라구 간판이 붙었거덩. 그 간판 붙은 옆에는 여자 하나가 섰는데, 흰 소복을 하구 아주 일색(一色)이 섰다 이거여. 아, 그래 술두 먹구, 목도 마르고 컬컬한 찬데…… 그때 해는 서산에 넘어갈라구 하는 중이구.

'기왕이면 거기 가 술두 한잔 먹구, 주막이라구 허니께 가 자 본다.'구.

거기 떡하니 이렇게 달려드니께 그 여자도 벌써 그지 같은 이 오니께 암행어산지 알었지. 알구서,

"여 보아하니 주점패 붙은 거 보니께 주막집 같은데, 거 막걸리 한잔 먹을 거 있느냐?"구 달려들어.

"예, 여기 있습니다."

그 인제 방으루 들어왔어. 게 들어와서 여자가 술을 한 잔을 따르르 따러 주니께루 암행어사가 집어서 마셨어. 잔을 뚝 떼구서는,

"아이구, 목마른 판에 먹으라 소리두 않구서 나 혼자 초면에 먼저 먹어서 미안해."

그 술 한잔 먹으라며 여자를 권히야. 게 여자가 한 사발 이렇게 주는 걸 받어서 먹었어. 먹구서 또 한 사발 저 암행어살 뭐 주는데 먹다 보니께 여자가 얼굴이, 금방 얼굴이 올르는데, 얼굴이 대번 올러 가지구 볼고스름한 게, 암행어사가 보니께 아주 술 취하기 전보다 술이 불고스름해 놓으니께 더 이뻐, 뭐 인저. 청자/ 점점 이뻐지지. 앞어서 술을 먹다가 보니께, 해가 넘어갔는데 밥을 해다가 떡하니 놓구서는 인저 먹구서 이렇게 둘이 얘길 하는데, 밤이 잘 때가 돼도 아무도 읇구 여자 혼자여. 그 암행어사하구 둘이여. 그래 물었어.

"아, 밤이 잘 때가 되구 하는데 가족 식구는 다 어디 가구서 이러냐?"구 물으니께 그 여자가 하는 소리가,

"우리는 남편하구 둘이 살다가, 이 집두 우리 남편하구 같이 짓다가, 우리 남편이 객지를 나갔는데 올해 사 년이 돼두 소식이 무소식이라."는겨.

"그래서 우리 남편을 나간 날루다 물을 떠 놔 제사를 지내구 내 이 흰 소복한 것이 우리 남편의 거상*을 입었다."는겨, 그 여자 말이.

아, 이놈으 암행어사가 생각하니께 임자 웂는 사람여, 그 여자가. **청중 웃음**

'아무것이는 여기서 오 리밲이 안 된다니께 내가 여기서 자구서 좌우간 가서루 원을 가서 아주 봉고파직시켜 놓구서, 갈 제는 이 여자를 내가 데리구서는 갈 것이다. 이제는 이건 내 사람이다.'

이라구서 그날 밤을 거기서 잘라구 얘길 하구 있는 도중인데, 그라는데 여자가 아랫목에다 요 이불을 쓱쓱 깔더니만 놋요강을 발치다 떡 놓구,

"어이, 잠자리 보고 주무시갸."

이라니께, 아 옷을 훌훌 벗구서 뻘거딩이(벌거숭이)가 마패만 가지구 이불 속으루 들어갔어. 이 마패가 귀중한 거 아닌가베? 마패 잊어버리면 그거 안 되거덩. 그눔만 가지구 들어갔어. 게 들어

---

* 거상(居喪) 상중에 있음. 또는 '상복'을 속되게 이르는 말.

가 드러눴으니께 여자가 안 오고 웃목에 앉아 있거덩.

"왜 나더러 잠자리 보라구 하구서 왜 안 오느냐?"니께,

"나 담배 좀 한 대 태우구 잘라구 그란다."구.

게 담배를 내서 입에다 뽀끔뽀끔 두어 모금 빠니께 바깥서서 대문 따 노라구 고함이 들어와. 그래 이 여자가 하는 소리가,

"이거 큰일 났습니다. 우리 남편이 객지에 나간 제가 사 년이 돼서 소식이 무소식이어서 나 아까 그러구 얘길 했더니, 우리 남편이 죽진 않구서 살아서 대문간에 문을 따 노라는 목소리를 들으니께 우리 남편인데, 우리 남편은 기운이 항우*구 말여, 승질이 아주 불가랑지(불길)같이 급한 사람여. 그런데 당신 그 눈에 띄면 왕풍(王風)에 가랑잎 날러가듯 한다."는겨.

"그러니께, 뭐 의복 입을 시간두 읎수."

방 안에 농 하나 큰 거 아까 짜다 놨다구 내 그랬잖어? 그눔을 여자가 뚝 따구 열어젲히더니,

"어이 급하니 이리 들어가라."는겨.

그래 암행어사가 그제선 생각을 하니께 큰일 났거덩. 아, 봉고 탈취하러 댕기는 암행어사가, 아 거기에 그만 걸려 났으니 큰일 났어. 아, 그만 위급하니께 뻘거딩이가 마패만 가지구 궤짝 속으루 들어갔네. 그러니께 여자가 문 닫구서 고만 자물쇠 꼭 채우구, 암행어사가 궤짝 속에서 갇혔단 말여. **청중 웃음**

---

* 항우(項羽) 중국 진(秦)나라 말기의 무장. 힘센 사람의 대명사로 일컬어진다.

그래 나와 가지구서 이 여자가 대문을 따 놨는데, 이 남자가 들어왔어. 게 들어와서, 궤짝을 가둔 거 여기 놓구서 여기서 둘이 앉어 얘기하는 게 저 궤짝 안에서 다 듣구 앉었다 이거여. 남자가 와 싸움을 시작해야.

"그래, 오늘 내가 아침을 먹구서루 어디 볼일을 보러 갔다가두 이렇게 저물게 와 찾으면 말 두서너 마디에 대문을 따 놀 텐데, 적어두 내가 객지를 사 년 만에 있다가 와서 문을 따 노라구 하니께……"

그간에 사람 가두구 워짜구 하니께 시간이 걸렸으니께 대문 따라는 소리를 수차 질렀거든.

"게 수차 질르니께 마지못해 와서 대문을 따 노니, 나 나가서 사 년 동안이나 있을 동안에 다른 남자하구 사겨 가지구 살어서 내 말은, 찾어온 것이 원수루 생각하구 문을 더디 마지못해서 문을 따 놨으니 내가 너하구 같이 살긴 틀렸어. 그러니께 여기서부터 이별하자."

갈라서자 이 얘기여. 이늠우 암행어사가 저기 앉어 죄 듣구 앉어서,

'옳다. 느덜찌리(너희들끼리) 이별만 하면 문은 여자가 따 놀 테구 이 여자는 틀림읎이 내 것이라.'구.

속에서 들어앉아 이라구 있네.

아, 그라더니 종당에 결말이 나는데 완전히 아주 갈라서기 결말이 났어. 그라더니, 그라더니만은,

"이 살림살이 집도 당신하구 서루 셈해 가지구 둘이 진 거니께 갈러서더래두 나 혼자 다 차지 안햐. 그러니께 살림살이를 논자(나누자)."

이랬어, 남자가.

그라더니 그 바가지 덩어리 여기저기 걸어 논 걸 벗겨서 방바닥에다 놓구서는, 논길 뭘 논어? 바가지만 여자가 집어 달리구 남자가 달리구 그러니께 '왈그락달그락' 소리만 나지. 게 암행어사는 거기 갇혀서 눈으루 보든 못하구 그 소리만 '왈그락달그락' 하니께 살림 논는 줄만 알었어.

아, 그라더니 이게 얼마껀 있더니 다 논쿠 이늠우 사람 가둬 논 궤짝 하나가 남었네. 아, 그런데 이늠우 것두 논어야 한다는 겨, 남자가. 게 여자가 하는 소리가,

"이 손그릇은 대개 여자가 많이 필요한 것이지 남자는 그 어째 필요치 않으니께 나 혼자 달라."는겨.

그러니께 그 궤짝이 갇힌 암행어사가,

'옳다. 여자가 더 꾀가 많을 테니께 이 저 워특하든지 차지할 것이다.'

이랬는디, 웬걸! 이늠우 사내가 외고집여.

"다른 거 다 논는디 이것두 논는다."는겨.

아, 그라더니만은 논기루 결정이 나는데, 그 좋은 놈우 손그릇을 찌그리면 절단 나니께 이 두툼헌 덧막대기를 갖다가 위에다 살모시(살며시) 얹으니께 이 궤짝에 갇힌 놈이 보이기를 햐? 갖다

살모시 얹어 놓구서는,

"이거 하나가 커도 안 되구 작아도 안 된다."

그라면서, 똑같어야 한다구 그라며, 청중/짜르는구먼. 자루다 재는 소리가 뚝딱뚝딱 나네. 청중 웃음 아, 이능으 암행어사가 거기 갇혀 가지구서, 청중 웃음 아이구야, 인전 큰일 났구나 싶어. 그라더니 쪼끔 있더니 그 톱을 얹구 쓰는 소리가 '드르릉 드르릉' 나는데 인전 꼼짝읎이 당한겨. 이능우 암행어사가 생각을 하니.

게 이능을 이렇게 쓸다가, 덧막대 얹은 게 다 쓸어 가니께 손을 뚝 떼구서는,

"야, 이거 쓸다가 생각허니께 안 되겄다. 이거 반을 쪼개 노면 너두 못 쓰구 나두 못 쓰게 되니께 이 골에 원 있지 않으냐? 원한테 너하구 나하구 목도리해 미구(메고) 가서 원한테 얘기할 거 같으면 너 차지하라든지 나 차지하라든지 할 테니께 이걸 원한테루 미구 가자."

아, 그래 여자 남자가 목도릴 하구 원한테를 갔네. 청중 웃음 원 제기 봉고파직시키구 그늠우 원 노릇 못 한다는 화상*이 궤짝에 갇혀 원한텔 갔어. 청중 웃음 그래 인저 원한테 가서 떡 내려놓구는 여자 남자가,

"사실이 이만저만해서 왔습니다."

그라니께루 그 원이 하는 소리가,

---

* 화상(畵像) 어떤 사람을 마땅치 않게 여겨 낮잡아 이르는 말.

"그 궤짝은 내가 돈을 암만 주구 살 테니께 너희 두 사람은 돈을 나눠 가면 어떠허냐?"

그러니께,

"예, 그것두 좋습니다."

그라니께, 아 옛날에 엽전 셀 때니께 엽전 두 푼 여기다 가지구서는 '이렁이렁이렁', '딸랑딸랑' 소리만 냈단 말여. 그라니께루, 그란 뒤에 이 사람네는,

"아이구, 돈을 이렇게 많이 줘서 고맙습니다."

하구 남자 여자는 나갔단 말여.

게 인제 이 원이 인저 궤짝을 주구 사 논 셈이지. 사 놓구 났는데, 이제 그게 삼촌에까지 오자면 메칠이 돼야 거기 오거덩. 사람이 이레만 굶으면 죽어유. 그래서 그 사람 먹을 걸 여기 주점에서 해낼 적에 백설기를 해서 볏살(햇살)에다 말려서 넣어 논 게 있는데 그눔은 일 년을 넣어두 쉬도 않구 썩도 안햐. 볏살에 말려 넣은 게라. 그래 갖구 거기다가 큰 늠우 병에다 술 한 병 넣어 났거덩. 게 암행어사가 거기 들어앉어 배가 고프면 물 한 모금 마시구 백설기 거 떼 먹으면 배는 안 부르지만 죽진 않는다 이거여. 그걸 거기다 해 넣어 논 게 있어.

아, 그랬는디 그 이튿날 떡하니 부리는 종놈들이 힘이 센 팔(여덟) 명이 있는데 그 원이 불러서,

"느덜 죄 이리 오너라."

해서 불러 앉혔지. 앉혀 놓구는,

"느덜 그 느 아무 데 있는 정승 아느냐?"

그러니께 한 놈이 떡 나오더니,

"예, 자세히는 모르지만 지가 대강 압니다."

"응, 그분이 누군가 하니 우리 삼춘인데, 우리 삼춘 덕분으루다 내가 여기 와 골살이 원을 지내는데, 이냥(이제껏) 있어도 우리 삼춘한테 서신 한 장 보내지 못하구 뭐 선물 하나 못 했는데, 어젯날루 포물* 하나가 들와서 내가 이 궤짝을 사 놨더니, 이 궤짝이 굉장히 무거운 게다. 그러니께 너희 팔 명이 오늘 아침은 딴딴히 먹구서루 우리 삼춘한테 팔목도*로 미구서 갖다 주구 오너라."

그랬는데 거기서 인저 만리장서*로 안부 편지 한 장 써서 그놈 한 장하고, 거기 쇳대하구 해서 그늠들 줬어. 아, 이늠들이 아침을 먹구 여덟이 팔목도를 해 미구서 그 삼춘한테루 가는겨. 아, 이늠우 삼춘이 가만히 생각을 하니까 암행어사가 자기 집에서 자고 나간 지가 아마, 자기 조카가 봉고파직을 당해 가지구 그지가 돼서 올 날짜가 발써 지나고도 남었는데 아무 소식이 읎이,

"아, 이런 좋은 포물을 하나 넣어 보냈다."구 하면서 여덟이 팔목도를 해 떡 미구 왔어.

아, 그래 이렇게 이 건달 녀석이 배짱이 크구 보통 놈이 아니라 좋은 포물을 넣어 보냈으니께 혼자 보기가 안돼서, 자기 거처

• 포물(布物) 천 종류의 물건. 궤 안에 옷감이 들어 있다는 뜻으로 한 말이다.
• 팔목도 여덟 명이 어깨에 메고서 나름.
• 만리장서(萬里長書) 만 리나 되는 긴 글. 편지를 길게 쓴 것을 나타낸다.

하는 델 그만두구 자기 안방 대청에다가 갖다 놓으랬네. 그래 대청에다 떡 갖다 놓구서는 편지를 줘서 편지를 읽어 보니께, 참 만리장성으루 썼다더니 안부 편지를 그렇게 하구. 게 편지를 다 읽어 본 연후에 인저 하는 소리가 뭐라구 하는고 하니,

"아무 데 간 조카가 그 배짱이 보통 놈도 아닌데 이렇게 좋은 포물 넣어 보낸 게 확실하니 나 혼자 볼 수가 읎어서 우리 가족이 다 볼라구 이거 갖다 노랬다."

이라구서, 청중 웃음 쇳대를 대고 이렇게 따고서 쪼끔 열고 보니께, 아 남자 녀석 뻘거둥이가 들어앉어 있으니, 청중 웃음 아 그거 메느리, 아들, 조카, 전부 가족이 있으니, 청중 웃음 열어 놀 수가 있나? 그래 이늠우 문을 이렇게 닫으니께루 큰메누리가 이게 있다가,

"아이구 아버님, 거기 뭐이 들어 있다구, 포물 있다더니 왜 문을 도루 닫으슈?"

그라니께,

"워라, 여기 든 눔은 내 혼자나 보지 느덜은 보면 놀래 기함해서 안 된다."

그래 문을 잠겄다 이거여. 잠그구서 자기 거처하는 데다 메다 달래 놓구는 자기 입던 바지저고리를 한 벌 갖다 놓구 이라구 문을 따구서 의복을 싹 입혀 놓구 보니께, 아 자기네 집에서 자구 나간 암행어사가 궤짝에 갇혀 왔거든. 청중 웃음 게 그때두 이 마패는 가지구 거기 있으니게 암행어사거든, 이 마패를 가졌응께. 그

래 등어릴 툭툭 때리면서,

"아이구, 우떻게 궤짝에 갇혀 왔어?"

그라거든.

그래 그때서 그 원 놈의 조화루다 궤짝에 갇혀 온 걸 암행어
사가 그때서 알었다 이거여. 청중웃음 아, 그때서 알어 가지군 이를
바짝 깨무는겨. 여 하룻밤 날만 새면 대번 달려가 그눔 아주 행
실을 낼라구 작정을 하는데, 아주 하룻밤이 일각이 여삼추*여.
아, 그래 하룻밤을 떡 자더니 아침을 먹구서 또 나서는겨. 거 간
다구. 그라니께 이 삼춘 되는 이가 또 얘기하는겨.

"이번에 무슨 짓이 날지 알 수 읎으니께 거기는 내 추후로 그
놈 은밀히 못 하게 맹글 테니께 다른 데나 볼일 보구 가라."구.

이라니께, 아 그 궤짝에 가둬 보낸 앙심으루다 말여, 아주 도
분이(화가) 잔뜩 났어. 아 그래 그 저 암행어사가 인저 간다구 하
는 디는, 암행어사 직책이 그거구 하니께 이런 정승이래두 그건
못 말려. 자기 직책에 따러서 간다니께. 그래 할 수 읎이 거기를
또 간다 이거여.

게 이늠두 숙맥*아닌 다음에는 삼춘이 내 노면 또 올 줄은 누
구나 물론 알게 돼 있잖어?

'내 이래 안 되겠다.'구.

• 일각(一刻)이 여삼추(如三秋) 아주 짧은 시간이 삼 년처럼 길게 느껴짐.
• 숙맥(菽麥) 사리 분별을 못하고 세상 물정을 잘 모르는 사람.

'삼춘이 내 노면 또 찾어올 테니께 이걸 방도를 내자.'

그때가 사오월이 됐는데, 그 오는 논배미가 네모시 반뜻하게 생겼는데, 자기 집 있는 델 찾아오자면 그게 그 논뚝이 그 질뚝배미*여. 그 질(길) 난 질뚝배민데, 아 거기다가 농부를 한 이십 명 데려다 놓구서는,

"너희가 여기 앉었다가 저기서 그지 같은 분이 오면, 그게 누 눈고 하니 암행어사니께…… 그때 너희가 들어가서 모를, 〈농부 소리〉를 불러 가며 모를 심궈라."

이래 꾸며 놓구. 거기서 요렇게 보면은 산 하나가 묘한 산봉다리(산봉우리)가 있는데, 아 거기다가 신선당을 꾸며 놨수. 그래 인저 신선당을 딱 꾸며 놨는데, 그래 인저 이늠우 농부들이 지키구 앉었는디, 암행어사가 인저 터덕터덕 거기를 가는겨. 아, 농부들이 앉어 보니께 저기 그지 같은 분이 오거덩. 그러니 거기 앉었다 하는 소리가,

"저분이 틀림읎이 암행어사니께 우리 들어가 모들 심자."

그래 〈농부 소리〉를 불러 가면서 거기서 모를 심으니께 이 암행어사가 여기를, 논배미 옆에 질뚝배미께 당도했어. 아, 이 〈농부 소리〉가 그 소리 들으면 구수하게 소리를 하니께 그 들을 만 히야, 〈농부 소리〉가. 그래 우두마니 섰지. 아, 그라다 보니께 저기 산봉다리 속에서 징, 장고 뭐 치는 소리가 울려. 게 거길 이렇

---

* 질뚝배미 길뚝배미. 길뚝에 접해 있는 논배미를 일컫는 말.

암행어사 골려 먹은 건달

게 쳐다보니께 하얀 백포장을 쳤는데 백포장 밑에서 뭐이가 울긋
불긋한 게 왔다 갔다 하거든, 암행어사가 보니께. 아, 그래 이상
스러워서 농부를 불렀어.

"여기 농부들!"

그라니께 농부 하나가,

"왜 그라십니까?" 하며 나왔어.

"그런데 저기 저 봉이 뭐하는 봉인데 저렇기 뭐이가 울긋불긋
한 게 왔다 갔다 하느냐?"구 그라니께 그 농부가 하는 소리가,

"예, 여기서 그 산 이름 불르기를 신선봉이라구 부릅니다. 그런
데 하늘서 신선이 일 년이면 다른 날두 아니고 요 날 요 시에 놀
다가서 올러갑니다."

일 년에 한 번씩 요 날 요 시면 논다는겨.

아, 그래 암행어사가,

"하늘에 신선들이 나려와 놀다니, 이게 거기나 찾어가 본다."구
거기를 암행어사가 올러가는겨.

게 올러가서 그 곁에 가서 이렇게 보니께 참말루 신선당여. 한
짝 옆에서는 점잖은 노인들이 장기를 두구 한짝 옆이선 바둑을
두구, 그 팔선녀들이 머리 꼬랭이를 지다랗게 해서 갑사댕기를
여기다 드렸는데, 머리 꼬랭이가 발 뒤축에 가 뒤른뒤른 하는데
팔선녀가 왔다 갔다 왔다 갔다, 그 속에서 엉덩이 쳐들고 노는데
양 가에선 바둑 장기만 두구 노인들이 그랴. 게 참 신선당여, 가
보니께.

그래 거기다 채일을 떠받치는 고줏대가 있잖어, 이렇게 떠받치는? 고줏대를 요 중간을 싹 문질러 가지구 요렇게 이만 맞춰 떠받쳐 논 긴데, 그 발루다 쪼끔만 미끌리면, 밀면은 이늠이 튕겨서 내리 디비져(뒤집어져). 그래 이늠이 튕겨져서 내리앉으면 요놈 우 채일이 사람을 덮게 맹글어 놨다 말여. 아, 그래 이렇게 바둑 두던 노인이 보구서,

"아, 우리는 전부 하늘에서 내려온 사람인데, 이 하늘에서 신선주를 가지구 온 게 있는데, 이 신선주는 백 살 먹은 사람이 먹으면 이백 살 살구, 이백 살 살 사람이 먹으면 사백 살을 산다." 는겨.

"그러니께루 보아함 직하니 저기 온 소년이 지하에서 온 소년인가 본데, 여 와서 신선주나 한잔 먹으라."구.

그러닝께 이늠우 암행어사가 오래 산다는 게 좋아서 아 갔단 말여.

그래 그 노인이, 바둑 두던 노인이 한 사발 뜨르륵 따러 주네. 그늠우 술이 보통 술이 아니구 독주루 해 가주구 간 게라 이거여. 아, 그래 이늠을 한 사발을 마셨네. 마시구 잔 떼구 나니께 선녀가 하나 떡 달려들더니 한 사발 뚜르르르 붜 줘. 또 한 잔 먹었지. 그라더니 또 선녀가 또 달려들어.

"아이구, 인저는 나 더 못 먹겄다."구.

두 사발 먹었는데 발써 얼굴이 벌건 것이 가슴이 두 근 반 두 근 반 서 근 반 닷 근 반 막 이런단 말여. **청중 웃음** 독한 독주를 해

먹었으니께. 아, 그란데 이늠우 선녀들이,

"누구 술은 받어먹구 누구 술은 안 받어먹느냐?"구 그라며 권하는 바람에, 아 선녀들 팔선녀들 술을 다 한 사발씩 받어먹었네.

게 여덟 사발허구, 바둑 두던 영감이 한 사발까지 아홉 사발을 먹었네. 그 독주를 아홉 사발을 먹었으니 배겨 나나? 그만 술집에 쓰러져 나자빠졌단 말여. 나자빠지니께 대들어 머리를 홀랑 깎어 버리구 말여, 의복을 그건 홀랑 벗겨 버리구, 마패 뺏어 뻐리구, 그라구선 밀가루 한 뭉치 갖다가, 옛날엔 귀했어, 밀가루 한 뭉치를 갖다가 냅따 여기다 썩 발러 놨는데, 대갱이(머리)조차 눈썹조차 하얀 백발이 됐단 말여. 청중 웃음 그래 놓고는 거기다 색경(거울) 하나 놓구 중이 입는 의관을 전부 거기다 놨어. 중의 장삼에 바랑에 세대삿갓*에 목탁에 다 떡 거기 머리맡에다 놓구, 아 이래 가지구 그 채일이구 뭐구 죄 걷어 가지구 싹 지하로 죄 싹 내려왔다 말여.

이 아무 때도 이 술이 깨야 일어나거덩. 그래 얼마건 자다가 술이 딱 깨내 일어나 보니께루 자기가 뻘거딩이여.

'여 하늘에 신선주가, 백 살 먹은 사람이 먹으면 이백 살 살구, 이백 살 먹은 사람이, 청중 웃음 먹으면 사백 살을 산다더니, 이 내 의복은 하늘에 비가 와 가지구서 썩어서 달어나구, 내가 뻘거딩이가 돼 가지구 술이 곤히 취해 가지구, 숨이 안 떨어지구 이렇게

* 세대삿갓 가늘게 쪼갠 댓개비로 만든 대삿갓. 여승이 주로 쓴다.

있으니께 워떤 착한 대사가 지나가다가 사람은 뻘거덩이루 못 돌아댕기니께 이게라두 입으라구 착한 대사가 벗어 났구나.'

하구서, 아 그늠을 줏어 입을라구 이렇게 일어나 앉어서, 청중 웃음 색경을 갖다 났는데 색경을 이리 들여다보니께 그 검고 검던 머리가 아주 하얀 할미꽃 대가리마냥 전부 이 눈썹조차 하얗게 셌어. 청중 웃음 아, 그걸 보니께 그늠우 신선주 먹구 거기서 백 년을 잤는지 이백 년을 잤는지 알 수가 읎단 말여. 청중 웃음 아, 그래 거기 있는 의관을 죄 줏어 입다가 보니, 줏어 입구 나니께 중이 됐지 뭐야, 암행어사가. 중이 됐지.

그러니께 할 수 읎이 중이 됐으니께 인저 중이 돼서 나려오는 겨. 이 그 사람네가 마패조차 죄 뺏어 가지구 도망을 쳤으니 워디 가 찾어? 그래 나려오는데, 그 산 끝에 달래미 밭이 있는데, 고을 원이니께 그 고을 내 사람을 풀어 가지구서루, 아 그만 하루만 따귀만 이뤄도 밭 한 떼기를 맹글어 났단 말여. 그래 놓구선 거기다 꺼먹 소를 매서 농부 하나를 밭을 갈리게 맹글어 났어. 그럭하구 내려오면 말 답변하라구 거기다 꾸며 논 기라 말여. 아, 이늠우 암행어사가 중이 돼 가지구 거기를 떡하니 와서 보니께 농부 하나가 밭을 갈어. 그래 인저 중이 됐으니께 중 노릇 할 수밲이.

"여 중이 여쭤 볼 말씀이 있습니다."

그러니께 그 농부가, 아주 퉁명한 늠을 갖다 세웠는디,

"뭔 말여?"

그라거든.

"그런 거 아니라 그전에 그전에……"

옛날이라는 거지.

"옛날에 이 아무것이라는 양반이 이 고을에 원으루 있었는데, 그분이 지금 어떻게 됐나 그것 좀 알어볼라구 그럽니다."

그러니께,

"아, 이 대사가 미쳤나, 설쳤나? 그 냥반은 어느 갑자년에 돌어가시구 그 몇 대 손자가 원으루 들어앉었다."는겨. 청중 웃음

아, 그걸 생각하니께 그늠우 신선주를 먹구서 말여, 청중 계속 웃음 아, 산편에서 거기서 몇백 년을 잔 기라 이거여, 허허허. 그래 몇백 년을 잔겨. 그래서,

'야, 조카는, 야, 이렇게 됐으니께 그 삼춘이래두, 몇 대 손자래두 났었을 테니께 게나 찾어가 본다.'구.

게 삼춘 있는 곳을 떡 찾어왔어. 청중 웃음 아, 찾어와 보니께 자기가 그전에 자구 나간 대로 집 배향도 그대로, 대문간, 문간두 그대로 있다 이거여. 그래 인저 그 문간에서 보니께 대문이 한짝이 닫히구 대문이 한짝이 열렸는데, 이렇게 들여다보니께 안방 대청에서 어린애를 업구 왔다 갔다 하는데, 아 그 몇 대 손자가 저 삼춘을 닮었나 삼춘의 모가지를 빼다 꽂았다 이거여. 그 삼춘이니께 말여. 청중 웃음

아이구, 발써 그 몇 대 손자가 저렇게 나이가 먹어서 손자를 업구 저렇게 일렁일렁 하는 거 보니께, 아이구, 이늠우 신선주를

먹구서 거기서 몇백 년을 잔 긴데, 그거 알 수가 읎어. 그래 거기 가서,

"대사가 문안 드립니다."

그라니께,

"엉? 워서(어디서) 온 대사여? 그 문간방으루 들어가."

그라거덩.

아, 그라는 바람에 들어가서 문간방에 가서 중이 입는 장삼 벗어 놓구 세대삿갓 벗어 놓구 바랑 벗어 놓구 떡하니 앉었으니께 그때서 어린애 업구 대청에서 서슬렁서슬렁하다가 이렇게 와 자세히 들여다보더니,

"응. 아니 먼젓번에 궤짝에 갇혀 오더니 우째 이번엔 중이 돼 왔어?"

이라구 툭툭 뚜드려. 청중 웃음

아, 그라구 보니께 그게 진짜배기 삼춘여. 청중 웃음 아, 그때두 조카 놈 조화루 중이 돼 왔다 이거여. 청중 웃음

그래 암행어사 돼 가지구서 별루 을러먹도 못하구 중이 돼서 망해 뻐리구 그 삼춘하구 조카하구는 대로(대대로) 내려가며 잘 살다 죽더라구. 청중 웃음

봉원호(남, 1920년생, 68세)
1987. 9. 8. 서울시 종로구 탑골공원
신동흔 조사

이야기꾼에 의해 구연된 장편의 해학적이고 풍자적인 설화다. 화자는 특유의 거침없는 목소리로 빠르고 실감나게 이야기를 풀어 나가서 청중들의 이목을 집중시키며 큰 웃음을 전해 주었다.

천하태평 망나니처럼 보이지만 뜻밖에도 명관 노릇을 잘했다고 하는 주인공 건달은 매우 독특한 캐릭터다. 얼핏 부정적인 인물처럼 보이지만, 주변 이목에 구애받지 않고 제 식으로 살아가는, 기가 강한 인물이라 할 수 있다.

이야기 전개를 보면 정승 삼촌을 속여 먹은 건달이 암행어사한테 당해야 할 것 같은데 거꾸로 기세등등했던 암행어사가 보기 좋게 당하는 점이 인상적이다. 암행어사가 대망신을 당하는 데는 풍자적 의미가 담겨 있다. 여자에게 속아서 벌거벗은 채 궤짝에 갇혀 서울로 보내지거나 신선놀음에 속아서 완전한 바보 노릇을 하는 그의 모습은 저급한 욕망이나 엉뚱한 허상에 휘둘리는 양반 벼슬아치들의 모순적인 모습을 폭로하고 있다. 좀 갑작스러운 반전이라 할지 모르지만, 그가 처음에 주인공을 파직한다고 나선 것이 정의감보다는 정승한테 잘 보이거나 제 위세를 떨쳐 보일 목적이었던 것이라고 생각해 볼 수 있다. 그러다가 제 허세에 스스로 당했다는 것이다.

큰 권력을 가진 위세 당당한 존재가 허점을 노출하며 속절없이 당하는 모습은 놀라움과 함께 큰 쾌감을 전해 준다. 허튼 권위의 파괴는 설화를 포함한 문학 작품의 오래고도 중요한 주제라 할 수 있다.

- 주인공에 대한 인물평을 해 보자. 건달에 사기꾼의 성향이 짙은 이 인물을 긍정적으로 볼 수 있을까? 이 설화가 희극적으로 과장된 허구적인 이야기라는 사실을 염두에 두고서 헤아려 보자.
- 기세등등하게 내려왔던 암행어사는 어떤 이유로 주인공한테 보기 좋게 당한 것일까?
- 이 이야기에서 가장 재미있게 다가온 대목을 말해 보고, 그 대목에서 화자가 어떤 말하기 방식을 활용하고 있는지 설명해 보자.

제5부

어제도 오늘도
웃음은 죄가 없다

— 이 장에는 여러 설화 가운데 주로 소화(笑話)의 성격을 지니는 것들을 모았다. 말 그대로 '웃음을 위해 존재하는 이야기'다. 다른 설화들도 그렇기는 하지만, 이들이야말로 이런저런 긴장감 다 내려놓고서 편안한 마음으로 즐기기에 딱 좋은 이야기들이라 할 수 있다.

이야기 속에서 웃음을 자아내는 요소는 꽤 많다. 갖가지의 어리석은 행동이나 터무니없는 실수가 웃음을 일으키며, 턱없는 과장이나 엉뚱한 너스레를 통해서도 유쾌한 웃음이 유발된다. 통상적 기대에 어긋나는 뜻밖의 상황이 펼쳐질 때 자기도 모르게 웃게 되거니와, 특히 긴장의 끈을 툭 끊어 버리는 어리석은 행동이나 허무한 상황에 직면할 때 큰 웃음이 터져 나오게 된다. 코미디에서와 마찬가지로 소화에서 '바보'가 두드러진 주인공이 되는 것은 그 때문이다. 우리나라의 대표적 소화로 손꼽을 수 있는 '바보 사위(바보 신랑)' 이야기만 하더라도 그 종류가 수십 가지에 이른다.

이 이야기들은 그게 정말로 말이 되는지 따질 필요 없이, 그리고 그 속에 어떤 교훈이 담겨 있는지 헤아릴 필요 없이 마음을 활짝 열고서 즐기는 것이 제격이다. 한바탕 유쾌한 웃음은 그 자체로 삶의 활력소가 된다. 구김 없는 웃음을 통해 이런저런 마음속 찌꺼기들을 털어 내고서 긍정과 낙관의 에너지를 충전하는 일은 세상을 활기차게 살아 나가는 데 매우 중요한 과정이 된다. 제5부에 실린 이야기들을 보면서 마음껏 웃을 수 있다면 좋겠다. 나아가 다른 사람한테 이야기를 들려줌으로써 함께 웃음을 나눌 수 있다면 더할 나위가 없을 것이다.

바보
신랑

이금순

그옛날에 쯤 바보 같은 신랑도 많이 있었는가 봐요, 잉? 그 채알(차일)이라고 있어요, **옆 사람을 바라보며** 채알 알죠, 아주머 니? 지금은 천막이라고 하지만 그땐 채알이라 그랬잖아. **청중/채 알.** 채알, 잉? 삼베, 삼베로 만든 채알이, 저 천막이 있어요. 근데 인제 그것을 쳐 놓고 구식으로 결혼했지요, 잉. 처갓집 와서 하 잖아요? 구식으로 결혼하는디…….

이제 시댁에를 갔는데, 삼 일 만에 친정에 갔어요. 가니까 이 신랑이 인제 자기는 집에 왔는가 봐요. 와 갖고는 각시가 보고 싶 으니까 도로 인저 친정 동네, 처가 동네를 갔어요. 동네는 갔는 데, 이 처갓집을 몰르겠네. 아, 그래서 보니까 저만치서 공동 우 물이 있더래요. 거기서 인제 막 우물을 길르는데 가 보니까 빨강 치마, 노랑 저고릴 입은 게 자기 각시여. 근데 그것도 몰르고 그 각시보고,

"여기 엊그저께 밥보자기* 채고 시집간 집이 어디여?"

그러드래. **청중 웃음**

청중/채알도 모르고. 채알도 모르고.

삼베로 인제 천막 쳤으니까,

"엊그저께 밥보자기 채고 시집 간 집이 어디요?"

그러니까, 이 각시가 생각헐 때 기가 맥혀. 자기 신랑인데 자기를 몰르니깐. 저 강아지, 친정 강아지가 따라 나왔어요, 친정 강아지.

"이 강아지만 따라가세요."

그랬어요.

그러니까 이 강아지가 가는 데로 졸래졸래 따라갔으면 괜찮을 것 아녀? 빨리 가라구 막 때리니까 산으로 들로 밭으로 막 도망 갔드랴. 이거 죽겠다고 쫓아다니다가 한참이나 있다가 친정집에 인제 밥 헐라고 물 뜨러 갔는디, 저 각시는 집에 가 밥허고 있는 디 한참이나 있응게 오드래요. 오드니 얘길 해요.

부엌에서 장모가 밥하는 줄 알고,

"밥허시오?"

그러고는 방에 가서 베 짜고 있는 장모보고,

"베 짜?"

• 밥보자기 '차일'을 몰라서 이렇게 말한 것이다.
• 부황부황하다 허풍이 심하다.

그러드라고. 청중 박장대소

그런 부황부황헌* 얘기도 있었어. 그런, 그런, 웃길라고, 웃길
라고 그런 애길 만들었어요.

이금순(여, 1938년생, 70세)
2007. 7. 13. 전주시 덕진구 덕진공원
신동흔 심우장 김예선 외 조사

바보 신랑

바보에 얽힌 소화다. 전형적인 바보 신랑(바보 사위) 이야기인데, 차일을 몰라서 '밥보자기'라고 한 것도 그렇지만 아내와 장모를 혼동해서 망발을 했다는 내용은 정말로 우습기 짝이 없다. 특별히 깊은 의미를 발견하려고 애쓸 필요 없이 유쾌하게 웃으면 되는 이야기다.

다만 저런 신랑을 얻게 된 각시가 얼마나 속이 터졌을까 생각하면 좀 안됐다는 느낌도 갖게 된다.

💬 생각거리

• 이 신혼부부한테 벌어졌을 만한 또 다른 우스운 일화들을 상상해서 이야기해 보자.

바보 사위와
북어 대가리

임춘자

이건 내가 옛날에 들은 얘긴데, 내가 하나 할게. 짧아, 그것
두. 아, 들어 봐. 우스워.

옛날에 딸을 여울라 그러는데 사위가 마땅치 않잖아? 골르고
골르는데 너무 바본 거야. 그래서 딸을 여웠거든? 여웠는데 둘이
인자 사는데 장인이 올 참이야. 장인이 올 건데 장인이(장인에게)
얘기하는 것도 몰라. 인사하는 것도 몰라, 그 사위가.

인자 마누라가 가리킨 거야. 북어 대가리다 실을 묶어 가지고
옛날에는 방에 왜 봉창*이 있었잖아? 봉창이 있었는데, 실을 인
자 방으로 들여놓고 북어 대가리는 부뚜막에다 놔둔 거야.

"여보, 메칠부텀 인제 연습을 하라."고.

"내가 부엌에서 북어 대가리를 까딱하면, 한 번 까딱하면, '어

---

* 봉창 창호지로 바른 창.

서 오십쇼.' 그리고, 두 번 까딱하면 '앉으십쇼.'"

그리고 인자 메칠 연습을 했는데 아닌 게 아니라 즈그 아버지
가 대문 앞에,

"아함!"

하고 들어오니까, 마누라가 인자 부엌에서 북어 대가리를 까딱
하니까,

"아, 아버님, 어서 오십쇼."

두 번 까딱하니까,

"앉으십쇼."

그러드래. 그래 놓고 인자 물을 길러 갔어. 아버지 밥해 줄라
고. 물을 길러 갔는데 고양이가 와 가지고 (북어를) 까딱까딱까딱
하니까,

"어서 오십쇼. 앉으십쇼. 어서 오십쇼. 앉으십쇼."

막 한도 없이 그러드래. 장인이 생각하기를,

'이놈이 아깐 제대로 하더니 이상하다.'고 말이야.

'도로 이상해졌다.'고. **화자 웃음**

그랬드래요.

임춘자(여, 1936년생, 70세)
2006. 1. 26. 서울시 종로구 노인복지센터
김경섭 심우장 김광욱 나주연 조사

또 한 편의 전형적인 바보 사위 이야기다. 인사법을 몰라서 엉뚱한 실수를 하는 주인공의 모습이 웃음을 일으킨다. 까딱까딱하는 북어에 맞춰서 자꾸만 인사를 하면서 사위 자신도 '이게 뭐야?' 하면서 얼굴이 벌개졌을 것이다. 그러면서도 '에라 모르겠다.' 하면서 아내가 시키는 대로 하는 모습이 우스꽝스럽다. 상황을 만화적으로 상상해 보면 이 이야기의 해학을 더 잘 느낄 수 있을 것이다.

💬 생각거리

• 이 이야기를 소화의 특성을 잘 살려서 재미있게 구연해 보자.
• 이 이야기 속의 아내가 바보 남편을 가르치려는 내용에 얽힌 또 다른 일화들을 상상해서 이야기를 구성해 보자.

방귀쟁이 며느리

한정숙

옛날에 이제 며느리를 얻어 왔는데, 아 며느리가 그렇게 그냥 얼굴이 노래지고 그러더래. 아이, 그래서 이상도 하다 왜 그렇게 며느리가 그렇게 시집오면은 사람이 얼굴이 좋아지고 그래야 되는데, 이렇게 왜 저렇게 얼굴이 병들은 것 모양으로 그러나 그러구서 한번은 인제 시어머니가 물어봤대.

그러니까는,

"아유, 저 이러저러해서, 부끄럽지만 그렇게 방귀를 못 껴서 그런다."고 그러더래.

그래서,

"그러면은 그거 뭐 병 되면 어떡해냐? 그럼 네 맘대로 방귀를 껴라."

인제 시어머니한테다 그래 가지구 인제 식구가 다 인제 승낙이

됐겠지. 그러니깐,

"그러면은 지가 부엌에 가서 있을 테니까는……."

아버지나 식구들이 인제, 그 옛날에는 인제 아궁이가 여기도 있고, 여기도 있고, 이렇게 셋씩 다 가마솥을 따로따로 걸었잖아? 그래서 이제 쭉 앉혀 놓고서는 인제 방귀를 뀌니까, 며느리가 방귀를 그냥 '뿡' 뀌니까 그냥 이 시어머니, 뭐 신랑, 시동생이 그냥 쭉 앉혀 놨는데 그냥, 그냥 아궁이로 들어가서 저 굴뚝 뒤로 나오더래. **청중 웃음** 조사자 / 너무 쎄 가지고요? 그래, 얼마나 방귀를 잘 뀌니까.

그래서 인제 또 굴뚝 뒤에 가서 인제 또 방귈 며느리가 뀌면 또 그냥 부엌으로 그냥 또 아궁이로 나오고 그냥 그러더래. **청중 웃음** 아이, 그래서 그래도 그걸 며느리니까 어떡하겠어. 아이, 그래서 며느리를 그래도 그냥 숨기고 살았는데.

하루는 또 어디를 가겠다고 그러더래. 그래서 어디를 가냐 그러니깐,

"그건 묻지 마시고 내가 갔다 올 테니까는 기달리시라."구.

그래서 이제 어디만큼 가니까는 그냥 아주 배 밭에 그냥 배가 그냥 얼마나 많이 열려고 그러는데 동네 할아버지들이고 뭐고 앉아서,

"참 저 배를 따야 될 텐데 딸 수가 없다."고 그러더래.

그래서 그러면 그 방귀 뀌는 사람이,

"그러면은 내기를 하자."고.

그래서 그 사람들이,

"그러면 어떻게 내기를 하냐?"고 이제 그러니까,

"내가 배를, 저 배를 다 떨어트릴 테니깐 할아버지들은, 나 그 배 떨어트리면은 그 보상을 달라."고.

그래서 저 젊은 아주머니가 어떻게 해서 방귀, 저기 배를 다 떨어트리나 인제 그러구선,

"그럼 허자."구.

아, 그래서 이제 그 아저씨들 보는 앞에서 그냥 뀌니까 그냥 그 배가 그냥 아주 하나도 없이 그냥 다 떨어졌대. 청중 웃음 그래 가지구선 인제 그 내기를 했는데 이겼잖아. 그래서 그 할아버지들이 이제 돈을 이제 많이 이제 준 거야.

그래서 이제 또 어디만큼 가니까는, 참 그냥 비단 장사가 비단을 지고서 또 그냥 비단을 팔러 가더래. 그래서,

"아저씨, 그게 뭐냐?"고 그러니까 비단이라고 그러더래.

그래서,

"그 비단을 어딜 가져가세요?"

그러니까,

"나는 시방 비단을 팔러 간다."고 그러니깐,

"그러지 말구 나하고 내기를 하자."고 그러니까 비단 장사가,

"어떻게 내기를 하냐?"

그러니까는,

"내가 방귀를 껴서 그 비단이 다 흐트러지면은 나를 비단을 주

고, 안 흐트러지고 가만히 있으면은 아저씨가 이기기로."

그렇게 했는데, 아 이 또 그냥 방귀를 뀌니깐 그냥 그 비단이 오색 그냥 흐트러지게 되니까는, 아 또 이겼잖아?

그래서 인제 집에를 인제 간 거야, 인제. 돈을 벌고 인제 비단을 가지고 그냥 집에를 들어가니까 식구들이,

"아유, 너는 그래 어디 가서 그렇게 뭘 허구 왔느냐?"고.

"아! 그래서 이래저래 해서 방귀를 뀌어서 그렇게 이거를 벌어왔다."고.

그래서 어려운 집에 며느리가 들어와서 방귀 껴서 부자가 된거야. 그랬어.

한정숙(여, 1931년생, 76세)
2006. 11. 20. 서울시 종로구 노인복지센터
김경섭 김광욱 오정미 외 조사

유명한 〈방귀쟁이 며느리〉의 현장 구연 자료다. 시집에 와서 참고 참았던 방귀를 맘껏 뀌었더니 시댁 식구가 아궁이로 해서 굴뚝으로 나왔다고 하는 희극적 과장이 큰 웃음을 전해 준다. 여기서 방귀는 억눌린 욕망을 상징하는 것으로 생각해 볼 수 있다. 인간 본연의 욕망을 억지로 누르면 병이 된다는 것은 이치에 맞는 말이다. 그 욕망을 표출해 내자 곤란한 문제가 생기기도 하지만 결국은 집안에 좋은 일들이 생기게 되니 역시 억압보다는 해방이 답이라고 할 만하다.

💬 생각거리

• 〈방귀쟁이 며느리〉 이야기는 방귀에 혼난 시부모가 며느리를 친정으로 데리고 가다가 방귀의 효능을 뒤늦게 깨닫고 다시 집으로 데려왔다고 말해지는 경우가 많다. 이런 스토리로 이야기를 재구성해서 재미있게 구연해 보자.

정신없는
세 사람

이금순

건망증이 심헌 사람…… 봐봐, 잉? 건망증이 심헌 사람, 성질 급헌 사람, 또 바보 멍텅구리. 바보, 저 죽을지 모르는 멍텅구리, 잉? 그렇게 서이 꿩 사냥을 가더래요.

꼭 그런 사람끼리 꿩 사냥을 갔는디 어디 산골짝 길을 가니깐 꿩이 한 마리 후루룩 날라오더니, 큰 바위가 있는디 그 속으루 쑥 들어가드래, 꿩이. 그니까 이 바보 같은 멍충이 같은 사람이 저 죽을 줄 몰르고 머리를 그냥 그 바위다 쑤욱 집어넣고 꿩 잡으러 드가드라만. **청중 웃음. 배를 잡고 웃는 청중을 보며** 디게(되게) 웃네, 아주머니.

꿩을 잡으러 인제 들어갈게, 그렇게 성질 급한 사람이 뒷다리를 갖다 탁 잡아챘댜. 바위 속으로 들어간 남자를. 그래 목이 쑥 빠졌대요. **청중 웃음**

긍게 건망증이 심한 사람이,

"이 사람이 올 때부터 이렇게 목이 없었던가?" 청중 박장대소

그랬다는 거짓말도 있고…….

이금순(여, 1938년생, 70세)
2007. 7. 13. 전주시 덕진구 덕진공원
신동흔 심우장 김예선 외 조사

세 사람의 바보에 얽힌 이야기다. 한 구석이 비어도 크게 빈 세 사람이 한데 어울려서 엉뚱한 짓거리를 하니 웃음이 몇 배가 된다. 짧고 압축적인 내용 속에 캐릭터 특성이 인상적으로 잘 살아나 재미있는 이야기가 되었다. 화자의 깔끔한 구연 솜씨도 한몫을 하고 있다.

💬 **생각거리**

- 요즘 유행하는 우스개 이야기와 비교해서 이 소화의 독특한 점이 있다면 무엇일까?
- 이 이야기를 주변의 다른 사람한테 구연해 보자.

건망증
심한 사람

이금순

중이라고 있잖아요, 옛날에. 중, 지금은 스님이라고 그러지. 중이라 했어요. 그분들은 놈이라는 말을 썼어요. 중놈, 그렇게. 그렇지요? 조사자/예. 그래서 한 남자가 젊은 사람이 길을 가, 앞에 길을 가고 있어요. 가고 있으면서 뒤에서 중이 이자 따라오니까 이렇게 돌아다보면서, 뒤를 돌아다보면서,

"중놈 어디 가요?"

그래요. 그러면,

"노산 가요, 노산 가요."

그래요, 이 중이.

청자/길 간단 소리죠? 노산 간단 소리가? 노산이 어디 있는가 봐, 어디가. 지역이 있는가벼, 노산. 청자/그래요? 조사자/지명. 청자/그래요? 길을 노상이라고 하는 거? 아니 아니, 노산이라는 데가 있는가 봐. 청자/아, 노산. 예를 들면 지금 뭐 금산, 노산 하듯이 있는

가 봐. 청자/아. 노산.

앞에 자꾸 가면서 자기가 길 가니까 뒤에 따라올 수밖에요.
따라오는 사람한테 자꾸,

"중놈 어디 가요?"

그러면,

"노산 가요."

또 이렇게 가. 가다가,

"중놈 어디 가요?"

"노산 가요."

계속 그러는 거요. 그러니께 이 중이 생각할 때,

'아, 니가 건망증이 심하구나.'

또 보고 뭐라고 하는고 하니,

"아따 노산 가는 중놈 많기도 많다." 청중 웃음

또 그려. 한 사람한테 (계속) 물어보면서.

"노산 가는 중놈 많기도 많다."

그려, 저 혼자.

그러니까 이 중이 생각할 때,

'아, 니가 건망증이 심하구나.'

그리고 인제 뒤를 따라가더니 어디만큼, 여름날이니까, 어디만
큼 가더니 정자나무가 있으니까 거기에서 인자 한잠 자고 갈라고
딱 시원한 데 가서 눕더래요. 그래서 이 중이 생각할 때,

'요놈을 좀 놀려 줘야겠다.'

그래 갖고는 머리 깎는 기계를 갖고 다니는가 가위를 갖고 갔
는가 몰라도 이 중이 한번 놀려 줘야겠다 싶어서, 건망증이 심헌
게, 그래서는 딱 누웠는디 이렇게 머리를 빡빡 깎아 줬대요. 자
는디 코를 골고 자길래 빡빡 깎아 줬대요, 머리를. 그러고 숨어
서 봤대요.

그랬더니 뭐라고 하는고 하니, 실컷 자고 일어나더니 기지개를
딱 피고 이렇게 머리를 만지더니,

"어라? 중놈은 여기 있는데 나는 어디 갔다?" 청중 웃음 청자/내
가 없어?

머리를 만져 보더니,

"중놈은 여기 있는디 나는 어디 갔다?"

그러더래요.

조사자/대단한 건망증이네요. 청자/진짜 대단하죠. 조사자/이 이야
기는 굉장히 재밌네요. 얼마나, 어렸을 때는 얼마나 우스워요? 굉장
히 우습지요. 청자/자기를 잊어버린 사람이네.

이금순(여, 1938년생, 69세)
2006. 11. 6. 전주시 덕진구 덕진공원
김종군 김경섭 심우장 김예선 김효실 조사

건망증이 심한 사람에 대한 과장적이고 해학적인 이야기다. 함께 길을 가는 사람한테 자꾸 똑같은 말을 물어보는 모습이 우스꽝스럽다.

그냥 엉뚱한 바보 이야기라고 볼 수도 있지만, 조금 색다르게 해석해 볼 여지도 있다. 옆에 있는 사람의 존재를 자꾸 잊고서 같은 말을 하는 것은 그가 주변 사람들한테 '관심'이 없었던 때문이라고 생각해 볼 수 있다. 관심이 없으니 자꾸 잊게 된다는 것이다. 그는 오로지 제 자신한 테만 골몰하고 있는 셈인데, 그러다 보니 탈이 난다. 외골수에 괴상한 모습을 하고 있는 자기 자신을 발견하면서 크게 당황하게 되는 것이다. 자기 생각에만 빠져 있다가 자기 자신을 잃어버린 역설적 결과라 할 수 있다.

물론 이는 가능한 한 가지 해석일 따름이며 얽매일 필요는 없다. 편안하고 즐겁게 받아들여서 웃고 넘겨도 그만이다.

💬 생각거리

* 위의 해설에 제시한 해석에 대해서 타당성 여부를 논평해 보고 다른 그럴듯한 해석이 있다면 제시해 보자.
* 정도의 차이는 있지만 건망증은 누구한테나 있다. 자기 자신이나 주변 사람의 건망증에 얽힌 재미있는 일화를 구연해 보자.

게으름뱅이
이야기

김병학

얼마나 게을븐(게으른) 놈인지 하여간에 아릿목(아랫목)에서 밥 먹고 윗목에서 똥 싸고, 바듯이(겨우) 돌쪽 위에다 똥구멍 씻고. 그 또 종이도 그전에는 읎으니께 그냥 돌쪽 위에다 똥구멍 갖다가 들이대서 씻고. 똥구멍이야 찢어지든 말든. 그런 놈이 하나 있는데.

지 에미가 가만히 보니께 객지 좀 유람 좀 시키면 좀 낫을까(나을까) 그러구서 떡을 한 동구리 해 줘. 그전엔 동구리거든. 한 동구리 해 줘 가지구서는,

"하여간에 이거 떨어질 때까지는 너 돌어댕기다가 오너라. 그래야 사람이, 객지 바람을 좀 쐐야 그래두 약어지구 터지구 그러는 것 아니냐? 그래서 그것 좀 해 가지구 오너라."

그랬단 말여.

"나가서 이 떡만 먹구 돌아댕기다 오라."구.

게 이늠우 자식이 떡을 짊어지구서 가는디, 두 시가 돼도 배가 고파도, 손을 이리 넣기 싫으니께 참고 있던겨. 얼마나 께을브면, 하하하. **청중 웃음** 하하, 그런데 저쪽에서 어떤 놈이 갓을 쓰구 입을 딱 벌리고 오거든. 저 자식이 오면은 서로 떡이나 좀 내먹자 할라고. 하, 반가이 만났어.

"여보쇼, 어디까지 가는 길손인데 동행합시다."

"그러자."구.

"그런디 내가 다른 것이 아니라 이 뒤에 짊어지고 있는 것이 어머니가 해 준 찰떡인데, 이것을 내서 시장 요기를 하구 싶어도 지금 손이 거기를 안 들어가지구서, 하기 싫어서 그러니, 당신하고 나하고, 당신 하나 내먹고 나 하나 주고, 그렇게 해서 이 떡 좀 내서 같이 시장기나 면하고 같이 가자."고.

그러니께 이 입 벌리고 있는 놈이 하는 소리가,

"참, 별 그지 같은 새끼 다 보네. 야, 이 자식아. 나는 지금 갓끈이 늘어졌어도, 지금 바람에 날러갈라구 그래도 갓끈 손대기가 싫어서 입을 벌리고 오는데, **청중 웃음** 이 자식아, 니가 나보고 떡을 노나(나눠) 먹자고 그래? 이런 썩을 놈이 있나?" **청중 웃음**

그러니께 께을브면 그 정도는 께을버야 햐. 하하.

김병학(남, 1930년생, 62세)
1991. 2. 21. 충남 논산군 두마면 엄사리
신동흔 조사

두 명의 게으름뱅이에 대한 해학적인 이야기다. 배가 고파도 귀찮아서 떡을 꺼내지 않으려는 사람이나 손을 올리기 귀찮아서 갓끈이 느슨한 채로 움직이는 사람이나 피장파장 난형난제라 할 수 있다. 우스꽝스러운 모습이지만, 어찌 보면 그 모습 속에 우리 자신이 숨어 있을 수도 있다. 스스로 당연하게 여기는 게으름이 객관적으로 보면 저런 엉터리 망나니 모습일 수 있는 것이다. 그것도 하나의 개성이라고 말할 수 있을지 모르겠지만, 매사가 저런 식이라면 아무래도 곤란할 것이다.

💬 생각거리

• 화자가 "게으르려면 그 정도는 게을러야 해." 하고 덧붙인 말을 어떻게 이해해야 할까? 이 말을 화두로 삼아서 작중 인물을 평가해 보자.

• 게으름 때문에 생긴 우스꽝스러운, 또는 웃지 못할 일화에 대해 이야기해 보자.

거짓말
세 마디

이희자 (가명)

그짓말 잘한다니 내 그짓말 얘기 하까? 청자/그짓말 얘기 하
나 해야.

예전에 어떤 영감이 하나 있는디 내외 다 아들두 웂이 딸 하
나 뒀어. 아, 그런디 이 영감이 그짓말을 좋아햐. 성품이 어떻게
생겼나 그짓말을 좋아햐. 그래 가지구선 동네 사람들 데려다 놓
구서, 재산은 있어서 술두 해 놓구 그라구선 얘기하라구 하면 다
른 얘기는 안 들을라구 그랴. 그짓말 얘기만 들을라구 그라지. 청
중 웃음 아이, 그짓말 얘기두 한두 마디지 어디 그렇게 많이 있나?
청자/그럼. 들구 하라는겨. 그짓말만 하면.

아, 그래 하다가 인저 그짓말할 사람이 웂으니께 참 광고를 써
붙였든가 우쨌든가 그짓말 세 마디만 썩 잘하는 놈 있으면 사위
루 삼는다는겨, 지 사위루. 부잣집인디. 청자/그짓말하기가 얼마나
힘들다구. 아, 그러니께 부잣집으루 장개가면 살기두 괜찮을 거구

하니께 얘기깨나, 그짓말깨나 한다는 늠들이 가서 그짓말 얘기를
해야.

"그짓말이 아니라."는겨.

이게 더 들을라구 들구 그짓말이 아니라구 우기는겨. 아, 그래
몇 늠이 그짓말을 하러 갔다가 쫓겨났는디, 그 근방에 참 어려서
부텀 고생을 하구 머슴을 살구 사뭇 돌던 사람이 가만히 생각하
니께,

"그거 그짓말 세 마디만 제대루 하면 부잣집 사위가 돼 가지구
잘 살 겐디 이거 머슴을 어떻게 사나?"

싶어서 이늠이 연구를 했어.

그런디 그짓말 세 마디만 되면 사위를 삼는다구 그라는디, 그
영감이 듣구서,

"참 그건 그짓말이다, 야."

이렇게 해야야. 그런디,

"아니라."는겨.

세상 읎는 그짓말을 해두 이늠이. 청자/그렇지. 사위 안 삼을
라구.

머슴 살고 있는 사람이,

"야, 이 빌어먹을 늠으 거 가 보야겠다."구.

그 집에를 갔어. 가서 인사를 하구서,

"하, 그짓말 세 마디만 허면 사위 삼는다구 하셨죠?"

그라니께,

"아, 그렇지. 자네 그짓말 잘하나?"

"아, 잘하든 못해두 그냥 쪼끔 합니다."

"해 보게."

게 이 사람이 인제 첫마디 한 마디를 하는겨.

"지가 그전이 조선 팔도를 안 돌어댕긴 디가 읎습니다."

"그려."

"아, 사방에 돌아댕기다가 가을판인디 논산을 내려갔습니다. 논산서 그쪽으루 가니께 은지 미륵이 섰는디, 아 지나가다 보니께 미륵 갓꼭대기 위에 가서 배나무가 나 가지구서 배가 누렇게 열었는디, 아 그눔을 따 먹구 가야겠는디 따 먹을 재주가 읎드라." 그 말여.

"그래 어떻게 했나?" 그라니,

"논산 강경 내려가서 장대란 장대는 죄다 걷어다가 잇어(이어) 가지구서 이눔을 딸라구 대 보니께 위로 닿들 않더라." 그 말여.

"그래서 장대 끝으루다가 미륵 콧구녕을 푹 쑤셨더니 미륵이 재채기를 냅다 하는 바람이 배가 떨어져서 주워 먹었습니다." 청중 웃음

쥐인 눔이 가만히 생각하니께 그짓말두 보통 그짓말이 아녀.

"야, 이눔아. 그 그짓말이다."

그라니께,

"한 마디 했쥬?"

"잘한다, 야. 또 한 마디 해라."

"지가 젊어서 돌어댕기다가 만주까지 갔었습니다. 만주 가서 농사짓는 걸 보니께 여기 같들 않구서 논을 싹 쓸어 놓구서 볍씨(볍씨)를 갖다 그냥 막 헌치드라(뿌리더라)." 그 말여.

청자/사실여, 그건. 그건 사실여.

"헌쳐 놓구서 모기장을 사다가 논배미를 딱 덮어 놓구서 네 귀퉁이다 말목을 박어서 붙들어 놓드라." 그 말여.

"아, 그러니께 베가 그늠이 싹이 나 가지구 모기장 구녕으루다 전부 올러오드라." 그 말여.

"올라와서 이늠이 가을이 되니께 누렇게 익으니께 그거 타작할라구 욕볼 것두 읎이 일꾼 몇 은어 가지구 가서 양짝이서 네 구팅이를 모기장을 불끈 들으니께 뚝 훑쳐 번지더라." 그 말여. 청중 웃음

"그거 아주 농사 짓기 십상, 쉽더라." 청중 웃음

그러니께,

"야, 이늠아, 그것두 그짓말이라."구.

"워디 그런 늠으 디가 있느냐."구.

"두 마디 했쥬?"

"참 너 그짓말은 잘헌다. 한 마디 더 해라."

두 마디까지는 이늠이 그짓말이라구 그랴. 그런디 세 마디째는 세상읎어두 아니라는겨. 딸 안 줄라구.

"세 마디째 합니다."

"얼른 해라."

"아, 지가 그전에 장사두 많이 했는디 무슨 장사를 했는고 하니 바람 장사를 했습니다, 지가. 게 바람을 팔러 댕기는디 그때 돈으루 바람 한 포대 만 냥씩입니다, 한 포대에."

"그려."

"지가 바람 장사를 하러 댕기는디 돌아댕기다가 그때 지가 댁에 와서 바람 세 포대를 외상을 드리구 갔습니다. 한 포대에 만 냥씩인디. 청중 웃음 그 이제 세 포대 외상 놓구 갔으니께 삼만 냥 내노슈." 이라는겨.

"외상값 받으러 왔다."구.

아, 이늠우 영감쟁이가 가만히 생각하니께 그짓말이라구 하면 딸을 줘야겄구 그짓말이 아니라구 하면 사우를 삼으야겄네.* 천상 삼만 냥을 줘야 허게 생겼으니께 할 수 읎이 사위를 삼었다 이거여.

아, 사위를 삼었는디, 장가든 뒤에는 일도 못 하게 하구 밥만 먹으면 불러다 놓구서 그짓말하는겨. 이늠우 영감이 을마나 좋아하는지. 당최 견딜 수가 읎어, 귀찮어서.

'이늠우 영감쟁이 버르장머리를 고쳐 놓야겄는디 이걸 어떻게 버르장머리를 고쳐 놓나?'

하구서 연구를 했는디……

---

* 그짓말이라구~삼으야겄네 거짓말이 아니라고 하면 삼만 냥을 줘야 한다는 내용을 잠깐 잘못 말한 것이다.

봄 된 뒤 한날은 장인하구 사위하구 나무를 하러 갔어, 산으루. 예전에 왜 소에다 질마(길마)를 지워 가지구 떡하니 산이루 갔는디, 나무를 한 바리 하구서 싣다가 보니께 그 붙들어맬 바(밧줄)를 안 가지구 왔어. 사위 놈이 일부러 빼놓구 갔어.

"야, 이늠아. 이 나무 실러 온 늠이 바를 안 가지구 오면 어떡하냐?"

그러니께,

"아이구, 지가 깜빡 잊었습니다. 얼른 집에 가서 가져오쥬."

이늠이 두 주먹을 쥐구 집에를 막 쫓어 내려갔네. 아, 장모쟁이가 가만히 보니께 사위가 막 헐떡거리구 두 주먹을 쥐구 내려오는디 무슨 일이 생긴 것 같어.

"자네 나무하러 가더니 왜 그렇게 급하게 오나?"

"하이구, 급하게 오구 어짜구 큰일 났습니다. 산으루 얼른 가 보슈."

"왜?"

"아, 산에 가서 나무를 하는디, 큰 나무를 하나 벼(베) 제키는디, 나무 넘어가는디 장인이 치여 가지구서 대가리가 바싹 부서져서 죽었다."구 말여. **청중 웃음**

"얼른 가 보라."구.

하, 그러니께 딸하구 장모하구 막,

"이게 웬일이냐?"구 울구 산이루 올러가는디,

이늠이 바를 가지구서 앞질러 가서 얼른 쫓아 올라갔어. 하,

이늠이 헐떡거리구 그라니께 장인 영감이 있다가,

"너 이늠아, 아무리 급해두 천천히 내려오지 왜 그리 급하게 오냐?"

그라니께,

"천천히구 어쩌구 큰일 났습니다. 싸게 집으루 내려가 보시라."구.

"왜?"

그라니께,

"하, 집에 가 보니께 장모하구 마누라하구 콩 볶아 먹다 불을 내 가지구서 시방 집이 다 탔다."구 말여.

"싸게 내려오라."구 시방.

"이런 빌어먹을 년들이 어딨냐?"구. 청중 웃음

작대기를 들구서, 청중 웃음 쫒아내려오다 마주쳤다 이거여. 알구 보니께 전부 그짓말여, 허. 청중 웃음

게 얼마나 혼났던지,

"야, 이놈아. 다시 그짓말하지 말라."구.

그래 버르장머릴 고쳐 놓더랴. 청중 웃음

이희자(여, 1930년생, 62세)
1991. 2. 21. 충남 논산군 두마면 엄사리
신동흔 조사

거짓말을 좋아하는 사람과 거짓말을 잘 꾸미는 사람에 대한 이야기다. 이 이야기 속의 '거짓말'은 '남을 속이는 말'보다는 '재미있게 꾸며 낸 이야기'에 가깝다. 영감은 그런 이야기를 아주 좋아하는 사람이었고, 주인공은 이야기를 재미있게 잘 꾸며 내는 사람이었다고 할 수 있다. 주인공이 이야기를 잘 꾸며 내서 부잣집 사위가 된 것은 이야기의 재미와 효용을 잘 보여 주는 모습이라 할 수 있다. 하지만 이야기가 즐겁다고 해도 거기에만 빠져서 현실의 일상을 잊어버린다면 곤란한 일일 것이다. 이야기란 자연스럽게 흘러나오는 것이지 억지로 자꾸만 꾸며 낼 수 없는 것이기도 하다. 뒤에 영감이 거짓말 때문에 한바탕 곤욕을 치르는 모습은 이러한 이치를 보여 주는 것이라 할 수 있다.

하지만 이런 이야기가 또 우리를 즐겁게 하고 무언가 깨우침도 전해 주는 것을 생각하면 이야기란 역시 좋은 것이라 할 수 있다. 이 이야기처럼 오래전부터 자연스럽게 흘러 내려온 이야기가 특히 그러하다.

💬 **생각거리**

- 이 이야기 속에는 총 네 가지의 '거짓말'이 나온다. 그중 어떤 것이 가장 재미있게 느껴지며, 그 이유는 무엇인가?
- '재미있게 꾸며 낸 공상적 이야기 속에 빠져서 사는 삶'에 대해 그 빛과 그림자를 헤아려 보자.
- 이 이야기 주인공의 것보다 더 그럴싸한 멋진 거짓말을 지어내서 구연해 보자.

허 서방의
허세

노인호

허 서방이 먹는 거는 동이로 술도 먹구 밥도 동이로 먹는데 힘은 지푸래기 하나 이게 들 기운도 읎어 가주구. 그 일을 해야 밥을 먹는데 은어만, 이 집 저 집 댕기며 은어만 먹었지. 힘이 있어야 농사를 짓죠.

그래서 고향을 떠나게 됐는데, 저 이북을 갔는데, 저기 함경도를 갔는데. 한 집에를 가 보니깐 그날이 무신(무슨) 날인지, 제사를 지내는 날인지 잔칫날인지 거기 가서 공꺼루(공짜로) 실컷 은어 먹구, 잠잘 데가 없어서 빈집에 가서 잠을 자는데. 거 앞에 집이 벨안간에 난리가 나구 그래서 건너가 봤더니 그 과수댁이 있는데 과수댁이 이 남자를 보고,

"내 남편 원수를 갚아 주면 내 일생을 당신헌테 맽기구 내 재산도 다 당신한테 맽길 테니깐 날 좀 도와달라."구 허니까는.

아니, 기운이 있어야 뭘 도와주구 자시구 허지. **청중 웃음**

"아, 알았다."고.

"그 어떻게 했으면 되냐?" 하니깐,

"호랭이 두 마리가 있는데 숫눔이 우리 남편을, 우리 남편을 물어다가 암눔허구 다 먹어 버렸는데, 오늘 저녁이 바로 나를 잡으러 오는 날이다. 근데 장사님께서 오셨으니깐 원수를 갚아 달라."

그러니 거기서 나 힘없는 사람이라고 허면 체면두 있구 해서,

"알았다."고.

그래 그날 저녁 푸짐허게 은어먹었어요. 아, 푸짐허게 은어먹구 설사가 나 가지구 화장실을 가는데, 그때 호랭이란 눔이 인제 두 부부가 이 여잘 잡아먹을라구 인제 들어오는데, 이 사람은 그것두 몰르구 화장실에 가서 설사를 허는데, 천둥에 번개가 난 거마냥 요란하게 그냥. 하두 먹어 가지구. 청중 웃음

놀래 가주구 이 숫눔이,

"얘, 사람 잡아가는 거는커녕 도망부터 가야겠다."

도망간 것이 어디루 갔느냐면 가다가 요 와이(Y) 자 된 낭구에 가서 목에 딱 걸려 가주구, 청중 웃음 숫눔이. 암눔은 내 발등에 불부터 꺼야지, 끌 거 아닙니까? 그래 가주 도망갔는데 이 숫호랑이가 안 오니까 야단났거든요. 그래 보니깐. 이 남편 된 호랭이가 와이 자 된 나무에 이렇게 딱 걸려 가지구 움직이지도 못허구 거기서 죽었어요.

아니 이 허 씨가 대변이 또 마려 가지구, 아침에. 그 옳는 눔이 잔뜩 은어먹었으니, 밤새껏 설사를 했나 봐요. 그래 가주구 나와

보니까는, 아 과부가 그냥 끌어안으면서,

"당신이 우리 남편 원수를 갚아 줬다."고 그러거든요.

아니, 그 남자는 설사밖에 허러 대닌 게 없는데 무슨 원수를 갚아 줬나 허구, 청중 웃음 아 내다보니까는,

"저거 보라."구.

"얼마나 기운이 세시면 버떡(번쩍) 들어다 상처두 하나두 안 내구 바딱 들어서 이렇게 해서 숨을 못 쉬게 해서 죽였느냐?"구.

이 자식이 거기서 인제 자신감이 생긴 거야.

"그런 거 보통 일이지 뭐."

인제 허세를 떨었다. 청중 웃음

아, 그런데 인제 저 호랭이가, 지가 남의 사람 남자를 잡아다 먹은 건 생각 안 허구 자기 남편, 숫호랑이 죽인 원수를 갚는다 구 암호랭이가 또 이제 그 여자를 잡아먹을라구 인제 찾아온 거 야. 아, 찾아왔는데 이 자식이 그냥 그 여자가 어떻게 멕였는지 많이 뭘 멕여 가주 그냥 사랑방에 이 남자가 드러눠서 있는데. 그 날은 이제 설사는 안 허구 모았다 모았다 방구를 한 번 꼈는 데, 방구를 한 번 꼈는데 그 방귀 바람에 그냥 그 암호랭이가 한 삼십 리 가 그냥 밤나무에 가서 뚝 떨어져서, 그냥 그것두 나무 에 걸려서 죽었답니다.

그러니 그건 이 과부댁이,

"당신 나하고 살자."구.

"인제 웬수두 다 갚구 했구. 나도 과부구 당신도 보아하니깐

홀애빈데 같이 살자."구 허니깐,

"나 우리 집에 좀 갔다 와야 하는데 갔다 와서 살면 안 되느냐?"

"장가는 갔냐?"니깐,

"장가는 안 갔다. 총각이다." 그러니까,

"그럼 나허구 살자."구 그러니까,

"그럭허라."구.

"그러믄 장래 우리 시어머니, 시아부지 될 분헌테 뭘루 선사를 해야겠다."구.

금을 갖다가, 금덩일 갖다가 괴나리봇짐에다 싸서 주고 메칠 만이면 돌아온다구 그래서 이별을 했는데.

아, 이눔이 개천 넘어가다가, 또랑을 건너가다가 그 무게에 못 이겨 가주구 또랑에 빠져 죽어 버렸어요. **청중 웃음**

그래서 지금두 허 서방은 허세 부리지 말라구 그러죠?

"허세 부리지 마라. 너 암만 센 척해두 너 금 한 댕이만 봇짐에다 넣으면 저기 가다가 또랑에 빠져 죽는다."구 그러잖아요.

그래서 허 서방이래요. 그래서 허 서방보고는 허세 부리지 말아라.

노인호(남, 1935년생, 68세)
2003. 1. 9. 경기도 양주시 양주읍 유양1리
강진옥 신동흔 조현설 외 조사

⭕ 해설

겉보기에는 멀쩡하지만 알고 보면 실속이 하나도 없는 인물에 대한 해학적인 이야기다. 힘이 하나도 없는 허 서방이 우연한 행운으로 호랑이를 거듭 잡는 반전의 전개만으로도 흥미로운데, 금덩이 무게 때문에 도랑에 빠져 죽었다고 하는 또 다른 반전이 덧붙여져서 더할 바 없이 우스운 이야기가 되었다. 어찌 보면 풍자적인 의미를 담고 있다고 할 수 있겠으나, 그보다는 구김 없는 해학적 웃음이 두드러져 보인다. 엉뚱한 허세의 인물임에도 불구하고 왠지 애틋하고 정이 가는 인물이 허 서방이다.

⭕ 생각거리

- 이 이야기 속의 허 서방이란 인물에게서 받은 느낌을 자유롭게 말해 보자.
- 이야기를 구연하는 데 있어 '허풍'이 끼어드는 양상과 그 묘미에 대해 설명해 보자.

허 서방의 허세

'이랴' 소리의
유래

노재의

왜 그 저 충청도 가면 말이죠, 그 저 소 가지구서 밭 갈고 그러죠? 그럴라면 소를 가지구서 '이랴' 그러죠? '이랴' 그러면 소가 가지요? 그런디 그 '이랴' 소리 그 유래가, 무슨 소리냐하면 말이지, 그 유래를 알어요? 그 뭔가 충청도는 밭을 갈라면 소를 '이랴' 그러구서 인저 가거든요. 그런디 그 '이랴' 소리 그 유래가 어뚱게 되냐 하면, 이렇게 저기 써 있대요. 학생들 봐서 알겠지만 말이지.

여기 저 여기 저 지리산 밑에 수능골에 옛날에 부자가 살었는디 말이지. 그 자부(子婦, 며느리)를 얻었는디 그 자부가, 아 그 인저 시집오면 대개 저 인저 그 어른들 존경허고 다 이러는디, 아그 자부가 와 가지구설라무니 저 옛날에 바심,* 가을에 바심 허

---

* 바심 타작. 곡식의 이삭을 떨어서 낟알을 거두는 일.

잖어요, 바심. 바심 허면은 저 베(벼)를 떠는 거요, 그게. 베를 떨면 베를 갖다서 쌓아야거든. 쌓는디 옛날에는 뭘로 쌓냐면은 저섬 있잖아요, 섬. 섬으로 해서 일꾼들이 그거 뭐 이렇게 지구서 올라가서 쌓구 그러는디, 그 뭐 상당히 무거워요, 그게. 한 섬, 베 한 섬이라두 항상 무겁단 말여. 이 어른 잘 아시겠구만. 그런디 그것을 인저 쌓을라면 말이지, 일꾼들이 그늠을 지구서 그냥 쩔쩔매구 그러거든요.

아, 근디 한 만석꾼 집이 됐든가 저녁에 볏섬을 쌓는디 그 인부들이 쩔쩔매구서 이렇게 쌓는디 말이지, 쌓는디. 아, 그 집 자부가 말이야 그 일꾼들 밥해 줄라구 왔다 갔다 하다가 이렇게 보니깐 아니 그거 베 한 섬 가지구서 쩔쩔매니깐 말이지, 그 자부가,

"잠꽌(잠깐) 이 등불 좀 가지고 있으라."구.

그러더니 아 지가, 자부가 나오더니 그 자부가 힘이 썼던가 베한 섬을 한짝 손으로 들어서 올리고 얹구요, 또 저짝 손으로 얹구. 다른 사람은 베 한 섬 가지고설라무니 장정이 쩔쩔매는디 말이지, 그 집 자부가 그냥 베 한 섬을 갖다 공깃돌 놀리듯 해요, 공깃돌 놀리듯. 청중 웃음 그래서 그냥 쌓았단 말이에요, 그걸. 청자/장수구먼. 예.

쌓았는디, 옛날 그 저 장수가 생기면요, 반역할 우려가 있다고 해서 신분이 위험해요, 그게. 옛날에는 말이지, 아무 이래저래 힘깨나 쓰면 말이지 신변이 위험하거든요. 그러니까,

"아이구!"

저 시아버지가 말이지,

"아이구, 너 큰일 났다." 말이야.

"지금 소문 나기를 말이야, 일꾼들이 지끔 너 장사라구 얼마 안 있으면 관가에서 너 잡으러 온다." 이 말이야.

"그러니깐 너 피신해야겠다." 말이야. "피신."

피신허라구, 피신허라구 허면서 시아버지가 뭐라고 허냐면 소에다서(소에다가) 뭐 침구, 먹을 것을 이렇게 실어 주면서,

"야, 이늠 가지구 가서 말여, 저 지리산에 들어가서 숨어 있다가 오라."구.

그래서 보냈거든요. 보냈는디, 아 이 자부가 혼자 피신하기 위해서 지리산을 가요.

아, 지리산을 가는디 지리산 거의 가서는 말이죠, 가서는 아 그 너무 경사가 심허니깐 소가 못 올러오드래요, 거기를. 그러니까 여자가 번쩍 뎀벼 가지구 소를 이구서 인자 올라갔단 말예요. 여기 소 일 수 있는 사람 있어요? 청중 웃음 소를 이구서 올라갔단 말이에요. 올라가서 인자 이렇게 판판한 데다 내려놨거든요. 내려놓구서 인저 또 가는디, 소가 얼매나, 여기다서 널빤지라두 넙적한 거 놓구서 올려놨으면 괜찮은디, 아 삐족한(뾰족한) 대가리다 이렇게 얹어 놨으니 배가 얼매나 아팠겠냔 말이에요, 예? 그래 소가 아파서 쩔쩔맸거든요. 아, 근디 저기 편편한 데 올러가니깐 말이지, 아 거기서 쪼끔 저기허다 보니까 또 경사진 데가 또 나오더래요. 아, 또 나오니까 인저 이 여자가요, 소보구서,

"또 좀 이어 주랴?"

그랬더니 도망가더래요. 자꾸만. 청중 웃음 아, 그래서 이 여자가 무슨 소리냐면요,

"또 니가 혼자 올라가기 힘드니까 내가 또 이어 주랴?"

그러면서 소에게,

"이랴?"

그러면 도망가더라 이 말예요. 청중 웃음

그래서 충청도의 '이랴이랴' 소리가 거기서 나온 소리래요. 청중 웃음 그러니께 충청도에 가면 '이랴' 그러면, 여자가 소보구서 또 좀 이어 주랴 그 소리요, 그게.

노재의(남, 1919년생, 79세)
1997. 9. 30. 서울시 종로구 탑골공원
신동흔 조사

💬 해설

탑골공원의 이름난 이야기꾼인 화자가 구연한 희극적인 이야기다. 처음에는 비범한 여자 장수에 대한 심각하고 진지한 이야기처럼 진행되다가 어느 순간 우스꽝스러운 허풍으로 드러나는 반전이 재미있다. '이랴' 소리가 "머리에 이랴?" 하는 말에서 나왔다는 설명은 예상을 완전히 깨는 엉뚱한 연결이어서 거듭 되새겨보아도 웃음이 난다. 상식을 깨는 엉뚱한 발상을 통해 구김 없는 웃음을 이끌어 내는 설화적 상상력의 묘미를 잘 보여 주는 이야기라고 할 수 있다. 이런 이야기에 대해 내용이 맞느냐 그르냐를 따지면 이치에 안 맞는 일이 될 것이다. 유쾌하게 웃고 즐기는 것이 제격이다.

💬 생각거리

- 이 이야기의 화자가 청중의 관심을 이끌어 낸 뒤 웃음의 효과를 빚어내는 방식을 이야기 진행 순서에 따라 정리해 보자.
- 여인이 소를 머리에 올렸을 때의 상황을 소의 표정을 살려서 캐리커처로 표현해 보자.
- 생활 속에서 쓰는 말에 대하여 기발한 유래담을 상상적으로 구성해서 발표해 보자.

내 이름은
홍대권

김한유

그래서 오늘은 무슨 얘길 헐라구 니가 나왔느냐 그러시는 디, 여기 지금 얘길 허실 선생님들이 안 나오셨네요. 오늘은 이조 중엽에 모 대왕 시절에 암행어사 나갔던 사람이 어떠헌 일과를 겪느냐, 그 암행어사 얘기 하나 허겠습니다.

이 암행어사라면은 지끔으로 말하자믄 감사원, 감독원. 옛날에 상감이 지방 방방곡곡을 다 못 댕기니까, 암행어사를 파견을 해요. 그 암행어사는 어명을 받아 가지고 팔도강산에 댕기며 부모에게 불효하는 놈, 나라에 불충하는 놈, 일가친척 간에 불화불목허는 놈, 동네에서 행패 부리는 놈, 낱낱이 조사해서 올려라 이기여. 얼마나 중대한 명령이에요, 암행어사.

몰래 살살 댕기면서 탐지, 탐문을 해 가지고 그 자리서 봉고파직 시킬 놈은 그 자리서 봉고파직을 시키고, 그 모든 것을 기록에 올려서 나라에 상소를 해요. 그럼 상감은 서울에 앉아서 그 암행어사가 댕기며 허는 걸 다 앉아서 보고 앉어 듣고 앉았어요. 이러헌 중책을 가진 게 암행어사예요. 암행어사쯤 되면 권위가요, 무섭습니다. 무서워요. 옛날에 어디 암행어사가 떴다고 소문이 나믄요, 군수 거기 저 뭐 도 장관 뭐 이런 장관 자리까지 벌벌 떨어요. 암행어사한테 걸리면 용서가 없어요. 그 암행어사 무서운 거예요.

헌데 성씨가 윤간디, 이 사람이 과거에 급제가 되여. 그래 가지고 상감의 총애를 받어 가지고 암행어사가 됐어요. 상감의 어명을 받어 가지고 삼 도 암행어사, 충청도, 경상도, 전라도, 삼 도 암행어사의 어명을 받아 가지고 수행원 한 사람, 나이 먹은 늙은이 하나를 데리고 남대문 밖을 나섰어요. 그 노인은 어떤 노인이냐? 여러 해 동안 암행어사를 많이 모시고 댕겨서 거 암행 댕기는디 그 냥반이 꼭 간다 이 말이여.

노인이 남대문 밖엘 나가더니 어느 주막 앞엘 가더니 여길 들어가자 그래요.

'네기, 뭐 지방에도 안 나가는디 여길 왜 들어가자구 허나?'

그래 그 노인이 들어가자니 들어가니까 옷을 전부 벗으래요. 옷을 홀랑 벗구서 옷을 갈아입히는디 그지도 안 입을 거, 다 떨어진 거, 걸기벌기(얼기설기) 이리 꼬매고 저리 꼬맨 거, 시커멓게 때가 묻은 거, 찌그러진 갓에, 이걸 갈아입힌다 이거여.

"이거 왜 이렇게 허느냐?" 허니께,

"그렇게 해야지, 어산 줄 알면 죽인다." 이 말이오.

"지방 관속들이 어사를 암살을 해요. 허니 우리가 살아남자면 이렇게 변복을 허셔야 합니다."

변복을 허고 바람 따라 구름 따라 세월 따라 정처 없이 떠났는데 어디를 갔느냐? 지금의 문경이요, 문경. 문경 새재 고개 밑에 내려갔는디, 거길 당도했는디 어느 길로 가야 문경을 들어가나 물어볼 사람도 없어요. 둘이 의논허길,

"요 고랑으로 해서 요 고개만 넘어가면 아마 문경일 거요."

그래 한나절을 개울을 타구서 고랑으로 올라가는디 얼마나 산이 험한지 두 발짝 올라가면 세 발짝 뒷걸음질해 내려와야 돼요. 그래 해는 뉘엿뉘엿 지는디,

"이제 오늘 저녁 여기서 까딱하믄 호랭이 밥 된다." 이기여.

호환*해 가요. 호랭이가 얼마나 많았느냐? 여기 인왕산 삼각산에 하얀 백호랑이가 있었답니다. 그 백호가 뭐냐? 사람도 나일 먹으면 머리가 하얗게 세죠? 호랑이도 나이가 많으면은 털이 하얗게 변색을 해요. 게 백호가 있었답니다.

여기도 호랭이가 많았지만 어떻게 들썩거리는지, 문경 새재 고개 넘어가는 그 산에 호랭이가 몇 마리냐? 정확한 숫자는 모르고 추산해서 팔만 육천 마리, 청중 웃음 호랭이가 팔만 육천 마리가 있는디 이놈들이 먹을 게 없어서 아주 기아 상태에 있어요. 사람만 보믄 그건 뭐 떼로 뎀벼서 그저 삽시간에 뭐 뼉다귀만 남어

---

* 호환(虎患) 호랑이한테 당하는 일.

요. 이런 판국인데, 이거 날은 저무는데 오늘 저녁에 여기서 호랭이 밥 된다 이기여.

그 노인이 허는 말이,

"저기로 갑시다."

보니께 이렇게 비싯한(어슷한) 바우 밑에 우묵헌 굴이 있는디 맥힌 굴이여, 호랭이 굴은 아니구. 근데 바람이 부닝께 낙엽이 날아서 그 바닥에 낙엽이 깔렸단 말이여. 게 노인이 경력이 많으니께,

"오늘은 여기서 밤을 새야겠습니다."

허는 도리 없지, 어떡헙니까? 그래 그 낙엽 가운데 쭈그리고 앉었는데 노인이 나가더니 썩은 삭정일* 모두 줏어다가 앞에다 이만큼 쌓고 불을 질러요. 그래 불이 훨훨 타니께 춥지도 않고 그 문경 새재 고개 팔만 육천 마리 호랭이들이 콧구녕을 벌름벌름허드니 바람결에 냄새가 오는데 사람 냄새가 나요.

"애, 어서(어디서) 냄새 난다."

"무슨 냄새?"

"인내 난다, 인내 나."

아, 이 호랭이란 놈들이 바람결에 사람 냄샐 맡고 옵니다. 지금 화톳불은 벌건 놈이 타는디 그 앞에 가서 쪼옥 줄남생이* 들

• 삭정이 살아 있는 나무에 붙어 있는, 말라 죽은 가지.
• 줄남생이 물가 양지바른 쪽에 볕을 받으려고 죽 늘어앉은 남생이들.

어앉듯 호랭이가 쭈그리고 앉았어요. 입맛을 짝짝 다셔 가매. 저 기 두 개가 있는디, 사람이 둘이 있는디, 그런대로 먹을 만허겄는 디. 하나는 그대로 먹으면 살도 있고 괜찮구. 하나는 뼉다구 가 죽뿐이여, 늙은이.

거 호랭이가 입맛만 다시고 있는디, 아 이 노인네가 나가드니 만 타다 만 불덩이를 하나 들더니 휙 던졌는디 없어요. 그 많은 호랭이들이. 맬짱(말짱) 후닥닥 허더니 워디로 다 도망갔어요. 호 랭인 불을 제일 무서워헌대요.

얼마 안 있으면 도로 와요, 호랭이가. 거 불을 던지면 도망가 고. 이렇게 밤새도록 닭 울기가…… 때가 됐어요. 닭 울 때가 돼 서 떡 허니께 호랭이란 놈들이,

"가자, 오늘은 다 틀렸다."

이 호랭이라는 야수는요, 야행성 동물이에요. 밤에는 나가서 뭘 잡아먹고 밤에는 먹을 걸 구하러 댕기고 낮에는 굴속이나 어 디 안 보이는 데 가 낮잠을 자요, 호랭인. 아, 근디 그 이튿날 일 어났죠. 인제 식전 새벽참에 일어나서……

한 청자가 음료수를 주자 아이고, 이걸 이렇게 가지고 오셨네, 고맙습 니다. 저 이거 이것 좀 봐요. 거짓말 잘헌다고 상 타네. **청중 웃음** 그 저 거짓말도 헐 만해요. 이런 걸 주시니. 청자/팔만 팔천 마리라고 들었는디 할아버지는 팔만 육천 마리라 허네. 호랭이가 팔만 팔천 마리 라 허드마. **팔만 팔천 마리예요.** 청자/근디 팔만 육천 마리라 허시드 마. 인자 금방. 그것 조금 에누리해서 그래요. **청중 웃음**

그래 그 이튿날 날이 밝아서 아침이 됐는데 고랑을 타고서 둘이 올라갑니다. 암행어사하고 노인허구 둘이. 사람을 못 만나요. 인가부도처*라. 그래 거길 고랑을 올라가는디, 아 웬 사람 하나가 나타났어요. 지게에다가 칡을 끊어서 칡을 한 짐 짊어졌는디 칡이 이렇게 늘어져서 얼굴은 잘 안 뵈는디 어떻게 보면 늙은이도 같고 어떻게 보면 젊은이도 같아요. 아, 보니까 반갑단 말이요. 그 노인이 식전 댓바람 올라가서 칡 끊어 가지고 오는 그 동네에 어떤 노인이에요. 그러거든 좋은 말로,

"여보쇼, 여 문경을 갈라믄 어디로 갑니까?"

이렇게 했으면은 바로 일러 줄 겐디, 이 암행어사가, 사람이 그런 권력을 가지믄요, 사람이 교*, 교가 늘어요. 어깨가 으쓱…….

'내가 암행어사, 뭐 삼 도 암행어사. 저까짓 거 촌놈, 칡 끊어 가지고 오는 저런 놈을 내가 존대말을 써?'

"여보!"

그랬단 말여. 아, 이 칡 끊어 가지고 온 노인이 들으니께 식전 댓바람에 재수읎이 어떤 놈이, "여봐!" 그런단 말여.

그 칡을 이렇게 해 가지고 보니께 하난 늙은이고 하난 젊은 놈이여.

"왜 그려?"

• 인가부도처(人家不到處) 사람 집이 이를 수 없는 곳.
• 교(驕) 교만심.

그랬죠. 그니께 뭐라 그런고 허니,

"여기 문경은 어디로 가는고?"

그런단 말여.

'가는고 좋아하네.' **청중 웃음**

사람은 겸손해야 합니다. 권력을 가지고 있고, 재산을 많이 가지고 있고, 배운 게 많으면 그럴수록 이 사람은 겸손해야 돼요. "여보쇼." 그랬으면 왜 안 일러 주겠어요? "여보." 그랬단 말여.

아, 이 칡 끊어 가져오는 노인네가 배알이 틀리거든. 보니께 그진디, 둘 다. 그 암행어사 그지 꼴 허구 댕기니까요.

'반말로 여봐? 이놈들 엿 좀 먹어 봐라.'

"왜 그려?"

"여기 문경은 어디로 가는고?"

그랬단 말여.

"문경? 잘못 왔어! 오던 길로 도로 가야 문경이여." **청중 웃음**

꺼꿀로 일러 줬어요, 미워서. 그러니 그 사람은 그 동네 어디 사는 사람인디 나잇살이나 먹은 사람이 도로 가라니 안 갈 수 있어요? 도로 내려옵니다.

내려오는디 얕은 야산, 고개가 하나 있는디 고개를 쪼끔 올라와서 얼마 오니께 묘가 쌍분묘가 있어요. 그 묘 앞에 묘에 제각이 있어, 제사 지낼 때 사람들이 그 쓰는, 펀펀헌 디 잔디밭이요. 거기를 오니께 기진맥진해, 먹은 것두 없구. 거 노인이,

"쉬어 갑시다."

그래 그 노인허구 암행어사 윤 어사하고 둘이 앉었어요. 모이
(묘) 펀덕지*가 앉었어요. 모이 펀덕지 가 둘이 앉었는디, 시장허
구 먹은 게 읋구 기운이 읋으니께 뒤로 자빠져 드러누웠어요. 누
웠는데 일어날라니 일어날 근력이 없어요. 먹은 게 없으니까. 버
리적버리적 허다 도로 눕고, 도로 눕고.

요때 마침 어떤 일이 생겼느냐? 누워서 들으니께 여자의 목소
리가 나요. 그 이렇게 고갤 돌리고 거길 보니까 하나는 나이가 오
십이 넘은 안 노인이고 하나는 나이가 스물대여섯 살 된, 서른
살 이쪽저쪽 된 젊은 여자하고 둘이 올라와요, 저쪽에서. 올러오
더니, 그 젊은 여자가 며느리고 거기 있는 안 노인은 그 시어머니
요, 시어머니.

"어머니!"

"왜 그러니?"

"아이고, 저기 모이 펀덕지 사람 둘이 누웠네요."

"아이고, 야야. 무섭다, 얼른 가자."

그 어머니는 무섭다고, 남정네가 누웠으니께 가자구 그러고.
며느리가 허는 말이,

"사람도 없는 이 산중에 죽은 사람인가 산 사람인가 모르겠어
요."

"아, 우리가 그거 무슨 상관이냐? 죽었거나 살았거나 우리가

* 펀덕지 펀펀한 언덕배기.

상관 아니다. 어서 가자."

인정 많은 이 젊은 여인이,

"어머니, 먼저 천천히 내려가세요. 제가 먼빛으로 가 잠깐 보구 오겠어요."

"아이구야, 니가 남정네야 죽었거나 말았거나 왜 거길 갈라구 그러느냐?"고 그 어머닌 펄펄 뜁니다.

게 어머닌 슬슬 내려가고 젊은 여자가 살살 와서 요렇게 보니께 눈을 떴다 감았다 해요. 안 죽었어, 둘 다. 청중 웃음

"그 왜들 그러고 계시오?" 허니께,

"합, 합, 합, 합." 청중 웃음

배가 고파 죽겠으니 뭐 먹을 것 좀 달라구. 거 큰일 났어요. 뭐 가진 게 있어야 먹이죠. 한 사람도 아니고 둘인디. 그래 이 여자가,

'아이고, 어쩔까?'

이 여자가 어떤 여자냐? 사흘 전에 아들을 낳았는디 아들이 어머니 하문*에 나오다 죽었어요. 게 어린앤 갖다 묻었는데 그 아이 어머니 젖이 오만 원짜리 수박만 헌 놈의 것, 청중 웃음 젖탱이가 뽀얀 놈이 대추 같은 젖꼭지 두 개가 달렸어. 젖탱이 이렇게 부었어, 젊은 여자니께. 그 여자가 생각을 허니, 어차피 자식은 죽어서 갖다 묻었는디 이 젖을 짜서 그릇은 없지만 손바닥에다

---

* 하문(下門) 남녀의 바깥 생식 기관. 주로 여성의 것을 가리킨다.

받아서 입에다 좀 흘려 넣을라구. 젖을 이렇게 이렇게 이렇게 만져 가지고서 꾹 눌르니께 중부서에 소방대 뽐뿌는 저리 가라여. **청중 웃음** 찍 나가는디. **청중 웃음** 우선 찬물도 선후가 있다구요. 노인버텀 입에다 짜 넣어요.

'허부덕 허부덕!'

허매(하면서) 들구 야단허는데 얼굴이 젖투성이구, 넘어가구 그저 흘리구 젖을 한 통 꽉 짜서 멕였다 이기여. 근께 이 노인네가 옆댕일(옆을) 가르켜요. 나는 그만허면 됐으니 여기 좀 주라구, 자꾸. **청중 웃음** 그래 이쪽 젖을 그 젊은 사람 윤 어사 암행어사한테다…… 거 암행어산지 뭐, 거러지 같으니께. 거기다 짰어요. 아, 이 사람이 딱 받아먹었어요.

그러곤 여자가 쏜살같이 내려가 버립니다. 둘이 인제 젖 한 통씩을 먹고서 근력을 차려 일어나 앉았어요.

"아이구, 저 부인이 아니었으면 우리 둘 다 죽었다." 이기요.

"저 부인이 내려가는데 길이 있을 게여. 우리 따라가 봅시다."

그래 그 모녀가, 시어머니하고 고부간에 내려가는 길을 따라 내려가니께 길은 읎는데 산모퉁일 돌아서니께 아이고 깜짝, 수백 호의 기와집이 있고 거기가 바로 문경이에요. 문경이 보인다.

"아이고, 바로 왔구나."

근데 그 여자가 둘이 가는데 뒤를 따라가죠. 어디로 가나 보자 허니께 그 수백 호 있는 그 부잣집 기와집 있는 거 다 제쳐 놓고 동네 끄트머리 오두막집 초가삼간으로 가요. 그래 암행어사하고 이 노인허구 둘이 그 집 뒤꼍에 대나무 밭에 가서 허치구(헤치고) 그리 들어가 보니께 장독대, 장광이란 말여. 그래 장광에 가 몸을 숨키구서 동정을 살피는디, 뒤꼍에 부엌에 섬거적*을 들였는디, 섬거적을 이렇게 젲히더니 꾸정물을 들고 와 버리는데 보니께 그 여자여. 젖 먹을 때 그 여자의 얼굴을 유심히 봤거든요. **청중 웃음**

'야, 저 부인이 이 집에 사는 부인이로구나.'

그런데 이게 웬일이요? 산이 막 무너지는 소리가 나요.

"아이구, 이게 무슨 소리냐?"구.

요샌 지진이라구 그러죠. 옛날엔 움직일 동 자 '지동(地動)'입니다. 땅이 노허면 지동이 일어요.

"아이구. 지동 났나베. 아이구, 큰일이네."

"쾅! 쾅!"

허는디 보니께 그게 아니유.

뭐냐? 어떤 농촌의 초부* 하나가 나무를 해서 짊어지고 내려오는디 발짝을 밟으면은 산이 울려요. 키가 얼마나 크냐? 전봇대 둘만 해요. **청중 웃음** 딱 벌어졌는디, 이 어깨 사이즈가 사 메타. **청중 웃음** 이만기, 이봉걸이, 황대웅이 같은 건 게다 대면 새끼여. **청중 웃음** 무지무지한 농군 하나가 나뭇짐을 지고 와서 내려가더니 하필

• 섬거적 섬을 만들려고 엮은 거적이나 섬을 뜯은 거적.
• 초부(樵夫) 나무꾼.

393

네 이름은 홍띠쟁

이면 그 젖 멕여 준 집 바깥마당에다 나뭇짐을 부렸어요. 그 나무 한 짐이 얼마나 되느냐? 요새 팔 톤 트럭으로 세 트럭은 돼요. **청중 웃음** 청자/거짓말 좀 보소. 지게를 갖다 떡 울타리다 지게를 세우더니 물푸레나무 작대길 들구 앞마당에 떡 들어가더니, 아 신발을 보니께 어머니가 오셨거든. 자기 부인은 부엌에서 뭐 밥을 허는지 헌단 말여.

"아이구, 어머니. 오셨구먼요."

안방 문이 열리더니만은 그 어머니가 쪼그마한 부인인디 아들은 그렇게 무지한 늠을 낳았어요.

"애야, 큰일 났다."

"아이구, 어머니. 왜 그러시오?"

"요 너머 장 고개에 오다 어떤 그지 둘이 모이 펀덕지 누웠는디, 네 처가 그 그지 둘게다 젖을 멕이고서 내려왔다." 이기여.

"인제 여기선 못 살어. 동네 사람 봤으면 우린 다른 데로 이사 가야 한다."

야단났어요, 어머니가. 허니께 농군이 하는 말이,

"어머니, 거 걱정 마세요. 그까짓 놈 때려죽이고서 다시 장가 들면 될 거 아녀." 이런다.

아, 뒤꼍에 장독대 뒤에서 감춰서 지금 동정을 살피는디, 아 그 무지한 놈이 마누랄 때려죽인대요. **청중 웃음** 큰일 났거든. 그 고마운 여잘 죽여? 둘이 쫓아 내려갔어요. 모제르 권총 십이 연발, 암행어사가 찼어요. **청중 웃음** 그때는요, 권총이 어딨습니까?

활이요. 이렇게 착착 접으면요, 주먹 안에 들어요, 활이. 이놈을 쪽쪽쪽쪽 펴서 댕기면, 줄을 걸면은 각궁, 소뿔로 맨든 각궁이에요. 그래 그놈을 여기 차고 댕기는디 그놈을 꺼내서 쭉쭉쭉쭉 펴서 줄을 걸어 가지고 화살도, 캠코더 다리를 가리키며 여기 사진 기계 발마냥 이렇게 이렇게 하믄 쏙 들어가요. 그놈을 쭉 펴서 권총을 지금 들구, 고쳐서 화살요, 활을 댕겨서,

"니가 만약 그 여인을 죽인다믄 용서 없다." 이기여.

허드니만, 아 그 여자 끄댕일 잡고, 부엌에서 밥하는 마누라 끄댕일 잡더니 건넌방으로 끌고 들어가요. 그래 뒤꼍으로 얼른 가서, 거 담집인디, 그 창구녕이 있는디 손가락에다 침 발르고 들여다보니께 저놈이 물푸레나무를 들고서 작대기를 들고 들어갔는디, 마누라 때려죽이러 들어갔어요, 건넌방에.

'만약 때리기만 해. 용서 없다!'

'팩' 하면 죽어요. 천하장사라도 화살 맞고 안 죽을 놈 있습니까? 그런디 이상한 일이 벌어졌어요. 들여다보니께 그 노인이 허는 말이,

"저것 좀 보쇼."

"왜?"

"저게 뭐허는 짓이래요?"

"왜?"

여자를 아랫목에 앉혀 놓더니 그 무지한 놈의 서방이 절을 해요. 자기 부인한테 절을 해요.

'저 때려죽인다고 허더니 왜 절을 허나?'

허면서 허는 말이, 그 남자가 허는 말이, 초부가 허는 말이,

"여보, 참 좋은 일을 했소. 이왕 어린 건 죽어 갔다 묻었구, 짜내 버리는 젖 가지구 두 생명을 구했다니 참 장헌 일을 했소. 그러나 어머니는 부끄럽다고 저렇게 안방에서 야단을 허시니 자식된 도리로 어떡헌단 말이오. 우리 이렇게 해 볼까?"

"뭘 어떻게요?"

이불을 확 잡아댕겨 내려놓더니,

"내가 물푸레나무 작대기로 이불을 때릴 테니께 당신은 죽는 소릴 혀. 청중 웃음 그러면 어머니가 뭐 분이 좀 풀리실 거요."

허더니 이불을 갖다 후려갈기더니만,

"아이고, 죽는다고 좀 해여. '아이고 죽는다. 아이구, 아이구.' 해여."

"우떻게 그렇게 해요?"

"허라니께. 그래야 어머니가 분이 풀려."

딱 때리니께,

"아이구, 아이구."

"그렇게 해서 안방에 들리남? 호되게 해여."

이불을 탁탁 때리는디 며느리 자리 되는 이 여인은,

"아이구 아이구 아이구, 아이구 죽겠네." 그랬어요.

나오더니만 물푸레나무 작대길 마당에다 홀떡 던지더니,

"어머니, 내려가 저녁이나 허세요. 그년 때려죽였습니다." 이기여.

아, 죽였다고 허니께 어머니가,

"야, 이놈아! 그 아내가, 네 처가 어떤 여자냐? 열세 살 먹어서 민며느리로 데려다 키워 가지고 내가 장가를 들였는디, 그 뭐 내가 때려죽이라고 했니? 부끄럽다고만 했지."

게 건넌방을 시어머니가 가 보니께 아랫목에 이렇게 누워서 눈 감고 있어요.

"아이고, 이거 죽었네. 애야, 깨나라, 깨나라."

허니께 눈을 바시시 뜨더니,

"어머니세요?"

"죽지 않고 살았구나."

"괜찮아요."

부스스 일어나 앉습니다. 그만 어머니가 좋아서,

"그 나쁜 놈이 너를 을마나 두들겼나 그 때리는 소리가 안방에까지 들렸다."

자, 암행어사 윤 어사가 이 사연을 다 목격을 했는데 이걸 그대로 둘 수가 없어. 그래서 그 아래 주막에 나와 가지고 그날 저녁에 사연을 모조리 두루마리다 적어서 그걸 원님한테루 식전에 보냈어요. 거 노인 시켜서.

아, 원님이 가서, 원님이 떡허니 동헌 마루 높은 데 앉았는데, 아 이 노인네가 그지지요, 그지.

"아뢰오."

했단 말여. 아, 이 원님이 아주 교만해요.

"거 웬 놈인고?"

그랬는데 거지가 와서 그래,

"거 웬 놈인고?"

"예."

허는디 봉투 하날 내미는디 거기엔 뭐가 써 있느냐? 상감마마께 올리는 상소문이요. 원님이 그만 의자에 앉아 펄컥 떨어졌어요. 얼마나 놀랐던지.

"이게 웬 거요?"

"이거를 시급한 물건이오. 화급한 물건이니 파발을 띄워 가지고 서울로 이 서신을 상감께 올리시오."

그래 이 원님이 말 잘 타는 놈 어떤지 스물다섯 명을 뽑아 가지고 교대로다 냅다 서울로 달리는디 시속 일백팔십 킬로. 청중 웃음 막 달려요, 지금. 한참 달려요, 지금.

서울에 계신 상감께서 암행어사를 삼 도 암행어사를 내려보내, 윤 어사를 내려보냈는디 소식이 없어요. 허더니,

"상소문이오."

그래서 상소문이 올라왔어요. 집현전의 학사 하나를 불러 가지고,

"상소문을 낭독해라."

상감 앞에서 정중허게 무릎 꿇고 앉어 그 상소문을 읽는디, 만조백관이 쫙 들어 앉었는디 만조백관들이 그 소릴 듣더니만 대가리가 전부 땅에 가 닿아요. 상감이 허시는 말씀이,

"경들은 왜 이런 좋은 상소문을 읽는디 왜 땅에다 머릴 조아리는고?"

"영의정 아뢰옵니다."

"말해 보시오."

"저희들은 나라의 녹을 먹는 녹신(祿臣)인디 맨 비리만 저지르고 부정부패만 허구 나랏돈만 축내는디, 향촌의 초부라도 그런 사람이 있다 하오니 제절로(저절로) 머리가 땅에 가 다옵니다."

"아, 장하오. 여봐라, 게 아무도 없느냐. 내관 (대령)하라."

내관이라 하면 지금 청와대의 즉석 비서요. 무서워요.

"즉시 파발을 놔서 그 초부를 불러오너라."

거 마누라 때려죽인다구 끌고 들어가던 그 아들 말이유, 그 농군. 초부.

말이 막 달리는디,

"타부닥 타부닥 타부닥 타부닥 타부닥 타부닥 타부닥 타부닥!"

문경 원님한티 가서 얘길 해 가지고 그 사람을 찾았어요. 보니께 논에서 쓰럭질을 허구 있어요. 그래 막 어명이라고 불러내 가지고 이늠을 떡허니 서울로 데리고 왔어요. 경복궁 대궐 근정전 높은 댓돌 위에 곤룡포에 금관 교복을 허신 임금님이 떡 나오세요.

"저기에 부복*한 백성이 그 백성인가?"

• 부복(俯伏) 고개를 숙이고 엎드림.

"예조 판서 아뢰오."

예조 판서라 하믄 지금의 문교부 장관과 같은 직책이에요. 나라의 예조를 맡은 예조 판서예요, 판서 대감.

"예, 바로 그자인 줄로 아뢰옵니다."

"아하, 과연 큰 그릇에는 댐기는 것도 많이 댐긴다더니 체구가 저만하면 사나이루 쓸모가 있겠지. 여봐라, 네 성명이 무엇이냐?"

상감이 어명으로 불렀어. 그 초부더러 어명이 내렸어요. 아, 이놈이 두꺼비마냥 엎드려 대답을 안 해요. 아, 그 예조 판서가 오더니만 어깻죽지를 막 조지면서,

"아, 이놈아, 대답해여 이놈아. 어명이여, 이놈아."

대답이 없어요. 상감이 화가 나니께 발로 탁 구르며,

"이놈, 벙어리란 말이냐 귀머거리냐? 어명이 안 들리느냐, 이놈? 성명을 대라."

이때,

"아뢰오!"

했는디 그놈의 소리가 얼마나 컸는지, 경복궁 대궐 기왓장이 몽창 뜨구, **청중 웃음** 기둥 나무가 반을 돌어가구, **청중 웃음** 도봉산에서부팀 삼각산, 북한산성 바윗돌이 떼굴떼굴 굴르구, **청중 웃음** 남산에 꼼방울(솔방울)이 한 개두 안 남기고 다 떨어졌어. **청중 웃음**

"콰르릉!"

"아뢰오!"

그만 임금님이 놀라서 뒤로 벌렁벌렁 허는디 궁녀 셋이 붙잡았어요. 궁녀가 안 붙잡았으면, 그 임금님 그날 뇌진탕으로 죽어요.

청중 웃음

"여봐라 백성, 성명이 무엇인고?"

"예, 성은 남양 홍(洪) 가옵고, 이름은 큰 대(大) 자, 권세 권(權) 자 홍대권이로 아뢰오."

이 소릴 듣는 상감이,

"남양 홍 갈 테지?"

"예, 그렇습니다."

"음, 알겠다. 이름이 대권이라고 했는디 무슨 자 무슨 자냐?"

"예, 큰 대 자, 권세 권 자로 아뢰옵니다."

"허, 네가 때가 오면은 너도 한번 대권세를 이룰 때가 올 것이다."

아 이름을 풀어 주는디 동네에선 '대권이, 대권이' 개새끼 부르듯 했는디, 아 임금님이 대권이라는 걸 풀어 얘기했는디, 너도 때가 오면은 대권세를 이룬대요. 아 이 홍대권이 엎드려서, 그냥 말없이 엎드려 있지요.

"여봐라, 니가 그와 같은 착한 심정을 가진 백성이 있다니 과인이 심히 기쁘도다. 여봐라, 너 글공부 했니?"

그런단 말여. 베슬 줄라구요. 마음이 착허니께.

대답이 없어요.

"네가 만약 천자(천자문)만 배웠다두 한자리 내리겠는디 그래 천자두, 시골에두 서당이 있다는디 천자도 안 뱄니?"

"예, 천자는 뱄습니다."

"됐다! 천자를 배웠으믄 됐어. 천자라는 게 동양 문학의 한문의 기본 문자여. 하늘 천(天), 따 지(地), 검을 현(玄), 누루 황(黃), 집 우(宇), 집 주(宙), 이끼 야(也)까지 천잔디, 천자 속에는 천문, 지리, 과학, 예술, 문화, 종교, 법이 그 속에 다 있어. 천자만 뱄으면 돼. 베슬 한자리 내리고 말고. 그래 더 배운 게 없느냐?"

"예, 계몽 편의 《동몽선습》을 읽었사옵니다."

"뭣이 어째여? 아, 계몽 편에 《동몽선습》을 읽었어? 아, 그 많이 뱄구나. 또 밴 게 있느냐?"

"예, 통감 일곱째 권에 《명심보감》을 배운 줄로 아뢰오."

고만 만조백관, 숙종 대왕 정신이 막 오락가락해여.

"야, 많이 뱄구나. 더 배운 게 있거든 모조리 아뢰라."

여기 홍대권이가 아뢰는데 뭐라고 아룁니까.

"아뢰오. 《소학》, 《대학》, 《논어》, 《맹자》, 사서삼경, 《주역》 열두 권을 다 배우고, 배운 책을 가마솥에 넣고 물 세 동이 붓고 사흘 과서 그 건덕지(건더기) 국물할라(국물까지) 다 먹은 줄로 아뢰오."

청중 웃음

만조백관들이 막 혀를 내두르며,

"아, 책을 과 먹었댜. **청중 웃음** 사서(四書)를. 그것도 사서!"

숙종 대왕이 생각을 해 보니 체격이 좋아.

"여봐라. 너 그러면 글은 에지간히 배웠는디 무술을 배운 일이 없느냐?" 이래요.

여러 선생님. 무술이 뭡니까? 지금이나 그때나, 지끔은 폭격기 같은 거 조종허구, 포 쏘는 거, 총 쏘는 거, 수류탄 던지는 거, 다 무술이에요. 그때는 뭐냐? 칼 쓰는 거, 창 던지는 거, 이게 다 무술이에요.

"무술을 밴 일이 없느냐?" 그래요.

대답이 없습니다.

"아깝구나. 니가 만약 무술을 배웠다면 문무가 겸비한 천하의 명장으로 등용을 시키겠는디 그 무술을 안 뱄으니 안됐구나. 그래, 사나이로 났다가 활 한 번도 안 쐈느냐?"

"예, 활은 조금 쏴 봤어요."

"활을 쏴 봤어? 무슨 활을 어떻게 쐈냐?"

"산에 나무 댕길 적에 꾸지뽕나무에다가 노나깽이* 활을 맨들어 가지구요."

"그래서?"

"시누대*로 화살을 만들어 가지고 꿩도 잡고 퇴끼(토끼)도 잡고 비둘기도 좀 잡었지요."

"그래서?"

"아, 나무 한 짐을 해 놓고 앉어 담배를 피는디, 뭐에(뭐가) 꿀

• 노나깽이 노. 실이나 삼, 종이 따위를 가늘게 비비거나 꼬아 만든 줄.
• 시누대 신우대. 조릿대.

꿀거리더만 나뭇짐을 메때렸어요. 보니께 산돼지가 왔는디요, 대가리가 서 발 가웃이에요. 청중 웃음 억대 황소 둘만 헌 놈이 왔는디……" 공원 내 사람 찾는 방송으로 잠시 구연 중단. 그사이 음료수가 전해짐.

아, 그러더니,

"산돼지 그래 어떻게 했느냐?"

"쏠 데가 있어야지요? 그래 화살을 산돼지 똥구녕에다 쐈지요."

"그래 어떻게 됐니?"

"화살이 아가리로 빠져나가서 어디로 갔는지 모르는디, 청중 웃음 산돼지가 배가 따가우니께 뛰는디, 한 오 리 쫓아가니께 자빠져요."

"그래서?"

"그래 뒷다릴 붙들어다 바위 속에다 메때려서 산돼지까진 잡은 줄로 아뢰오."

야, 꾸지뽕나무 활로다가 산돼질 잡았대요. 그것도 대가리가 서 발 가웃짜리. 청중 웃음 만조백관이 막 혀를 내두르며,

"아이고."

저 거구요, 키가 전봇대보담 더 커요. 어깨 사이즈가 사 미터.

자, 여기까지가 상편인데요, 이 홍대권이 앞날이 어떻게 전개가 되는지 여러분 궁금허시죠? 이번에 KBS 대하드라마 〈용의 눈물〉이 끝나면 곧이어서 지가 얘기헌 하편이 나옵니다. 청중 웃음 안방에서, 여러분 안방에서 테레비로 보세요. 그러면 그 하편을 보실 게구. 제가 나이가 좀 먹어 그런지 어지러워서 자꾸 자빠질라

그래요. 병원에서 나온 지도 한 이십 일 됩니다만 자꾸 쓰러질라 그래요. 그래서 이 하편을 마저 엮어 드리지 못하는 게 크게 유감입니다. 여러 선생님, 건강허시구 오래오래 사세요. 박수

청자/참 잘허쇼. 참 잘허셔. 다른 청자/거짓말 아니죠? 아뇨. 그짓말은? 조사자/마저 하시죠. 길어. 다른 청자/맨 그짓말만 허구. 그짓말이, 아흔아홉까진 그짓말요.

김한유(남, 1922년생, 77세)
1998. 4. 14. 서울시 종로구 탑골공원
신동흔 손태도 외 조사

💬 해설

탑골공원 최고의 이야기꾼 김한유 화자가 구연한 희극적인 민담이다. '금자탑'이라는 별칭으로 유명했던 김한유 화자는 언제나 수백 명 청중들이 자발적으로 모여들어 뜨거운 관심과 반응을 나타낼 정도로 인기 있는 이야기꾼이었다. 세상사에 얽힌 만담을 주로 구연했는데, 민담을 구연함에 있어서도 남다른 개성과 표현 능력을 발휘했다.

그가 구연한 민담은 설화적 상상력의 진수라 할 만하다. 실감 나는 묘사와 턱없는 과장, 엉뚱한 너스레 등으로 커다란 재미를 전해 준다. 스스로 아흔아홉까지 거짓말이라고 말하는 그 이야기는 즐겁게 웃고 즐기기에 좋은 대상이지만, 그 이상의 문학적 묘미와 가치를 지니고 있다. 우선 홍대권이란 인물이 주는 매력이 범상치 않다. 엄청난 거구에 괴력을 지니고 있으면서도 순박하고 고지식하며 인간적인 따뜻함을 가지고 있어 단숨에 마음을 잡아끈다. 그가 대궐에 들어가 그 잘난 조정 대신들을 놀래키는 모습이 큰 카타르시스를 전해 준다. 이런 인물이 정말로 세상에 있다면 얼마나 재미있고 멋질까 하는 생각을 하게 될 정도다.

화자는 이야기는 뒷부분을 마무리하지 않은 상태로 구연을 마쳤는데, 이 또한 화자 특유의 이야기 기법에 해당한다. 이야기의 가닥을 다 잡아 놓은 상태에서 뒷이야기를 청중들의 상상에 맡김으로써 여운을 남겨 놓는 한편으로 사람들이 이야기를 제 식으로 구성해서 즐길 수 있도록 한 것이다. 화자가 남겨 놓은 뒷이야기를 스스로 엮어 봄으로써 이야기가 끝난 지점에서 새로운 이야기를 시작한다면 그것이야말로 옛 이야기의 묘미를 제대로 살리는 일이 될 것이다.

💬 **생각거리**

- 이 이야기에서 가장 재미있는 대목이 어디였으며, 이유는 무엇인가?
- 이 이야기에서 화자가 청중들에게 웃음을 주는 구연 기법에 어떤 것들이 있는지 두루 찾아서 정리해 보자.
- 이야기 중의 한 장면을 골라서 화자의 말투와 표현법을 그대로 살려서 내용을 구연해 보자.
- 화자가 청중의 몫으로 남겨 놓은 이야기 뒷부분을 자기 식으로 구성해서 구연해 보자. 주인공의 캐릭터 특성과 표현 방식을 잘 살려서 구연하도록 한다.

설화, 어떻게 읽고
어떻게 활용할까?

설화, 겉 다르고 속 다른 이야기

세상에는 참 많은 이야기가 있다. 최근 들어 이야기는 더욱 많아
졌다. 인터넷에 잠깐 접속하는 것만으로 무수한 이야기와 만날
수 있다. 뉴스 속의 사건과 사고, 연예계나 문화계 인사들에 얽
힌 비화, 각종 우스개 이야기와 기담(奇談) 등등 이야기의 홍수라
해도 지나치지 않다. 하지만 그 속에서 '진짜'를 만나기는 쉽지 않
다. 그 많은 이야기 가운데 십 년 또는 백 년 동안 살아남을 만
한 것들이 얼마나 될지 의문이다. 대개는 잠깐 반짝한 상태로 스
러질 것이 그들의 운명이다.

　예로부터 구전돼 온 설화는 이들과 다르다. 얼핏 거칠고 단순
하며 허황해 보이지만, 보면 볼수록 새로운 재미와 의미가 살아
나는 것이 설화다. 이는 이들이 삶에서 자연스럽게 흘러나온 이
야기며 오랜 세월의 단련을 거친 검증된 이야기기 때문이다. 이
야기의 원형적인 모습을 설화에서 볼 수 있거니와 그 가치는 그

야말로 무궁하다고 해도 좋다.

　문제는 설화의 진정한 가치를 체득하는 일이 쉽지 않다는 사실이다. 설화가 일상생활에서 멀어지다 보니 그 속내를 꿰뚫어 보는 직관력이 떨어진 상황이다. 어찌 보면 설화가 본래 속내를 쉽사리 드러내 보이지 않는 다소 불친절한 양식이라고 볼 수도 있다. 가치 요소를 안쪽 깊숙한 곳에 숨기고 있는 이야기들이 많기 때문이다. 설화를 이리저리 살피다 보면 '아, 이게 이런 이야기였구나!' 하면서 뒤늦게 놀라는 적이 많다. 허술해 보이는 모습 안쪽에 빛나는 가치를 지니고 있는 설화는 그야말로 '겉 다르고 속 다른 이야기'라 할 만하다.

　설화에 담긴 깊은 재미와 의미를 발견하려면 무엇보다도 설화와 친해질 필요가 있다. 설화와 많이 만나고 친해져서 설화의 문법을 깨우치고 나면 감춰졌던 본모습이 툭툭 드러날 것이다. 정확히 말하자면 설화가 부러 무언가를 감추었던 것이 아니다. 제모습 그대로 있는데 사람이 가치를 제대로 알아보지 못했을 따름이다. 비유하자면 금덩이가 흙이 묻고 때가 타서 거무튀튀한 것을 보고 대다수 사람이 그것을 돌멩이로 여겨 외면하는 것과 비슷한 상황이다. 자연 상태의 돌처럼 금덩이가 그런 것처럼 가공을 거치지 않은 구전 설화는 거칠고 투박해 보이기 마련이다. 하지만 그 속에 놀라운 빛이 깃들어 있다.

　책의 제목을 《국어시간에 설화읽기》라 했다. 구전 설화란 입으로 말하고 귀로 듣는 것이 제격인데 '읽기'라니 안 어울려 보이기도 한다. 하지만 어찌 글자를 읽는 것만이 읽는 일일까. 설화의 참모습에 눈떠서 그 속에 깃든 재미와 의미를 제대로 짚어 내는 일이야말로 진정한 '설화 읽기'라 할 수 있다. 그러한 읽기를 위해서는 일정한 지식과 함께 훈련이 필요하다. 금을 알아보기 위해 훈련이 필요한 것처럼 말이다.

설화를 설화답게 읽는 길

설화의 세계는 매우 넓고 다양해서 개념과 특징을 한마디로 말하기가 쉽지 않다. 때로 설화는 '이야기'와 비슷하게 넓은 뜻으로 쓰이기도 한다. 하지만 모든 이야기가 다 설화인 것은 아니다. 무언가 특별하고 흥미로운 잘 짜인 사연이 있어야 설화가 된다. 흔히 말하는 '스토리(story)'다. 스토리는 설화를 이루는 핵심 요소라 할 수 있다.

설화의 스토리는 기본적으로 허구적이다. 실제의 현실에 구애받지 않고 자유롭게 내용이 전개된다. 설화에서 중요한 것은 사실과 부합하는 일이 아니라 '앞뒤가 그럴싸하게 잘 들어맞는 일'이다. 잘 짜인 스토리를 통해 긴장감과 경이감, 재미와 교훈이 우러나야 한다. 그러한 스토리 효과를 위해 설화에서는 초월적이고 환상적인 요소나 과장과 비약 같은 기법을 자유롭게 활용한다. 애초에 그러한 요소를 맘껏 발휘할 수 있도록 돼 있는 것이 설화의 양식적 특징이다.

설화는 자유로운 상상의 길을 펼쳐 내는 '열린 담화'다. 세부 내용을 세심히 채워서 상황이 눈앞에 펼쳐지는 것 같은 현실감을 자아내는 소설과 달리 설화에서는 세부 묘사에 구애받지 않고 징검다리를 툭툭 건너듯 이야기가 쭉쭉 전개돼 나간다. 그렇게 건너뛴 빈 공간을 채우는 것은 수용자의 몫이다. 각자 자기 나름으로 구체적 상황을 상상해서 느끼는 것이다. 그러니까 설화 읽기의 과정은 자연스레 이야기를 자기 식으로 소화하는 주체적 구성의 과정을 거치기 마련이다. 주어지는 내용을 수동적으로 받아들이는 대신 상상력을 적극 발휘하는 일은 설화를 설화답게 읽기 위한 핵심 요건이 된다.

상상력을 발휘해서 설화의 서사적 의미를 되새김에 있어 관건이 되는 요소로 '화소'를 들 수 있다. 사람들의 관심을 이끌어 내며 정서적 반응을 불러일으키는 이야기 요소를 화소(話素; motif)라 한다. 화소는 설화에서 서사 구성의 기본이 되는 요소다. 어떤 내용이 화소가 되기 위해서는 호기심이나 긴장감을 일으키는 낯설고 특별한 요소가 있어야 한다. '결혼'이나 '죽음' 같은 일반적이고 평범한 내용은 화소로서 자격 미달이다. '동물과의 결혼'이라든가 '일시적인 죽음'과 같이 특별한 흥미 요소를 지녀야 화소가 될 수 있다.

설화의 화소는 종류가 정말로 다양하다. 거의 무한하다고 해도 과언이 아니다. 한 예로 '변신(變身; transformation)'을 보도록 하자. 누군가가 몸을 바꾼다는 것은 흥미를 집중시키는 전형적인 화소거니와, 그 양상이 아주 다양하다. 변신의 주체에 있어 사람이 수많은 동물이나 식물 또는 사물로 변할 수 있으며(예컨대, 호랑이나 뱀, 독수리, 메추리, 등나무, 백일홍, 며느리밥풀꽃, 바위, 모래알, 궁궐, 우물, 구슬 등등), 동물이나 식물, 사물, 신(神) 등이 사람이나 또 다른 사물로 변신할 수 있다. 변신의 방법과 형태도 여러 가지다. 일시적인 변신이 있는가 하면 영구적인 변신이 있으며, 모두를 속이는 완벽한 변신이 있는가 하면 불완전한 변신도 많다. 스스로 변신하는 경우도 있지만 타자에 의해, 예컨대 신이나 마녀의 힘에 의해서 변신을 당하기도 한다. 그 모든 경우가 서로 다른 화소가 된다.

중요한 것은 설화의 화소에 깃든 상징적 의미를 읽어 내는 일이다. 다시 변신 화소를 보면, 그것은 '존재의 질적 변화'라는 의미 요소를 지닐 수 있다. 이 책에 실린 〈구렁이 각시와 선비〉에서 사람으로 변한 구렁이는 오래 도를 닦은 결과로 '존재의 격상'을 이룬 것이라 할 수 있다. 〈단군 신화〉에서 웅녀로 변했던 곰과 비슷한 경우다. 하지만 구렁이의 변신은 아직 임시적이고 불완전한 상태다. 누군가의 마음을 얻지 못하면 다시 뱀으로 돌아가는 존재적 전락을 피할 수 없다. 하지만 마음을 얻는 데 성공하면 또 한 번의 존재적 격상을 이룰 수 있다. 용이라는 신적인 존재가 되어 궁극적 자기실현을 이루게 되는 것이다.

조금 더 나아가 보면, 겉으로 사람의 모습을 하고 있되 구렁이가 되기도 하고 용이 될 수도 있는 저 각시는 인간 존재의 양면적 속성을 상징한다고 볼 수 있다. 인간은 한편으로 동물로서의

원초적 본능을 가진 존재면서 한편으로 신성의 발현을 통한 자기 실현을 꿈꾸는 존재라 할 수 있다. 수성(獸性)과 신성(神性)을 함께 지닌 채 양자 사이를 오가는 것이 인간의 특징이다. 사람과 구렁이, 용 사이를 오가는 저 각시의 모습은 그러한 인간 존재의 전형적이고 상징적인 표상이라고 볼 수 있다. 그 형상에 우리 자신의 존재적 본질이 투영돼 있다는 뜻이다.

화소는 설화에 재미와 의미를 부여하는 요소지만, 낯설고 신기한 화소를 많이 담고 있다고 해서 훌륭한 이야기가 되는 것은 아니다. 상황에 어울려야 하며, 앞뒤가 잘 맞아떨어져야 한다. 복잡하고 난해한 쪽보다 단순하면서도 강한 인상으로 각인되는 쪽이 더 효과적일 수 있다. 실제로 많은 설화가 그와 같은 단순하고도 효과적인 구성을 갖추고 있다.

설화의 구성과 관련해서 '서사 구조'를 눈여겨볼 필요가 있다. 이야기 요소들이 어울려 이루는 틀거리를 서사 구조라 하거니와, 잘 짜인 구조는 스토리에 안정감과 깊이를 부여하는 요소가 된다. 설화의 서사 구조는 보통 순차 구조와 대립 구조의 두 측면으로 설명된다. 순차 구조는 이야기 진행 순서에 따른 계기적 짜임새로서, '결핍 → 결핍의 해소', '금기 → 위반 → 위반의 결과', '운명의 탐지 → 운명의 실현' 등과 같이 이어지는 서사적 틀거리가 곧 순차 구조가 된다. 대립 구조는 이야기 순서와 상관없이 이야기 바탕에 깔려 있는 대립 요소들, 예컨대 '생 : 사', '선 : 악', '성 : 속', '남 : 녀', '귀 : 천' 등이 형성하는 상관관계를 일컫는다. 설화의 전체적 구조와 의미는 대립 구조가 순차 구조와 어떻게 맞물리는지를 살핌으로써 분석해 낼 수 있다.

한 예로 〈구렁덩덩 신선비〉 설화의 구조를 분석해 본다. 이 설화의 대체적인 이야기 내용은 다음과 같다.

A 장자집 세 자매가 짝 없이 처녀로 살고 있었다.

B 이웃집 가난한 할머니가 구렁이 아들을 낳았다.

C 두 언니가 징그럽다고 피했으나 셋째 딸은 신선비라고 칭찬했다.

D 막내딸은 구렁이에게 시집을 갔다.

E 첫날밤에 구렁이가 목욕을 하고 나서 훌륭한 신랑으로 변했다.

F 신선비가 각시에게 뱀 허물을 잘 간직하라고 했다.

G 동생을 시기한 언니들이 몰래 뱀 허물을 태웠다.

H 허물을 잃은 신선비가 집을 떠나 멀리 사라졌다.

I 각시가 길을 떠나 고생 끝에 별세계의 신선비 집에 찾아갔다.

J 각시는 신선비가 제시한 시험을 통과했다.

K 각시는 신선비와 다시 결합하여 행복하게 살았다.

주인공인 셋째 딸에 초점을 맞출 때 이 설화의 순차 구조는 어렵지 않게 파악할 수 있다. 짝이 없이 사는 '결핍'의 상황(A)으로부터 해결의 실마리를 찾아(B–C) 결혼에 성공함으로써 '결핍의 해소'가 이루어지는 것(D–E)이 하나의 흐름(시퀀스; sequence)을 이룬다. 이어서 금기(F)를 위반(G)한 결과로 시련에 처했다가(H) 그 결과로부터의 도피를 시도(I–J)하여 결핍의 완전한 해소(K)에 이르는 흐름을 통해 전체 순차 구조가 완결된다. 그 흐름을 요약하면 다음과 같다.

흐름 1   결핍 – 해결의 시도 – 결핍의 해소(임시)

흐름 2   금기 – 위반 – 위반의 결과 – 해결의 시도 –
          결핍의 해소(완전)

문제의 일차적 해결을 이루었다가 위기와 시련을 거쳐 완전한 해결로 나아가는 서사 구조는 남녀의 결연 과정을 전형적으로 반영한다. 남녀의 결연이란 단번에 완전한 것이 되기는 어려우며, 결정적인 고비를 맞게 마련이다. 그 시험을 감당할 수 있는 능력이 확인될 때 비로소 결합은 온전한 것이 될 수 있다. 위 설화에서 금기가 위반되어 신선비가 떠나고 각시가 시련을 겪는 과정이 그 시험에 해당한다. 그것은 부부간의 신뢰를 확인하면서 영원한 짝으로서의 자격을 확인하는 과정이 된다. 셋째 딸은 제 힘으로 문제를 거뜬히 해결하여 자격을 확인받음으로써 신선비와 재결합하여 오랜 행복을 누리게 되는 터다.

이 설화의 순차 구조는 이처럼 시작에서 결말에 이르는 과정이 긴밀하고 정연하게 짜여 있다. 그러한 서사 구조를 바탕으로 이야기의 주제적 의미가 실현된다. 좋은 짝과 결연을 이루어 삶의 행복을 성취하고자 하는 소망이 그것이다. 조금 확장해서 말하면, 이 설화의 서사 구조는 타자와의 관계를 통해 삶의 격상과 존재의 실현을 이루어 내는 인생살이의 과정을 함축적으로 대변한다고 할 수 있다.

〈구렁덩덩 신선비〉의 이러한 순차 구조는 우리 설화에서 무척 낯익은 것이다. 유명한 〈선녀와 나무꾼〉이나 〈우렁 각시〉 등이 이와 흡사한 구조를 갖추고 있다. 이 설화들의 주인공도 짝이 없던 결핍의 상태에서 이상적 배필을 만나 결연을 이루었다가 금기 위반으로 시련을 겪으며, 떠나간 배필을 찾아 나선 뒤 시험을 거쳐 짝을 되찾음으로써 행복을 이루어 낸다. 대표적인 남녀결연 설화들에서 비슷한 서사 구조가 반복된다는 사실은 그 구조가 그만큼 원형적이고 보편적인 것임을 확인시켜 준다.

다음, 대립 구조 쪽으로 눈을 돌려보면, 〈구렁덩덩 신선비〉는 서사의 바탕에 다양한 대립항이 자리하고 있음을 볼 수 있다. 대립 구조를 이루는 요소들이다.

가난과 부유[貧富]	'할머니-신선비'는 가난하고 '장자-세 자매'는 부유하다.
남자와 여자[男女]	신선비라는 남자와 세 자매 사이의 관계가 서사의 축을 이룬다.
신성과 세속[聖俗]	신선비는 초월적 존재, 다른 사람들은 일상적 존재다.
귀함과 천함[貴賤]	신성의 존재인 신선비는 다른 이들과 달리 '귀한 자'다.
표면과 이면[表裏]	신선비는 겉으로 추하고 징그럽지만 속으로는 신선의 자질을 지녔다.
앎과 모름[知/無知]	셋째 딸은 신선비의 자질을 알아봤고 두 언니는 알아보지 못했다.
착함과 악함[善惡]	셋째 딸을 시기하여 훼방하는 두 언니의 행위는 '악'에 해당한다.
현계와 이계[異界]	셋째 딸이 신선비를 만나는 장소는 현계가 아닌 이계의 속성을 지닌다.
행복과 불행[禍福]	셋째 딸은 성공과 실패, 행복과 불행 사이의 갈림길에서 움직인다.

이와 같은 여러 요소 가운데 어디에 주안점을 두는가에 따라 해석 방향이 달라진다. 한 예로 이 설화의 구조와 의미를 빈부와 남녀, 귀천과 같은 사회적 요소에 초점을 맞추어 읽어 볼 수 있

다. 신선비는 '가난한 자 – 귀한 자'이며, '남자 – 귀한 자'이기도 하다. '가난한 자 – 귀한 자'의 연결은 그 자체로 사회 통념을 깨는 설정이 된다. 사회적 부와 인간적 고귀함이 서로 합치하지 않음을 보여 주기 때문이다. 이와 달리 '남자 – 귀한 자'의 연결은 사회 현실을 반영한 요소로 해석될 수 있다. 이야기에서 신선비는 허물을 벗고 남편이 되는 순간 '무조건 따르고 받들어야 할 대상'이 되는 면이 있다. 일방적으로 아내에게 금기를 전하고 집을 떠나 사라지는 모습은 꽤나 권위적이고 자기중심적이다. 문제가 된 모든 상황을 그의 아내가 혼자 감당하거니와 공평하다고 보기 어려운 모습이다. 가부장적 권력 구조가 투영된 형상이다.

개인적으로 이 설화에서 더욱 주목하는 것은 '표면과 이면', 그리고 '앎과 모름'이라는 대립 구조다. 표면과 이면의 대립 요소는 신선비 안에서 구현된다. 신선비는 겉으로는 추하고 징그러운 존재였지만 이면적으로는 신선의 자질을 지닌 존재였다. 장자의 맏딸과 둘째 딸을 비롯한 많은 사람들이 겉모습을 볼 때 그 이면을 꿰뚫어 보는 한 사람이 있었으니 장자의 셋째 딸이 바로 그다. '모르는 것과 아는 것'의 차이는 그야말로 하늘과 땅 차이라 할 수 있다. 숨은 가치를 제대로 아는 사람만이 그것을 가질 수 있는 것이 세상사 이치다. 셋째 딸과 신선비의 결합 속에는 이러한 보편적 의미가 주제적으로 깃들어 있다고 할 수 있다.

가치란 찾아내는 일 못지않게 지키는 것이 중요하다. 이야기 속의 셋째 딸은 금기를 위반함으로써 소중한 것을 잃어버릴 위기에 처한다. 그녀는 그것을 되찾기 위해 길을 떠나는데, 그 결과는 자료에 따라 차이가 있다. 대개의 이야기는 그녀가 어려움을 이겨내고 남편을 찾아내서 재결합에 성공함으로써 행복을 이루어 냈다고 말한다. 되찾음에 성공한 경우다. 하지만 그 시도가 실패로 끝나는 경우도 종종 있다. 이 책에 실린 〈구렁덩덩 서선비〉에서 셋째 딸은 멀리 남편을 찾아가 만났음에도 불구하고 재결합에 실패한다. 서선비의 상처받은 자의식이 재결합 욕구보다 더 컸기 때문이다. 주인공 앞에 놓인 '성공:좌절'의 대립적 가능성 중에서 좌절이 실현된 형국이다.

서로 다른 서사 전개 가운데 어느 것이 합당한지를 판정하는 것은 어울리지 않는다. 둘 다 가능한 전개고 결말이라 할 수 있다. 하지만 사람들이 더 선호하고 지지하는 쪽은 있기 마련이다. 〈구렁덩덩 신선비〉의 경우 대다수 자료들에서 두 사람이 재결합에 성공하는 것으로 이야기가 마무리된다. 더 많은 전승자들이 '재결합이 가능하다'는 쪽으로, 또는 '재결합을 해야 한다'는 쪽으로 마음이 움직였기 때문이라 할 수 있다. 하지만 오늘날 사람들이라면 답이 달라졌을 수도 있을 것이다. 현대 여성이라면 떠나간 남자를 찾아가는 일 자체를 인정하지 않을 가능성이 크다. 요컨대, 설화의 서사 구조는 고정된 것이 아니라 유동적인 것이며, 그 유동에 따라 새롭고 다양한 의미가 생성된다. 이 또한 설화가 지니는 묘미라 할 수 있다.

눈길을 조금 옆으로 돌려 〈선녀와 나무꾼〉과 〈우렁 각시〉를 보면, 이 설화와 순차 구조가 흡사하지만 의미 맥락에는 차이가 있다. 이는 대립 구조의 차이와 관계가 깊다. 〈구렁덩덩 신선비〉와 달리 이 두 설화에서는 여성 쪽이 신성하고 귀한 존재이고 남성이 일상적이고 미천한 존재로서 관계가 역전돼 있다. 금기는 여성이 아닌 남성에게 주어지며, 금기가 위반됐을 때 여성이 떠나게 된다. 흥미로운 것은 이때 남성이 나타내 보이는 태도다. 〈구렁덩덩 신선비〉의 셋째 딸이 거의 어김없이 남편을 찾아 떠나가서 재결합에 성공하는 것과 달리 〈우렁 각시〉의 남편은 아내를 찾아갈 생각조차 못한 채 주저앉는 경우가 꽤 많다. 여성보다 남성이 더 나약한 모습을 보이는 형국인데, 삶의 이면적 진실을 반영한 것이라 할 만하다. 〈선녀와 나무꾼〉의 나무꾼은 일단 하늘에 오르는 데는 성공하지만 그 이후에 문제가 생기는 경우가 많다. 모친을 만나러 지상에 내려왔다가 말에서 떨어지는 바람에 하늘로 못 올라가고 죽는다는 전개가 그것이다. 과거에 대한 미련과 집착 때문에 새로운 관계 설정에 실패한 결과가 된다.

이야기 속내를 들여다보면 흥미로운 차이를 더 많이 찾아낼 수 있다. '나무꾼 – 선녀'의 쌍과 '총각 – 우렁 각시'의 쌍을 비교해 보면, 둘 사이의 관계에 미묘한 차이가 있다. 전자가 나무꾼이 일방적으로 선녀를 붙잡고 사는 쪽이라면, 후자는 우렁 각시가 자청해서 총각에게 손을 내민 쪽이다. 이런 차이는 선녀가 자꾸만 남편을 떠나려 하고 우렁 각시는 어떻게든 남편과 살아 보려고 하는 차이로 연결이 된다. 남녀라는 대립항의 관계 구조가 서사 전반에 걸쳐 영향을 미치고 있는 양상이다. 두 설화는 그렇게 인간관계의 서로 다른 측면을 반영하면서 주제적 의미를 구현한다.

설화를 놓고 화소와 구조에 담긴 의미를 추적해 나가는 일은 수수께끼를 푸는 일처럼 흥미진진하다. 어떻게 풀어도 답이 될 수 있으니 편안하고 즐거운 과정이 된다. 그 과정에서 자기도 모르게 깜짝 놀라는 순간이 닥쳐오기도 한다. 멀고 허튼 공상처럼 보였던 이야기 내용이 문득 나 자신의 문제로 육박해 올 때가 그러한 순간이다. 앞서 설화를 겉과 속이 다른 이야기라고 했거니와 과연 그러하다. 우리하고 아무 상관이 없어 보임으로 해서 오히려 더 정확하게 우리 삶의 문제를 꿰뚫는 이야기가 설화다. 설화의 깊은 속은 정말로 알다가도 모를 정도다. 참으로 오묘하고 매력적인 존재다.

설화와 어떻게 놀며 무슨 일을 해 볼까?

구전 설화는 수용자들이 끼어들 여지가 많은 열린 이야기다. 글이 아닌 말로 전승돼 온 터라서 현장적 생동성을 지닌다는 것도 설화의 특성이 된다. 소설 등과 달리 내용이 짧고 함축적이어서 단시간에 효과적 소통을 이룰 수 있다는 것, 노래나 연기 같은 요소 없이 평이한 말로 소통이 이루어지므로 누구나 쉽게 다가갈 수 있다는 것도 두드러진 특징이다. 더불어 즐겁고 유익하게 놀고 배울 수 있는 길은 매우 많다.

설화와 만나는 가장 기본적인 방식은 이야기 듣기와 읽기라 할 수 있다. 음성으로 전달되는 구연을 귀 기울여 듣거나 문자로 옮겨진 이야기 내용을 눈여겨보는 것만으로 즐겁고 유익한 활동이 된다. 이때 유념할 것은 상상력을 적극적으로 발휘하면서 내용을 주체적으로 소화할 필요가 있다는 점이다. 무엇보다 '집중력'이 필요하다. 설화의 스토리는 한 가닥만 놓쳐도 전체 맥락이 흐트러지게 된다. 주의를 기울이면서 집중해서 듣거나 읽을 때 이야기를 쏙쏙 받아들이면서 그 맛과 멋을 느낄 수 있다.

설화에서는 거듭해서 듣거나 읽는 일이 중요하다는 사실을 강조하고 싶다. 겉보기에 설화는 내용이 단순하고 거칠어 보이며 앞뒤가 안 맞는 것처럼 여겨질 수 있다. 현장에서 구술된 원전 설화 자료는 특히 그러하다. 이때 필요한 일은 이야기를 두 번 세 번 거듭해서 음미해 보는 일이다. 내용을 다시 되새기는 과정에서 전에 못 봤던 의미 요소들을 새롭게 발견할 가능성이 크다. 설화와 훌쩍 친해지게 되는 순간이다.

문자로 정리된 설화 자료를 읽을 때 눈으로만 보지 않고 소리 내어 낭독해 보는 것도 재미있고 유익한 활동이 된다. 입말 표현의 맛을 생생히 실감하는 과정이 될 수 있으며, 설화의 묘미를 몸과 마음에 효과적으로 새기는 과정이 될 수 있다. 이때 단지 소리만 내는 것이 아니라 서사적 상황과 맥락을 고려해서 '이야기 구연'에 가깝게 읽으면 더욱 좋을 것이다. 할아버지나 할머니 말투를 흉내 내서 이야기를 읽어 나가다 보면 어느새 즐거운 웃음이 배어 나오면서 이야기의 구수한 맛에 깊이 젖어 들게 될 것이다. 원문 그대로 설화를 구연해 보는 것은 설화가 어떤 식으로 전개되고 표현되는지를 이해하는 데도 효과적인 방법이 된다.

설화를 자기 것으로 소화하는 더 적극적이고 주체적인 활동은 그 내용을 자기 이야기로서 구연해 보는 것이다. 텍스트를 보지 않고 오로지 '기억'에 의해서 이야기를 펼쳐 보는 일이 그것이다. 기억만으로는 이야기의 세부 표현을 그대로 외울 수 없기 때문에 필연적으로 이야기를 재구성해서 새롭게 표현하는 과정을 거치게 되거니와, 설화의 수용자를 넘어서 적극적 전달자 내지 창조자가 되는 순간이다.

직접 설화를 구연해 보면 알겠지만, 이야기를 자기 입으로 들려주는 것은 남의 이야기를 듣거나 보는 것 이상으로 재미있는 활동이다. 또한 아주 유익한 활동이기도 하다. 구연 과정을 통해 서사의 맥락과 의미를 더 깊이 이해할 수 있게 되며 자기 표현력을 향상시킬 수 있다. 학교 교육의 말하기 활동은 주로 '논리적 말하기' 중심으로 이루어지고 있는데, '감성적인 말하기' 활동이 그 못지않게 중요하다고 할 수 있다. 설화를 통한 감성적이고 문학적인 말하기 활동을 통해 상상력과 정서 표현 능력을 발전시킬 수 있고, 앞뒤 맥락을 통합하는 구조적이고 총체적인 사고 능력을 키워 나갈 수 있다. 학습이라는 딱딱한 틀을 넘어 즐거운 놀이로서 힘을 낼 수 있다는 것은 설화 구연 활동의 특별한 미덕이 된다.

듣기와 읽기, 말하기 등을 통해 설화 자료와의 소통이 이루어지면 거기 담긴 의미를 분석해 보는 활동을 다각적으로 진행

할 수 있다. 설화 속의 화소들에 어떤 상징적 의미가 담겨 있으며, 대립적 구조와 순차적 구조가 어떻게 맞물려 있는지를 분석하는 것이 특히 유효한 방법이다. 이런 분석 작업을 통해 대다수 설화가 상당한 묘미를 지니고 있음을 깨우치게 될 것이다. 분석을 할 때는 여러 요소를 이리저리 펼쳐 놓는 방식보다 핵심이 되는 요소를 파악해서 거기 얽힌 의미를 깊이 있게 짚어 내는 것이 더 즐겁고 효과적인 길이 된다. 그렇게 분석한 결과를 발표해서 비교해 보면 그 또한 흥미로운 일이 될 것이다. 같은 설화를 놓고 사람마다 서로 다른 부분에 눈길을 두면서 서로 다른 방식으로 의미를 읽어 냈음을 확인하는 가운데 설화의 개방성과 다의성을 체감할 수 있을 것이다. 해석을 공유하는 활동은 설화에 대한 이해를 확장하고 심화하는 데도 큰 도움이 된다.

설화의 구조 및 의미 분석과 관련해서 진행해 볼 수 있는 밀도 있는 학습 활동으로 '주제 토론'을 들 수 있다. 설화 속에는 토론의 대상이 될 만한 미묘하고 흥미로운 문젯거리가 많이 들어 있다. 작중 인물 및 그 행위에 대한 평가를 놓고 다양한 토론이 가능하며, 난제에 대한 설화식 해결 방법을 놓고 찬반 토론과 함께 또 다른 창의적 대안을 찾아보는 활동을 전개할 수 있다. 그 활동은 구두 토론의 형태로 진행할 수 있으며, 논술문을 써서 발표하는 활동으로 진행할 수도 있다. 설화의 서사 상황은 전형적이고 함축적이며 구조적이어서 논술과 토론의 좋은 바탕이 되어 줄 것이다. 이 책에서 설화 자료마다 제시한 작품 해설과 생각거리를 논술과 토론 활동의 길잡이로 삼아도 좋겠다.

설화의 내용을 부분적으로 바꿔 보거나 다르게 구성해 보는 일도 즐겁고 의미 있는 활동이 될 수 있다. 설화의 빈 구석을 자기 식으로 채워 볼 수 있고, 설화에서 마음에 안 드는 부분을 자기 식으로 고쳐서 말해 볼 수 있으며, 결말을 바꾸어서 뒷이야기를 새롭게 이어 나가 볼 수도 있다. 설화의 인물이나 화소, 또는 구조를 원용해서 완전히 새로운 이야기를 만들어 보는 활동도 좋다. 이와 같은 활동은 상상력과 구성력, 표현력을 포함한 제반 스토리텔링 능력을 동시적으로 향상시키는 과정으로서 의의를 지닌다. 설화를 자기 식으로 재구성해서 풀어내는 순간 한 명의 스토리텔러로서 움직이게 되는 것이라 할 수 있다.

설화를 재구성하는 활동은 설화 양식의 틀을 넘어서 인접한 문학예술 양식으로까지 확장해서 진행할 수 있다. 설화 속 인물의 심리나 특정 상황을 시나 노래 가사 등으로 표현해 볼 수 있으며, 서사적으로 흥미로운 장면을 소설의 형태로 기술해 볼 수 있다. 어떤 설화는 서사 전체를 소설 양식으로 다시 써 볼 수도 있을 것이다. 꼭 소설만이 아니다. 희곡이나 시나리오의 형태로 설화의 서사와 장면을 재창작하는 활동도 가능하다. 다만 이때 시나 소설, 희곡 등 각 문학 양식에 잘 어울리는 이야기와 서사 요소를 잘 선택하는 과정이 긴요하다고 할 수 있다.

설화의 서사는 문학 양식 외에 현대의 다양한 문화 예술 및 문화 산업 양식에도 다양하게 적용해 볼 수 있다. 만화나 웹툰,

드라마와 영화, 애니메이션, 게임, 광고 등이 그것이다. 설화의 서사는 오랜 세월을 거쳐 온 원형적 생명력을 지니고 있어서 보기보다 큰 흡인력을 발휘할 수 있다. 설화를 제대로 이해하고 그것을 잘 적용하고 개선시켜서 웹툰이나 영화 등을 기획한 결과가 크나큰 파급 효과로 이어질 가능성을 배제할 수 없다. 물론 첫술에 배부를 수는 없을 것이다. 설화를 바탕으로 간단한 캐리커처나 시놉시스, 영상물 등을 만들어 보고 단순하게나마 콘텐츠 기획안을 만들어 보는 활동을 부담없이 즐겁게 해 보는 것으로 충분하다. 그런 체험들이 쌓이다 보면 자연스럽게 설화와 친해지게 되고, 그러다 보면 설화에 담긴 놀라운 힘을 제대로 발휘해서 세상을 깜짝 놀래킬 수 있는 순간이 다가오게 될 것이다.

설화는 우리 모두한테 주어진 넓고 큰 기회다. 설화와 친구가 되기를 거리낄 아무런 이유가 없다. 모두가 설화와 친해져서 우리 사는 세상이 멋진 이야기꾼들로 가득 차게 된다면 정말 좋겠다.

권병희 1936년생 충청남도 공주가 고향이다. 어렸을 적에 서당에서 한문을 수학했으며 고등학교까지 교육을 받았다. 한국전쟁 때 학교가 문 닫았을 때 따로 독선생한테 한문 공부를 했다고 한다. 말이 느리고 어조가 일정해서 판을 장악하는 능력은 다소 부족했으나 풍부한 이야깃거리를 바탕으로 소신 있게 구연을 이어 나갔다. 역사에 대한 지식이 풍부해서 주로 역사 인물담을 많이 구연했다.

 김병학 1930년생 계룡산 신도안 인근 지역에서 만난 이야기꾼. 다방면에 많은 식견을 지니고 있으면서도 성품이 매우 쾌활하고 소탈한 분이었다. 수석이 취미여서 돌을 주우러 전국을 돌아다녔다고 한다. 지역 유래나 역사 인물에 관한 이야기를 하다가 흥이 나자 육담을 포함한 우스개 이야기를 구연했는데, 매우 해학적인 것들이었다. 우스운 이야기를 잘 만들어 내 '신어 연구소 소장'이라고 불리기도 했다고 한다.

 김한유 1922년생 수많은 이야기꾼이 모이는 서울 탑골공원에서 최고로 인정받았던 이야기꾼. 고향은 충남 예산이다. 자신의 경험에 허풍을 가미하면서 세상사를 논평하는 특유의 만담으로 큰 인기를 모았다. 그가 이야기판에 나서면 많게는 300~400명까지 청중이 몰려

들어 열띤 반응을 나타냈다. 종종 민담도 구연했는데, '홍대권'이라는 매력적인 인물을 주인공으로 한 희극적인 이야기가 핵심 종목이었다. 흥미진진한 묘사와 엉뚱한 너스레, 턱없는 과장 등으로 청중을 쥐락펴락하는 것이 그가 구연한 민담의 특징이다.

 노인호 1935년생 경기도 양주에서 토박이로 살아온 화자. 양주에 얽힌 역사와 전설에 대해 들려준 뒤 짤막한 소화를 몇 편 구연했는데, 매우 희극적인 것들이었다. 젊은 감각이 있는 화자로서 현대적인 화소나 표현들을 이야기 속에 곁들이기도 했다.

 노재의 1919년생 서울 탑골공원과 종묘공원에서 활동한 이야기꾼. 충남 서천 출신으로 서울에서 대학을 다녔을 정도로 학식을 갖춘 분이다. 사람들이 좋아할 만한 다양한 이야기 소재를 개발해서 적극적으로 구연에 나섰다. 실화류 이야기와 역사적 이야기, 문자에 얽힌 이야기, 전형적 민담과 소화류 이야기까지 보유한 이야기 종목이 무척 풍부했다. 일종의 '학습형 이야기꾼'으로 청중의 관심과 주의를 끌어들이는 구연법을 잘 구사하는 편이었다.

 리석노 1922년생 서울 종로구 노인복지센터의 화자. 고향은 전북 고창이다. 주로 우리나라와 중국 역사상의 인물에 대한 이야기들을 들려주었다. 부친한테 한문을 배우면서 함께 들었던 이야기들이라고 했다. 동작이나 억양의 변화가 별로 없이 차분하게 이야기를 구연했다. 한자와 관련된 이야기가 많아서 가끔씩 종이나 바닥에 한자를 적어 가면서 이야기를 구연했다.

박란엽 1929년생 황해도 해주가 고향이며 인천에 살고 있다. 지금의 중학교에 해당하는 고등과를 졸업했으며 역사를 전공했다고한다. 그림도 잘 그려서 신문에 꽃 그림을 연재했으며, 주산대회에서 매번 1등을 했다고 한다. 역사에 관심이 많아 복지센터에서 역사 동아리활동을 하고 있었다. 황해도의 전설에 이어 역사 이야기를 많이 들려주었으며, 간간히 재미있는 옛날이야기도 구연했다.

 박종문 1927년생 경북 구미가 고향이며, 30세에 대구로 이사하여줄곧 대구에서 지내 왔다. 젊었을 때는 건축업에 종사했다고 한다. 품성이 따뜻하고 편안하며 유머가 있는 화자로서, 젊은 조사자들을 반갑게 맞아 주고 이야기를 들려주었다. 특출한 이야기 실력은 아니었지만, 특이한 내용을 지닌 전설적인 이야기와 경험담을 흥미롭게 펼쳐 냈다.

 박철규 1924년생 청주에서 만난 이야기꾼. 충청북도 시골 마을에서태어났으며 토목업에 종사하며 평생을 살았다고 한다. 뛰어난이야기꾼으로서 40분이 넘는 긴 이야기를 포함한 여러 편의 설화를 사이사이에 유머를 곁들이면서 조리 정연하고 능수능란하게 구연했다. 설화 외에 경험담류의 이야기도 무척 구성지고 흥미진진하게 풀어 내서 청중의 이목을 집중시켰다. 1970년대쯤 지방에서 일을 할 때, 동네에 불려 다니면서 밤에 사람들을 모아 놓고 이야기를 해 주면서 큰 인기를 누리기도 했다고한다. 청주 중앙공원 외에 주변 식당에서도 이야기를 구연했는데, 조건에 구애받지 않고 안정적이며 흡인력 있는 이야기 구연 능력을 보였다.

봉원호 1920년생 탑골공원에서 활동한 이야기꾼. 충북 괴산군 증평읍 출신으로시골에서 농사를 짓다 1970년경에 서울로 올라왔다. 열두 살 때 장가를 들었는데 뒤에 그 사실을 숨기고 두 번 더 결혼해서 부인 셋을 두었다고 했다. 학교 문턱에는 가 보지도 못하고 혼자 글을 깨우쳤다고 하는데, 구연 능력이 뛰어나서 긴 이야기들을 막힘없이 구성지고도 실감나게 구연했다. 특히 실감나는 상황 묘사에 탁월한 능력을 나타냈다. 권위나 가식에 전혀 얽매이지 않는 성품을 지니고 있어 직설적인 육담 표현도 거리낌 없이 풀어 내곤 했다.

 서정목 1929년생 강원도 홍천군 북방면의 유지이자 이야기꾼. 농촌 지도자로서 지역에서 중요한 구실을 하고 있는데, 이야기하기를 좋아하며 구연 능력이 뛰어났다. 역사 인물에 얽힌 야사나 야담류 이야기에 능했으며, 크고 또렷한 목소리로 조리 있게 이야기 내용을 펼쳐 냈다. 역사적 식견에 흥미 요소를 적절히 가미하여 내용을 풀어 나갔다.

 신설용 1922년생 충청북도 괴산이 고향으로, 열네 살 때 집을 나와 일본인 밑에서 힘든 노동을 했으며, 해방 뒤에는 미군 식당에서 일을 했다고 한다. 공원에 나와 술 한 잔 먹고 이야기하는 것을 노년의 재미로 삼는다고 했다. 말이 빠르고 목소리가 작으며 어조가 단조롭지만 이야기 구연에 적극적이었으며 내용도 대체로 풍부한 편이었다.

 신씨 1919년생 고향은 황해도 평산이며 황해도 연백에 시집가 살다가 한국전쟁 때 피란 와서 대전에 정착했다. 본이름은 '신정혜'였는데, 한국전쟁 당시 피란처에서 호구 조사를 실시할 때 올케가 이름을 기억 못 해 '신씨'라고 전달하는 바람에 호적에 '신씨'로 올라 이름이 바뀌었다고 한다. 고령임에도 불구하고 동화적인 민담과 전설, 경험담, 수수께끼를 포함한 다양한 이야기를 조리 있고 흥미롭게 구연하였다. 도깨비와 호랑이를 직접 본 적도 있다고 하였다.

신영숙 1936년생 평안도 평양이 고향이며 고등학교 교육을 받았다. 전쟁 직후 평양에서 내려와 남쪽에 정착했다고 한다. 조사 당시 거주지는 경기도 부천시였다. 말이 무척 빠르고 동작도 잰 편이 어서 이야기를 홀쩍 구연한 뒤 어느새 판을 빠져나가곤 했다. 교훈 중심의 짧은 이야기를 몇 번 들려주었다.

 윤중례 1932년생 이야기 솜씨가 뛰어날 뿐 아니라 노래와 춤도 좋아하는 흥 많은 여성 이야기꾼. 수많은 노인이 모인 서울 종로구 노인복지센터에서 앞장서서 즐거운 분위기를 형성하는 역할을 했다. 총기가 뛰어난 덕분에 오래전에 듣거나 읽은 이야기도 내용을 잘 기억해서 깔끔하게 구연했다. 주로 동화적인 이야기를 많이 들려주었는데, 자기 식으로 내용을 재구성해서 새로운 의미를 살려 내려는 적극적인 태도를 나타내기도 했다.

 이금순 1938년생 전북 전주 덕진공원에서 만난 여성 이야기꾼. 꽃나무를 좋아하며 삶에 대해 감탄을 잘 하는 성격이라고 한다. 주로 짧고 재미있는 이야기를 웃음기 가득한 밝은 표정으로 즐겁게 구연했다. 수십 편의 이야기를 전해 주었는데, 전통적인 설화 외에 근간의 흥미로운 일화들도 꽤 포함돼 있었다. 이야기를 조리 있고 편안하며 집중력 있게 잘 풀어 내서 청중의 큰 호응을 얻어 냈다.

 이종부 1919년생 경기도 양주의 이야기꾼. 양주읍 만송리에서 10대째 거주해 온 토박이다. 어릴 적에 서당 훈장님으로부터 이야기를 듣고 배웠다고 한다. 기억력이 출중하고 구연력이 좋아서 많은 가짓수의 이야기를 거침없이 술술 풀어 냈다. 젊은 시절에 설악산 여행 중에 여관에서 이야기꾼을 만나 며칠 밤을 새 가며 이야기 내기를 한 적도 있다고 했다. 지역의 전설로부터 신이한 화소를 담은 민담과 육담에 가까운 소화(笑話)까지 다양한 종류의 이야기를 폭넓게 들려주었다.

 이학규 1922년생 서울 중구 필동에서 태어났으며 일제 강점기 때 야간 고등학교를 다녔다. 영화배우, 연극, 악극단, 철물점, 양품점, 다방, 당구장, 책 장사, 레코드 장사 등을 한 경력을 지니고 있다. 하는 것은 50여 가지가 넘을 정도로 많지만, 잘하는 것은 없다고 스스로를 소개하였다. 본래부터 놀기 좋아하는 사람이라며, 특히 이야기하는 것을 즐긴다고 하였다. 말장난을 포함한 해학적인 이야기를 여럿 구연하였으며 역사에 얽힌 이야기와 교훈적인 설화도 몇 편 들려주었다.

이희자(가명) 1930년생 충남 논산군 두마면 양정부락에서 김병학 화자와 함께 설화를 구연한 이야기꾼. 허구성이 짙은 이야기를 주로 구연했는데, 서사의 가닥을 잘 잡아서 내용을 흥미진진하게 잘 풀어 냈다. 김병학 화자가 '이희자'라는 성함을 알려 주었는데, 뒤에 확인해 보니 장난삼아서 엉뚱한 이름을 알려 준 것이었다. 연락이 닿지 않아 본명을 확인할 수 없었다.

 임춘자 1936년생 고향은 황해북도 개성으로, 열 살 때 전라도로 이주했으며 열일곱에 시집오면서 서울로 왔다. 대학 교수 강연을 들으러 다니면서 들었다는 옛날이야기들을 몇 편 들려주었다. 대체로 짧은 이야기들로, 소화와 교훈담이 섞여 있었다.

 정달훈 1932년생 충북 증평읍에서 사는데, 청주 중앙공원에 왔다가 이야기를 들려주었다. 오래 농사를 지어 왔으며 '농요보존회'에서 활동하여 민속예술제에서 대상을 받기도 했다고 한다. 농요와 농악에 대한 자부심이 대단했다. 풍수와 역학도 배운 적이 있다고 하며, 풍

수 관련 설화를 들려주었다. 민담에 해당하는 이야기를 실제의 일인 양 실감
나게 구연하였다.

조일운 1908년생 탑골공원에서 활동했던 이야기꾼. 전남 장흥군 황룡면 출신으
로 농사를 지으며 살아왔다고 한다. 조사 당시 탑골공원에 좌판을 벌여 놓고
약간의 약을 판매하고 있었다. 소문난 이야기꾼으로서, 특히 박문수 이야기에
뛰어났다. 본인 말로는 박문수 이야기만 며칠을 구연할 수 있다고 했다. 실제
로 세 시간 가까이 박문수 이야기를 들려주었다. 이야기를 하는 동안 수십 명
의 청중이 몰려들어 이야기를 경청하고 열띤 반응을 나타냈다. 청중을 휘어잡
는 카랑카랑한 목소리와 작중 상황을 생동감 있게 묘사하는 능력이 뛰어났다.

한득상 1928년생 본 고향은 황해도 수안으로, 한국전쟁 때 남하하
여 공주에 정착했다. 역리학에 밝은 분으로, 아호가 '황송(黃松)'
이라서 '황송 도사'라고 불리기도 했다. 상투를 틀고 긴 수염에
의관을 차려입은 모습이 인상적이었다. 나이가 그리 많지 않음에도 불구하고,
위 연배의 노인들과 어울리면서 대우를 받고 있었다. 길게 이어지는 흥미로운
이야기를 주로 구연했는데, 발음이 우렁차고 내용 전개가 조리 있으며 주제
전달이 잘 이루어져 좌중에 있는 사람들의 주의를 집중시켰다.

한정숙 1931년생 북한에서 살다가 21세 되던 해 1·4 후퇴 때 남쪽
으로 내려와 파주시 장단면에서 오래 살았으며, 서울로 온 지는
오래되지 않았다고 했다. 자신감 넘치는 태도로 이야기를 구연
했다. 주로 동화적인 성격의 이야기들을 여러 편 구연했는데, 할머니한테 들
은 것도 있고 책에서 본 것도 일부 있다고 했다.

홍봉남 1927년생 충청북도 보은이 고향이다. 강원도 원주로 시집가서 살다가 40세 되던 해에 상경하였다. 어렸을 때부터 동네에서 이야기를 잘한다고 소문나서 불려 다니며 이야기를 했다고 한다. 나이에 비해 매우 활기찬 모습을 보였으며, 목소리가 매우 우렁차서 주위의 이목을 쉽게 집중시켰다. 패기와 기백으로 살아온 분으로서, 이야기 구연 때도 당당한 태도로 일관했다. 동화적 민담과 역사적 설화를 포함한 많은 이야기를 들려주었다.

국어시간에 설화읽기 2 교훈과 감동, 웃음의 이야기들

엮은이 | 신동훈

1판 1쇄 발행일 2016년 1월 18일
2판 1쇄 발행일 2020년 3월 23일

발행인 | 김학원
편집주간 | 김민기 황서현
기획 | 문성환 김보희 김나윤 김주원 전두현 최인영 김소정 이문경 임재희 하빛 이화령
디자인 | 김태형 유주현 구현석 박인규 한예슬
마케팅 | 김창규 김한밀 윤민영 김규빈 송희진 김수아
저자 · 독자서비스 | 조다영 윤경희 이현주 이령은(humanist@humanistbooks.com)
제작 | 이정수
용지 | 화인페이퍼
인쇄 | 청아디앤피
제본 | 정민문화사

발행처 | (주)휴머니스트 출판그룹
출판등록 | 제313-2007-000007호(2007년 1월 5일)
주소 | (03991) 서울시 마포구 동교로23길 76(연남동)
전화 | 02-335-4422 팩스 | 02-334-3427
홈페이지 | www.humanistbooks.com

ⓒ 신동훈, 2020

ISBN 979-11-6080-360-0 44810
      979-11-6080-358-7 (세트)

만든 사람들

편집주간 | 황서현
기획 | 문성환(msh2001@humanistbooks.com)
디자인 | 최우영
일러스트 | 최아영